Le parfum des magnolias

SHERRYL WOODS

Le parfum des magnolias

éditions Harlequin

Titre original : SWEET TEA AT SUNRISE

Traduction française de ELISA MARTREUIL

HARLEQUIN®
est une marque déposée par le Groupe Harlequin

PRÉLUD'®
est une marque déposée par Harlequin S.A.

Photos de couverture

Femme: © DOUGAL WATERS/ICONICA/GETTY IMAGES
Magnolia : © BOTANICA/GETTY IMAGES

83-85, boulevard Vincent-Auriol 75646 PARIS CEDEX 13.

Service Lectrices — Tél. : 01 45 82 47 47
www.harlequin.fr

ISBN 978-2-2802-1930-3 — ISSN 1950-277X

Chapitre 1

Comme chaque jour depuis quelque temps, le même client, vêtu d'un jean et d'un T-shirt moulants, était installé sur la même banquette en Skaï rouge dans le fond de la salle du Wharton, avec l'assurance nonchalante de quelqu'un à qui les lieux appartiendraient. Et comme chaque jour, il ne la quittait pas des yeux.

Seul Walter, son ex-mari, l'avait fixée avec cette intensité lors de leur rencontre sur les bancs de la faculté, songea Sarah Price. Mais son intérêt pour elle s'était émoussé bien avant leur divorce déjà.

Aussi le regard de cet inconnu la perturbait-il énormément.

Oh bien sûr, elle avait de nombreuses autres raisons d'être perturbée. Tant de choses avaient changé dans sa vie, récemment ! Encouragée par ses deux meilleures amies, Annie Sullivan-Townsend et Raylene Hammond, elle avait fini par rompre définitivement avec Walter, se libérant du même coup du joug et de l'attitude méprisante et intolérable d'une belle-famille qui avait régenté son couple et contre laquelle elle avait dû se battre de pied ferme pour obtenir la garde de ses deux enfants, Tommy et Libby.

Depuis son retour à Serenity, elle travaillait à temps partiel comme serveuse au Wharton, le café-restaurant qui, à un moment ou un autre de la semaine, servait de lieu de rendez-vous à presque tous les habitants de Serenity. Etrangement, elle, que son diplôme d'institutrice avait destinée à une tout autre carrière, recueillait de nombreuses satisfactions de ce travail, dont celle, entre autres, d'attirer naturellement les confidences des clients, atout indispensable dans un établissement qui se targuait de centraliser tous les potins de la communauté !

Mais malgré ce don inestimable et tous les efforts qu'elle avait déployés, elle n'avait pas réussi à découvrir l'identité de l'inconnu, à la table du fond.

Dévorée de curiosité, elle s'enhardit cette fois à lui demander carrément s'il était de passage ou s'il comptait s'installer à Serenity. Un sourire charmeur creusa alors une fossette irrésistible sur ce visage viril, tandis qu'il lui répondait d'une voix chaude et grave qui réveilla instantanément ses sens depuis si longtemps engourdis :

— Je me laisserais peut-être convaincre de rester si une offre alléchante se présentait... Vous avez quelque chose à me proposer, ma belle ?

Il la draguait, ma parole ! Trop stupéfaite pour répliquer quoi que ce soit, elle se précipita vers les cuisines. C'était une chose d'écouter les mots doux du vieux Watson, le gérant du magasin d'alimentation pour animaux, ou même de Howard Lewis, le maire qui, tous deux, l'avaient vue naître. C'en était une autre d'écouter ceux d'un homme de son âge, aux yeux de velours, à la voix capable d'attirer n'importe quelle femme dans son lit et qui se comportait comme s'il voulait... l'attirer dans son lit !

Evidemment, il ne s'agissait que d'un jeu, elle le savait. Comment aurait-elle pu un seul instant prendre au sérieux les avances de cet étranger quand son ex-mari lui avait rebattu les oreilles de toutes les tares dont elle était accablée, lui rabâchant à longueur de temps qu'elle était grosse, empotée et mauvaise mère ? Pour la punir d'avoir osé demander le divorce, il avait mené une campagne de dénigrement active pour qu'elle perde toute estime d'elle-même, et les résultats avaient dépassé ses espérances. Bien que consciente du fait qu'il agissait par pure méchanceté, elle avait reçu de plein fouet chacun de ses propos qui s'étaient douloureusement gravés en elle.

Au cours des derniers mois, elle s'était employée à se remettre en forme physiquement. Grâce à Annie, qui avait personnellement pris en charge son programme au Club du Coin, elle avait éliminé en douceur et sans que cela tourne à l'obsession une bonne partie des kilos accumulés pendant ses deux grossesses. Pourtant, malgré ce succès, il lui arrivait encore de se voir à travers le regard de Walter, ce qui exaspérait au plus haut point ses amies. Elle-même s'en irritait, mais le travail de sape de son ex-mari avait agi tellement en profondeur qu'il lui était bien difficile d'en effacer les traces.

— Grace, peux-tu apporter le burger et les frites à la table 9, s'il te plaît ? demanda-t-elle.

— Tu veux m'abandonner un client qui non seulement est bel homme mais qui, en plus, ne lésine pas sur les pourboires ? s'étonna Grace Wharton, la propriétaire du Wharton.

— S'il te plaît, rends-moi ce service.

Perplexe, Grace fronça les sourcils et scruta Sarah qui tentait de dissimuler sa nervosité.

— Aurait-il eu un mauvais geste ou un mot déplacé ? voulut-elle savoir. Si c'est le cas, je le jette dehors à coups de pied dans les fesses, aussi adorables soient-elles !

Sarah ne put s'empêcher de rougir.

— Non ! Il me drague un peu, juste pour s'amuser, rien de plus. Mais je…

— Dis donc, ma jolie, ce serait bien qu'un homme te mette plus souvent des couleurs aux joues ! Ça te va à ravir.

— Je n'ai absolument pas besoin d'un homme ! répliqua Sarah, piquée au vif. Je viens à peine de me débarrasser du mien.

— Et ce n'est pas moi qui te le reprocherai ! Si tu veux mon avis, il n'a réussi qu'à te démolir. A présent, tu as besoin d'un bon petit flirt pour te rendre ton énergie. Quelques flatteries ne te feront aucun mal. Crois-en…

« Et c'est reparti pour un tour ! » songea Sarah, résignée,

en entendant le refrain que lui serinait inlassablement Grace depuis qu'elle l'avait embauchée, un mois plus tôt.

Si encore cette dernière s'était contentée de la théorie! Mais elle avait fait défiler devant elle la moitié des célibataires mâles de la ville! Une véritable audition! Un doute soudain envahit Sarah : son client mystérieux ne serait-il pas le dernier candidat en date recruté par sa patronne?

— Dis-moi, Grace, tu le connais, le client de la table 9? Es-tu allée jusqu'à Columbia ou Sumter ou Dieu sait où pour le dénicher? Lui as-tu fait la leçon pour qu'il me caresse dans le sens du poil?

— Pas du tout! s'offusqua Grace. Comment oses-tu insinuer que je serais capable d'un stratagème pareil? Je ne l'avais jamais vu avant qu'il ne débarque ici, figure-toi. Et il n'a pas non plus pris de chambre au Serenity Inn. J'ai vérifié.

— Peut-être est-il hébergé par des amis ou de la famille?

— Peut-être, mais par aucun de nos habitués, en tout cas. D'ailleurs, s'il était invité par quelqu'un de sa connaissance, il serait accompagné. Or il est seul, de toute évidence.

— Et tu t'es renseignée auprès de Mary Vaughn? Aucun nouveau célibataire qui se présente dans la région n'échappe à sa vigilance. Et puis, de par son métier, elle serait au courant s'il cherchait un logement.

— Malheureusement, depuis qu'elle s'est remise avec Sonny, elle passe sa pause-déjeuner avec lui, chez eux, seuls… si tu vois ce que je veux dire, soupira Grace avec un sourire plein de sous-entendus. Comme s'ils vivaient une seconde lune de miel, ces deux-là. Bref! Je ne les vois pas beaucoup. Quand Mary Vaughn vient prendre un café, c'est toujours en coup de vent. C'est à peine si j'ai le temps d'échanger un mot avec elle qu'elle est déjà repartie.

— Quelqu'un doit bien savoir qui c'est, quand même! Tout à l'heure, j'ai mis les pieds dans le plat et je lui ai demandé s'il comptait rester longtemps à Serenity ou s'il n'était que de passage, mais il a éludé la question.

Grace l'observa d'un air amusé, et Sarah regretta aussitôt ses paroles.

— Eh bien, pour quelqu'un qui prétend ne pas s'intéresser à lui, ma jolie, tu sembles avoir bien à cœur d'éclaircir le mystère, ironisa sa patronne en s'emparant du plateau. Tu es sûre que tu ne veux pas lui apporter son repas toi-même ?

— Certaine. Je vais servir leur café au maire et à ses amis et essayer de les convaincre d'accompagner ta tarte aux pêches d'une boule de glace.

— Je te fiche mon billet que ces messieurs vont prendre cinq kilos d'ici la fin du mois si tu continues à les gaver de la sorte ! Je ne veux pas que leur femme vienne ici crier au scandale, tu m'entends ? déclara Grace en agitant son index sous le nez de Sarah. En plus, George Ulster a du diabète. Alors évite de le tenter avec des sucreries.

— Je sers toujours à George de la glace à l'aspartame, répliqua Sarah, plus amusée qu'intimidée par les gesticulations de Grace. Et Howard Lewis étant veuf, personne ne débarquera pour se plaindre de sa prise de poids. Quant à Fred Watson, il est maigre comme un coucou. Donc, pas de problème !

— Ça me dépasse, déclara Grace d'un air accablé. Comment peux-tu préférer t'occuper de ces vieux barbons plutôt que d'un jeune apollon ? Enfin, tous les goûts sont dans la nature.

Là-dessus, elle poussa la porte des cuisines de son imposant postérieur et sortit en portant d'une seule main son plateau chargé de trois repas, comme s'il ne pesait rien. Avec son visage rond, ses joues roses, ses cheveux grisonnants, ses lunettes de grand-mère perchées au bout de son nez et le costume rouge qu'elle avait choisi pour s'harmoniser avec le décor, elle ressemblait étonnamment à la Mère Noël.

Sarah saisit deux pots de café et suivit sa patronne en s'obligeant à regarder droit devant elle. Quelque chose lui disait que deux yeux bleu-vert l'observaient de la table 9 et qu'ils s'allumeraient d'un éclat moqueur quand leur propriétaire s'apercevrait qu'elle avait confié à Grace le soin de lui apporter sa commande.

Heureusement, le Wharton était plein à craquer, et tout à son service, elle n'eut le loisir ni de s'appesantir sur les faits et gestes de l'inconnu ni de lui jeter le moindre petit coup d'œil.

Pourtant, dès qu'il se leva pour partir, elle le sut : tout son corps s'électrisa sur-le-champ. Et lorsqu'il s'arrêta juste derrière elle en lui susurrant à l'oreille « A demain, ma belle », elle faillit lâcher son plateau, les joues de nouveau en feu.

Il disparut avant même qu'elle n'ait le temps de se sauver vers les cuisines, indignée… et troublée.

— Je ne comprends pas pourquoi il me fait perdre mes moyens comme ça, avoua Sarah le soir même, alors qu'elle buvait un margarita dans sa courette en compagnie de Raylene et Annie.

Pressentant l'échec du mariage de leur fille, ses parents avaient préféré ne pas se séparer de cette petite maison après leur départ pour une résidence pour retraités, au Texas, et Sarah y avait emménagé avec Tommy et Libby quand la situation avait sérieusement commencé à se dégrader avec Walter. A l'origine, elle était venue à Serenity avec l'intention de souffler un peu avant de retourner dans l'Alabama endosser de nouveau, auprès de son mari, le rôle d'épouse modèle qu'il attendait d'elle. Cependant, elle n'avait pas tardé à se rendre compte que jamais elle ne satisferait aux exigences de Walter et surtout de sa belle-famille. Et elle ne regrettait pas sa décision, même si sa vie actuelle n'était pas toujours rose.

— L'une de vous l'a-t-elle vu ou a-t-elle appris quelque chose à son sujet ? demanda-t-elle à ses amies.

— En ce qui me concerne, tu sais pertinemment que non, répondit sèchement Raylene.

Depuis qu'elle était revenue vivre à Serenity pour fuir Charleston et les brutalités de son mari, Raylene avait rarement mis le nez dehors. En échange du refuge matériel et moral que Sarah lui fournissait en l'hébergeant, la jeune femme s'occupait de la maison et remplaçait à l'occasion la baby-sitter habituelle de Tommy et Libby. Cependant, malgré cette organisation apparemment idéale pour toutes les deux, la situation commençait à inquiéter Sarah. En permettant à Raylene de s'abriter du monde extérieur et d'échapper ainsi à ses angoisses, ne lui causait-elle pas plus de tort qu'elle ne l'aidait ?

— A ce propos…

D'un regard, Raylene interrompit Annie dans sa lancée.

Sarah s'empressa d'intervenir, pour détourner la conversation d'un sujet sensible bien sûr, mais aussi pour remettre sur le tapis sa préoccupation du moment.

— Revenons à nos moutons, dit-elle. Qui est donc cet individu et que fabrique-t-il à Serenity ?

Annie la considéra avec un sourire taquin.

— Je suis d'accord avec Grace. Tu parais bien curieuse pour quelqu'un qui joue l'indifférente.

— Et si c'était un pervers ou un espion à la solde de Walter ? rétorqua Sarah avec un regard furieux à l'adresse d'Annie. J'imagine très bien mon ex envoyer quelqu'un ici pour me déstabiliser et me pousser à un faux pas qui justifierait que l'on m'enlève Tommy.

Walter n'avait en effet cherché à obtenir que la garde de son fils — le digne héritier mâle qui dirigerait un jour l'usine textile de la famille Price, en Alabama — sans jamais se soucier de sa fille Libby. Une attitude qui scandalisait tout le monde, Sarah la première. Mais c'était ce détail machiste qu'avait utilisé Helen Decatur-Whitney, son avocate, pour convaincre le juge que Walter n'était pas apte à exercer son rôle de père.

— Oui, ça ressemblerait bien à ce sale type ! s'écria Raylene avec une véhémence surprenante, alors même qu'elle n'avait jamais rencontré personnellement le « sale type » en question.

En effet, elle s'enfermait systématiquement dans sa chambre

les jours de visite de Walter. Pour ne pas gêner ou risquer de prononcer une parole susceptible d'envenimer davantage les relations entre Sarah et lui, prétendait-elle.

— Absolument, confirma Annie avec autorité. Je vais demander à Helen de se renseigner. Ou à mon père, peut-être. Son magasin de Main Street lui fournit un poste d'observation idéal pour savoir tout ce qui se passe en ville. Et puis Jeanette revient de vacances demain. Je vais lui dire d'en toucher deux mots à son mari. En tant qu'administrateur de la commune, Tom peut légitimement s'informer auprès du shérif de l'éventuelle présence d'individus suspects dans les parages.

— Oh oui ! Excellente idée ! approuva Raylene, que l'évocation d'inconnus rôdant en ville avait littéralement terrorisée, bien que son ex-mari soit derrière les barreaux et hors d'état de nuire.

— Mettre le shérif sur le coup ? Etes-vous sûres que nous n'exagérons pas un peu ? s'inquiéta soudain Sarah. Il s'agit peut-être d'un simple dragueur, comme il en existe tant, qui passe quelques jours à Serenity.

— Peut-être, mais il faut que nous en ayons le cœur net, déclara Annie. Cela te tranquillisera.

— Ou au contraire, tu finiras de perdre la tête, conclut Raylene en souriant.

Raylene avait souri ! « A marquer d'une pierre blanche », songea Sarah avant d'objecter avec force :

— Cet homme ne m'intéresse pas !

Une déclaration qui, à son grand dam, déclencha l'hilarité de ses deux amies.

Assis dans la cuisine de son cousin Tom McDonald, l'actuel administrateur de Serenity, les mains serrées autour d'une tasse de café, Travis McDonald pensait à la jolie serveuse qui l'avait si agréablement diverti, ces derniers jours au Wharton. La veille, il l'avait tellement décontenancée qu'elle avait chargé Grace de lui servir son repas à sa place. Aujourd'hui, elle l'avait tout simplement évité, en dehors de quelques coups d'œil inquiets dans sa direction. Depuis combien de temps n'avait-il pas pris plaisir à troubler ainsi une femme ? se demanda-t-il, émoustillé par cette fraîcheur à laquelle il n'était pas accoutumé, lui qui n'avait qu'à lever le petit doigt pour que ses admiratrices lui tombent dans les bras.

Comme son cousin Tom, Travis avait été une vedette de son équipe universitaire de base-ball. Il était ensuite devenu professionnel, avait évolué pendant quelques années dans de petites ligues locales avant d'être enfin recruté par les célèbres Boston Red Sox, à l'indignation des membres de sa famille, des aristocrates attachés aux valeurs du Sud qui avaient failli mourir d'apoplexie à la pensée qu'il allait jouer pour une équipe du Nord !

Sa carrière s'était brutalement arrêtée quelques semaines plus tôt, quand les Red Sox l'avaient remercié à la fin de la saison de printemps. Depuis, il n'avait reçu aucune nouvelle offre. Désemparé, il avait appelé son cousin, qui lui avait proposé de l'accueillir chez lui le temps qu'il réfléchisse à la direction qu'il comptait donner à sa vie dorénavant. Comme tous deux le savaient, mieux valait pour cela être éloigné de ses parents et de leurs interventions aussi péremptoires que contradictoires. En outre, il jouirait ici d'un certain anonymat, la plupart des habitants de Serenity encourageant les Atlanta Braves et ne s'intéressant aux autres équipes qu'au moment du championnat national d'octobre. Quel bonheur de pouvoir enfin se fondre dans la masse !

Certes, il avait de temps en temps surpris une lueur intriguée dans un regard, mais personne ne l'avait importuné pour lui demander un autographe. Un changement fort appréciable et propice à la tranquillité dont il avait besoin pour réfléchir sérieusement à son avenir.

A vingt-neuf ans, il avait donc quitté le monde du base-ball, muni d'un compte bancaire plutôt bien garni, libre de toute contrainte familiale — en dehors de ses parents divorcés et de ses sœurs exaspérantes à force de bonnes intentions — et prêt à étudier sans idées préconçues toutes les voies qui s'ouvriraient devant lui. Un seul impératif malgré tout : rester dans le Sud. Il n'avait apprécié ni le froid, ni le temps trop changeant du Nord, ni la vie stressante de Boston. Sans parler de la perspective, peu réjouissante, de rester dans la ville dont l'équipe fétiche de base-ball l'avait congédié sans cérémonie.

Depuis son arrivée à Serenity, quelques jours plus tôt, il avait discuté des différentes possibilités qui s'offraient à lui avec Tom et Jeanette, sa femme, qui le traitait avec l'affection d'une grande sœur, la tyrannie en moins. Mais le ciel de son avenir ne s'était pas encore dégagé.

Et ce matin, alors qu'il observait Grace Wharton s'évertuer à capter la station de radio de Columbia et n'obtenir qu'une liaison brouillée, une idée avait germé, qu'il attendait avec impatience de tester sur Tom et Jeanette dès leur retour. Son projet présentait de nombreux avantages : il constituait un aboutissement logique des études universitaires qu'il avait suivies, il ne heurterait pas trop ses parents, et enfin, ou peut-être surtout, il satisfaisait son goût des défis.

En cherchant sur internet, il avait découvert qu'une petite radio locale, qui se contentait de diffuser la météo et quelques vieux disques, était à vendre. Il avait même appelé le propriétaire, et leur conversation avait dépassé ses espérances : non seulement le prix demandé entrait dans son budget, mais le maître actuel des lieux acceptait de le faire profiter de son savoir-faire et de l'initier au métier. Ne restait plus maintenant qu'à obtenir la bénédiction de Tom… ou, plus probablement, à subir un sermon sur la folie d'un tel projet.

Afin d'amadouer son cousin, il s'était mis en quatre pour faire une salade composée et préparer le barbecue qui recevrait les épaisses entrecôtes qu'il avait pris la peine d'acheter au marché. Il était même allé jusqu'à dresser la table et déboucher une bonne bouteille de vin. Le petit jardin, un coin de verdure paradisiaque, constituait un cadre idéal pour une discussion sérieuse autour d'un bon repas.

Une heure plus tard, alors que Tom et Jeanette soupiraient d'aise après ce bon repas et le félicitaient pour ses prouesses culinaires, pourtant bien modestes, il entreprit d'exposer son idée. Une idée de génie, selon lui. Il poursuivit ses explications sans se laisser démonter par l'expression médusée de Tom. La réaction ne se fit pas attendre.

— Tu as perdu la tête ? s'exclama son cousin.

Un tel commentaire, dans la bouche de son père, n'aurait pas surpris Travis, mais il aurait espéré une attitude plus positive et encourageante de la part de son cousin.

Jeanette, en revanche, le considéra d'un air franchement ravi.

— C'est une idée formidable, Travis ! C'est exactement ce dont cette ville a besoin.

Tom jeta à sa femme un regard éberlué.

— Pourquoi Serenity devrait-elle posséder sa propre station de radio ?

— Tu l'as dit toi-même la dernière fois que nous avons été menacés par un ouragan, répliqua Jeanette. Tu as souligné la nécessité, pour nos concitoyens, de disposer d'informations locales.

— C'était différent ! objecta Tom sans cacher son irritation.

— Je ne vois pas en quoi, mon chéri.

— Il s'agissait d'une simple suggestion, Je ne m'attendais certainement pas à ce que mon propre cousin s'empare de cette idée et décide de venir ici jeter son argent par les fenêtres.

— Crois-tu vraiment que ce ne serait pas rentable ? demanda Travis, très calme. Il n'existe pas de concurrence, ou en tout cas pas à proximité. Je récupérerai de l'argent de toutes les entreprises du coin qui voudront faire leur publicité. Et il n'y a pas de matériel à acheter. Juste un local, que je peux très bien louer.

— Bon sang, Travis ! Nous traversons une grave crise économique, au cas où tu ne l'aurais pas remarqué. Aucune boîte de Serenity ne dispose d'un budget publicitaire. Elles essaient juste de ne pas couler.

— Et donc, elles doivent se faire connaître, intervint Jeanette qui prenait clairement le parti de Travis, à la grande joie de ce dernier. Depuis quand tiens-tu cette ville en aussi piètre estime ?

— Je ne critique pas Serenity. Je fais seulement preuve de réalisme. Dis-moi, Travis, qu'est-ce qui te pousse à rester ici alors que tu pourrais t'installer n'importe où ailleurs, dans le pays ?

— Qu'est-ce qui m'en empêcherait ? C'est bien ce que tu as fait, toi, non ? En fait, si ma mémoire ne me trompe pas, on t'a proposé de retourner t'installer à Charleston et tu as décliné l'offre.

— Quelqu'un, ici, m'a persuadé que je ne perdrais pas au change si je m'établissais à Serenity, répondit Tom avec un regard amoureux à l'adresse de sa femme.

Mais ces propos enjôleurs n'attendrirent pas Jeanette.

— Ne me mets pas tout sur le dos, s'il te plaît, répliqua-t-elle. Quand les habitants de Serenity ont eu vent de ton départ, ils ont organisé une campagne monstrueuse pour te garder. Ce sont toutes les flatteries dont ils t'ont inondé qui t'ont convaincu, et certainement pas mes ruses féminines. Ton salaire non plus, d'ailleurs.

— D'accord, reconnut Tom, de mauvaise grâce. Je n'ai pas pu résister au défi de redresser la situation économique de la ville.

— C'est précisément ce que je cherche à faire, insista Travis. Un objectif audacieux au service de l'intérêt public !

— Dans ce cas, je crois qu'une station de radio est exactement ce qu'il te faut, Travis, conclut Jeanette. Dieu sait que tu aimes parler. Et avec ta voix chaude et ton accent chantant, tu feras merveille sur les ondes. Toutes les femmes de la ville t'écouteront, surtout si tu prends l'antenne la nuit.

Elle s'éventa avec sa serviette en un geste théâtral, sous le regard noir de son mari, et poursuivit en souriant :

— Et je sais déjà de source sûre que tu alimentes toutes les conversations au Wharton. Dès que je suis arrivée au travail, ce matin, Annie m'a sauté dessus pour me demander si j'avais la moindre idée de l'identité de l'inconnu qui avait débarqué en ville. Elle aimerait que Tom ordonne au shérif d'enquêter sur toi.

Travis éclata de rire.

— Qu'est-ce que tu as fabriqué pour te faire remarquer comme ça ? bougonna Tom.

— Apparemment, il a conté fleurette à Sarah, au Wharton, répondit Jeanette sur un ton guilleret. Et à présent, Annie s'en mêle. J'ai essayé d'éluder ses questions pour que tu gardes l'anonymat le plus longtemps possible, mais Annie est du genre tenace.

— Qui est Annie ?

— Une des meilleures amies de Sarah, et la femme de Ty Townsend.

— Ty Townsend ! Le lanceur des Atlanta Braves ? Tu verrais la rapidité de ses balles ! C'est impressionnant.

— Je crois que l'on devrait remettre à un autre jour la discussion sur tes conquêtes féminines et sur les talents sportifs de Ty, intervint Tom. Quant à ton idée de station radio, mieux vaut la laisser décanter un peu.

— Tu peux dire ce que tu veux, elle me plaît à moi, s'entêta Jeanette. Je suis sûre qu'il va faire un tabac.

— Et qui va animer les émissions en dehors de lui ? lança Tom, que cette conversation commençait visiblement à énerver.

— Il engagera du monde.

— Parce que tu crois que Serenity grouille de D.J. qui s'ignorent ?

— Peut-être, rétorqua Jeanette. Le meilleur moyen de le savoir est de lancer un appel à candidature. A mon avis, il trouvera facilement du monde. Mais je préfère m'effacer devant la très haute sagesse de mon mari et vous laisser tous les deux débattre de la question. Je dois me rendre tôt demain matin au spa pour une réunion.

Sur ces paroles, elle se pencha pour embrasser son mari, avec une ardeur que Travis envia. Cette vision lui évoqua l'image de la serveuse du Wharton. Etrange et inquiétant, se dit-il.

Guère plus, après tout, que son désir de monter une station de radio à Serenity !

Chapitre 2

Ce matin-là, Sarah n'était pas tranquille et sursautait presque chaque fois que la clochette de la porte du Wharton annonçait un nouveau client. Walter devait venir de l'Alabama voir ses enfants — voir Tommy, plus exactement — pour la première fois depuis qu'elle avait commencé à travailler pour Grace. Nul doute qu'il n'applaudirait pas à cette initiative. Servir dans un petit restaurant d'une petite ville ne correspondait certainement pas à l'idée que les Price se faisaient d'un métier honorable, eux qui s'étaient même opposés à ce qu'elle exerce comme institutrice, jugeant indigne qu'un membre de leur noble famille enseigne dans une école primaire.

Pour couronner le tout, elle avait accepté à la dernière minute d'assurer des heures supplémentaires pour dépanner Grace qui était un peu débordée le samedi. Ce ne serait donc pas elle qui annoncerait la nouvelle à Walter, mais Raylene, qui avait accepté après une longue discussion. Walter pouvait réagir de deux façons différentes. Au mieux, il se contenterait de pousser un soupir résigné devant ce qu'il considérerait comme une aberration parmi d'autres dans le comportement de son ex-femme, au pire il débarquerait au restaurant pour la ramener manu militari à la maison, là où il estimait que se trouvait sa véritable place.

Elle était en train de débarrasser les tables du petit déjeuner avant de les dresser de nouveau pour accueillir, dans moins d'une heure, la nombreuse clientèle du samedi midi, lorsqu'elle vit le luxueux et peu écologique 4x4 de Walter se garer le long du trottoir. Bien que les vitres teintées l'empêchent de distinguer le conducteur, elle ne douta pas un instant de son identité, la plupart des habitants de Serenity ayant opté, crise oblige, pour des voitures moins gourmandes en carburant.

Elle prit une profonde inspiration en prévision de l'inéluctable affrontement…

Son imagination lui jouait-elle des tours ? se demanda-t-elle soudain, sidérée, en apercevant Walter qui, après avoir détaché Tommy de son siège pour enfant, se penchait de nouveau à l'intérieur de la voiture pour en ressortir… avec Libby dans les bras. Lui qui d'habitude n'emmenait sa fille avec lui que contraint et forcé sous prétexte qu'il ne savait pas prendre soin des bébés… Une excuse éventuellement recevable les premiers mois après la naissance de Libby, mais qui devenait presque ridicule à présent que la fillette approchait des deux ans.

Un miracle ! Elle devait sûrement remercier Raylene, supposa-t-elle. Nul doute que son amie était sortie de sa tanière pour faire honte à Walter et l'obliger à s'occuper de Libby car, malgré les problèmes que traversait Raylene ces derniers temps, elle n'hésitait pas à monter au créneau pour voler au secours des gens qu'elle aimait.

— Maman, papa a dit qu'on aurait le droit de prendre des crêpes ! annonça Tommy avec entrain en se précipitant vers elle. Tu veux bien, même si on a déjà mangé ?

— Oui, c'est d'accord, mon chéri.

Tout en embrassant son fils, Sarah observait du coin de l'œil Walter qui, de mauvaise grâce, adaptait son allure à celle de Libby. Bien que manifestement agacé, il avait résisté à la tentation de prendre sa fille dans ses bras. Peut-être avait-il compris que, s'il faisait cela, il déclencherait immanquablement une crise de larmes. En effet, depuis qu'elle savait marcher, Libby, jalouse de son indépendance nouvelle, refusait obstinément de se faire porter tant que la fatigue ne triomphait pas d'elle.

— Je ne m'attendais pas à te voir ici, dit Sarah tout en essayant de jauger l'humeur de son ex-mari.

— Et moi je ne m'attendais pas à te voir embauchée dans

un endroit pareil, riposta-t-il tandis qu'il installait Libby sur la banquette, à côté de Tommy. Il faut que l'on parle.

— Pas pendant mes heures de travail, répondit-elle gentiment mais fermement. Tu bois quelque chose ?

— Un café pour moi. Du lait pour les enfants. Tommy, tu veux des crêpes, n'est-ce pas ?

— Oui, plein ! confirma le petit en montrant tous les doigts de ses mains.

— On va commencer par une et on verra après, proposa Sarah. Et toi, Libby, tu veux une crêpe aussi ?

— Non. Elle va faire du gâchis, intervint aussitôt Walter.

— Pas si tu lui donnes des petites bouchées. Je reviens dans une seconde avec vos boissons.

Elle se sauva vers les cuisines et tenta de rassembler tout son calme pour la discussion qui allait suivre. Ou plutôt le sermon dans la plus pure tradition des Price.

— Il faut que nous discutions, reprit Walter d'un ton péremptoire alors qu'elle revenait avec les consommations. Assieds-toi. Il n'y a personne.

— Les clients ne vont pas tarder à arriver et je dois préparer les tables. S'il me reste un peu de temps quand j'aurai terminé ma mise en place, nous verrons.

C'est alors que Grace surgit des cuisines. En voyant Tommy et Libby, elle devina aussitôt qui les accompagnait.

— Prends donc une pause, Sarah, lui proposa-t-elle. Je vais finir de m'occuper des tables et je vous apporterai les crêpes lorsqu'elles seront prêtes.

— Ce n'est pas la peine, objecta Sarah. Tu n'as pas arrêté depuis ce matin. Si quelqu'un a besoin de souffler, c'est bien toi.

— J'ai exercé ce métier toute ma vie, ma jolie, alors j'ai eu le temps de m'y habituer. Prends une pause, je te dis. Je t'apporte un verre de thé glacé à toi aussi.

Avec un soupir résigné, Sarah s'installa en face de Walter. Sans enthousiasme, elle leva les yeux vers lui, s'efforçant de se rappeler son émotion d'autrefois lorsque ses magnifiques yeux bleus brillaient de désir en se posant sur elle. Mais elle avait beau faire des efforts, il lui semblait que des siècles s'étaient écoulés depuis ce temps-là et qu'une forteresse s'était dressée, entre Walter et elle, empêchant toute émotion de passer, aussi infime soit-elle.

— Tu souhaitais que nous discutions, dit-elle calmement. Je suis prête.

— Bien. Pourquoi as-tu pris ce travail ? Pour m'embêter, c'est ça ? Pour me couvrir de honte ?

Walter avait quasiment hurlé et Grace, qui était en train de garnir le comptoir, se retourna brusquement, la mine menaçante.

Sarah, quant à elle, considéra Walter d'un air effaré.

— Tu n'as besoin de personne pour ça, répondit-elle à mi-voix. Tu te débrouilles très bien tout seul. Mes activités à Serenity n'ont aucune incidence sur toi ou ta famille. Nous ne sommes plus mariés, je te rappelle.

— Il n'empêche que les gens vont conclure que je ne te verse pas une pension alimentaire suffisante.

Sarah dut se retenir pour ne pas éclater de rire devant cette logique tortueuse si caractéristique de Walter.

— Non, les gens vont déduire que je veux contribuer à subvenir aux besoins de mes enfants, rectifia-t-elle avec un calme apparent qui sembla exacerber la colère de Walter.

— Pourquoi ne pas enseigner, alors ? N'est-ce pas ce que tu as toujours proclamé vouloir faire lorsque nous étions mariés ? Il ne se passait pas un jour sans que tu te plaignes de ne pas tirer parti de tes *qualifications*.

Il avait mis tant de mépris dans ce dernier mot que Sarah dut se retenir pour ne pas retourner travailler sur-le-champ. Mais sa patience commençait à s'émousser.

— Au cas où tu ne l'aurais pas remarqué, je te signale que l'année scolaire arrive à son terme, répondit-elle d'une voix calme. J'ai déposé un dossier de candidature pour la rentrée prochaine, mais il est encore trop tôt pour savoir si un poste se libérera.

— Tu aurais pu attendre la réponse avant d'accepter un boulot comme celui-là, lança-t-il avec mépris.

— Aurais-tu oublié ce que je faisais quand nous nous sommes rencontrés, à la fac ? rétorqua-t-elle vivement, furieuse et peinée du comportement de Walter.

— Tu étais serveuse, oui, je sais, admit-il du bout des lèvres. Mais nous étions des gamins à l'époque.

— Et alors ? Pourquoi ce *boulot* serait-il moins respectable maintenant que je suis adulte ? Je vais te dire ce qui a changé, moi : tu n'étais pas aussi snob, autrefois. Tu ne crachais pas sur les burgers et les frites que je te donnais gratis, si je me souviens bien. Est-ce de vivre auprès de tes parents qui t'a métamorphosé de la sorte ? Es-tu devenu incapable de reconnaître le mérite des gens qui gagnent leur vie à la sueur de leur front, incapable d'admettre qu'il n'y a pas de métiers déshonorants ?

Question de pure forme. Elle savait pertinemment que la collaboration professionnelle avec son père et la fréquentation quotidienne de sa famille avaient transformé le jeune homme indépendant et insouciant dont elle était tombée amoureuse en un parfait étranger qui avait fait de leur mariage un enfer et qui, même après leur divorce, ne manquait jamais une occasion de la rabaisser. Chaque fois qu'il ouvrait la bouche pour la critiquer, elle entendait l'écho des propos que M. ou Mme Price avait tenus envers elle. Des propos systématiquement négatifs, bien entendu.

— Bon, d'accord, marmonna Walter. Je dis cela uniquement parce que je n'aime pas savoir que tu t'épuises inutilement au travail. Déjà que tu ne t'en sortais pas avec les enfants quand tu étais mère au foyer, j'imagine qu'à présent, la fatigue aidant, tu parviens encore moins à contrôler la situation.

Plutôt que de risquer un nouvel éclat, mieux valait feindre

de croire à la sincérité de l'inquiétude qu'il manifestait à son égard, décida Sarah malgré ses doutes.

— C'est gentil de te soucier de moi, Walter, mais je t'assure que tout va bien.

— On ne le dirait pas. Tu as une sale tête.

— Je te remercie de ta délicatesse ! lança-t-elle, vexée.

Mais elle se ressaisit bien vite et se força à sourire. Elle ne devait pas laisser la discussion dégénérer. Il ne servait à rien de se disputer avec Walter. Surtout devant les enfants.

— Alors, Tommy, qu'est-ce que vous avez prévu avec papa, pour aujourd'hui ? demanda-t-elle en se tournant vers son fils pour clore le débat.

— On va jouer au ballon ! s'écria le petit garçon avec un grand sourire. Hein, papa ?

— Oui, confirma Walter, dont le regard s'éclaira brusquement.

Impossible de le nier, songea Sarah avec tendresse, Walter adorait son fils, ce petit bonhomme qui lui ressemblait comme une goutte d'eau avec ses yeux bleus, ses cheveux châtains aux mèches blondies par le soleil et, surtout, ce sourire malicieux qui ne cessait de lui rappeler l'homme dont elle s'était éprise autrefois…

— Et Libby ? enchaîna-t-elle.

— Moi aussi, jouer, intervint la fillette avec un regard tendre à l'adresse de son père qui ne dissimula pas son peu d'entrain.

— Vous allez bien vous amuser, dit Sarah d'un air résolument enjoué.

— En effet, nous allons nous éclater, laissa tomber Walter sur un ton maussade.

Comprenant sa maladresse à la mine médusée de Sarah, il afficha un air contrit et tenta de se racheter :

— Qui sait, tu seras peut-être la première femme à intégrer une ligue nationale, dit-il en passant gentiment sa main dans les boucles blondes de sa fille.

« Pas moi vivante ! » se garda de répondre Sarah, ne voulant pas détourner Walter de cette idée abracadabrante si elle lui permettait, même momentanément, de s'intéresser à sa fille.

— Il faut que je retourne travailler, déclara-t-elle tandis que Grace apportait les crêpes et que les habitués du samedi commençaient à arriver.

Là-dessus elle se leva, laissant sans aucun scrupule Walter se débrouiller avec la crêpe de Libby et sa demande d'un autre verre de lait.

— C'est ça ! Les rats quittent le navire ! lui lança-t-il.

Derrière cette pique, Sarah perçut néanmoins l'étincelle d'humour, si familière autrefois, qui avait subitement éclairé le regard de Walter. Son cœur s'arrêta de battre un instant au souvenir de l'homme séduisant qu'avait été Walter Price. Il l'était toujours, au demeurant. Mais c'est surtout à son sens de l'humour qu'elle avait succombé. Aussi avait-elle su que leur mariage était condamné quand le tyrannique M. Price et l'insupportable Mme Price eurent réussi à étouffer toute fantaisie chez leur fils. Malgré tout, elle avait continué d'espérer voir un jour Walter se libérer de ce carcan et retrouver sa vraie personnalité. En vain.

Lorsque Travis arriva pour déjeuner au Wharton, ce samedi-là, il remarqua aussitôt que Sarah semblait avoir enclenché son pilote automatique. Pas une seule fois elle ne croisa son regard pendant qu'elle prenait sa commande. Aucune réaction non plus lorsqu'il lui déclara la trouver resplendissante.

Il l'observa tandis qu'elle s'acquittait mécaniquement de ses multiples tâches — servir les repas, faire les additions, rendre la monnaie — sans quasiment échanger un mot avec les clients, contrairement à ses habitudes. Elle paraissait à des millions de kilomètres de là, dans un monde qui, visiblement, ne l'enchantait apparemment pas.

Travis n'était pas plus hostile qu'un autre au principe des devinettes, mais il avait toujours préféré donner sa langue au chat pour avoir plus rapidement la réponse. Aussi, quand

Sarah lui apporta un sandwich au thon au lieu de la salade au poulet qu'il avait demandée, il lui saisit la main.

— Une minute, ma belle. Ce n'est pas ce que j'ai commandé.

Elle se libéra vivement de son étreinte puis, baissant les yeux vers l'assiette qu'elle venait de poser devant lui comme si elle la découvrait, rougit violemment.

— Excusez-moi. Je ne sais pas où j'ai la tête.

— Effectivement, vous êtes ailleurs aujourd'hui. Un souci ?

— Non, pas vraiment. Je me suis trompée, voilà tout.

— C'est la première fois que cela vous arrive depuis que je fréquente ce restaurant.

— Je vous apporte votre salade tout de suite, répliqua-t-elle machinalement en s'éloignant.

Travis décida de ne pas insister, mais quand elle réapparut avec la bonne commande, il revint à la charge.

— Vous savez quoi ? Je réfléchis depuis tout à l'heure à ce qui ne va pas et je viens juste de trouver : votre sourire me manque.

Elle lui lança un regard dubitatif.

— C'est la pure vérité, je vous assure, insista-t-il. J'en ai besoin. En auriez-vous un pour moi ?

— Désolée, répondit-elle, sourcils froncés. Il n'est pas inscrit au menu d'aujourd'hui.

— Y a-t-il une raison particulière ?

— Pourquoi vous acharnez-vous ? Un jour sans, ça arrive à tout le monde.

— Parce que je n'aime pas voir une femme malheureuse.

— Et alors ? Vous croyez-vous obligé de défendre la veuve et l'orphelin ?

— En quelque sorte, oui. C'est une malédiction, mais je suis ainsi fait.

Il eut alors la satisfaction de la voir réprimer un sourire.

— Mangez votre salade, monsieur le chevalier au grand cœur. J'ai du travail.

— Vraiment ? lança-t-il d'un ton moqueur en balayant la salle du regard.

Il ne restait que lui dans le restaurant...

— J'espère que vos clients n'ont pas filé sans payer, enchaîna-t-il, feignant de s'inquiéter.

— Pourquoi ? Vous proposeriez-vous pour régler leur addition dans ce cas ? Juste pour m'arracher un sourire ?

— Absolument. Vous pourriez aussi vous asseoir et parler de ce qui vous tracasse.

— Avec un parfait inconnu ? Sûrement pas !

— Un parfait inconnu ? Pas tout à fait. Il me semble que nous avons d'ores et déjà fait connaissance.

— J'ignore jusqu'à votre nom.

— Moi, je connais le vôtre, Sarah. Je m'appelle Travis. Travis McDonald, précisa-t-il en lui tendant la main qu'elle serra rapidement.

— McDonald ? Etes-vous parent de Tom, l'administrateur de notre ville ?

— C'est mon cousin, reconnut-il en souriant. Vous voyez, nous sommes déjà presque de vieux amis, à présent. Vous pouvez donc tout me raconter.

— Je croyais que les hommes détestaient écouter les femmes parler de leurs problèmes, répliqua-t-elle en le dévisageant avec curiosité.

— Ah bon ? Personnellement, j'ai compris que c'était le meilleur moyen d'apprendre à les connaître. Si on ne s'intéresse pas à ce qui se passe dans leur vie, comment peut-on espérer les satisfaire et les rendre heureuses ?

— S'agit-il là de votre occupation principale dans l'existence ? demanda-t-elle avec une effronterie qui le fit éclater de rire.

— Pas dans le sens où vous l'insinuez, ma belle. Cela dit, si vous insistez, nous pouvons imaginer quelque chose tous les deux.

Elle l'étudia un instant sans rien dire.

— Vous n'êtes pas fréquentable, monsieur McDonald !

— On me l'a déjà dit. Mais on utilise bien d'autres qualificatifs aussi à mon égard. Asseyez-vous donc que je vous en dresse la liste.

— Ah, vous me décevez. Je croyais que c'était de moi dont vous souhaitiez parler.

— L'un n'empêche pas l'autre !

— Désolée. Il faut vraiment que je retourne travailler. Et dès que j'aurai fini de ranger la salle, je dois rentrer m'occuper de mes enfants. Cela les perturbe toujours de voir leur père repartir pour l'Alabama.

— J'en déduis que vous êtes divorcée.

— Oui, et mère d'une petite fille qui n'a pas tout à fait deux ans et d'un petit garçon qui vient de fêter ses quatre ans.

— Ce doit être lourd à porter.

— Vous n'aimez pas les enfants ?

— Oh si ! Je les adore. Simplement, je me rends compte de la difficulté qu'il y a à élever seule deux bouts de chou.

— Ah oui ? rétorqua-t-elle d'un ton moqueur. Et d'où le tenez-vous ?

— De l'expérience de ma mère avec mes deux sœurs et moi. Mon père — qu'il soit pardonné — était dépourvu de tout instinct paternel. Il était doué pour trois choses : rédiger des chèques, courir les femmes et nous rabâcher que nous n'arriverons jamais à rien.

— Quel modèle extraordinaire pour un enfant ! ironisa-t-elle. Comptez-vous suivre ses traces ? Côté libertinage, vous êtes incontestablement au point.

La flèche piqua Travis au vif. Mais comment Sarah aurait-elle pu deviner qu'elle le blessait profondément en insinuant qu'il ressemblait à son père ?

— Il est vrai que je le considère comme un exemple, dit-il lentement en la regardant droit dans les yeux. Un exemple à ne pas suivre.

Visiblement troublée par le ton soudain solennel qu'il avait employé, la jeune femme sembla un instant perdre contenance.

— C'est une bonne nouvelle, dit-elle d'un trait. J'ai été ravie de bavarder avec vous, monsieur McDonald.

— Moi aussi, Sarah.

Il la regarda s'éloigner, écoutant la voix qui lui soufflait de ne rien entreprendre avec cette femme qui n'allait que lui compliquer la vie. Pourtant…

Pourtant il se sentait incapable de résister à l'attrait qu'elle exerçait sur lui.

Mary Vaughn Lewis ne se rappelait pas avoir jamais connu pareil bonheur. Quand elle avait épousé Sonny Lewis, la première fois, elle avait surtout cherché la reconnaissance sociale et la sécurité. Sonny étant le fils du maire et un concessionnaire automobile prospère, elle avait cru que plus personne ne la regarderait de haut ou ne mentionnerait la famille fort peu respectable d'où elle venait.

Ils avaient divorcé parce que Sonny s'était lassé d'être considéré comme un simple faire-valoir. Peut-être aussi parce qu'il n'avait plus supporté d'être un prix de consolation, sur lequel elle s'était rabattue en désespoir de cause après que Ronnie Sullivan eut rejeté ses avances, pourtant nombreuses et sans équivoque. Elle n'avait jamais su exactement pour quelle raison Sonny avait fini par perdre patience et demander le divorce. Toujours est-il qu'elle n'avait rien vu venir. Jamais elle n'avait imaginé que Sonny la quitterait, elle pour qui l'adoration qu'il lui avait témoignée sans relâche depuis leurs années de lycée avait constitué l'unique repère dans sa vie.

Il avait fallu cette séparation pour qu'elle comprenne enfin combien Sonny lui était précieux. Et un second mariage pour que, d'un coup, la passion pour ainsi dire « laborieuse » de la première expérience se débride, embrasant les deux quadragénaires qu'ils étaient devenus d'une ardeur stupéfiante. Tels des adolescents, ils semblaient à présent n'être jamais rassasiés l'un de l'autre.

Cette relation, pour excitante qu'elle soit, interférait néanmoins avec sa carrière d'agent immobilier, elle en était bien consciente. Elle avait pris la vraie mesure de la folle passion qui l'unissait à son mari le jour où elle était rentrée chez elle au beau milieu de l'après-midi pour s'ébattre avec lui plutôt que d'emmener des clients visiter des maisons... Son emploi du temps, autrefois plein à craquer de rendez-vous qu'elle n'aurait pour rien au monde songé à déplacer, dépendait dorénavant de celui de Sonny et des brusques envies qui pouvaient s'emparer de l'un ou l'autre.

Ayant cédé à l'une de ces pulsions subites, elle se trouvait chez elle quand un certain Travis McDonald téléphona pour se renseigner sur les opportunités immobilières en centre-ville. Bien que peu disposée à interrompre son activité du moment, elle prit néanmoins la peine d'écouter le message que son interlocuteur laissait sur le répondeur. Un client qui voulait acheter un bien en ville ? L'aubaine était trop rare pour la laisser filer ! Repoussant la main baladeuse de Sonny, elle se saisit du combiné avant que son client providentiel ne raccroche.

— J'ai quelques offres qui pourraient vous convenir, monsieur McDonald. Quand voulez-vous venir visiter ?

— Serait-ce possible cet après-midi ? Dans une demi-heure ?

L'homme semblait pressé.

— Entendu, acquiesça-t-elle malgré la mine déçue de Sonny.

Lorsqu'elle eut raccroché, elle se tourna vers son mari.

— Cinq minutes pour m'habiller, cinq autres pour me rendre là-bas... Cela nous en laisse vingt pour nous. Prêt à relever le défi ?

— M'as-tu déjà vu caler, ma chérie ? murmura Sonny avec un sourire coquin en lui tendant les bras.

Trente minutes plus tard, les cheveux un peu moins disciplinés que d'habitude, les joues un peu plus colorées, Mary Vaughn garait sa Mercedes devant son agence. Elle était juste à l'heure. Une fois de plus, Sonny avait tenu parole.

*
* *

A la fin du mois de mai, un panneau « VENDU », accroché à la fenêtre d'un local dans l'allée des Azalées, en face de la mairie et du côté de la place opposé au Wharton, suscita bien des interrogations dans l'esprit des habitants de Serenity.

Un temps occupé par un marchand de journaux et tabac, qui vendait aussi du Coca dans un antique distributeur, il était demeuré vide depuis plusieurs années. La vitre de la devanture, d'une propreté douteuse, avait été grossièrement couverte de papier kraft, et l'on devinait que la porte avait été un jour verte. La toile de l'auvent, quant à elle, était si pourrie qu'elle se serait vraisemblablement désagrégée si quelqu'un s'était risqué à la dérouler.

Fait exceptionnel, personne ne parvint à arracher le moindre renseignement à Mary Vaughn qui, d'ordinaire, s'empressait de raconter à qui voulait l'entendre tous les détails des transactions immobilières de la région, surtout lorsqu'elle les avait réalisées en personne.

— Je suis désolée, mais j'ai juré de ne rien dire, s'excusa-t-elle auprès de Sarah et de Grace qui l'assaillirent de questions, alors qu'elle était passée prendre un café.

— Depuis quand respectes-tu ce genre de serment ? s'indigna Grace.

— L'acquéreur a payé le prix fort pour que je tienne ma langue, expliqua Mary Vaughn sans se laisser démonter par l'agressivité de Grace. Que veux-tu ? L'argent est tout-puissant.

— Ton mystérieux acheteur ne doit pas avoir un grand sens des affaires, rétorqua Grace. Ne sait-il pas que le bouche-à-oreille est la meilleure façon de se faire de la publicité gratuitement ?

— Si on parlait d'autre chose, suggéra Mary Vaughn avec un sourire à l'adresse de Sarah. J'espère que Rory Sue va bientôt venir de nouveau habiter avec nous. Peut-être qu'Annie, Raylene et toi pourriez passer un peu de temps avec elle. Je suis sûre que le fait de fréquenter des jeunes à

Serenity l'encouragerait à s'installer ici plutôt que de s'expatrier à Charleston. L'idée de la savoir si loin nous rend malade, Sonny et moi. Et si tu entendais Howard, son grand-père ! Il est dans tous ses états.

« Comme si Charleston se trouvait à l'autre bout du monde », évita de répondre Sarah.

— Oui, avec grand plaisir, répondit-elle aimablement, ne voulant pas faire de peine à Mary Vaughn.

En fait, Rory Sue était une pimbêche qu'elle n'avait nulle envie de revoir, et encore moins de fréquenter. Cette dernière avait toujours affiché arrogance et mépris pour ses camarades, y compris pour Raylene, qui avait pourtant été la seule jeune fille de Serenity à faire officiellement et en grande pompe son entrée dans la haute société de Charleston, grâce aux relations de ses grands-parents maternels.

Comme sa mère, Rory Sue se croyait supérieure à tout le monde parce qu'elle appartenait à la famille la plus puissante de Serenity. Le fait que Howard et Sonny Lewis soient de gros poissons, certes, mais qui nageaient dans une mare minuscule, ne semblait pas la gêner. Pas plus que le fait que ses grands-parents maternels se soient essentiellement distingués par leurs fréquentes beuveries et leurs bagarres d'ivrognes.

— Dans ce cas, je vais lui dire de prendre contact avec vous, répondit Mary Vaughn en se dirigeant vers la sortie avec son gobelet de café.

— Inutile de revenir ici tant que tu n'auras pas de nouvelles à nous communiquer ! lui lança Grace, ne plaisantant qu'à moitié.

— Ne t'inquiète pas, nous apprendrons un jour ou l'autre le fin mot de l'histoire, la consola Sarah quand Mary Vaughn répondit par un salut désinvolte de la main.

— « Un jour ou l'autre » n'est pas suffisant pour quelqu'un comme moi qui se targue d'être au courant de ce qui se passe avant tout le monde, marmonna Grace. Je ne vois qu'une seule explication à tous ces mystères : quelqu'un va ouvrir un sex-shop ou quelque chose dans ce style. Peut-être même passer des films pornographiques, ajouta-t-elle d'un air songeur. Quoiqu'un décret municipal l'interdise, non ?

Puis, secouant la tête avec une moue chagrine, elle conclut :

— S'il ne s'agissait pas de quelque chose de scandaleux, pourquoi le propriétaire des lieux tiendrait-il tant à garder le secret ?

Sarah se retint d'éclater de rire et tenta d'expliquer à Grace, aussi diplomatiquement que possible, l'absurdité de sa théorie.

— Et d'une, je ne suis pas sûre que la demande en gadgets érotiques soit suffisante à Serenity pour ouvrir un commerce. Et de deux, si je me lançais dans cette entreprise, je ne m'établirais pas en pleine ville, au vu de tout le monde. Il y a plein de petites rues à l'écart où il serait possible de s'installer en toute discrétion.

— Tout le monde ne possède pas ton bon sens, malheureusement, grommela Grace.

Elle se tut, apparemment absorbée dans la contemplation de son thé glacé, qu'elle remuait lentement avec une paille. Après quelques instants, elle finit par lever la tête vers Sarah.

— Tu pourrais peut-être aller tirer les vers du nez à Jeanette.

— Pourquoi Jeanette ?

— Elle est mariée à l'administrateur de Serenity, non ? Si quelqu'un est au courant, c'est bien Tom. C'est bien lui qui a lancé l'opération visant à dynamiser le centre-ville en y attirant de nouveaux commerces, non ?

— Tu as raison. Je poserai la question à Jeanette quand j'irai au Club du Coin tout à l'heure, lui promit Sarah, bien que très peu confiante en sa capacité à arracher des confidences à Jeanette.

A la différence des autres Sweet Magnolias qui étaient incapables de tenir leur langue, Jeanette savait rester discrète. La preuve, elle s'était montrée très peu loquace au sujet de ce Travis, le cousin de son mari, en dépit de l'interrogatoire serré auquel Annie l'avait soumise.

— Si tu apprends quoi que ce soit, tu m'appelles, c'est compris ? lui ordonna Grace. Et tout de suite. D'accord ?

Sarah lui donna sa parole et remarqua soudain que sa patronne, le visage radieux, ne lui prêtait plus attention mais regardait par la vitre du restaurant.

— Tiens, tiens… intéressant…, murmura cette dernière. Jette donc un coup d'œil de l'autre côté de la rue.

Sarah suivit la direction de son regard et découvrit, moulé dans un jean délavé et un T-shirt noir, son mystérieux inconnu, Travis McDonald en personne qui pénétrait dans la boutique vide de l'allée des Azalées en seigneur des lieux…

Chapitre 3

C'est avec une grande émotion que Travis pénétra dans le local qui hébergerait bientôt WSER, la radio de Serenity, *sa* radio. D'émotion et d'appréhension aussi car, il devait le reconnaître, son projet de rénover les lieux pour y aménager une station de radio en plein cœur de la ville relevait un peu de l'inconscience.

Dans cette pièce qui empestait le tabac froid et dont le linoléum d'un jaune sale était criblé de brûlures de cigarettes, seul l'antique distributeur de Coca-Cola méritait d'être conservé. Même si la présence de cette machine paraissait a priori insolite dans une station de radio, l'idée d'exposer une pièce de musée le séduisait assez. Il l'approvisionnerait de boissons, dans des bouteilles de verre à l'ancienne s'il réussissait à s'en procurer, à l'intention des invités qu'il s'imaginait déjà interviewer lors de la matinale dont il avait dès à présent choisi le titre : *Le Point du jour en Caroline*. Il souhaitait que cette émission, où alterneraient musique country, brèves et causeries, devienne pour les habitants la source première d'informations sur Serenity. En dehors du Wharton, naturellement !

Ce qu'il lui fallait maintenant, outre de l'huile de coude, c'était trouver la personne capable de bavarder avec les habitants et les responsables de l'économie du coin ou avec n'importe quelle personnalité de passage à Serenity. Alors qu'il jetait un coup d'œil dehors, il aperçut, sur le seuil du Wharton, la meilleure candidate à ce poste, qui regardait droit dans sa direction : Sarah Price qui, dès qu'il sortit pour lui adresser un petit signe de la main… se sauva comme un lapin apeuré et retourna dans le restaurant.

Oui, la meilleure candidate… A la seconde même où il avait décidé de se lancer dans l'aventure et d'acheter la radio, il avait aussi décidé de la convaincre d'abandonner son travail de serveuse pour un avenir plus alléchant : celui de célébrité locale. Pendant des jours il avait observé avec quel naturel elle engageait la conversation avec les habitués du Wharton, et avec quelle facilité ils se confiaient à elle. Le meilleur des détectives professionnels n'arracherait pas des aveux aussi rapidement ! Et elle opérait dans la bonne humeur, de surcroît. Une bonne humeur et une cordialité qu'elle saurait communiquer à l'antenne, il en avait la certitude. La convivialité du Wharton sur les ondes, en quelque sorte.

Evidemment, le fait qu'elle ne parvienne pas à aligner deux phrases complètes lorsqu'elle s'adressait à lui l'inquiétait quelque peu, mais il demeurait convaincu qu'il ne s'agissait nullement d'un mal incurable. Quelque chose devait la troubler… Mais quoi ? Il finirait bien par trouver. Pour le moment, il ne devait s'intéresser à elle que dans un cadre strictement professionnel, c'est-à-dire pour évaluer sa capacité à mener à bien une interview et à attirer des auditeurs.

Dès qu'il en aurait terminé avec la paperasse administrative pour obtenir l'autorisation d'émettre et qu'il aurait mis la touche finale à son projet, il entretiendrait sérieusement Sarah de la façon dont il pourrait changer le cours de sa vie.

Peut-être aurait-il la chance qu'elle ne lui jette pas un pot de café brûlant à la figure ? Une éventualité qui n'était pas à écarter, au vu de la nervosité qu'elle manifestait en sa présence.

Mais chaque chose en son temps. Il avait d'autres chats à fouetter dans l'immédiat.

A commencer par une visite à la droguerie-quincaillerie de Main Street, où il emplit un chariot de produits et d'ustensiles de ménage. Sa première tâche consistait en effet à vider et nettoyer le local de l'allée des Azalées avant de s'attaquer à la peinture, à la construction de cloisons et à la pose du revêtement de sol. Pour la décoration et le choix des coloris, il demanderait l'aide de Jeanette afin qu'elle crée la même atmosphère accueillante et douillette que chez elle. Sans le tissu à fleurs, toutefois !

Lorsqu'il déposa ses achats sur le comptoir du magasin, l'homme qui se tenait derrière les examina avant de lever les yeux vers lui.

— Je suppose que c'est vous qui avez acheté l'ancien tabac-journaux.

— C'est exact, répondit aimablement Travis. Existe-t-il un autre endroit en ville assez crasseux pour nécessiter autant de produits d'entretien ?

— Pas que je sache, répondit l'homme en souriant. Je me présente : Ronnie Sullivan. Le Sullivan, le meilleur restaurant de tout l'Etat, appartient à ma femme, Dana Sue.

— Vous ne seriez pas un peu de parti pris, par hasard ? demanda Travis, amusé par cet éloge enthousiaste.

— C'est un jugement qui fait l'unanimité, répondit fièrement Ronnie en désignant une critique gastronomique qu'il avait encadrée et accrochée au mur. Vous n'y avez jamais mangé ?

— Jusqu'à présent, j'ai pris mes repas chez mon cousin et au Wharton.

— Vous avez donc de la famille à Serenity ?

— Mon cousin est l'administrateur de la municipalité, Tom McDonald. Moi, je suis Travis McDonald.

— Ah oui ! Tom nous avait dit qu'il attendait du monde. Enchanté, Travis, et bienvenue dans le coin. On peut se tutoyer ?

— Volontiers.

Tout en rangeant les achats de Travis dans un carton et dans des sacs, Ronnie en profita pour s'informer.

— Alors, qu'est-ce que tu vas vendre ?

Travis dut étouffer un sourire devant l'inquiétude qui perçait derrière la question. Lors de ses visites au Wharton, il avait entendu les rumeurs qui circulaient, dont sa préférée était l'hypothèse sulfureuse de Grace d'un sex-shop ! Et elle semblait prendre un tel plaisir à s'indigner et à monter sur ses grands chevaux qu'il répugnait à la détromper trop rapidement. A moins que Ronnie ne craigne la concurrence.

— Le moment n'est pas encore venu de dévoiler mes intentions, répondit-il. Il y a quelques avantages à piquer la curiosité des gens.

— Intéressant d'un point de vue stratégique, je te l'accorde. Ne crains-tu pas cependant qu'il soit dangereux de laisser s'emballer l'imagination de la population ? Tu risques de te réveiller un matin avec des pétitions lancées contre toi.

— Tu as entendu parler du sex-shop, on dirait, dit Travis dans un éclat de rire.

— Oui, en effet. Pourquoi ? S'agit-il d'un faux bruit ?

— Absolument. Mais je préfère laisser le doute planer encore un peu.

— Oh, c'est un peu risqué, mon gars. Je t'assure que tu n'as pas intérêt à ce que Grace fasse monter la pression. Quoi que tu annonces ensuite paraîtra bien fade en comparaison.

— Peu importe. Je crois qu'il n'est pas mauvais de créer un peu d'agitation autour d'un projet.

— Sans aller jusqu'à l'émeute, quand même ?

— Bien évidemment ! Jamais Tom ne me permettrait de faire quoi que ce soit susceptible de nuire à cette ville. Pour lui, la réussite de Serenity est devenue une question d'honneur.

— Oui, c'est un bon argument, reconnut Ronnie. N'hésite pas à me faire signe si tu as besoin d'un coup de main pour remettre le local en état. Je connais plusieurs personnes qui peuvent se charger de travaux de peinture, construction et bricolage pour un prix raisonnable.

— Merci. Je prends note.

— Tu veux de l'aide pour transporter tout ce matériel ? Je peux fermer le magasin un instant.

— Non, ce n'est pas la peine, merci, répondit Travis en

empoignant le carton et les deux sacs. Je reviendrai quand j'aurai terminé le grand nettoyage.

— D'accord. Et n'oublie pas de passer au Sullivan un de ces jours. Au cas où tu chercherais de la compagnie, j'y suis le soir en général.

— Je n'y manquerai pas. Merci !

Dès son retour dans son nouveau domaine, Travis se mit au travail avec enthousiasme, s'interrompant pour aller respirer l'air printanier sur le pas de sa porte chaque fois que la forte odeur des produits lui devenait par trop insupportable. Plus d'une fois il surprit Sarah qui regardait dans sa direction. Partageait-elle le pronostic de Grace sur l'utilisation finale du local ? Et dans ce cas, qu'en pensait-elle ? Une chose était sûre toutefois, elle cachait difficilement sa curiosité. Ce qui le réjouissait au plus haut point !

Sarah et Grace avaient beau connaître depuis maintenant deux semaines l'identité du nouveau propriétaire de la boutique de l'allée des Azalées, elles restaient sur leur faim quant à ses intentions professionnelles. Malgré le papier kraft plaqué sur la vitrine qui protégeait en partie les lieux des regards indiscrets, elles savaient que Travis McDonald s'affairait là tous les jours, du matin au soir. Avec une ardeur impressionnante, devait reconnaître Sarah.

Si le mystère qui entourait le projet de Travis intriguait Sarah, il rendait Grace carrément folle. Au point qu'elle était à deux doigts d'organiser une manifestation devant sa boutique.

— Contre quoi veux-tu protester, exactement ? lui demanda Sarah. Il n'a rien fait de mal. Il est simplement en train de remettre en état un local dont il est propriétaire.

— Ecoute-moi bien, ma belle. Il prépare quelque chose d'indigne, j'en mettrai ma main à couper, et j'entends étouffer son idée dans l'œuf. On n'est pas cachottier comme ça sans raison.

— Tu te mets dans tous tes états pour rien, Grace, la

raisonna Sarah en retenant une furieuse envie d'éclater de rire. Attends au moins qu'il mette son enseigne. N'oublie pas qu'il est cousin avec l'administrateur de Serenity. Alors tu penses bien qu'il n'entreprendrait rien qui attirerait des ennuis à Tom.

— Dans ce cas, explique-moi pourquoi il garde le silence ! Je vais te le dire, moi, pourquoi. Parce qu'il prépare un mauvais coup.

Sans réfléchir, Sarah enleva son tablier.

— Remplace-moi, Grace, s'il te plaît.

— Où vas-tu ? demanda cette dernière, interloquée.

— Me jeter dans la gueule du loup !

Grace n'eut pas le temps de réagir. Sarah passait déjà la porte, longeait le pâté de maisons et traversait la place…

Travis était appuyé contre la vieille façade en briques rouges, affichant une nonchalance que démentait la vivacité de son regard.

— Ce n'est pas trop tôt, ma belle ! s'exclama-t-il quand elle approcha. Je commençais à croire que je ne vous intéressais pas.

Décontenancée, elle trébucha sur le rebord du trottoir.

— Oh ! Arrêtez votre baratin cinq minutes, répliqua-t-elle en se campant devant lui. Pourquoi n'annoncez-vous pas clairement vos plans ?

— Parce que je n'en ai pas envie, tout bêtement. Existe-t-il une loi qui m'obligerait à faire part de mes projets avant le moment que j'ai choisi ?

— Bien sûr que non. Il faut juste déposer des dossiers à la mairie avant de créer une entreprise. A moins que Tom ne vous en dispense, sous prétexte que vous êtes parents ?

— Ce n'est pas le genre de Tom.

— Sait-il ce que vous allez vendre ?

— Oui.

Agacée par son refus de satisfaire sa curiosité, elle le dévisagea un moment avant de lancer :

— Cela vous amuse de voir les gens perdre leur temps à échafauder des théories, n'est-ce pas ?

— C'est exact. En particulier, j'adore celle du sex-shop, ajouta-t-il avec un éclat espiègle dans les yeux. Qu'en pensez-vous, personnellement ?

— Que… que c'est n'importe quoi, avoua-t-elle. Mais dans la mesure où je suis sûre que vous êtes capable de faire n'importe quoi, je ne l'ai pas complètement éliminée. Au fait, je préfère vous avertir que Grace compte lancer une pétition contre la création d'un tel commerce et organiser ensuite une manifestation devant votre porte. Si j'étais vous, je m'arrangerais pour l'arrêter avant qu'elle ne mette ses menaces à exécution.

— Vraiment ? Vous imaginez la publicité gratuite dont je bénéficierais ?

— C'est ce genre de publicité que vous recherchez ?

— Je ne vois pas en quoi elle me causerait du tort.

L'air de rien, Sarah s'était approchée de la porte avec l'intention d'entrevoir l'intérieur du local, en essayant néanmoins de garder une distance respectable avec Travis, dont elle trouvait la virilité trop attirante.

— Puisque je suis là, pourquoi ne me feriez-vous pas visiter ? suggéra-t-elle, espérant glaner quelques indices.

S'il avait quelque chose à cacher, il ne la laisserait probablement pas franchir le seuil.

— Mais je vous en prie, accepta-t-il sans la moindre hésitation, avec un large sourire un tantinet moqueur, en s'effaçant pour la laisser passer. Vous pourrez me donner votre avis sur l'harmonie des couleurs.

A sa grande surprise, Sarah découvrit que la longue salle étroite avait été divisée en quatre espaces indépendants, une configuration bien peu adaptée à une boutique. Le plus grand, situé sur la gauche, disposait de la seule fenêtre existante, qui ouvrait sur la pelouse communale et donnerait de la luminosité une fois qu'on l'aurait débarrassée de cet affreux papier marron.

Cette pièce communiquait avec une plus petite, dans le fond. Le vestibule, qui n'était guère plus vaste que l'entrée d'un pavillon, offrait cependant la possibilité d'y placer quelques chaises. Pour le moment, le seul meuble existant consistait en ce vieux distributeur rouge de Coca-Cola qu'elle se rappelait de son enfance et qu'elle toucha avec quasiment le même respect qu'elle aurait témoigné à une relique.

— Vous l'avez gardé, fit-elle remarquer sans s'expliquer pourquoi elle en éprouvait autant de joie.

Un homme qui osait afficher son côté sentimental n'était peut-être pas foncièrement mauvais, après tout...

Travis l'observait sans se départir de son sourire.

— C'est ce qu'il y a de mieux ici, répondit-il.

— Et par-là, qu'y a-t-il ? demanda-t-elle, le doigt pointé vers la seule autre porte qui donnait dans le vestibule.

— Regardez vous-même, dit-il en poussant le battant.

A l'exception du matériel de ménage et de peinture, l'arrière-salle était entièrement vide. Ne disposant pas de fenêtre, elle aurait été sinistre si les murs n'avaient été peints en un jaune lumineux, comme les autres pièces, agrémenté d'un liseré blanc.

— Vous comptez vendre les articles pornographiques ici ? lança-t-elle, mi-figue, mi-raisin. Ils seraient moins en vue.

— En fait, expliqua-t-il avec le plus grand sérieux, je pensais les mettre dans la pièce de devant. Cela attirera davantage de clients s'ils sont visibles de la rue, vous ne croyez pas ?

Mais Sarah, au lieu d'entrer dans son jeu, coupa court au badinage.

— Vous semblez ne pas bien appréhender la situation. Grace va vous mener une vie infernale si vous ne levez pas rapidement le doute.

— Qu'entendez-vous par « rapidement » ?

— Environ une nanoseconde. Elle est à cran. Elle supporte mal de ne pas être la première informée d'un événement à Serenity. Vous la frustrez.

— Honnêtement, voyez-vous quoi que ce soit de louche ici ? demanda-t-il en balayant l'espace d'un geste circulaire.

— Non, mais il m'est déjà arrivé de me faire piéger.

— Vous ne me donnez pourtant pas l'impression d'être une femme facile à abuser.

— Qu'en savez-vous ?

— Je suis un assez bon juge du genre humain. Surtout des femmes. Par exemple, en vous observant, je vois tout de suite que le travail ne vous effraie pas et que vous vous occupez bien de vos enfants. Quand je vous écoute au Wharton…

— Quand vous *tendez une oreille indiscrète*, vous voulez dire.

L'accusation ne sembla pas le gêner le moins du monde.

— Disons plutôt alors : quand je prête attention à vos propos, je découvre une femme pleine de vivacité et d'esprit.

Elle le regarda quelques instants en silence, troublée. Il avait réussi à mettre le doigt sur les domaines de sa vie qui lui causaient le plus d'inquiétude et de doutes, les domaines que Walter s'était acharné à dénigrer, à l'instar de ses parents. En outre, il ne la considérait visiblement pas comme une nullité. Mais l'expérience lui avait trop appris à se méfier des paroles flatteuses des hommes pour qu'elle tire une quelconque satisfaction de ses remarques.

— Je vous le répète, levez le voile sur votre projet avant que Grace ne se saisisse de l'affaire, reprit-elle. Les conséquences seraient terribles.

— C'est-à-dire ?

— Grace est très populaire ici. Les habitants n'apprécieraient pas que vous la ridiculisiez en la laissant monter une campagne contre une initiative qui, au bout du compte, se révélera parfaitement anodine. Votre entreprise, quelle qu'elle soit, risquerait de ne jamais s'en remettre. Ici, les gens n'oublient rien et ils protègent les leurs. En dépit de tout le respect qu'ils éprouvent pour Tom, ils vous considéreront comme un intrus. Vous aurez un magasin plein de marchandises et aucun client.

— Soyez sûre que je garderai votre avertissement à l'esprit, lui assura Travis, qui avait retrouvé tout son sérieux à présent. La théorie extravagante de Grace a beau m'amuser au plus haut point, je m'en voudrais de mettre cette femme dans une situation gênante.

— Vous paraissez presque sincère, s'étonna Sarah.

— Mais je le suis ! J'aime bien votre patronne. C'est d'ailleurs grâce à elle que j'ai choisi de rester à Serenity.

Que voulait-il dire par là ? se demanda Sarah, sidérée. Se pouvait-il que Grâce et lui… ? Non ! c'était absurde ! Si elle était venue pour satisfaire sa curiosité, non seulement elle en était pour ses frais, mais encore le mystère devenait de plus en plus obscur.

— Je pourrai la mettre au courant de vos intentions, si vous acceptez de me les communiquer, bien sûr, proposa-t-elle dans une ultime tentative pour lui arracher des informations. Qui sait si, dans ce cas, je ne parviendrais pas à lui faire jurer de tenir sa langue pendant un certain temps.

— Allons, ma belle ! s'exclama Travis en riant. En d'autres circonstances, je ne douterais pas un instant de votre bonne foi. Mais en l'occurrence, j'ai vu Grace à l'œuvre. Il n'existe pas un seul secret sur terre qu'elle soit capable de garder. Je me trompe ?

Etrangement, elle ne décela rien de blessant dans cette déclaration, comme si Travis considérait bénéfique, voire nécessaire, l'attachement de Grace à son rôle de réceptacle des potins de Serenity. C'est d'ailleurs ce que pensaient également la plupart des habitants qui, bien que souvent exaspérés, adoraient cette *institution* dont ils n'auraient su se passer.

— Ce qui la rend indispensable, si vous voulez mon avis, rétorqua-t-elle, s'empressant de prendre la défense de Grace. Bien sûr, les gens n'apprécient guère que leurs histoires soient déballées sur la place publique, mais ils y voient néanmoins un avantage : comme tout le monde est au courant de tout, les coups en douce sont rares à Serenity.

— Une prouesse dont peu de petites agglomérations peuvent se vanter !

Tournait-il Serenity en ridicule ou son admiration était-elle sincère ? Travis McDonald était un homme terriblement énervant.

— Personnellement, je trouve tout cela très positif, finit-elle par déclarer pour le tester.

— Moi aussi, assura-t-il avec conviction.

Son regard s'intensifia et il tendit la main vers elle comme s'il voulait la toucher. Mais n'alla pas jusqu'au bout de son geste et laissa retomber son bras le long du corps.

— Soyez sans crainte, jolie Sarah. Tout va rapidement être révélé au grand jour.

Sarah avait passé la plus grande partie de l'après-midi à tenter d'interpréter sa conversation avec Travis. Elle avait rapporté les grandes lignes de la conversation à Grace qui, elle aussi, y perdait son latin.

A présent, attablée en compagnie de Raylene dans sa courette devant un thé glacé pendant que les enfants jouaient dans le jardin, elle discutait de la question avec son amie.

— Je pense quand même qu'il cache quelque chose, dit-elle. Mais quoi ?

— Peut-être que c'est un espion, ou un journaliste d'investigation qui a eu vent d'une affaire et est venu fouiner.

— Une affaire ici ? A Serenity, en Caroline du Sud ? Je n'y crois pas une seconde ! Pour espionner quoi ? Qui ? Ou pour faire éclater quel scandale ? Ils ne courent pas les rues dans une petite ville comme la nôtre. De toute façon, ainsi que je le lui ai souligné, pratiquement rien de ce qui se passe ici n'échappe à Grace. Elle en sait certainement davantage que le journal du coin.

— Je suis à court d'explications, alors.

— Je suppose qu'il faut encore attendre un peu avant que le mystère ne soit résolu, soupira Sarah avec résignation. Je crois qu'il a quand même compris qu'il n'avait pas intérêt à trop prolonger le suspense. Ça va, Raylene ? demanda-t-elle brusquement en remarquant les traits tirés et la nervosité de son amie. Il est arrivé quelque chose ce matin ?

Sa question eut pour effet d'accentuer le malaise de Raylene.

— Oui je... j'ai eu une nouvelle crise de panique, avoua-t-elle. Je surveillais les enfants dehors quand Tommy a disparu de l'autre côté de la maison. Je l'ai appelé, et comme il n'a pas répondu, je me suis levée pour aller le chercher. Alors, au moment de quitter la cour, j'ai eu l'impression qu'un mur se dressait devant moi. Impossible d'avancer d'un pas. Je me suis mise à transpirer, à trembler. J'ai finalement réussi à crier une fois encore son nom et, Dieu soit loué, il est revenu tout de suite. Cela dit, je crois qu'il n'est plus envisageable que je reste seule avec tes enfants, Sarah, même pour une heure ou deux.

— Je suis absolument certaine que si Tommy n'était pas rentré quand tu l'as appelé, tu serais partie à sa recherche, lui assura Sarah, émue par l'angoisse qu'elle lisait dans ses yeux.

— Tu n'as pas bien fait attention à ce que je t'ai expliqué, Sarah, répliqua Raylene d'un ton sec. J'étais paralysée, incapable de bouger.

Sarah, dissimulant son inquiétude, prit la main de son amie entre les siennes.

— Ce n'est pas grave. Rien n'est arrivé. Tommy va bien.

— Cette fois, peut-être. Mais la prochaine ? Sérieusement, Sarah. Je suis ravie de te donner un coup de main pour tenir la maison, mais je ne veux plus assumer la responsabilité de Tommy et Libby. C'est trop risqué. Je comprends bien que tu cherches à me venir en aide, mais les enfants passent avant tout.

— Je sais, reconnut Sarah.

Jamais elle ne renierait la confiance qu'elle accordait à Raylene, mais elle n'avait pas non plus le droit de ne pas tenir compte des inquiétudes de cette dernière et de ses angoisses.

— Je ne veux pas que tu te replies sur toi encore plus, Raylene. Tu te rends bien compte qu'il ne s'agit pas d'un trouble passager. Non seulement ta peur d'aller dehors commence à s'éterniser, mais elle augmente. Il faut absolument que tu consultes quelqu'un. Je ne pense ni à moi ni aux enfants quand je te dis cela, mais à toi. Appelle la psy d'Annie, le Dr McDaniels. Tu la connais, tu l'avais rencontrée à l'époque où Annie était hospitalisée pour son anorexie. Ce sera plus facile de lui parler à elle, plutôt qu'à une totale inconnue.

— Je sais que tu as raison, mais je dois essayer de régler le problème par moi-même. Je ne veux pas, en plus de tout le reste, donner à mon mari le plaisir de m'avoir privée de mon indépendance.

— N'est-ce pas déjà le cas ? avança doucement Sarah. Tu te terres ici. Tu ne vois personne en dehors des amis que nous invitons, des enfants et de moi. Ce n'est pas une vie, Raylene.

— Crois-moi, c'est mieux que celle que je menais à Charleston, déclara Raylene avec une infinie tristesse.

— Comment ça ? s'étonna Sarah. Et toutes ces commissions très chic dont tu nous as parlé ? Toutes les collectes auxquelles tu as participé au bénéfice d'œuvres caritatives ? Les soirées de bienfaisance, les réunions ?

— Du vent, marmonna Raylene. Je ne voulais pas que toi et Annie sachiez à quel point ma situation s'était détériorée. Je ne siégeais pas aux commissions parce que… parce que je ne savais jamais dans quel état je serais. Tu ne peux pas adhérer à ce genre d'organismes et n'assister aux réunions qu'une fois de temps en temps. Oh ! J'ai essayé, la première année de notre mariage. Mais j'ai très vite été cataloguée comme peu fiable, ce qui était tout à fait logique. J'ai arrêté complètement lorsque j'ai surpris une dame en train de dissuader une présidente de commission de me confier une mission importante, sous prétexte que mon manque d'assiduité m'empêcherait de la mener à terme.

— Je l'ignorais, murmura Sarah. Comme cela a dû te blesser ! Je suis navrée.

— Inutile. Tout était ma faute.

— Ne dis pas ça. En quoi le fait d'être maltraitée était-il ta faute ? Tous les torts reviennent à ton mari.

— Je l'ai choisi. Et puis j'aurais dû me décider à partir beaucoup plus tôt, mais chaque fois que je laissais entendre que j'envisageais de le quitter, mes parents, et plus exactement ma mère, me rappelaient toutes les merveilles auxquelles j'allais renoncer. Pas un seul instant ma mère n'a cru possible qu'un homme d'une famille aussi respectable et qui occupait un poste aussi prestigieux puisse être violent dans l'intimité et adorable en société. Dans son esprit, je vivais le mariage idyllique qu'elle aurait dû faire. Elle ne voyait pas la réalité comme elle l'était.

— Et ton père ?

— Je ne lui ai jamais rien dit, avoua Raylene. Je n'ai pas pu. Je l'aurais anéanti si je lui avais raconté quoi que ce soit, surtout s'il avait découvert que ma mère était au courant et m'avait conseillé de rester avec Paul. Je suis contente qu'il soit mort sans l'avoir appris.

Comment une mère pouvait-elle, en toute connaissance de cause, laisser sa fille se faire maltraiter par son mari, au lieu de se battre bec et ongles pour l'arracher à cet enfer ? se demanda Sarah, ulcérée. Il est vrai que la mère de Raylene avait toujours été tentée de s'enfermer dans un passé qu'elle prétendait étincelant pour rejeter un présent qu'elle jugeait indigne d'elle. Mais d'ici à se voiler la face devant l'épouvantable expérience conjugale de Raylene… C'était carrément impensable !

— Je comprends mieux pourquoi tu n'as pas adressé la parole à ta mère depuis que tu es revenue à Serenity.

— Elle n'est pas aussi odieuse que tu pourrais l'imaginer après ce que je viens de te raconter, dit Raylene d'un air très las. Elle tenait seulement à ce que j'aie ce qui lui avait manqué avec mon père.

— C'est-à-dire les biens matériels. Ne sait-elle donc pas

qu'ils ne pèsent pas grand-chose face à l'amour et au respect ? Et ça, ton père le lui a toujours donné, non ? Il l'adorait.

— Je sais. Mais je crois que toute l'argenterie que j'ai reçue en cadeau de mariage comptait davantage pour elle. Pour moi aussi d'ailleurs. Au début... Grâce à toi et Annie, je commence à remettre de l'ordre dans mes priorités et à envisager ma vie sous un autre angle.

— Bravo ! s'écria Sarah en lui frappant la paume de la main en un geste de félicitation.

— Oui, dit Raylene avec un pâle sourire. Maintenant, si je parvenais à franchir les limites de ta maison et de cette cour, tout serait pour le mieux dans le meilleur des mondes ! Je fais tout ce que je peux. Mais c'est difficile, tu sais...

Chapitre 4

Pourquoi donc avoir rapporté à son père que Sarah travaillait et confiait Tommy et Libby à une baby-sitter ? se maudissait Walter.

En fait, il s'était laissé piéger. Pour justifier le manque d'attention que lui reprochait son père pendant leur conversation, Walter lui avait avoué la situation alors que lui-même n'en avait pas encore totalement apprivoisé l'idée. Décidément, il accumulait les bêtises !

— Tu laisses une bonne femme comme ça, qui est incapable de s'occuper correctement de ses enfants, te voler ton fils ! s'écria Marshall Price, hors de lui. Quel homme faut-il être pour ne pas réagir à un pareil scandale ?

— Sarah n'a pas *volé* Tommy, rectifia Walter d'une voix lasse, excédé par les récriminations dont on l'accablait depuis que le divorce avait été prononcé. Les termes du jugement me garantissent un droit de visite un week-end sur deux, et Sarah ne s'oppose absolument pas à ce que j'en augmente la fréquence.

— Il faut que tu ailles jusqu'en Caroline de Sud pour exercer ce droit, fit remarquer son père avec une moue méprisante, comme s'il avait dû se rendre à Tombouctou. Comment veux-tu que ton fils s'initie aux exigences du poste dont il héritera un jour, s'il ne passe jamais de temps avec sa famille, ici, dans l'Alabama ?

— Il a tout juste quatre ans, papa. Il a encore le temps d'apprendre à diriger une filature dẹ coton, répliqua Walter pour la centième fois au moins. Alors arrête, tu veux bien ?

Peut-être que si toi et maman ne vous étiez pas déchaînés avec autant d'acharnement contre Sarah, elle n'aurait pas décidé de quitter l'Alabama en emmenant Tommy et Libby. Je lui avais proposé de lui acheter une maison ici, en ville. Celle qu'elle voulait. Je lui laissais le choix. Mais elle a refusé. Elle voulait s'éloigner le plus possible de vous, ne plus avoir à vous supporter.

Bien sûr il avait sa propre part de responsabilité dans l'échec de leur mariage, car lui non plus ne s'était pas privé de dévaloriser Sarah. Mais il avait l'impression d'avoir subi, de la part de ses parents, un véritable lavage de cerveau la concernant. Etrangement, c'est précisément ce qu'elle lui avait fait remarquer lorsqu'il s'était rendu à Serenity, le week-end précédent. Sur le coup, il n'avait rien voulu entendre. Il comprenait à présent qu'elle avait vu juste. Oui, lui qui s'était follement épris d'elle à l'université avait radicalement changé d'opinion sur son compte à la seconde où il était rentré vivre dans l'Alabama, sous la coupe de ses parents.

Combien de fois ces derniers ne lui avaient-ils pas répété qu'elle n'était pas assez bien pour lui ? Combien de fois sa mère n'avait-elle pas critiqué la façon dont elle tenait la maison, dont elle se comportait dans le monde ? Combien de fois son désir d'enseigner n'avait-il pas été tourné en ridicule ?

Par-dessus le marché, elle s'était rendu coupable du pire des péchés : être enceinte avant de se marier. Les Price avaient commencé par la condamner elle, et elle seule, comme si un bébé ne se faisait pas à deux, puis avaient transformé la cérémonie du mariage en une scène d'humiliation qu'il avait lâchement acceptée.

Humiliation qu'il ressentait à présent peut-être encore plus cuisante pour lui qui les avait laissés faire sans intervenir. Non, pire encore : il s'était rallié à leur cause. Quel homme était-il donc devenu ? se demandait-il lorsqu'il réfléchissait à sa vie conjugale. Rien d'étonnant à ce que Sarah ait fini par ne plus reconnaître celui qu'elle avait rencontré à l'université, qui était tombé si éperdument amoureux d'elle qu'il avait immédiatement voulu l'épouser. Or, l'amour et le respect qu'elle lui avait inspirés, il les avait impunément abandonnés en pâture aux attaques continuelles de ses parents, qui les avaient définitivement détruits.

Hélas, il était trop tard lorsqu'il avait pris conscience de l'emprise de ses parents sur lui. Ce n'est qu'après le dépôt du dossier de divorce et le départ de Sarah qu'il avait commencé à ouvrir les yeux, à comprendre son erreur. Trop tard, bien sûr.

Même encore aujourd'hui, il ne s'était toujours pas libéré de l'influence de ses parents, et cela le perturbait. L'autre jour, par exemple, lors de sa dispute avec Sarah, au restaurant, sur son travail de serveuse, il avait été incapable d'arrêter le flot de propos désobligeants proférés sur un ton arrogant et méprisant. Il aurait cru entendre sa mère ou son père !

Bien qu'agacé par l'obstination de Sarah, il ne pouvait nier que, quelque part, il l'admirait d'avoir osé lui tenir tête et défendre sa décision de travailler au Wharton. Dommage qu'elle ne se soit pas davantage rebellée pendant leur mariage ! Qui sait si les choses n'auraient pas tourné différemment, alors ?

— Je suppose que tu repars là-bas demain, la queue entre les jambes ? lui lança son père, moqueur.

Pris d'une rage dont la violence le surprit lui-même, Walter se leva et jeta le stylo qu'il tenait dans sa main, en même temps qu'il assénait :

— Non. A la minute même.

— A la bonne heure ! Si j'étais toi, je ramènerais Tommy directement ici, où personne ne songerait à enlever son fils à son père, sous peine de me trouver en travers de sa route.

— Tu ne peux donc jamais parler sans avoir recours à l'intimidation ? répliqua Walter en secouant la tête d'un air désabusé. Finalement je me félicite que Tommy soit avec sa mère. Figure-toi que s'il y a une chose que je veux épargner à mon fils, c'est de devenir comme son grand-père et croire que le monde entier doit s'aplatir devant lui !

— Je t'interdis de me parler sur ce ton, mon garçon ! s'écria Marshall Price, les veines du cou gonflées, le visage violacé. Tout ce que j'ai fait, je l'ai fait pour toi ! J'ai consacré ma vie à te constituer un héritage dont tu serais fier ! Alors je te conseille d'y réfléchir à deux fois avant de te comporter avec autant d'insolence et d'ingratitude !

— Crois-tu vraiment que j'aie la moindre intention de passer ma vie enfermé dans ce trou perdu, à diriger une usine textile ? riposta Walter, emporté par son indignation. Je suis venu m'installer ici pour me conformer à ce que tu avais prévu pour moi, au détriment des rêves que je nourrissais alors et qui n'avaient rien à voir avec les tiens, je t'assure.

A son grand étonnement, ces paroles semblèrent le libérer d'un poids. Pourquoi avait-il tant attendu pour se rebeller contre son père ? A sa décharge, il fallait reconnaître qu'il n'avait compris que récemment la raison de sa docilité.

— Je m'étais imaginé t'être redevable de quelque chose, à cause de tout ce que tu m'avais donné, poursuivit-il d'un ton ferme. Avoue que j'ai comblé tes attentes. Je t'ai même donné le petit-fils que tu appelais de tes vœux pour assurer la continuité de la lignée des Price. Eh bien maintenant, j'en ai par-dessus la tête de me plier à tes exigences ! Oui, c'est terminé ! A partir d'aujourd'hui, je vais m'efforcer de suivre la voie que je me fixerai, *moi*. Sur ce, au revoir !

— Reviens immédiatement, tu m'entends ! hurla son père, soudain livide, en assénant sur son bureau un coup de poing qui fit voler papiers et tasse de café.

— Désolé, *père*, mais je ne me soumettrai plus à tes volontés. Plus jamais !

Walter marqua une pause, pour que son père assimile le message, avant d'ajouter :

— Quand je reviendrai, plus exactement *si* je reviens, les choses devront changer. Si tu ne me témoignes pas un tant soit peu de considération, je partirai. Définitivement, cette fois.

Là-dessus, sans laisser à son père le temps de répondre, il quitta la pièce en claquant la porte.

Quel soulagement d'avoir enfin osé dire tout haut à son père ce qu'il pensait !

Ce n'est qu'une fois sur la route de Serenity qu'il réfléchit aux conséquences de son petit coup d'éclat. Il savait qu'il allait payer le prix fort — car on ne manquait pas impunément de respect à Marshall Price ! —, et il ne serait pas autrement surpris de constater à son retour, lundi, que les serrures de l'usine avaient été changées et que sa maison avait été mise sous scellés par la banque, dont le directeur n'hésiterait pas à passer par-dessus la loi pour rendre service à son grand ami Marshall, un partenaire de golf…

Mais peu importait ! Au moins aurait-il connu l'euphorie d'avoir renoué avec l'homme digne d'estime qu'il avait été autrefois. Digne d'amour peut-être, même. Probablement pas de celui de Sarah, bien sûr, car le passif était trop lourd entre eux. Mais pourquoi une passion comme celle qu'il avait éprouvée pour Sarah lui serait-elle à jamais interdite ?

Le samedi matin, Travis arpentait avec satisfaction son nouveau domaine lorsque Bill Roberts, l'ancien propriétaire de la radio, entra dans le petit vestibule, prit un Coca-Cola dans le distributeur, et s'installa confortablement dans un des deux fauteuils. Pendant toute la semaine, il avait vérifié les branchements et le matériel, et donné mille et un conseils à Travis, ne se montrant avare ni de son temps ni de son savoir, le tout avec une patience jamais prise en défaut et un remarquable sens de l'humour, une qualité que Travis appréciait par-dessus tout.

— Prêt à annoncer la grande nouvelle ? demanda-t-il.

— Ce serait plutôt à toi de me dire si je le suis, répliqua Travis avec un sourire.

— J'ai l'impression que tout est en place. A quelle heure la conférence de presse est-elle prévue ?

Un événement qui n'avait bien sûr pas grand-chose à voir avec ce que Travis avait connu à Charleston ou à Boston, quand les journalistes sportifs s'étaient bousculés pour avoir la chance de l'apercevoir, après son recrutement par les Red Sox. Comme il n'y avait guère ici que l'hebdomadaire local à prendre en compte, il avait décidé d'inviter toute la population à l'inauguration officielle de WSER. Il ne commencerait pas à émettre avant deux semaines, mais il jugeait que le mystère avait assez duré. Trop duré, aurait dit Grace.

Vu les folles rumeurs qui avaient couru ces derniers temps, il attendait une foule de curieux et, ma foi, se sentait l'âme d'un petit garçon qui s'apprêtait à faire une farce.

— A 10 heures, répondit-il. Mais il me reste une chose à faire auparavant.

— Je parie que tu vas inviter Grace Wharton pour une visite en avant-première.

— Elle l'a bien mérité, non ? Elle se ronge d'inquiétude depuis si longtemps. Elle s'en est presque rendu malade. Au moins, cela lui donnera l'occasion d'annoncer le scoop à quelques privilégiés, avant que je ne parle.

— Finement joué. C'est incontestablement le genre de femme qu'il vaut mieux se mettre dans la poche.

— Je me demande comment elle va réagir quand elle apprendra que je compte lui voler Sarah…

— Ça, elle risque de moins bien le prendre. Téléphone donc à la base militaire de Sumter pour leur emprunter un gilet pare-balles !

— Ne plaisante pas. Les choses pourraient mal tourner, tu sais.

— Dans ce cas, autant en finir le plus vite possible de façon à ce que nous ayons le temps de te recoudre avant la cérémonie officielle. Je crois qu'il me reste des pansements de Superman de ma dernière sortie avec mes petits-enfants.

Avec un petit salut amical, Travis quitta le studio. La demi-heure qui allait suivre déciderait de son sort. De deux choses l'une : soit on allait l'acclamer comme un héros, soit on allait le clouer au pilori. Et, ironie du sort, lui qui avait passé le plus clair de sa vie à séduire des femmes fut soudain pris d'un trac insensé à l'idée de s'attirer les faveurs d'une dame d'âge mûr, bien en chair, sosie de la Mère Noël.

Le plus gros défi qu'il ait jamais eu à relever l'attendait...

Le Wharton était bondé, une circonstance que Travis n'avait pas prévue quand il avait décidé d'offrir à Grace l'exclusivité d'une visite de son studio. Mais la conférence de presse avait attiré beaucoup de monde.

Il réussit malgré tout à arrêter Sarah entre deux commandes à porter.

— Il faut que je vous enlève Grace quelques instants, dit-il. Pouvez-vous vous passer d'elle un quart d'heure ?

— Vous êtes fou ? Vous avez vu le monde qu'il y a ? C'est encore pire que les autres samedis grâce à vous et votre suspense.

— Bon. Cinq minutes, alors, ce serait possible ? C'est vraiment important.

Comme Sarah s'obstinait dans son refus, il regarda autour de lui, à la recherche d'une solution, et aperçut Ronnie Sullivan. Une aubaine ! D'après ce que ce dernier lui avait dit, il lui arrivait de donner un coup de main au restaurant de sa femme.

— Bonjour, Ronnie.

— Bonjour. Prêt pour le grand jour ?

— Oui, mais j'ai un problème. J'ai besoin de Grace un instant. Malheureusement, Sarah dit ne pas pouvoir se débrouiller toute seule ici. Cela te dérangerait de l'aider ?

— Tu veux réserver à Grace la primeur de la nouvelle, c'est ça ?

A peine Travis eut-il acquiescé que Ronnie posait sa tasse de café sur le comptoir et s'emparait d'un torchon.

— Sarah, je remplace Grace ! Je vais m'efforcer de suivre le rythme.

Sarah se tourna vers Travis et le dévisagea entre ses paupières mi-closes.

— Comment vous y êtes-vous pris ?

— Ne posez pas de questions. Contentez-vous de me remercier. Je vous rends Grace très vite.

Travis intercepta Grace au moment où elle sortait des cuisines, un plateau chargé à la main, plateau dont Ronnie la libéra sans qu'elle ait le temps de protester.

— Que se passe-t-il ? demanda-t-elle tandis que Ronnie s'éloignait.

— Je vous kidnappe, répondit Travis. Je vous emmène jeter un coup d'œil à mon local.

— Maintenant ?

— Oui, tout de suite, avant tout le monde.

Le visage de Grace s'illumina.

— Il est en effet temps que vous me témoigniez un peu de respect, jeune homme !

Avec un air triomphant, elle traversa avec lui la pelouse communale en courant presque.

Bill les attendait devant la porte.

— Je ne vous ai pas déjà vu quelque part ? lui demanda Grace en le regardant comme si elle faisait défiler dans sa tête les pages d'un album de photos. Mais bien sûr ! s'écria-t-elle avec un claquement de doigts. Vous vous occupiez d'une station de radio dans la localité voisine ! Vous ne passiez que des vieux succès et votre indicatif ne valait rien.

— C'est exact, confirma Bill sans s'offusquer.

— Ça fait au moins un mois que l'on ne vous entend plus.

— Effectivement.

Tandis qu'elle regardait tour à tour Bill et Travis, la lumière se fit petit à petit dans son esprit, et lorsque Travis lui ouvrit la porte et qu'elle pénétra dans le studio, ses yeux se mirent à briller.

— Ça alors ! Vous installez une station de radio à Serenity !

— Oui, confirma Travis en étudiant avec inquiétude sa

réaction. Qu'en pensez-vous ? C'est loin des gadgets érotiques et des films pornographiques, n'est-ce pas ?

— Heureusement ! répliqua-t-elle en s'asseyant devant l'un des micros. Vous démarrez aujourd'hui ?

— Non, dans une quinzaine de jours seulement.

— Quel genre de musique proposerez-vous ?

— De la country.

— Vous comptez interviewer des gens ? demanda-t-elle avec un geste en direction des micros.

— Absolument.

— Ça ne me déplairait pas d'essayer, un jour, avoua-t-elle avec toute la retenue dont elle était capable. Ce doit être amusant.

— Vous seriez une invitée parfaite. Vous pourriez parler de tous les changements qu'a connus le centre-ville de Serenity et expliquer pourquoi le Wharton a survécu aux aléas économiques.

— A moins que je ne dénonce les gens dont le comportement laisse à désirer, dit-elle avec un air malicieux.

— A condition que je ne me retrouve pas avec une pile de procès en diffamation sur les bras, répliqua Travis avec un petit rire qui lui attira un regard assassin.

— Sachez, si vous ne vous en êtes pas encore aperçu, que je ne rapporte jamais rien qui ne corresponde à la stricte vérité.

— Comme la rumeur sur un sex-shop, par exemple ?

— Ça, c'est uniquement à cause de vos cachotteries, répondit-elle en balayant la pique d'un revers de main. Le vide attire les commérages.

— C'est donc ainsi que vous fonctionnez. Mieux vaut le savoir.

— Mon fonctionnement personnel n'a rien à voir là-dedans, rétorqua-t-elle avec vivacité. C'est une réalité scientifique.

— Grace, si vous n'existiez pas, il faudrait vous inventer. Vous êtes un monument de Serenity.

Bien que flattée par ces propos, elle afficha une moue réprobatrice.

— Taisez-vous donc ! J'ai l'impression de vous entendre parler d'une statue sur la grand-place. Et puis d'abord, tutoyez-moi !

— Volontiers !

— Bien. Maintenant je dois retourner au restaurant avant que Sarah ne devienne complètement folle. La terre entière semble s'être donné rendez-vous au Wharton pour la grande révélation. Je ne voudrais pas te couper l'herbe sous le pied, jeune homme, ajouta-t-elle avec un sourire en coin, mais je risque de devoir donner quelques infos en arrivant là-bas.

— Quoi ? Vous me feriez ça ? *Tu* me ferais ça ? se reprit-il devant le haussement de sourcils de Grace.

— C'est tout ce que tu mérites pour m'avoir caché ton projet pendant si longtemps. Mais ne t'inquiète pas ! Il restera des tas de gens qui ne seront au courant de rien quand ils viendront t'écouter, tout à l'heure.

— Serait-ce trop te demander de ne rien dire à Sarah ? J'aimerais bien lui annoncer moi-même.

— Ah ! D'accord, répondit Grace en hochant la tête d'un air songeur. C'est bien ce que je me disais. Elle ne te laisse pas indifférent.

— Non, il ne s'agit pas de ça !

— De quoi s'agit-il, alors ? demanda Grace d'un ton soupçonneux.

Il hésita un instant avant de se lancer.

— Bon. Dans la mesure où Sarah travaille pour toi, je peux difficilement taire mes intentions. J'envisage de l'embaucher pour qu'elle prenne en charge l'émission du matin. Elle est extraordinaire avec les clients. Elle s'intéresse à leur vie et eux se confient facilement à elle.

De nouveau, le regard de Grace s'illumina.

— C'est une idée géniale ! Sarah est la personne idéale pour animer des interviews.

— Tu n'es pas furieuse que je te l'enlève ?

— Bien sûr que non ! Je l'apprécie énormément comme serveuse, mais il a toujours été entendu qu'elle travaillait au restaurant à titre temporaire.

— Pourquoi ? Elle projette de quitter la ville ?

— Non, mais elle a déposé un dossier pour enseigner à l'école primaire à la rentrée, et je crois que ce poste lui plairait énormément.

— Dans ce cas, je vais devoir me montrer extrêmement convaincant pour lui démontrer que ma proposition est une occasion exceptionnelle à ne manquer à aucun prix.

— Quand as-tu prévu de lui parler ?

— Je voulais d'abord en discuter avec toi et ensuite prendre un verre avec elle pour bavarder, juste après avoir annoncé le lancement de ma radio. Est-ce compatible avec son service au Wharton aujourd'hui ?

— Je la libérerai après le déjeuner, à partir de 13 heures. Quand les gens auront fini de manger et d'épiloguer sur ta conférence de presse, ils devraient vider les lieux.

— Entendu. Je passerai vers 13 heures alors.

Puis, sans réfléchir, il se pencha et embrassa Grace sur la joue.

— Merci, Grace.

— Pour quoi ?

— Pour ton soutien et ta compréhension. Pas uniquement en ce qui concerne la station de radio, mais pour Sarah aussi.

— De rien, répondit-elle avant d'ajouter avec un regard menaçant :

— Mais essaie seulement de causer du tort à cette petite et tu auras affaire à moi.

— Message reçu, répondit-il gravement.

Il ne lui avait pas échappé que Grace parlait de bien autre chose que de l'avenir radiophonique de Sarah.

*
* *

Après une matinée de folie, Sarah vit avec soulagement tous les clients du Wharton disparaître à 10 heures tapantes pour se rendre à l'inauguration du magasin mystérieux de Travis.

— Tu devrais aller voir, toi aussi, lui suggéra Grace. Je maîtrise la situation. De toute façon, personne ne mettra les pieds ici avant la fin de son discours.

— Tu sais déjà ce qu'il manigance, n'est-ce pas ? Je parie que c'est pour avoir ta bénédiction qu'il t'a emmenée là-bas, tout à l'heure.

— En gros, oui, reconnut Grace, la mine réjouie.

— Et tu la lui as donnée ?

— Oui. Allez ! Ouste ! Tu meurs de curiosité, ça se voit comme le nez au milieu de la figure.

— Pourquoi tu ne me racontes pas toi-même ? Comme ça je pourrais rester t'aider à préparer les tables pour le déjeuner.

— Non, répondit Grace d'un ton sans appel. Tu dois apprendre la nouvelle directement à la source.

— Si tu insistes, capitula Sarah qui se hâta vers la sortie après avoir retiré son tablier.

Une foule compacte était assemblée sur la pelouse communale. Walter avait-il amené Tommy et Libby assister à l'événement ? se demanda-t-elle en tentant, sans résultat, de les repérer au milieu de la nuée d'enfants qui couraient en tous sens avec des ballons.

Walter avait débarqué à l'improviste jeudi, en annonçant qu'il restait jusqu'à la fin du week-end. Une agréable surprise, car elle n'avait jamais voulu priver les enfants de leur père, tant qu'il les voyait ici et non dans l'Alabama. Mais Walter lui avait semblé étrange, et elle espérait qu'il ne lui préparait pas un coup en douce. Elle allait devoir faire attention. Mais pour l'instant, elle avait un autre sujet de préoccupation.

Une estrade avait été dressée sur le trottoir devant le local de Travis, et un homme d'un certain âge se mit à tapoter le micro en s'excusant du regard lorsque des sifflements stridents déchirèrent les tympans du public.

— Désolé pour ces bruits désagréables, dit-il lorsqu'il eut procédé à tous les réglages, et merci d'être venus si nombreux.

Un sourire ému éclaira son visage, lorsqu'il entendit des murmures parcourir l'assistance. De toute évidence, les spectateurs venaient de mettre un nom sur sa voix.

— Je suppose que ceux qui ne m'avaient pas reconnu tout de suite viennent de le faire en m'entendant parler. Je suis Bill Roberts, animateur pendant des années de l'émission *Au cœur de la matinée* et précédent propriétaire de la radio qui diffusait de vieux tubes dans la localité voisine.

Cette confirmation fut accueillie par une salve de « hourras » que Bill dut calmer avant de poursuivre :

— J'ai bien dit « précédent propriétaire ».

Il marqua un temps d'arrêt pour laisser le temps à l'assemblée d'assimiler l'information.

— A présent, reprit-il, j'aimerais vous présenter celui qui va me permettre de prendre ma retraite et de me consacrer enfin à la pêche. J'ai nommé M. Travis McDonald, le tout nouveau patron de la toute nouvelle radio de Serenity, WSER !

Sarah, comme tout le monde autour d'elle, demeura bouche bée. Voilà donc ce que Travis préparait dans le plus grand secret : il avait transformé le local en un studio de radio ! Voilà qui expliquait l'excitation de Grace, tout à l'heure !

Elle se concentra sur Travis qui venait de prendre la parole, aussi à l'aise devant un micro que s'il avait fait des discours toute sa vie. Elle lui envia cette assurance, elle qui aurait été probablement incapable d'aligner deux mots.

Mais on aurait dit que… qu'il la cherchait du regard ! Et qu'il ne s'adressait qu'à elle !

— Bonjour ! J'espère que l'idée de posséder votre propre station de radio ici à Serenity vous enthousiasme autant que moi.

— Quel style de musique ? demanda un spectateur.

— De la country, répondit sans hésitation Travis. La seule, la vraie.

De nouvelles ovations saluèrent sa réponse.

— Qu'y aura-t-il d'autre au programme, en dehors des disques ? s'enquit une autre voix.

— Des entretiens avec des personnalités locales et des informations sur ce qui se passe à Serenity.

Là encore, Sarah eut l'étrange impression qu'il la fixait et que, par ce regard, il voulait lui communiquer quelque chose, quelque chose d'important auquel elle devrait porter une attention toute particulière. Mais quoi ?

— Voilà surtout ce que je veux vous dire, reprit-il quand les acclamations cessèrent. Cette radio vous appartient autant à vous, habitants de Serenity, qu'à moi. Si vous pensez à un sujet que vous aimeriez voir traité, je compte sur vous pour me le faire savoir. Je ne suis pas originaire de la région, mais j'y ai des attaches. Vous connaissez tous mon cousin Tom, l'administrateur de cette ville.

Une nouvelle qui provoqua un regain d'effervescence dans la foule.

— Vous vous doutez bien que je n'entreprendrais rien qui soit susceptible de porter atteinte à son honneur ou à sa réputation. Pour une bonne raison déjà, c'est qu'il est plus grand que moi et beaucoup plus costaud ! Alors, j'essaie de ne pas me le mettre à dos.

Sarah sourit en entendant Travis jouer le modeste. Rien ne permettait en effet d'affirmer que Tom l'emporterait sur lui en cas de bagarre.

— En résumé, si quelque chose ne vous plaît pas dans les émissions, n'hésitez pas à me le dire. Et, bien sûr, je ne refuserais pas d'entendre vos commentaires positifs non plus ! Etes-vous prêts pour une visite du studio ? demanda-t-il après une pause.

Un « oui » enthousiaste répondit à sa question et, sur un signe imperceptible de sa part, le papier kraft qui occultait la fenêtre disparut, révélant à tous un studio certes exigu, mais équipé de tout le matériel nécessaire. Avantage suprême : les passants pourraient voir directement comment se déroulait l'émission, et l'animateur, quant à lui, disposerait d'une vue imprenable sur les manifestations qui se tiendraient sur la grand-place, les festivités de Noël ou les célébrations du 4 Juillet par exemple. Pouvait-on rêver meilleure situation pour une radio qui se fixait comme objectif de participer à la vie de la communauté ?

Abandonnant Travis à son rôle de guide, Sarah retourna au Wharton, où Grace l'attendait impatiemment.

— Alors, ton avis ? voulut aussitôt savoir cette dernière.

— C'est formidable !

— Parfait, répliqua Grace avec un sourire énigmatique. Parfait.

Sarah, perplexe, la regarda s'éloigner. Mais elle n'eut guère le loisir de s'appesantir sur la réaction étrange de sa patronne, car la meute des curieux venue de la station radio envahit bientôt le restaurant.

Comme les derniers clients s'en allaient enfin, Sarah remarqua que Travis était assis au bout du comptoir, à siroter un Coca-Cola cherry.

— Depuis combien de temps êtes-vous là ? demanda-t-elle.

— Pas longtemps. Alors, que pensez-vous de mon initiative ? Je vous ai vue parmi les spectateurs, tout à l'heure.

— Je trouve que l'idée de créer une station de radio en plein centre-ville est géniale. Bravo !

— Vous êtes sincère ?

— Oui, bien sûr !

— Cela vous tenterait-il de participer à l'aventure ?

Sarah le regarda, les yeux écarquillés. Elle devait avoir mal compris…

— Vous voulez dire en tant que secrétaire ou quelque chose comme ça ?

Il sourit, puis secoua la tête.

— Non. En tant qu'animatrice de la matinale. Vous allez devenir sous peu une vedette locale, je vous le prédis. Quoi qu'il arrive de toute façon, cette expérience changera votre vie. Alors ? Partante ?

Chapitre 5

D'où tenait-il donc qu'elle voulait que sa vie change ? se demanda Sarah, fixant sur Travis les mêmes yeux effarés que si elle venait de lui voir pousser une deuxième tête. Ce n'était pas la première fois qu'il proférait des propos farfelus, mais aucun n'avait encore atteint ce degré d'extravagance.

— Vous n'êtes pas sérieux. Moi ? Animer une émission de radio ?

— C'est exactement ce que je vous propose.

— Pas question. C'est une idée ridicule ! Je ne saurais pas quoi dire.

— Ici, vous parlez pourtant facilement à tout le monde, sauf à moi bien sûr. Les clients se confient à vous naturellement dès que vous commencez à bavarder avec eux. C'est précisément ce que je cherche à faire sur les ondes.

— Pourquoi ? Je veux dire, pourquoi moi ?

— Parce que cela fait un petit moment que je vous observe. Vous avez un don pour mettre vos interlocuteurs à l'aise, pour les faire rire. Du coup, ils n'hésitent pas à se livrer. Vous avez ça dans le sang, Sarah. Je vous assure.

— Vous attendez donc de moi que je piège les habitants de Serenity en public ?

— Je n'ai jamais dit cela. Je me suis simplement aperçu que les gens vous parlaient volontiers.

— Ah oui ? Si c'est vrai, comment expliquez-vous que vous n'ayez jamais répondu à une seule de mes questions ? Vous venez ici depuis quoi, un mois ? Et je ne sais rien sur vous en dehors de votre nom et votre lien de parenté avec Tom.

— Et du fait que je suis propriétaire de la station de radio qui vous transformera en une célébrité locale, compléta-t-il avec un grand sourire.

— Détail que je n'ai appris qu'aujourd'hui. Mais ce n'est pas là l'important, dit-elle en balayant sa propre remarque d'un geste de la main. J'ignore tout de votre vie personnelle. Et je n'ai pas l'habitude de m'embarquer dans une aventure, professionnelle j'entends, avec un parfait inconnu. Et qui plus est si cette aventure doit *changer ma vie*, comme vous dites.

Il l'observa un instant sans rien dire, la tête penchée, et, après un court instant, il répondit de sa voix grave et traînante en lui adressant un de ses sourires nonchalants et sensuels qui la faisaient défaillir :

— Parce que je suis un dur à cuire, ma belle. Mais je suis sûr que vous briseriez ma carapace si vous vous en donniez vraiment la peine.

— Je n'ai pas l'intention de briser la carapace de qui que ce soit. Mais pour en revenir à cette histoire farfelue d'animer une émission, avec moi, il risque fort d'y avoir de très longs silences à l'antenne. Je ne connais rien de pire à la radio qu'un animateur à court de questions et un invité qui n'ouvre pas la bouche. Je ne peux pas m'asseoir devant le micro et parler de n'importe quoi avec n'importe qui.

— Bien sûr que si. Je vous ai vue à l'œuvre quotidiennement, ici. De toute façon, en radio, si vous voyez que la conversation tourne court, vous pouvez toujours envoyer une chanson de Toby Keith.

— Je préfère Kenny Chesney, répliqua-t-elle par pur esprit de contradiction.

— D'accord. Kenny Chesney. Et si vous vous révélez aussi piètre animatrice que vous le prédisez, il vous restera du temps pour George Strait et Trace Adkins aussi.

— Vous vous moquez de moi. Vous refusez de comprendre que je ne *peux pas* mettre dans des situations gênantes des gens que je connais depuis ma naissance en leur posant une ribambelle de questions indiscrètes.

— Il ne s'agira pas de leur arracher des confidences intimes. Votre rôle consistera uniquement à inciter des personnes qui en ont envie à venir au studio raconter une anecdote ou annoncer un événement qui leur tient à cœur. Vous en discuterez, vous allécherez les auditeurs, vous leur donnerez envie d'assister à telle ou telle manifestation. En outre, si une personne connue vient à Serenity, vous l'interviewerez.

— Il est rare que des vedettes passent à Serenity.

— Parce qu'il n'existait pas de radio pour assurer leur publicité jusqu'à présent. A moi d'agir pour que toutes les grandes agences de New York ou Nashville entendent parler de nous.

Elle retint un sourire. Cet homme avait réponse à tout.

— Vous avez trop regardé le film *Jusqu'au bout du rêve*, on dirait, dit-elle. A force, vous êtes persuadé vous aussi que plus on croit à l'impossible plus il a de chances de se réaliser.

— Personnellement, je préférais *Bull Durham*, répliqua-t-il en riant. Ma mère passait le DVD au moins une fois par an. C'est probablement pour cette raison que je voulais devenir joueur de base-ball quand j'étais petit.

— Et alors ? Vous l'êtes devenu ?

— Pendant un temps, oui, admit-il, le visage soudain fermé.

De toute évidence peu disposé à épiloguer sur sa carrière sportive, il s'empressa de revenir à la conversation initiale.

— Alors, qu'en pensez-vous ? Je vous promets que vous gagnerez davantage qu'actuellement au Wharton.

Sarah, troublée et décontenancée par cette avalanche de paroles, ne sut que répondre. Bien que Helen se soit démenée pour obtenir de Walter la pension alimentaire la plus élevée possible, celle qu'il lui versait n'était pas suffisante pour qu'elle se permette de traiter par le mépris la perspective d'un meilleur salaire. Mais ce travail que Travis lui proposait la terrorisait. Comment oserait-elle exercer une activité si éloignée de son domaine de compétences, elle dont le mariage avait tué toute audace ?

« Raison de plus pour accepter, lui souffla une voix insistante. Laisse-toi aller, lance-toi dans cette aventure inattendue sans penser aux conséquences. Découvre ta vraie personnalité. »

— Je comptais commencer à enseigner à la rentrée, objecta-t-elle.

— Eh bien, rien ne vous en empêchera si les choses ne prennent pas la tournure que j'espère. Sauf, bien sûr, si vous avez déjà signé un contrat avec l'école.

— Non, je ne sais même pas s'il y aura un poste vacant.

— Dans ce cas… Allez, Sarah, ajouta-t-il d'une voix cajoleuse en se penchant vers elle. Cette entreprise dans laquelle nous nous embarquerons ensemble sera passionnante. Nous allons bien nous amuser. Faites-moi confiance. Alors, votre réponse ?

La proposition devenait d'autant plus tentante qu'il lui donnait un caractère personnel, presque intime… Helen soulèverait certainement beaucoup d'objections légales contre ce mélange des genres, cet amalgame entre sphère professionnelle et privée. Mais était-il vraiment raisonnable de considérer l'offre de Travis comme du harcèlement sexuel en puissance quand elle l'emplissait d'un tel bien-être ? se demanda Sarah, sceptique.

Elle leva la tête vers les yeux bleu-vert de Travis et, les mains moites et la gorge nouée d'angoisse, elle hocha lentement de la tête.

Raylene avait mis la table et préparé le repas lorsque Sarah rentra chez elle, et les enfants jouaient au ballon dans le jardin avec Walter. Un Walter admirable de patience face à la maladresse indéniable de Libby !

— Il progresse, lui apprit Raylene en lui tendant un verre de thé glacé. Il a inclus Libby dans le jeu quasiment de lui-même, sans que j'intervienne ou presque. Cela me fend tellement le cœur de la voir trottiner en permanence derrière lui de son pas mal assuré, dans l'espoir de recevoir une miette d'attention !

— Oui, moi aussi. A-t-il parlé de ses projets ? Quand a-t-il prévu de rentrer chez lui ? C'est la première fois qu'il reste ici aussi longtemps.

— A moi, il ne m'a rien dit. Mais j'ai l'impression que quelque chose le tracasse. Tu devrais peut-être essayer de savoir quoi.

— J'ai suffisamment de préoccupations en ce moment pour ne pas y ajouter les problèmes de Walter.

— Qu'est-ce qui t'arrive ?

Sarah se laissa tomber sur une chaise sans répondre. Elle avait besoin d'assimiler toutes les implications de l'engagement qu'elle venait de prendre avec Travis avant de se risquer à l'exposer à d'autres qui lui en montreraient peut-être la folie.

— Je te raconterai plus tard, répondit-elle. Je ne veux pas en parler tant que Walter est dans les parages.

Dieu sait en effet ce qu'il penserait de cette idée insensée ! D'ailleurs, même si lui-même n'y voyait pas d'inconvénient majeur, elle imaginait l'indignation de Mme Price mère, l'entendait déjà décréter d'un ton péremptoire que cette initiative était totalement inconvenante. Et, bien que n'ayant plus aucun rapport avec sa belle-mère, Sarah n'avait pas encore oublié les récriminations véhémentes dont cette dernière l'avait abreuvée en dépit de tous les efforts qu'elle avait déployés pour la satisfaire.

— Tu es sûre ? insista Raylene.

— Oui. Je vais d'abord appeler les enfants et les débarbouiller avant le dîner, dit-elle en joignant le geste à la parole.

Quand, en entendant sa voix, Walter leva la tête vers elle, Sarah vit son visage s'éclairer spontanément d'un sourire qui lui rappela celui avec lequel il l'accueillait, du temps où ils étaient étudiants, lorsqu'elle frappait à l'improviste à la porte de sa chambre de la résidence universitaire. Un sourire viril et sensuel qui avait eu le don de lui faire perdre la tête. A l'époque. Car aujourd'hui, il la laissait de marbre, surtout quand elle pensait à l'émoi qu'elle ressentait au plus innocent des regards de Travis… En fait, à bien y réfléchir, les regards de Travis étaient rarement innocents…

En entrant, Walter lui déposa spontanément un baiser sur la joue.

— Qu'est-ce qui te prend ? s'étonna-t-elle.

— J'ai passé une bonne journée, c'est tout. C'est génial de pouvoir jouer avec les enfants sans devoir me soucier de reprendre la route pour rentrer à la maison. Et puis le Serenity Inn n'est pas un hôtel si désagréable, finalement.

Aussitôt, Sarah se mit sur ses gardes.

— Tu juges certainement ridicule de dépenser de l'argent pour une chambre d'hôtel, mais il n'y a pas la place de t'héberger ici, laissa-t-elle tomber, un peu trop sèchement à son goût.

— Ce n'était pas un appel du pied, Sarah ! Ni une critique. Je me plais beaucoup au Serenity Inn. Vraiment.

— Tu es bien conciliant, fit-elle avec méfiance. Qu'est-ce que tu mijotes ?

— Si tu as le temps après le repas, nous pourrions peut-être parler un peu tous les deux, répondit-il après un temps d'hésitation. Je te raconterai ce qui m'arrive.

— D'accord.

Le dîner se déroula dans une atmosphère étonnamment détendue. Rien dans la conduite des enfants ne sembla contrarier Walter. Même le verre de lait renversé par Libby ne provoqua aucun geste d'humeur de sa part. Il ne proféra aucun reproche, que ce soit à l'encontre de Sarah ou des enfants. Il complimenta même Raylene sur ses talents culinaires, en termes apparemment sincères. Un comportement vraiment inhabituel chez lui, du moins depuis bon nombre d'années, nota Sarah avec étonnement. Cela cachait-il quelque chose qui allait remettre en question leur divorce ?

Dès qu'ils eurent terminé leur pêche melba, Raylene se proposa de donner un bain à Tommy et Libby.

— Non, je m'en charge, intervint aussitôt Walter, à la stupéfaction de Sarah.

— Aide plutôt Sarah à faire la vaisselle, lui répondit Raylene. Cela vous permettra de discuter tous les deux. Vous n'en avez pas souvent l'occasion.

Sarah n'eut pas le temps de protester, Raylene poussait déjà Tommy et Libby hors de la cuisine.

— Eh bien ! Joliment manœuvré ! lança-t-elle, étrangement gênée de se trouver seule en présence de Walter.

— Si elle n'avait clairement désapprouvé toute idée de réconciliation, je la soupçonnerais presque de jouer les entremetteuses.

— De *réconciliation* ? D'où tu sors ça ?

— De nulle part. Je dis simplement que Raylene semble contre, c'est tout. Rassure-toi, je ne cherche pas à recoller les morceaux.

A une lueur dans ses yeux, Sarah devina qu'il ne disait pas tout à fait la vérité. Mais mieux valait ne pas faire de suppositions.

— Bon, déclara-t-elle. Laisse la vaisselle. Il faut que nous parlions. Prends une bière ou du thé et installons-nous dehors.

Une fois qu'ils furent installés, Walter simula un profond intérêt pour le cadre environnant afin d'esquiver le regard de Sarah.

— Tu pourrais m'expliquer comment le sujet de la réconciliation est venu sur le tapis ? finit-elle par demander. Il est vrai que c'est moi qui ai entamé la procédure de divorce, mais reconnais que tu avais hâte qu'il soit prononcé.

Il mit du temps avant d'avouer dans un soupir :

— Je me suis disputé avec mon père, l'autre jour.

— Je ne vois pas le rapport. Tu veux que nous nous remettions ensemble pour l'embêter, c'est ça ?

Bien que visiblement blessé par le ton caustique qu'elle avait employé, Walter garda son calme.

— Non, mais du coup je me suis mis à réfléchir aux raisons qui nous ont conduits à nous séparer.

— Elles sont très claires. Tu ne me témoignais aucun respect et tu laissais tes parents me persécuter sans protester.

Elle avait parlé sans émotion, comme elle aurait énoncé la conclusion d'une démonstration mathématique.

— Je sais, admit-il à voix si basse qu'elle crut un instant ne pas avoir bien entendu.

— Tu le reconnais ? demanda-t-elle, incrédule.

— Je ne peux guère faire autrement puisque c'est la vérité.

— Eh bien ! s'écria Sarah, abasourdie, en se laissant aller contre le dossier de sa chaise. Ce n'est pas un simple différend que tu as eu avec ton père, j'ai l'impression !

— Disons qu'il a malgré lui donné un éclairage nouveau à la situation. Je sais qu'il est trop tard pour nous deux. Même toi, avec toute ta générosité, tu ne pourras me pardonner mes erreurs. N'est-ce pas ?

Les yeux emplis de tristesse qu'il posa sur elle lui firent de la peine, mais quelque chose était vraiment terminé, entre Walter et elle.

— Probablement pas, effectivement, répondit-elle, en choisissant bien ses mots.

— Tu ne fermes pas complètement la porte à ce que je vois, fit-il remarquer avec un regain d'espoir.

— Je me suis mal exprimée, alors, excuse-moi, répliqua-t-elle fermement, sans le quitter des yeux. Ecoute Walter, si tu as enfin compris quel tyran est ton père, tant mieux. Mais sache que j'ai tiré un trait sur ce passé. J'essaie actuellement de me prendre en main et de me trouver. De me reconstruire, plus exactement. En attendant, je ne veux d'aucun homme dans ma vie qui essaierait de me mettre dans un moule pour que je joue le rôle qu'il attend de moi.

— Tu as raison. C'est exactement ce dont je me suis rendu

coupable, et je comprends ta réaction après tout ce que tu as subi de par ma faute. Quand je pense à ce que j'ai pu te dire, à la façon dont je t'ai traitée… Je… j'ai honte, Sarah. Oui, terriblement honte.

— Merci de cet aveu, répondit-elle, la gorge serrée par l'émotion.

— J'aurais dû le faire depuis longtemps.

Un silence s'installa. Un silence serein, apaisé, que Walter finit par rompre.

— Es-tu d'accord pour que je passe davantage de temps avec les enfants, à partir de maintenant? Je vais essayer de venir tous les week-ends et dormir à Serenity au moins le vendredi soir. Je sais que cela ne correspond pas aux termes du jugement de divorce, mais il y a probablement moyen de les corriger si tu n'y vois pas d'objections.

— Tant que tu te comportes normalement avec Tommy *et* Libby, tu peux les voir autant que tu veux. Je garderai quelques week-ends avec eux car, à présent que je travaille, je profite moins d'eux qu'avant, pendant la semaine. Mais il n'y a pas de raisons pour que nous ne trouvions pas un arrangement satisfaisant pour tous les deux.

— Faudra-t-il l'établir par écrit? Ton avocate semble préférer que tout soit inscrit noir sur blanc.

— J'en discuterai avec elle, promit Sarah.

— Eh bien, bonne nuit alors, dit Walter en se levant. Je passerai demain matin pour embrasser les enfants avant de partir.

— Entendu.

Après le départ de Walter, Sarah demeura un long moment dehors à réfléchir à la métamorphose de son ex-mari. S'il commençait vraiment une autre vie, tant mieux pour lui. Elle s'en réjouissait et tous ses vœux l'accompagnaient. Mieux valait néanmoins ne rien modifier officiellement au droit de visite tant qu'elle ne serait pas certaine qu'il ne s'agissait pas d'une foucade. Peut-être certaines personnes étaient-elles capables de changer radicalement, mais Walter parviendrait-il réellement à se débarrasser de son ancienne peau ? Rien n'était moins sûr.

Dès le lundi matin, le bruit s'était répandu que Travis McDonald avait proposé à Sarah d'animer une émission pour la toute nouvelle radio de Serenity. C'est Annie qui se chargea de convoquer les Sweet Magnolias au grand complet à une réunion de crise, afin de discuter de la décision — totalement absurde selon elle — de Sarah de renoncer à un emploi sûr au Wharton pour travailler dans une station de radio qui aurait peut-être disparu des ondes un mois plus tard.

Raylene ayant catégoriquement refusé de quitter la maison, Annie avait convaincu la première génération des Sweet Magnolias de se rendre chez Sarah. Toutes avaient répondu présent et se trouvaient donc dans le salon de Sarah, armées du traditionnel verre de margarita ; Dana Sue Sullivan, propriétaire du restaurant le plus chic de Serenity, Helen Decatur-Whitney, avocate, et Maddie Maddox, directrice du Club du Coin, le centre de remise en forme propriété conjointe des trois femmes. Jeanette McDonald, qui s'occupait des soins de beauté dans le spa, les rejoindrait un peu plus tard.

Annie, jeune épouse du fils de Maddie, Ty Townsend, ne cachait pas son inquiétude, que même les margaritas fortement alcoolisés de Helen n'avaient pas réussi à effacer.

— Franchement, Sarah, il suffit que cet homme, dont tu ne sais absolument rien, te fasse un beau discours pour que tu songes à abandonner ton travail dans l'espoir de devenir une vedette de radio ? lança-t-elle d'un ton véhément. Cela ne te ressemble vraiment pas. Que va dire Walter ? Lui en as-tu parlé ?

— Non. Pas encore.

— Et pourquoi ? Je vais te le dire, moi. Parce que tu redoutes la scène qu'il va faire.

— Depuis quand te préoccupes-tu de l'opinion de Walter? riposta Sarah. Walter n'a rien à voir dans l'histoire.

— Vraiment? ironisa Annie. A qui comptes-tu faire croire qu'il ne s'agit pas, consciemment ou non, d'une provocation de ta part à son égard?

— Et même si c'était le cas? demanda Sarah que la pensée de Walter n'avait même pas effleurée une seconde lorsqu'elle avait accepté la proposition de Travis. Je n'entreprends rien de répréhensible qu'il pourrait utiliser contre moi devant un tribunal. N'est-ce pas? ajouta-t-elle, soudain prise d'un horrible doute, en se tournant vers Helen. Il n'y a rien de mal à présenter une émission à la radio locale?

— A priori, non, confirma Helen. Que crains-tu exactement, Annie?

— Eh bien..., hésita cette dernière en se tortillant nerveusement sur sa chaise. J'en ai discuté avec Ty quand il a téléphoné, tout à l'heure. Comme les Braves sont en tournée, nos conversations ne durent pas longtemps et, croyez-moi, nous ne les passons pas à parler des nouvelles de Serenity. Malgré tout, quand j'ai mentionné le lancement de la radio, il a été surpris d'apprendre que Travis McDonald projetait de s'installer ici. En fait, Ty le connaît. Plus exactement, il a entendu parler de lui. D'après ses collègues qui côtoient Travis depuis les minimes, il avait une solide réputation de coureur de jupons lorsqu'il jouait à Boston.

— Travis a fait partie des Boston Red Sox? s'exclama Sarah. Arrête! Tu nous fais marcher!

— Tu l'ignorais? s'étonna Maddie.

— Oui. Il m'a dit qu'il avait joué au base-ball, mais il n'avait pas précisé que c'était dans une des grandes ligues nationales. Je pensais qu'il avait participé à un ou deux matchs dans une équipe locale.

— Selon Ty, c'était plus d'un ou deux matchs, rectifia Annie. Il est resté suffisamment longtemps pour laisser des souvenirs *impérissables* à un grand nombre de femmes, dans un grand nombre de villes, si vous voyez ce que je veux dire…

Cette nouvelle mit Sarah mal à l'aise, mais elle prit sur elle pour lancer d'une voix ferme :

— Et alors ? Où est le problème ? Je vais travailler avec lui, rien d'autre. En outre, qui vous dit qu'il ne s'est pas acheté une conduite et est reparti du bon pied ? Comme Ty.

Cette allusion aux frasques notoires de son mari, avant leur mariage, ne plut pas à Annie qui jeta un regard noir à Sarah. Heureusement Jeanette entra en trombe dans la pièce, la dispensant de répondre.

— Excusez mon retard, mesdames. Vous parlez de Travis, je suppose ? Il vient de m'apprendre qu'il t'avait embauchée, Sarah. Félicitations !

— Tu le connais bien ? demanda Dana Sue sans même se donner la peine de dissimuler sa méfiance. C'est le cousin de Tom, ça nous sommes au courant, mais jamais nous ne t'avons entendue ne serait-ce que prononcer son nom.

— Ah bon ? feignit de s'étonner Jeanette. Il habite avec nous pour le moment, mais il nous a demandé de ne pas le clamer sur les toits afin de garder l'anonymat. Il a sa dose de vedettariat.

— Tu étais dans le secret pour la station de radio ? s'enquit Helen.

— Oui, naturellement.

— Et tu ne nous as rien dit ! s'exclama Maddie, offusquée. Quelle Sweet Magnolia es-tu donc ?

— Une qui est capable de se taire, répondit Jeanette en riant.

— Ce qui, de mon point de vue, est contraire à nos règles, riposta Helen. Nous sommes censées nous tenir informées de *tout* ce qui se passe à Serenity.

— Eh bien, vous l'êtes à présent ! répliqua Jeanette, sans se départir de son sourire. Alors, où est l'urgence ? Pourquoi cette réunion ?

— Nous sommes quelques-unes à estimer que Sarah a

perdu la tête d'avoir accepté de quitter un emploi stable pour s'occuper d'une émission radiophonique hasardeuse et, surtout, de travailler avec un homme qui a acquis une réputation sulfureuse, répondit Annie. Sans vouloir te vexer, Sarah, bien sûr.

— Tu ne me vexes pas. Mais comment peut-il avoir acquis une telle réputation alors qu'il n'est arrivé en ville que depuis quelques semaines ?

— Par Ty, répondit Maddie. La rumeur qui circule dans le circuit du base-ball veut que Travis ait accumulé les conquêtes féminines quand il jouait à Boston.

— Et alors ? lança Jeanette, repoussant la remarque de Maddie comme un détail sans importance. Sarah est intelligente. Elle ne va pas automatiquement succomber à son charme. En outre, si cela vous intéresse, je le trouve très gentil. Un avis fondé sur mon observation personnelle et non sur des ragots.

Si Sarah ne souscrivait pas entièrement au jugement de Jeanette, elle estimait en revanche que l'image d'un joli cœur allait comme un gant à Travis. Quoi qu'il en soit, maintenant qu'elle était au courant de ce petit détail sur sa vie privée, elle pouvait, en toute connaissance de cause, envisager une collaboration avec lui. Et puis elle était tout à fait capable de le repousser s'il devenait trop entreprenant.

— Il me serait certainement possible de me rétracter, dit-elle d'une voix assurée, cependant j'ai envie de me dépasser, de me lancer un défi stimulant. Ce n'est pas d'être serveuse au Wharton qui me le permettra, vous en conviendrez. Et, honnêtement, d'apprendre à lire à des gamins non plus. En passant mon diplôme d'institutrice, je cherchais avant tout la sécurité.

Raylene, qui était demeurée silencieuse jusque-là, se joignit au débat.

— A mon avis, Sarah, tu devrais tenter le coup. Ne serait-ce que pour te prouver à toi-même que tu vaux bien davantage que le rôle de gentille épouse soumise que Walter et ses parents voulaient que tu endosses.

— Merci, Raylene, répondit Sarah, heureuse d'être soutenue dans son changement de cap.

Malgré l'inquiétude que trahissait encore son visage, Annie se rangea elle aussi du côté de Raylene.

— Dans la mesure où je te répète sans arrêt depuis ton retour à Serenity que tu es nettement plus intelligente et douée que Walter l'a systématiquement laissé entendre, il m'est difficile de faire marche arrière. Alors, vas-y!

Puis, tournant vers Jeanette un visage menaçant, elle ajouta :

— Si Travis fait un pas de travers, tu auras affaire à nous.

— Aucun risque, lui assura Sarah, retenant un sourire devant l'attitude quasiment maternelle d'Annie à son égard. Un dragueur comme lui ne me remarquera même pas!

— Oh! Ma chérie, protesta Dana Sue en lui prenant la main. Tu ne te rends vraiment pas justice. Il t'a déjà remarquée! Ça crève les yeux.

La visite de Rory Sue chez ses parents s'était transformée pour Mary Vaughn et Sonny en un exercice permanent de maîtrise de soi. Non seulement leur fille n'avait pas de travail en vue, mais elle ne semblait pas s'en soucier le moins du monde. Elle avait catégoriquement repoussé leur suggestion de venir vivre chez eux, et résumait son opinion de Serenity en une phrase couperet maintes fois répétée : « On s'ennuie à mourir ici. » Mary Vaughn ne savait plus à quel saint se vouer, et Sonny était encore plus désemparé et énervé qu'elle.

— Je n'aurais jamais cru qu'élever un enfant, surtout une fille, soit aussi difficile, fit-il remarquer à Mary Vaughn au moment de se coucher, le dimanche soir, après que la prunelle de leurs yeux fut partie rejoindre ses amis à Charleston.

— Je suis désolée de ne pas t'avoir donné le fils que tu désirais, mon chéri. Mais reconnais quand même qu'il existe un lien spécial entre une fille et son père. J'avais parfois l'impression d'être une intruse quand vous étiez tous les deux.

— C'était vrai lorsqu'elle avait neuf ou dix ans, mais à partir de l'adolescence, elle n'a plus eu grand-chose à faire d'aucun de nous deux.

— Et là-dessus, nous lui avons infligé ce divorce. Elle ne me l'a jamais tout à fait pardonné, d'ailleurs.

— N'oublie pas que c'est moi qui ai engagé la procédure, dit Sonny. Je le lui ai rappelé je ne sais combien de fois.

— Mais elle savait que tu ne t'y serais jamais résolu si je n'avais pas été en tort.

— Ecoute, c'est de l'histoire ancienne tout ça. A présent, nous nous sommes remis ensemble, exactement comme elle le réclamait. Ce serait bien qu'elle reste ici, que nous formions de nouveau une famille, encore un peu au moins, dit-il d'un air mélancolique. Un de ces jours, elle va se marier et plus rien ne sera jamais comme avant. Bien sûr, je lui souhaite tout le bonheur du monde mais, honnêtement, j'aimerais que ce jour arrive le plus tard possible.

— C'est drôle, renchérit Mary Vaughn. Après notre séparation, même lorsqu'elle était à l'université, je n'avais pas la sensation qu'elle avait réellement quitté le foyer. Pour moi, c'était temporaire. Cependant, depuis que nous avons repris la vie commune, tous les deux, l'absence de Rory Sue me fait un drôle d'effet. Je comprends à présent le spleen des parents dont parlent tous ces articles que je lis dans les magazines. C'est comme si on nous avait arraché une partie de nous-mêmes.

— C'est exactement ce que je disais. Bien, alors, comment allons-nous nous y prendre pour la faire réintégrer le foyer ?

Mary Vaughn se mit à réfléchir sérieusement ou, tout au moins, aussi sérieusement qu'elle le pouvait avec Sonny qui caressait sa cuisse d'une main nonchalante.

— Je crois qu'il faut la laisser rester encore chez son amie à Charleston, finit-elle par déclarer. Peut-être ne cherchet-elle pas un travail avec autant d'ardeur qu'elle le devrait, mais peut-être aussi s'aperçoit-elle que la vie là-bas n'est pas aussi facile qu'elle le croyait.

— Je t'assure que cela ne l'inquiète pas plus que ça. Elle sait très bien que nous continuerons à l'aider financièrement, aussi longtemps que nécessaire.

— Justement ! Il faut arrêter de la materner, décréta Mary Vaughn, consciente que c'était à elle de prendre des mesures fermes, puisque Sonny se laissait mener par le bout du nez par leur fille. Nous devons lui fixer une date limite. Parallèlement, je lui proposerai une autre solution.

— Ah oui ? Laquelle ?

— Venir ici, travailler avec moi.

— Pourquoi pas avec moi, plutôt ? Elle héritera de mon garage, un jour ou l'autre. Malgré la crise qui frappe l'industrie automobile, nous ne nous en sortons pas trop mal.

— Parce que tu imagines vraiment Rory Sue vendre des voitures ? s'exclama Mary Vaughn en riant. Tout ce qui l'intéresse, c'est de se mettre au volant de la plus rapide et de la plus tape-à-l'œil de ton stock. En outre, vu la conjoncture actuelle, ce travail ne lui rapportera pas autant d'argent qu'elle espère en gagner grâce à son précieux diplôme universitaire.

— Parce qu'un emploi dans l'immobilier, si ?

— Je la guiderai, répliqua Mary Vaughn avec assurance.

— Bon. D'accord. Nous avons un plan d'action. Moi, j'en ai un autre…, ajouta-t-il en braquant des yeux pleins de désir sur Mary Vaughn qui, aussitôt, lui tendit les bras.

— Eh bien, monsieur Lewis, les grands esprits se rencontrent, me semble-t-il. Dis-moi, poursuivit-elle soudain rattrapée par la réalité alors même qu'elle se lovait contre son mari, tu as conscience que si Rory Sue revient vivre avec nous, il va nous falloir être sages. Fini de se baigner tout nus dans la piscine. Plus de parties de jambes en l'air en plein après-midi au milieu du salon, non plus.

Lorsque Sonny planta son regard dans le sien, Mary Vaughn

n'y décela aucune inquiétude, aucune déception non plus. Seulement une fièvre dévorante.

— Vous prenez ça comme un défi, on dirait, Sonny Lewis ?

— Tu sais parfaitement que oui, répondit-il avec un sourire malicieux. La peur d'être surpris épicera agréablement nos petits rendez-vous.

— Pour ma part, je crains de ne pas survivre à davantage de piquant.

— Nous n'avons qu'à commencer à expérimenter, répliqua-t-il en intensifiant ses caresses.

Mary Vaughn n'eut pas le temps de répondre, Sonny l'avait déjà mise hors d'état de penser. De toute façon, le plaisir qu'il éveillait en elle primait sur le reste. Oui. Sonny était capable de lui faire tout oublier quand il le décidait. Et il le décidait fréquemment ces derniers temps…

Chapitre 6

Sarah avait probablement réfléchi et fait machine arrière, avait conclu Travis du récit de Jeanette de la « soirée margarita des Sweet Magnolias » — un bien étrange commando en jupons, ces Sweet Magnolias.

A sa grande surprise, c'est sa réputation de séducteur qui semblait avoir joué contre lui. Et là, il ne devait s'en prendre qu'à lui-même. Pourquoi diable n'avait-il pas expliqué à Sarah qu'il avait tourné la page de cette vie ? Tout simplement de crainte qu'elle ne le croie pas, surtout après les avances répétées qu'il lui avait faites depuis le premier jour où il l'avait vue…

Quel ne fut donc pas son soulagement, en ce mercredi, de voir Sarah pousser la porte du studio, à la fin de son service au Wharton ! Il se leva d'un bond, un sourire radieux aux lèvres, et s'empressa de débarrasser la pile de papiers qui encombrait le seul autre fauteuil de l'espace exigu.

— Voilà notre D.J. du matin ! Bienvenue à bord, ma belle. Maintenant que nous sommes collègues, nous pouvons nous tutoyer, d'accord ? Bon, alors tu connais Bill Roberts ? poursuivit-il lorsque Sarah eut acquiescé d'un signe de tête à sa proposition.

— Je vous ai vu à la conférence de presse.

— Pas de vouvoiement entre vous non plus, s'il vous plaît, intervint Travis. Bill est là pour veiller à ce que nous ne nous ridiculisions pas.

— Tu ne vas pas chômer, dans ce cas, déclara Sarah avec un sourire timide à l'attention de Bill. Je n'y connais rien. Et je continue à croire qu'il est totalement délirant de vouloir me faire parler dans un micro.

— Travis n'est pas de cet avis et c'est ce qui compte, lui assura Bill qui, courtoisement, demeura debout tant qu'elle ne fut pas assise. D'après lui, tu es capable de charmer n'importe qui. Dorénavant, tu ensorcelleras non plus un seul client, mais tous les auditeurs qui capteront la station.

— Oh Seigneur..., murmura-t-elle en pâlissant.

Elle se mit à serrer si fort son stylo et son bloc-notes que les articulations de ses doigts blanchirent.

— Il ne faut pas envisager les choses de cette façon pour commencer, me semble-t-il, intervint Travis. Imagine au contraire que tu t'adresses à une seule personne. Quant aux autres, eh bien... dis-toi qu'ils écoutent à la porte !

— Il est vrai que tu en connais un rayon dans ce domaine, ne put-elle s'empêcher de lancer.

Travis feignit de se vexer.

— Hé ! Ne commence pas dès le premier jour à critiquer ton patron !

— Excuse-moi, répondit-elle d'un ton contrit que démentait la lueur moqueuse de son regard.

— Bien ! Si nous allions dans le studio étudier le fonctionnement de tous les appareils, plutôt ? suggéra Bill. Lorsque tu te seras habituée aux différents écrans et manettes, Sarah, tu auras certainement moins d'appréhension. Je vais assurer le rôle de réalisateur pendant quelques semaines. Au départ, tu auras simplement à mener les entretiens avec tes invités et peut-être combler les vides entre les chansons. Une fois que vous serez parfaitement rodés à cet exercice tous les deux, vous prendrez seuls les commandes de vos émissions.

Sarah le regarda, effarée, avant de se tourner vers Travis.

— Tu ne m'avais pas prévenue que je devrais aussi m'occuper de la partie technique, lui lança-t-elle avec vivacité. « Il te suffira de t'asseoir devant le micro et de parler. » Voilà ce que tu m'as dit.

Travis passa son bras autour de ses épaules et l'entraîna vers le studio.

— Et je n'ai pas menti. Si la publicité continue à entrer au même rythme qu'actuellement, je serai en mesure de recruter un réalisateur assez rapidement. Mais auparavant, il faut que je trouve un D.J. pour l'après-midi.

— Et toi ? demanda-t-elle, vaguement déçue. Tu joues les grands chefs ? Le patron qui disparaît dès que tout est en place ?

— Voyons, ma belle. Ne t'ai-je pas assurée que nous nous embarquions *ensemble* dans cette galère ?

— Ce ne serait pas la première fois qu'un homme me ment.

Ce qu'elle ne tolérerait plus jamais, comprit-il à la sécheresse de sa voix.

— C'étaient des imbéciles, répondit-il d'une voix douce. Tu peux me faire confiance, à moi. Je ne compte pas m'évanouir dans la nature.

— On verra, marmonna-t-elle sans conviction tandis qu'il l'installait dans un fauteuil confortable, derrière un micro.

— Bien. Alors voilà le programme, poursuivit Travis. Tu tiendras l'antenne de 6 heures du matin à midi. Je reconnais que c'est long, mais je réduirai tes horaires par la suite. Sans diminuer ton salaire, précisa-t-il devant sa mine affolée.

— Qu'est-ce que je vais bien pouvoir raconter pendant six heures ?

— Tu intervieweras une ou deux personnes, tu passeras des disques, tu parleras d'un sujet ou d'un autre, de ce qui te plaît, tu répondras aux appels des auditeurs. Le nouveau, quand je l'aurai trouvé, prendra ta suite et restera jusqu'à 18 heures. Après, ce sera mon tour, jusqu'à minuit.

— Tu espères faire tourner une radio avec trois personnes ? demanda-t-elle incrédule. En plus de Bill, bien sûr.

— En quelque sorte, oui. Bill, lui, c'est ma roue de secours. Il sait tout faire dans une station de radio. Pour la plage entre minuit et ton retour le matin ainsi que pour le week-end, j'ai acheté un programme de musique enregistrée. Je me rends bien compte que nous allons fonctionner en sous-effectifs et devoir travailler comme des malades, mais j'espère pouvoir embaucher d'ici un mois à peu près. Pour l'instant, il faut lancer l'opération le plus rapidement possible, prendre nos marques, donner l'habitude aux habitants de nous écouter. Ensuite, quand notre budget le permettra, je pourrai commencer à étoffer notre équipe.

— Tu es vraiment cinglé, soupira-t-elle d'un air abattu.

— Eh bien ? Où est passé ton sens de l'aventure ?

— On dirait ce gamin dans un vieux film, Mickey Rooney, je crois, qui avait réuni des copains du quartier pour leur proposer de monter une pièce.

— Minute ! Nous ne sommes pas des amateurs, rétorqua Travis, vexé. J'ai un diplôme en audiovisuel. Et n'oublie pas Bill. Il travaille dans ce secteur depuis une trentaine d'années. Il connaît son affaire.

— Et il va abandonner le navire, conclut-elle d'un ton lugubre. Il vient de le dire.

— Pas avant qu'il n'ait pris sa vitesse de croisière et que vous vous sentiez à l'aise, tous les deux, précisa Bill. Et même après, je ne serai qu'à une demi-heure d'ici. Travis pourra me prévenir à la dernière minute et je rappliquerai illico, surtout si le poisson ne mord pas. Pour l'instant, l'idée de pêcher sur le lac, au calme, dans mon petit bateau à moteur, me séduit beaucoup, mais ma femme prédit que j'en aurai vite assez et que je m'ennuierai comme un rat mort. Elle a probablement raison. Dans ce cas, je viendrai certainement rôder par ici en vous suppliant de me donner quelque chose à faire.

— Et j'engagerai du monde, répéta Travis. Je veux d'abord commencer à émettre. Ensuite, quand je cernerai mieux les besoins, je pourvoirai les postes vacants.

— Un poste de D.J. pour l'après-midi, ce n'est pas rien, observa Sarah. Que va-t-il se passer si tu ne trouves personne à temps ?

— Je trouverai, répondit Travis sans hésiter.

— Sinon, j'assurerai cette plage horaire moi-même, intervint Bill. Pas la peine de s'inquiéter.

— Il me semble que l'un de nous le devrait, pourtant, rétorqua Sarah. Et comme vous semblez avoir tous les deux la tête dans les nuages, je crains que ce rôle ne m'incombe.

Travis lutta pour ne pas éclater de rire devant son air résigné de martyre. Au moins, elle n'avait pas pris ses jambes à son cou, ce qui prouvait bien qu'il ne s'était pas trompé en décidant de l'associer à l'entreprise.

— Revenons un peu à l'emploi du temps, demanda-t-elle. Le salaire dont tu m'as parlé concerne un travail à temps plein, or je ne travaille pas huit heures par jour.

— Parce que tu consacreras le reste de la journée à chercher des invités, à organiser les rendez-vous avec eux et aussi, éventuellement, à me donner un coup de main pour prospecter les annonceurs publicitaires.

— Mais… je ne connais rien à la publicité, murmura-t-elle, de nouveau effrayée par ce qu'il attendait d'elle.

— Ce n'est pas sorcier, la rassura-t-il. Il suffit de débiter ton laïus, et après tu conclus l'affaire. Nous proposons quelque chose de complètement nouveau dans cette ville, et jusqu'à présent, le projet a reçu un excellent accueil. De la plupart des gens, en tout cas, rectifia-t-il en se remémorant un ou deux commentaires assez sévères.

— Tu vas très bien t'en sortir, renchérit Bill quand il s'aperçut que les explications de Travis n'avaient pas dissipé les appréhensions de Sarah. Pour le moment, tu as l'impression d'avancer en territoire inconnu, mais je te garantis que d'ici une ou deux semaines, tu auras pris le coup comme si tu avais fait ça toute ta vie. J'ai une longue expérience dans le métier, et vous pouvez compter sur moi pour relancer la machine si besoin est, jusqu'à ce qu'elle ronronne. J'en fais le serment.

Sarah se tourna vers lui comme vers son sauveur.

— Ne t'avise pas de me laisser tomber, tu entends ?

— Jamais cette idée ne me traverserait l'esprit ! s'exclama-t-il en riant.

— Et moi alors ? se plaignit Travis. Pourquoi tu ne te reposes pas sur moi aussi ?

— Parce que mon petit doigt me dit qu'en dépit de ton beau diplôme universitaire, tu n'en sais guère plus que moi, répondit Sarah. De toute façon, tu ne seras pas là pendant la journée, conclut-elle sur un ton qui, bizarrement, trahissait une certaine déception.

— Ne t'inquiète pas, ma belle. Je vais être tellement présent que tu finiras par te demander comment tu as réussi à vivre sans m'avoir constamment sous la main.

Une promesse qui parut davantage l'affoler que la rassurer…

— Je t'avais dit que nous allions bien nous amuser, non ? insista-t-il pour essayer de la dérider.

— Nous verrons bien.

Là-dessus, elle lui tourna le dos pour s'adresser de nouveau à Bill.

— Commence par le début et parle lentement, Bill. Il faut que je prenne des notes. Après, je m'entraînerai sans relâche jusqu'à ce que j'aie acquis suffisamment d'assurance pour oser prendre l'antenne. Au fait, quand la première émission est-elle prévue ? s'enquit-elle avec un coup d'œil en direction de Travis.

— Le 1er juillet. A minuit, je donne le coup d'envoi, et après, vogue la galère !

Sarah faillit s'étrangler.

— Mais… c'est dans moins de deux semaines !

— Oui, ça m'en a tout l'air, confirma Travis avec un clin d'œil. Et tu veux connaître la bonne nouvelle ?

— Je n'attends que ça.

— Avec les célébrations du 4 Juillet quelques jours plus tard, tu ne manqueras pas de sujets de discussion.

Elle fixa sur lui le regard vide de quelqu'un qui ne comprend pas ce qu'on lui explique.

— Le spectacle pyrotechnique et les consignes de sécurité à respecter, commença-t-il à énumérer. L'horaire des différentes manifestations. Tu pourrais demander à Grace de venir raconter comment se déroulaient les festivités dans le temps. Et le jour J, grâce à la vue imprenable que tu auras du studio, tu seras en mesure de décrire tout ce qui se passe, de la parade aux autres animations, aux malheureux qui n'auront pas pu se déplacer. Je parie que cela attirera encore davantage de spectateurs au feu d'artifice du soir.

— Oui, ça c'est dans mes cordes, reconnut-elle tandis que son visage s'éclairait progressivement. Je crois que je n'ai pas raté un seul 4 Juillet ici, à Serenity, quand j'étais petite. Je ne sais pas ce que j'attendais avec le plus d'impatience, entre le défilé et le feu d'artifice.

— Tu vois bien que tu ne manqueras pas d'idées ! lui fit-il remarquer, ravi de voir ses joues se colorer au fur et à mesure qu'elle parlait et qu'elle gagnait de l'assurance. Dis-toi que ce sera comme une journée au Wharton, à la différence près que davantage de personnes t'écouteront. Si tu gardes bien ça à l'esprit, tu es parée.

— Cela peut être amusant, finalement, murmura-t-elle en noircissant déjà son carnet.

— N'est-ce pas ce que j'avais prédit ? s'exclama-t-il.

— Tais-toi un peu. Laisse-moi me concentrer, tu veux ?

Quand elle le chassa d'un geste de la main, Travis, docilement, entraîna Bill hors du bureau, abandonnant Sarah à ses notes.

— Toi qui voulais une vedette, eh bien te voilà servi, on dirait, murmura Bill. Rassure-moi, tu n'espérais quand même pas qu'elle resterait éternellement soumise ?

— Eternellement, peut-être pas, mais quelques minutes, cela ne m'aurait pas déplu, marmonna Travis, qui se félicitait cependant de voir Sarah se prendre au jeu aussi rapidement.

— Veux-tu profiter des leçons que j'ai tirées de ma longue

expérience ? Remercie le ciel quand tu rencontres une femme autonome.

— Pourquoi ?

— Parce que le pire qui puisse arriver dans la vie est que le bonheur de quelqu'un dépende entièrement de l'autre, car il se crée alors un déséquilibre dangereux. La seule solution pour l'éviter est que chacun se construise de son côté. Les deux partenaires se trouveront ainsi sur un pied d'égalité, et ce que leur couple en tant que tel leur apportera sera juste la cerise sur le gâteau.

— Ne court-on pas le risque qu'elles n'aient plus du tout besoin de nous ? demanda Travis tout en observant Sarah, penchée sur son bloc-notes, le front plissé de concentration.

— Peut-être, mais d'après moi, il vaut nettement mieux qu'une femme reste avec toi parce qu'elle ne peut imaginer la vie sans toi plutôt que parce qu'elle ne sait pas réparer un robinet qui fuit… ou préparer une émission de radio.

Une analyse difficile à contester, songea Travis, même si, pour la première fois de sa vie, il éprouvait avec une incroyable acuité le besoin de se sentir indispensable à quelqu'un. Jamais jusque-là il n'avait aspiré à une relation durable, s'estimant incapable de la moindre fidélité. Comme son père. Lui qui depuis tant d'années n'avait jamais remis en question son mode de vie commençait à se poser des questions.

— Tu es complètement nouée, ma pauvre Sarah, lui fit remarquer Jeanette.

Sarah était venue se faire masser au Club du Coin, profitant du coffret de soins que lui avait offert Raylene pour la remercier de son hospitalité.

— On le serait à moins ! Les émissions commencent dans à peine une semaine, et je n'ai toujours pas la moindre idée de la façon dont je vais m'y prendre. Chaque fois que je veux en toucher deux mots à Travis, il me répond que tout va bien se passer et qu'il me fait confiance. Moi, je ne crois pas à la magie !

— Il semble sûr de lui. Tu devrais peut-être tout simplement lui faire confiance, toi aussi.

— Oh ça ! L'assurance, ce n'est pas ce qui lui manque ! Il aurait d'ailleurs tort de douter de lui. Je l'ai entendu répéter dans le studio et il parle avec autant d'aisance que s'il était né avec un micro entre les mains. Il parle tout seul et, pourtant, il a l'air parfaitement naturel. Moi, quand j'essaie, on dirait une demeurée.

— Mais tu es censée recevoir des invités, donc dialoguer avec eux, non ? Tu ne t'entraînes pas avec quelqu'un ?

— Avec qui ? Il n'y a pas foule à la station, figure-toi. Même l'animateur de l'après-midi n'arrivera que la semaine prochaine, la veille du jour J. D'accord, il a de l'expérience, selon Travis. Il n'empêche que j'ai du mal à comprendre comment il peut débarquer au dernier moment sans se donner le temps de se familiariser avec nous, avec le cadre, avec la ville. Si j'étais lui, je n'en mènerais pas large.

— Parce que c'est la première fois, pour toi. Pourquoi ne demandes-tu pas à des amis de te donner la réplique, si je peux dire, histoire de t'exercer à l'interview. Je veux bien me prêter au jeu, moi. Et Tom acceptera certainement aussi. Maddie et Dana Sue également.

— Tu ferais ça ?

— Bien sûr ! Et je te promets de le faire des plus sérieusement. Tu pourras même enregistrer les entretiens et les garder pour le jour où quelqu'un te fera faux bond. De cette façon, tu ne seras pas prise au dépourvu et tu ne risqueras pas un blanc à l'antenne.

L'idée était bonne. Pourquoi n'y avait-elle pas pensé toute seule ? se reprocha Sarah. Peut-être avait-elle été trop obnubilée sur ses notes, et le planning des émissions du premier mois ? Du coup, elle n'avait même pas prévu de bouée de sauvetage en cas de défection d'un invité. Non seulement la suggestion de Jeanette remédierait à ce problème mais, avantage supplémentaire et non négligeable, elle lui permettrait d'apprivoiser l'art d'interroger les gens.

— Tu pourrais venir ce soir ? demanda-t-elle, cherchant déjà un sujet. Ou demain matin ? Enfin, au moment qui t'arrange, en fait.

— Je vais voir avec Maddie s'il est possible que je te rejoigne au studio cet après-midi. Je pourrais parler de mon travail ici. Après tout, ce sera de la publicité gratuite pour le spa. Qu'en dis-tu ?

— Tu me sauves la vie !

— N'exagérons rien ! se récria Jeanette en éclatant de rire devant son enthousiasme. En échange, pourquoi ne me racontes-tu pas où vous en êtes, tous les deux, Travis et toi ?

— Comment ça, où on en est ? rétorqua Sarah nerveusement, perdant aussitôt toute sa bonne humeur.

— Ouh lala ! Les nœuds de tension dans tes épaules sont revenus d'un coup ! Ça ne va pas, entre vous ?

— Tu poses la question comme s'il existait quelque chose entre lui et moi, répondit Sarah avec une agressivité manifeste. C'est mon patron. Si l'on veut que son projet aboutisse, il est indispensable que nos rapports restent strictement professionnels.

— C'est drôle, répondit Jeanette avec un petit rire. Il m'a tenu à peu près le même discours quand j'ai abordé le sujet avec lui.

Cette réponse, loin de rassurer Sarah, la déçut quelque peu. Bien sûr, cela valait sans doute mieux. Mais elle ne pouvait s'empêcher… d'être déçue quand même.

— Tu vois bien ! lança-t-elle avec un entrain exagéré. Nous sommes sur la même longueur d'ondes, lui et moi, c'est le cas de le dire.

— Question déni, c'est incontestable ! ironisa Jeanette.

— Qu'est-ce que tu veux dire par là ?

— Que vous avez beau déclarer la même chose tous les deux, cela ne paraît vous satisfaire ni l'un ni l'autre.

— Et alors ?

— C'est ce que l'on appelle « du déni », mon chou. Et laisse-moi te faire part d'une de mes convictions : quand on refuse de regarder la réalité en face, elle vous rattrape un jour ou l'autre. Quelqu'un provoque une étincelle, accidentellement ou non, et allume un incendie.

— Ce qui prouve que ni lui ni moi ne pouvons nous permettre de jouer avec le feu, conclut Sarah d'un air buté.

— Ecoute, Sarah, si tu veux mon avis, fonce ! N'hésite pas. J'ai passé pas mal de temps avec Travis depuis son arrivée. C'est un type bien, et tu es exactement la femme qu'il lui faut.

— Une femme seule, avec deux enfants sur les bras, et qui, récemment encore, avait perdu tous ses repères ? Tu parles !

— Non, une femme forte qui fait les bons choix et prend sa vie en main. La preuve : tu n'as pas hésité à changer d'emploi.

— Parce que tu trouves que c'est une bonne idée d'avoir accepté ce travail à la radio ? Moi je la qualifierais plutôt de folie pure et simple.

— Nous en reparlerons quand tu auras été à l'antenne pendant un mois, d'accord ? Je parie que tu remercieras alors Travis d'avoir eu l'idée géniale de t'embaucher. Et que tu avoueras ne t'être jamais autant amusée, par la même occasion !

— D'accord, prenons les paris et rappelle-le-moi dans un mois, répliqua Sarah en espérant perdre.

Pourtant, tout au fond d'elle, jamais auparavant elle n'avait connu pareille euphorie. Elle se testait, s'essayait à un personnage totalement inédit et, en dépit de toutes ses appréhensions et de toutes ses incertitudes, elle se sentait diablement bien dans sa peau.

Travis commença par écarquiller les yeux de surprise, puis se mit à sourire en lisant le message sur son bureau. Sarah avait convoqué une réunion du personnel, à 10 heures ce matin.

— Toi aussi tu l'as reçu ? demanda-t-il à Bill.

— Oui, répondit ce dernier avec un petit rire. Apparemment,

elle trouve que notre entreprise pèche par son organisation et que quelqu'un doit en prendre les rênes.

— Qu'est-ce qu'elle croit ? Que je me tourne les pouces ?

— Je n'en sais rien. Toujours est-il que je l'ai entendue pester contre la mauvaise communication qui existe entre nous et marmonner que nous devrions nous tenir informés les uns les autres de nos démarches. Elle avait l'air vraiment fâchée, en fait. L'aurais-tu contrariée d'une façon ou d'une autre ?

— Je l'ai à peine vue de toute la semaine ! Le jour, j'ai démarché les annonceurs, et la nuit j'ai enregistré les spots publicitaires.

— C'est peut-être là qu'est le problème : tu lui manques.

— Je voudrais bien !

Mais inutile de rêver. Sarah s'était cantonnée à des rapports strictement professionnels lors de leurs quelques rencontres, et cela commençait d'ailleurs à l'énerver. Mais il avait d'autres chats à fouetter pour le moment. Il était probablement plus astucieux d'attendre que la station soit lancée et ait pris son rythme de croisière pour faire savoir à Sarah… combien l'idée de l'embrasser l'obsédait.

Il fut interrompu dans ses ruminations lorsque, à 9 h 55, Sarah poussa la porte du studio.

— Parfait, dit-elle. Vous êtes tous les deux à l'heure.

— En avance, rectifia Travis. Tu sais que c'est le patron qui décide des réunions, en général.

— Oui. Mais comme le patron semblait l'avoir oublié, j'en ai pris l'initiative, répliqua-t-elle gaiement.

Calé dans son fauteuil, Travis l'observa attentivement. Des boucles de cheveux échappées d'une queue-de-cheval faite à la va-comme-je-te-pousse encadraient son visage aux joues en feu, et une coulure de confiture tachait son chemisier. Elle était… tout à fait adorable !

— Qu'est-ce qu'il y a ? demanda-t-elle quand elle surprit son regard fixé sur elle.

— Je me disais que tu étais vraiment belle.

Les joues de Sarah virèrent à l'écarlate.

— Je te prierai de t'abstenir de ce genre de propos déplacés.

— Pourquoi ?

— D'une part, ce n'est pas le moment opportun et d'autre part, c'est faux.

— D'une part, je n'ai jamais été un opportuniste et d'autre part, si je dis que c'est vrai, c'est que ça l'est. Après tout, la beauté est quelque chose de subjectif qui n'existe que dans les yeux de celui qui regarde.

— Ce qui est objectif en tout cas, c'est que Libby a barbouillé mon corsage avec sa tartine et que je n'ai pas eu le temps de me coiffer comme il faut.

— Aucune importance.

— Nous nous éloignons du sujet, observa-t-elle sur un ton sévère qui cachait mal son trouble.

— Désolé, feignit-il de s'excuser. Quel était le sujet ?

Elle demeura sans voix un instant puis, reprenant son allure de femme d'affaires, elle s'assit à son bureau et se drapa dans toute sa dignité pour répondre :

— Le sujet ? C'est que la main droite ne sait pas ce que fait la main gauche dans ce studio.

— C'est-à-dire ? Tu peux t'exprimer plus clairement ?

— C'est-à-dire que tu cours partout pour trouver des annonceurs et que j'ignore totalement qui tu as vu, les marchés que tu as conclus, les offres que l'on t'a faites. Une façon de procéder qui a occasionné un certain nombre de situations embarrassantes pour moi. Or je n'aime pas les situations embarrassantes, conclut-elle en le regardant droit dans les yeux.

— Message reçu.

— Pourquoi n'affiches-tu pas une liste de tes contacts, en précisant le nom de la personne qui doit appeler et ce qui a été convenu ? suggéra Bill qui, jusque-là, s'était tenu à l'écart du duel entre ses deux collègues sans se départir d'un petit sourire en coin. Cela éviterait bien des malentendus.

— Bonne idée ! approuva Travis sans hésiter. Autre chose, Sarah ?

— Euh… non, c'est tout, répondit-elle, visiblement désarçonnée par la facilité avec laquelle le problème avait été résolu.

— Dans ce cas, je lève la séance.

Arrivé sur le pas de la porte, il se retourna.

— Cette idée d'une réunion régulière me semble judicieuse, ajouta-t-il. Une fois par semaine, ça vous va ?

— Tu veux que ce soit moi qui la programme ? s'enquit Sarah.

— Pourquoi pas ? C'est toi qui y as pensé, après tout. Au fait, tu pourrais arrêter de me traiter comme le patron et considérer enfin cette aventure comme un partenariat ? Dois-je te rappeler que nous sommes dans le même bateau ?

Un moment décontenancée, elle reprit rapidement ses esprits.

— C'est toi qui as mis l'argent dans l'affaire, dit-elle. C'est donc toi le patron.

— Pas si je te donne la direction des affaires, riposta-t-il avec un clin d'œil. Tu es nommée « chef de service ».

Bouche bée, elle le regarda s'éloigner. Il allait sortir dans la rue quand il l'entendit qui l'appelait :

— Vais-je être augmentée ? lança-t-elle avec un aplomb irrésistible.

— Si tu trouves suffisamment de publicités, oui ! répondit-il en s'éloignant.

Il avait à peine parcouru quelques mètres qu'elle le rattrapait.

— Et si, en tant que nouvelle chef de service, je donnais mon aval pour une augmentation de salaire ?

— Tu n'en as pas le droit.

— Si je comprends bien, dit-elle en détachant bien ses mots, j'ai davantage de responsabilités, un salaire qui ne bouge pas et aucun pouvoir.

— Oui, en gros, c'est ça.

A la surprise de Travis, au lieu de continuer à discuter, elle se contenta de hocher la tête.

— Bien. C'était juste pour éviter tout malentendu, murmura-t-elle avant de s'en aller.

Il la regarda s'éloigner, à la fois amusé et inquiet. Nul doute qu'il paierait tôt ou tard cette capitulation sans conditions.

Walter feuilletait le journal de Serenity que Raylene venait de déposer devant lui, sur la table de la cuisine. Les enfants faisaient la sieste dans leur chambre, à l'étage, mais il ne semblait pas pressé de rentrer à son hôtel, plus attiré d'ailleurs par la bonne odeur des petits gâteaux aux pépites de chocolat en train de cuire dans le four que par la compagnie peu divertissante de Raylene.

— Bon sang ! Qu'est-ce que c'est que ça ? s'écria-t-il soudain.

Il venait de découvrir en première page la photo de Sarah, à côté d'un homme qu'il reconnut immédiatement comme un joueur d'une grande équipe de base-ball, suffisamment grande en tout cas pour que la télévision en diffuse les matchs. Les New York Yankees ou les Red Sox, il ne savait plus. Qu'est-ce qu'un type comme lui pouvait bien faire à Serenity ? se demanda-t-il, perplexe.

— Tu te demandais pourquoi Sarah n'était jamais là quand tu venais voir les enfants, lui répondit Raylene, lorsqu'il lui eut montré l'article. Tu as la réponse. Elle a trouvé un autre travail. Leur radio démarre après-demain.

— Quoi ? s'étrangla Walter, les yeux écarquillés. Sarah travaille dans une station de radio ? Je croyais qu'elle servait dans ce restaurant, le Wharton, c'est ça ?

— Oui, avant. C'est là que Travis l'a rencontrée. Il l'a recrutée pour la radio qu'il vient de créer.

— Travis ?

— Travis McDonald.

McDonald, le batteur emblématique des Red Sox ! En tout cas pendant une ou deux saisons, car on l'avait renvoyé dès que ses résultats avaient baissé. Comment Sarah pouvait-elle se trouver associée à un homme comme lui ?

— Que va-t-elle faire exactement ? voulut-il savoir. J'espère qu'elle n'est pas chargée de la comptabilité. Elle n'était même pas capable de vérifier nos relevés bancaires. Pardon, murmura-t-il devant le regard lourd de reproches de Raylene. Il n'empêche que c'est la vérité.

— Ecoute, dit Raylene, si tu as des questions, pose-les à Sarah. Je suis sûre qu'elle t'aurait appris la nouvelle elle-même si elle n'avait pas été si débordée ces derniers temps.

— Débordée par quoi ?

— Il faut qu'elle invite des gens, qu'elle prépare les interviews, qu'elle s'initie à la technique…

— Attends ! Es-tu en train d'insinuer que Sarah va parler à l'antenne ?

— Oui, elle anime toute seule la matinale, *Le Point du jour en Caroline*. Lis par toi-même, ajouta-t-elle en tapotant le journal. Tout est expliqué là. Tu peux être fier d'elle.

Walter ne savait que penser. Lorsqu'ils étaient étudiants, il avait parfaitement imaginé Sarah devant des élèves de cours préparatoire ou élémentaire mais, après avoir observé les difficultés qu'elle avait rencontrées avec Tommy et Libby, il avait rapidement douté de ses capacités à tenir une classe de vingt ou trente gamins. En revanche, et malgré sa contrariété de la voir travailler dans ce petit restaurant, il avait été obligé de reconnaître qu'elle s'acquittait avec brio de sa tâche de serveuse. Mais animatrice de radio ? Allait-elle réellement devenir une célébrité locale alors qu'elle perdait tous ses moyens pour un rien ? Non, ce n'était même pas imaginable.

— Tu crois vraiment qu'elle peut y arriver ? demanda-t-il avec une moue sceptique. Elle n'aime pas trop parler.

Raylene glissa une autre fournée de petits gâteaux dans le four avant de répondre.

— En fait, oui, je l'en crois tout à fait capable. Plus important encore, elle aussi le croit. De toute façon, non seulement elle ne vise pas la notoriété d'un Mike Wallace ou d'un Morley Safer, mais il n'y aura pas beaucoup de débats à l'antenne.

En outre, au cas où tu ne l'aurais pas remarqué, Sarah est en train de changer. Elle n'est plus la petite chose craintive qui vous laissait lui marcher dessus, tes parents et toi. Je te le répète, tu peux être fier d'elle. D'une certaine façon, elle peut te remercier parce que c'est grâce à toi qu'elle découvre enfin sa force et ses atouts.

— Je suppose que je ne dois pas prendre cette remarque comme un compliment, laissa-t-il tomber.

— Bravo ! Quelle perspicacité ! Tu m'épates !

— Tu ne m'apprécies pas beaucoup, n'est-ce pas ? dit-il, froissé par le ton sarcastique de Sarah.

— Comment voudrais-tu que je t'apprécie ? Tu as failli détruire mon amie !

Walter ne trouva rien à répondre. Comment aurait-il osé réfuter cette accusation ?

— Et personne ne le regrette plus que moi, dit-il doucement. Je souhaite à Sarah tout le bonheur du monde. Si cette histoire de radio lui tient à cœur, j'espère sincèrement qu'elle réussira.

— Oh ! Pas de doute là-dessus, elle réussira ! s'exclama Raylene. Mais cela lui ferait certainement très plaisir de t'entendre le lui dire toi-même.

— Elle ne s'intéresse plus à mon opinion depuis bien longtemps, avoua-t-il, avant d'ajouter en toute hâte : Et j'en porte l'entière responsabilité.

— Je ne crois pas qu'une femme se moque de ce que l'homme qu'elle a un jour épousé pense d'elle, répliqua Raylene avec une expression soudain emplie de tristesse. Même si elle le devrait.

Surpris par cette tristesse soudaine, Walter observa Raylene d'un air pensif. Bien qu'elle n'ait jamais ménagé les remarques désobligeantes à son égard, il fut soudain touché par la vulnérabilité qu'il pressentait en elle.

— Tu parles toujours de Sarah ? demanda-t-il prudemment.

Elle fit volte-face, leva le menton et planta son regard dans le sien, comme pour le défier.

— Bien sûr ! De qui d'autre ?

Walter, mal à l'aise, ne sut comment interpréter la réaction de la jeune femme. Son intuition, si tant est qu'il en ait été pourvu, lui soufflait qu'elle venait de dévoiler quelque chose d'important d'elle-même. Devait-il insister ou au contraire changer de sujet ?

Lâchement, il opta pour la seconde solution.

— Je crois que je vais aller faire un tour en ville, essayer de trouver Sarah, dit-il. Je peux prendre quelques gâteaux pour la route ?

— Tu vas te couper l'appétit, répondit-elle sur le ton qu'elle réservait habituellement aux enfants.

— Pas de danger ! lui assura-t-il avec un sourire amusé. Tu vas t'en sortir avec Tommy et Libby ? J'essaierai de rentrer avant qu'ils n'aient terminé leur sieste.

— Ne t'inquiète pas, je gère. S'ils se réveillent, nous jouerons à l'intérieur en attendant ton retour.

Encore une allusion au fait qu'elle ne quittait jamais la maison. Jusqu'à présent, il s'était abstenu de l'interroger à ce propos, ne s'en estimant pas le droit. Mais le comportement de Raylene commençait vraiment à l'intriguer.

Décidément, la liste des questions à poser à Sarah s'allongeait de jour en jour, songea-t-il. Peut-être finirait-il par réussir à les aborder sans que la conversation ne dégénère en dispute ? Malheureusement, les habitudes avaient la vie dure et, malgré ses résolutions, il lui arrivait encore de ne pas tenir sa langue et de céder à la tentation de critiquer et juger Sarah. Une mauvaise habitude qu'il était tout disposé à perdre.

Chapitre 7

Aussi loin que remontent les souvenirs de Sarah, Annie, Raylene et elle avaient toujours formé un trio d'amies inséparables. Si bien qu'elle avait l'impression d'avoir toujours connu Dana Sue Sullivan, la mère d'Annie. Combien de fois n'avait-elle dormi chez elle quand elle était petite ! Combien de repas n'avait-elle pris au Sullivan, en particulier à l'époque où Dana Sue et Erik mettaient au point leur carte ! A cette époque-là Annie, alors en pleine crise d'anorexie, mangeait du bout des lèvres tandis qu'elle se délectait de chaque bouchée et répondait toujours de bonne grâce aux questionnaires que Dana Sue et Erik avaient établis pour évaluer leurs différentes recettes.

En dépit de cette longue complicité, c'est les mains moites et la gorge nouée d'appréhension qu'elle s'apprêtait à interviewer Dana Sue. Il s'agissait pourtant du troisième enregistrement qu'elle effectuait à titre de test avant le lancement officiel de la station, mais l'exercice continuait à l'intimider. Comment parviendrait-elle un jour à prendre plaisir à animer une émission quand elle ne pensait qu'à se sauver à toutes jambes ? Et encore, jusqu'à présent, n'avait-elle reçu que des personnes qu'elle connaissait de longue date et qui faisaient tout pour lui être agréable ! Alors qu'adviendrait-il lorsqu'elle serait confrontée à un inconnu ou à une vraie célébrité ? A un invité qui aurait le goût de la polémique ou du scandale ?

Elle jeta un coup d'œil à Bill, qui était aux manettes derrière la vitre de séparation.

« Tout est prêt », lui indiqua-t-il par un signe avant que ne lui parvienne sa voix, dans le casque, comme cela se passerait lors du direct :

— Nous commençons dans une minute.

Elle leva la tête vers la trotteuse de la pendule qui égrenait les secondes bien trop vite à son goût.

— Regarde-moi, mon chou, lui dit Dana Sue.

Sarah obéit et riva des yeux affolés dans ceux de la mère de son amie. Une Sweet Magnolia, elle aussi, que diable ! Voilà qui devrait faciliter les choses ! Oui, mais une Dana Sue parfaitement sobre ne lui était d'aucun secours. Peut-être aurait-elle dû prévoir des margaritas ?

— Comment est-il possible que je t'effraie à ce point depuis le temps que nous nous connaissons ? lui fit doucement remarquer Dana Sue. Tu étais là quand j'ai jeté par la fenêtre toutes les affaires de Ronnie, tu te rappelles ? Tu étais là aussi le soir où Annie est tombée dans les pommes et a failli mourir. Nous sommes amies, Sarah, et nous ne faisons rien d'autre que bavarder. Exactement comme dans ma cuisine, autour de la table.

Sarah prit une profonde inspiration et hocha la tête.

— Oui. Je sais. Je suis ridicule. C'est moi qui devrais te rassurer, pas l'inverse. Après tout, tu as raison, il s'agit simplement de parler des débuts du Sullivan et des éloges dithyrambiques qui n'ont pas cessé depuis.

— On est à l'antenne dans cinq secondes, intervint Bill. Quatre, trois, deux et…

Il abaissa le bras pour donner le signal de départ.

Sarah se racla la gorge.

— Bonjour à tous. Je suis Sarah Price, l'animatrice de l'émission *Le Point du jour en Caroline*, qui s'adresse à vous du cœur même de Serenity, sur la grand-place. Dana Sue Sullivan, mon invitée aujourd'hui, est le chef du restaurant le Sullivan, réputé dans tout l'Etat pour sa cuisine traditionnelle régionale adaptée au goût du jour.

Plus elle parlait, encouragée par le sourire de Dana Sue,

plus elle sentait son trac se dissiper. Elle lança la discussion avec les questions qu'elle avait passé toute la soirée précédente à élaborer, et Dana Sue fit le reste, répondant avec l'enjouement, la drôlerie et la modestie que tout le monde à Serenity attendait de cette rebelle, devenue maintenant un chef inventif et une femme d'affaires respectée.

Elles enregistraient depuis presque une heure, respectant les pauses pour l'insertion des spots publicitaires qui seraient insérés lors du montage, lorsque Sarah, en levant la tête, découvrit que Travis avait rejoint Bill dans la cabine technique. D'un clin d'œil et d'un geste de la main il lui signifia son enthousiasme et… lui fit perdre le fil de l'entretien.

Remarquant le changement d'expression sur le visage de Sarah, Dana Sue tourna la tête vers la cabine. Il était bien sûr inutile de lui faire un dessin, et c'est avec un large sourire qu'elle se tourna de nouveau vers Sarah, rouge comme une pivoine, qui ne reprit ses esprits que lorsque Bill la rappela à l'ordre dans son casque.

— L'entretien touche à sa fin, annonça-t-elle avec soulagement, quelques minutes plus tard. Il me reste à remercier notre invitée et à vous conseiller à tous d'aller au Sullivan goûter les nouveaux plats délicieux que nous vous avons présentés ce matin. Vous ne serez pas déçus, je vous le promets. Et maintenant, une pause musicale qui va vous permettre d'entendre un des airs les plus populaires de Caroline. A tout à l'heure.

— C'est dans la boîte, lui dit Bill. Bravo, Sarah.

Bien que l'opinion de Bill ait énormément compté pour elle jusqu'à présent, c'est le verdict de Travis, qui l'écoutait pour la première fois, que Sarah attendait anxieusement. Le sourire radieux qu'il lui adressa suffit à la rassurer.

Et que dire de l'allégresse qui la saisit, quand il s'élança dans le studio, la souleva de la terre et la fit tournoyer !

— Tu as été formidable, ma belle ! Encore plus que ce que j'avais imaginé.

— Si c'est vrai, remercie Dana Sue. C'est grâce à elle et à son sens de l'humour.

— Pas du tout, protesta Dana Sue. Tu as posé les bonnes questions. Tu as vraiment un don, Sarah. Si tu savais comme je suis fière de toi ! J'espère vraiment que l'émission sera diffusée un jour.

— A la première occasion, promit Travis qui tenait toujours Sarah par la taille. Tu sais, en parlant de don, tu as été incroyablement à l'aise, toi aussi, Dana Sue. Sarah ne s'était pas trompée sur ton compte. Cela ne te tenterait-il pas de présenter une émission de gastronomie ? Parrainée par le Sullivan, par exemple. Tu profiterais ainsi d'une bonne publicité pour le restaurant. Je pourrais même me débrouiller pour qu'elle soit relayée par d'autres stations dans l'Etat.

— Oh oui, Dana Sue ! s'écria Sarah, les yeux brillants. Accepte. C'est une idée géniale !

— Tout dépend du rythme. Je n'ai pas beaucoup de temps libre, tu sais.

— Une heure le samedi matin, par exemple, répondit Travis. Mais tu pourrais enregistrer au moment qui te convient le mieux.

— Je vais réfléchir. Pour l'instant, il faut que je file. Le restaurant ouvre ses portes dans une demi-heure. Venez donc déjeuner tous les trois. C'est la maison qui offre, pour fêter le lancement de la station.

Bien que tentée, Sarah hésita. La plupart des habitants de Serenity réservaient une table au Sullivan pour une grande occasion. Elle craignait qu'un déjeuner là-bas avec Travis, même pour des raisons essentiellement professionnelles, ne soit interprété de travers. Mais Bill serait là.

— Qu'est-ce que tu en dis, Sarah ? demanda Travis. Je trouve que nous avons bien mérité de fêter notre aventure.

— D'accord.

— Malheureusement, je ne vous accompagnerai pas, déclara Bill. Ma femme a préparé le repas et elle n'apprécierait guère que je me décommande à la dernière minute. Allez-y tous les deux. Moi je vais rester encore un peu pour monter la bande. On a débordé d'une minute, mais je crois savoir où couper. Je voudrais le faire pendant que c'est encore frais dans ma tête. Comme ça, elle sera prête le jour où vous en aurez besoin.

— Comme tu veux, Bill. En tout cas, c'est d'accord pour Sarah et moi, conclut Travis en s'adressant à Dana Sue. Laisse-nous le temps de régler quelques petits détails et nous arrivons.

Sarah, qui regrettait déjà d'avoir accepté, attendit que Bill ait regagné sa cabine et que Dana Sue soit partie pour se tourner vers Travis, cherchant comment se dépêtrer de ce mauvais pas.

— Nous ne sommes pas obligés d'accepter, dit-elle. C'est adorable de la part de Dana Sue, mais nous avons tous les deux des milliards de choses à mettre au point avant le grand jour. Je ferais probablement mieux de rentrer manger avec mes enfants pour une fois. Dès que les émissions seront lancées, je n'aurai peut-être pas l'occasion de les voir beaucoup.

— Ah non, tu ne t'en tireras pas comme ça. Je ne vois rien qui soit plus important que d'emmener déjeuner ma meilleure animatrice. Il est impératif que je te chouchoute pour te maintenir dans de bonnes dispositions.

Quel éloge ! Mais, peu habituée aux compliments de ce genre, elle préféra le tourner en dérision.

— A part Rick-la-Flèche, si j'ai bien retenu le surnom de ta recrue de l'après-midi, je suis ta seule présentatrice ici, lui rappela-t-elle. Donc, tes louanges ne signifient pas grand-chose.

— Et moi alors ? Qui suis-je ici ?

— Franchement je n'en sais rien encore, répliqua-t-elle avec un sourire espiègle. Je t'ai entendu jacasser tout seul dans le studio mais, pour autant que je sache, tu n'as pas fait une seule répétition ou pris une seule note pour ton émission.

— Figure-toi, ma belle, que je compte sur mon charme naturel et ma spontanéité pour conquérir les auditeurs.

— Pourquoi pas ? Moi je m'en tiendrai à ma méthode. Au moins, je ne serai pas là à chercher quoi dire comme un poisson suffoquant hors de l'eau.

— Tu m'as déjà vu à court de mots, ma belle ? demanda-t-il avec un grand sourire.

Elle ne put s'empêcher de rire.

— Non, je te l'accorde.

Et c'était précisément pour cette raison qu'elle ne devait en aucun cas baisser sa garde, parce que si les mots coulaient si facilement de la bouche de Travis McDonald, les mensonges aussi, probablement.

Travis savait pertinemment que même deux petites heures passées en compagnie de Sarah dans la lumière tamisée et l'ambiance douillette du Sullivan présentaient un danger certain. De lui-même, il n'aurait pas lancé cette invitation, du moins pas encore. Mais comment aurait-il pu refuser celle de Dana Sue ? Il n'avait pu faire autrement que de saisir cette opportunité tombée du ciel.

Les dernières semaines avaient représenté un véritable supplice de Tantale pour lui : un seul regard de Sarah timidement posé sur lui ou un frôlement de mains suffisait à l'embraser tout entier. Une hypersensibilité due, sans nul doute, à sa longue abstinence involontaire. Il s'accrochait désespérément à cette idée pour ne pas envisager la seule autre explication plausible : il était en train de tomber éperdument amoureux. Or Sarah était une femme avec qui il devait absolument maintenir ses distances car il avait vite compris qu'elle n'accepterait jamais une aventure passagère. Lui, en revanche, pensait plutôt à jouir du moment présent, sans s'embarrasser d'autres considérations.

Du moins tentait-il de s'en persuader.

Pendant toute la durée de sa carrière sportive, il n'avait pas manqué de candidates prêtes à jouer selon ses règles à lui, des règles qu'il n'avait jamais été tenté de changer, du reste — les mêmes qui avaient finalement forcé sa mère à jeter son mari dehors. Dieu sait pourtant qu'il n'avait pas approuvé la conduite de son père et avait plaint et soutenu sa mère, mais comment lutter contre les gènes ? Il avait bel et bien hérité de son père son côté volage, et l'idée de se ranger l'attirait d'autant moins qu'il avait été directement témoin de la douleur qu'une rupture entraînait.

Il se trouvait néanmoins là, dans la pénombre feutrée d'un restaurant renommé, assis en face d'une femme qui croyait en l'amour éternel, s'efforçant de ne pas s'attarder sur le velouté de sa peau et l'éclat de son regard. Heureusement qu'il avait écouté la voix de la raison et avait pris place sagement en face d'elle sans céder à l'envie de se glisser sur la banquette à son côté…

— C'est la première fois que tu viens ici ? lui demanda-t-elle.

— Oui. Cela fait pourtant un moment que je veux passer, mais j'ai été trop bousculé avec la station de radio. C'est sympa comme endroit.

— *Sympa* ? C'est magnifique, tu veux dire ! Et tu vas voir, les louanges des critiques gastronomiques sont entièrement méritées.

Là-dessus, elle se mit à étudier la carte avec une attention dont il aurait préféré être l'objet. Inconsciemment elle passa une ou deux fois sa langue sur ses lèvres… et il sentit qu'il perdait un peu de son self-control. Décidément, sa vie sexuelle était au point mort depuis bien trop longtemps…

— Que me conseilles-tu ? finit-il par s'enquérir, trop fasciné par Sarah pour lire la carte.

— Moi, je prends le pain de viande, répondit-elle sans hésiter. Je sais que ce n'est pas un plat très original, mais crois-moi, celui de Dana Sue est à des kilomètres au-dessus de tous ceux que tu as pu goûter. C'est une de leurs recettes-phares.

— Je suis obligé de l'essayer alors.

Lorsqu'il eut passé la commande auprès de la serveuse et

qu'ils se retrouvèrent face à face, sans menu pour les occuper, Sarah se mit à s'agiter sur sa chaise en jetant des regards dans toutes les directions. Sauf dans la sienne, bien sûr.

— Je te rends nerveuse ? demanda-t-il en essayant de dissimuler son amusement.

— Non, pourquoi ? répliqua-t-elle d'un air faussement détaché.

— Tu ne tiens pas en place.

— C'est dans ma nature. Je suis rarement détendue.

Elle détourna aussitôt le regard, visiblement gênée de cet aveu qui lui avait échappé et qui appartenait au domaine personnel.

— A vrai dire, autant que tu saches que je suis morte de peur à l'approche du jour J, ajouta-t-elle presque aussitôt.

— Je t'assure que tu n'as aucune raison de t'inquiéter. Tes enregistrements sont formidables. Je ne vois pas pourquoi le direct changerait quoi que ce soit.

Hélas ! Il lui en fallait davantage pour la rassurer, semblait-il.

— Qu'est-ce que tu en sais ? Tu n'as assisté qu'à l'entretien d'aujourd'hui.

— Mais j'ai écouté les autres bandes.

— Ah bon ? s'étonna-t-elle. Pourquoi ?

— Parce que je voulais entendre ta voix. Pour vérifier que tu maîtrisais l'exercice, ajouta-t-il vivement en comprenant l'ambiguïté de son explication. Bill m'avait dit que tu te débrouillais très bien, mais je voulais en juger par moi-même.

Elle le regarda. De toute évidence, sa réponse ne l'avait pas entièrement convaincue.

— Et alors ? voulut-elle savoir. Ton opinion ?

— Tu cherches les compliments, ma parole ! Je viens de te dire que je te trouvais formidable. Bill aussi. Alors cesse de te ronger les sangs.

— Il faudra que tu me le répètes encore de nombreuses fois avant que je ne te croie, dit-elle dans un soupir qui se transforma en un gémissement.

Quelque chose venait manifestement de la contrarier.

— Qu'est-ce qui t'arrive ? demanda-t-il.

— Mon ex-mari vient d'entrer et il se dirige vers nous.

Elle semblait si désemparée que Travis tendit instinctivement le bras par-dessus la table pour lui prendre la main.

— Veux-tu que je lui casse la figure ? proposa-t-il, espérant ainsi détendre l'atmosphère.

— Je ne crois pas que ce sera nécessaire, répondit-elle en souriant. Mais je t'en donne la permission si cela tourne à l'aigre entre nous. Salut, Walter, dit-elle au moment où le nouveau venu atteignait leur table. Que fais-tu ici ?

— Je te cherche partout, répondit-il en jetant à peine un regard à Travis.

— Pourquoi ? Quelque chose est arrivé aux enfants ?

— Non, ils vont bien. Ils sont avec Raylene, et je retourne les voir dans une minute. Pourriez-vous nous laisser seuls un instant, je vous prie ? demanda-t-il en s'adressant enfin à Travis.

Sur un imperceptible signe de tête de Sarah, Travis se leva. De mauvaise grâce.

— Je reviens, prévint-il avec un regard presque menaçant à l'adresse de Walter qui, après l'avoir aimablement remercié, s'assit à sa place.

Alors qu'il gagnait une table où se trouvait Ronnie, Travis jeta un coup d'œil derrière lui pour s'assurer que Sarah ne rencontrait aucun problème. Mais elle semblait détendue en face de son ex-mari qui, visiblement, ne plaisantait pourtant pas et mettait beaucoup de conviction dans ses propos. Comme il aurait aimé savoir de quoi ils discutaient !

— Ça va ? demanda Ronnie quand il l'eut rejoint. Je vois que Walter est là.

— Tu le connais ?

— Vaguement. Nous nous sommes rencontrés en une ou deux occasions. Je l'avais catalogué comme quelqu'un de peu fréquentable, violent même, mais il s'est acheté une conduite depuis peu, à ce qu'il paraît.

Par expérience, Travis savait qu'un homme ne changeait aussi radicalement de comportement que pour un seul motif, un motif qui, étrangement, le perturbait.

— Tu crois qu'il veut récupérer Sarah ? s'enquit-il.

— Peut-être. La bonne nouvelle pour toi, c'est que cela ne la tente pas du tout, répondit Ronnie avec un clin d'œil complice.

— Tu en es sûr ? Ils ont des enfants ensemble.

— Cela ne suffit pas, crois-moi.

S'il pouvait avoir raison…

— Il y a quelque chose entre toi et cette vedette de base-ball ? demanda Walter à Sarah lorsque Travis les eut laissés seuls.

Son ton autoritaire agaça Sarah. S'il commençait comme ça, la discussion ne serait pas de tout repos, et elle avait horreur de se donner en spectacle.

— Et d'une, il ne joue plus, répliqua-t-elle. Et de deux, mes fréquentations ne te regardent pas.

— Ne t'énerve pas, répondit-il, visiblement interloqué par son agressivité. Je posais simplement une question.

— C'est vrai ? Tu ne te préparais pas à te lancer dans une attaque en règle contre mon éternel manque de jugeote ?

— Pas du tout. En fait, je voulais te voir pour te féliciter à propos de cette histoire de radio. Raylene m'a montré l'article. C'est certainement une occasion à ne pas manquer pour toi.

Sarah le regarda comme si elle ne l'avait jamais vu.

— Quoi ? C'est pour me dire cela que tu me cherchais ?

— Ça t'étonne, n'est-ce pas ? répondit-il avec un sourire penaud. Tu n'as pas l'habitude que je t'encourage.

— Effectivement, c'est plutôt rare. Je dois reconnaître que je suis agréablement surprise. Plus exactement, *abasourdie*. Je crois que j'aurai du mal à m'en remettre, ironisa-t-elle.

— Je peux difficilement te le reprocher. Mais j'essaie de

changer. Depuis cette altercation avec mon père, j'examine ma vie d'un œil nouveau. J'ignore si j'aurai le cran de quitter définitivement l'usine ou de rompre avec ma famille, mais je suis décidé à mieux m'occuper de Tommy et Libby et à me comporter normalement avec toi. Terminées, les leçons de morale et les disputes. Je m'y efforcerai, en tout cas. Je te le promets.

Sarah le considéra d'un air perplexe ; il avait parlé avec une telle sincérité.

— Que cache ce revirement soudain ? Tu as rencontré quelqu'un ?

— Non. Je ne cherche même pas, pour être franc. Bien sûr, comme on pouvait le prévoir, ma mère a gardé sous le coude quelques candidates choisies dans la bonne société, laissa-t-il tomber d'un ton sarcastique.

— Oh ça, je n'en doute pas ! ne put-elle s'empêcher de répondre en riant. Et je parie qu'aucune d'elles ne me ressemble, de près ou de loin.

— Je crains que tu n'aies raison. Et c'est bien dommage…

Il marqua un temps d'arrêt puis, après une hésitation, croisa son regard.

— Je regrette de ne pas avoir davantage apprécié tes qualités quand nous étions mariés, Sarah. Comment ai-je pu laisser la situation déraper comme ça ?

— Il n'est pas facile de s'opposer à ses parents qui vous ont élevé et tout donné. Il y a aussi un peu de ma faute, dans tout ça. J'aurais dû réagir dès que tu as commencé à tirer à boulets rouges sur moi et à me considérer comme une moins que rien. Mais j'étais terriblement fragilisée par ce changement d'environnement. Et puis, j'étais enceinte. Il ne fallait pas grand-chose pour me persuader que j'étais vraiment une moins que rien.

— Tu sais, quand j'y réfléchis, il me semble que nos problèmes ont débuté avec la cérémonie du mariage. J'aurais dû refuser quand ma mère a insisté pour n'organiser qu'une petite réunion familiale à la maison. Jamais je n'aurais dû la laisser t'humilier de la sorte parce que tu attendais un bébé.

Oui, songea Sarah en se rappelant sa déception quand Walter s'était soumis aux desiderata de sa mère. Ce jour-là avait marqué le début d'une descente irrémédiable vers un enfer quotidien qui les avait détruits tous les deux.

— La réception qu'elle a donnée à notre intention a été l'horreur absolue, renchérit-elle. Avais-tu remarqué le défilé de jeunes femmes superbes et bien sous tous rapports qu'elle avait organisé, pour me faire sentir ce que tu avais perdu en me passant la bague au doigt ?

— J'ai vu qu'il y avait plusieurs de mes anciennes camarades de classe ce jour-là, oui, reconnut-il avec une mine sidérée, mais je n'avais pas compris que ma mère les avait invitées pour te blesser.

— Je me trompe peut-être, remarque. Après tout, c'est moi qui en ai fait une montagne. Mais toutes les réflexions sournoises de ta mère sur mon origine sociale ont peu à peu réussi leur travail de sape : un rien suffisait à me déstabiliser chaque fois un peu plus. Allons ! Tout cela n'a plus d'importance, à l'heure qu'il est ! Nous ne sommes plus mariés et nous avons tous les deux tourné la page. Tout est donc pour le mieux dans le meilleur des mondes possibles.

Et elle le pensait vraiment. Depuis qu'elle avait commencé à travailler à la radio, elle retrouvait progressivement son assurance d'autrefois. Sous les louanges généreusement distribuées par Bill et Travis, elle reprenait vie comme une fleur privée d'eau qu'une main salvatrice vient arroser.

Sans compter, elle devait le reconnaître, qu'elle exultait intérieurement quand elle surprenait Travis en train de la regarder comme si elle était une femme belle et désirable… Peut-être cela faisait-il partie, au même titre que ses éloges, de sa stratégie de séducteur. Il n'empêche qu'elle appréciait énormément, même si elle veillait à ne pas trop s'emballer.

Elle *travaillait* pour Travis, elle ne *sortait* pas avec lui ; une différence qu'elle se devait de garder à l'esprit.

— Tu reprends vraiment tes marques, n'est-ce pas ? demanda Walter en l'étudiant avec une expression pleine de regret. Tant mieux. Tu mérites de réussir, Sarah.

— Oui, c'est exact.

Et pour la première fois depuis leur simulacre de mariage, elle n'en doutait pas.

Travis attendit le départ de Walter pour rejoindre Sarah, inquiet pour elle. Aussi fut-il soulagé de la trouver rayonnante.

— Tout s'est bien passé, apparemment.

— Oui. Pour la première fois depuis longtemps, nous avons parlé sans nous disputer.

— Il ne voit pas d'inconvénient à ce que tu travailles à la radio ?

— De toute façon, je me moque totalement de ce qu'il pense. Cela dit, il se trouve qu'il est ravi pour moi. Je ne te cache pas que sa réaction m'a un peu étonnée. Ses parents n'ont vraisemblablement pas encore appris la nouvelle et n'ont donc pas eu le temps de lui intimer l'ordre de s'opposer de toutes ses forces à mon projet.

Travis la dévisagea d'un air intrigué avant de demander :

— Est-ce pour cette raison que votre mariage a échoué ? Parce qu'il était toujours sous la coupe de ses parents ?

— Oui, absolument. C'était infernal. Les Price ne m'ont jamais acceptée comme belle-fille. Mais je comprends pourquoi Walter a éprouvé autant de difficultés à leur tenir tête. Son père est un homme puissant, du moins à l'échelon local. La filature de coton, qui fournit du travail à une grande partie de la population là-bas, lui appartient. Walter a grandi en sachant qu'il prendrait sa succession un jour. Tout était prévu : il devait faire un beau mariage, puis se glisser dans la peau du patron à la suite de son père. Mais voilà, c'est avec moi à son bras qu'il a débarqué !

— Et alors ? Pourquoi ne convenais-tu pas ?

— Pas grand-chose chez moi n'avait l'heur de convenir à Mme Price mère. Que ce soit ma façon de m'habiller, de me coiffer ou de me conduire en société. Et pour couronner le tout, j'attendais un bébé !

— Je suppose qu'elle avait deviné que son fils y était un peu pour quelque chose, non ?

— En fait, je crois qu'elle n'aimait pas trop s'appesantir sur la façon dont la chose s'était faite, répondit Sarah avec un sourire en coin. Cela la gênait suffisamment de savoir qu'elle avait eu lieu ! Bien sûr, cela ne les a pas empêchés de chercher à conditionner Tommy pour qu'il suive les traces de son père et de son grand-père. Si tu veux mon avis, les parents de Walter auraient volontiers donné une grande réception pour célébrer mon départ… si je n'avais pas gâché leur joie en emmenant Tommy avec moi !

— Ils ont l'air franchement odieux.

— On peut surtout les accuser de…

Elle hésita, cherchant le mot juste.

—… conformisme, je suppose.

— Non, d'être imbus de leur statut social, rectifia Travis. Les gens qui ont l'éducation dont ils se targuent ne s'acharnent pas habituellement à rabaisser et déstabiliser les autres.

— Où as-tu appris ça ?

— Que sais-tu exactement des McDonald, la famille de Tom ?

— Qu'elle vit à Charleston, c'est à peu près tout.

— Eh bien… disons que les McDonald, malgré quelques revers de fortune et quelques scandales, tiennent le haut du pavé à Charleston. Bien que mon père ait été la brebis galeuse de la famille, j'ai été élevé dans cette atmosphère guindée et prétentieuse. Tu n'imagines pas le nombre de fois où l'on m'a répété qu'un McDonald ne faisait pas ceci ou cela. Mais bien évidemment, quoi de plus attirant que de braver les interdits ? conclut-il avec un sourire malicieux.

— Tu as enfreint les règles ? demanda-t-elle d'un air moqueur. J'ai du mal à le croire venant de ta part.

— Oui, quelques-unes, que tout le monde pensait tellement aller de soi qu'elles n'étaient inscrites nulle part. J'adorais choquer les gens. Je m'étais convaincu que ma mission consistait à faire bouger les choses, à dépoussiérer le mode de vie quasi ancestral des McDonald. Mon attitude a permis ainsi d'ôter un peu de poids des épaules de mon père, qui se trouvait assez systématiquement au centre des potins.

— Pourquoi ?

— Disons qu'il appréciait beaucoup les femmes. Et réciproquement. Sa conduite mettait très souvent la famille en général, et ma mère en particulier, dans des situations très gênantes.

Lorsqu'il vit sur le visage de Sarah une expression qu'il ne sut exactement interpréter mais qu'il soupçonna être liée à ce qu'elle avait entendu rapporter à son sujet, il préféra prendre les devants.

— Avant que tu ne poses la question, certains prétendent que je tiens de mon père, ajouta-t-il.

Bien que surprise par cet aveu, elle se pencha vers lui et le regarda attentivement.

— A tort ?

— Non, ces gens-là ne se trompaient pas, répondit-il en toute franchise.

— Comment dois-je comprendre cet imparfait ?

— Disons que depuis quelque temps, je suis rentré dans le droit chemin.

— Existe-t-il une raison particulière à ce revirement ?

« Oui, toi », se garda-t-il de répondre, ce qui valait probablement mieux, d'ailleurs, car rien ne garantissait qu'il parviendrait à se tenir à sa résolution.

— Il faut bien changer un jour, répondit-il avec légèreté.

— Est-ce un signe de maturité ?

— Sait-on jamais ? répondit-il en riant.

Mais fallait-il le souhaiter ? Peut-être pas. Car cela signifierait qu'il serait capable de dominer son désir de plus en plus impérieux d'entraîner Sarah dans son lit pour lui faire l'amour encore et encore.

Chapitre 8

C'est d'une démarche mal assurée que Rick-la-Flèche pénétra dans le bureau de Travis. Il avait visiblement bu et, malheureusement pour lui, il ne possédait pas des talents de comédien suffisants pour dissimuler son état bien longtemps.

— Vous êtes viré, déclara sans le moindre scrupule Travis après un bref échange de regards avec Bill.

L'homme, qui assumait manifestement fort mal ses cinquante ans bien tassés et s'accrochait à une illusion de jeunesse en arborant un T-shirt froissé à l'effigie d'un groupe de métal depuis longtemps tombé aux oubliettes, le fixa sans comprendre.

— Viré ? répéta-t-il en posant sur lui un regard ahuri. Pourquoi ?

— Vous êtes ivre, répondit Travis en se forçant à être patient.

— Et alors ? Je ne prends pas l'antenne avant demain.

Aurait-il voulu s'enfoncer un peu plus qu'il n'aurait pas trouvé meilleur argument ! songea Travis avec effarement.

Il continua malgré tout à justifier calmement sa décision.

— Je ne veux pas prendre de risques.

— Mais vous avez entendu mes enregistrements. Vous avez bien vu que je suis bon.

— C'est exact. Mais vous deviez être sobre lorsque vous les avez réalisés. Comment puis-je savoir dans quel état vous serez demain ?

— Et comment vous allez me remplacer ? jeta Rick d'un ton moqueur. Il ne vous reste même pas vingt-quatre heures.

— Ce n'est pas votre problème.

C'était lui, en tant que patron, qui allait supporter les

conséquences de la défection de Rick. Ainsi que Bill, vraisemblablement. Mais ce dernier, d'un imperceptible signe de tête, avait indiqué qu'il mesurait et acceptait les répercussions du renvoi du nouvel animateur à la veille du lancement de la station ; pas de parties de pêche jusqu'à nouvel ordre.

— Ecoutez, Rick, poursuivit Travis, pour vous dédommager je vous verse le salaire d'une semaine. Je crois que vous pouvez vous estimer heureux.

— Heureux ? Où est-ce que je vais aller maintenant ? J'ai quitté un autre boulot pour venir ici, moi !

— Ils vous reprendront peut-être. Je vais les appeler pour leur expliquer que nous avons eu un contretemps.

— Non, je suis grillé, là-bas.

— Vous devriez vous inscrire à une cure de désintoxication, intervint alors Bill avec douceur. C'est le moment ou jamais de vous ressaisir. Je me souviens de vous quand vous avez commencé avec votre matinale, à Columbia, il y a une vingtaine d'années. L'audimat a grimpé en flèche, pour atteindre des records. C'est de là que vient votre surnom, n'est-ce pas ?

— J'étais super bon, confirma Rick sans la moindre trace de modestie. Je le suis toujours.

— Depuis combien de temps avez-vous quitté Columbia ? demanda Bill. Depuis que vous vous êtes mis à boire, je suppose, répondit-il sans attendre l'explication. Et combien d'autres radios y a-t-il eu ? Deux ? Dix ? Chacune plus petite que la précédente ?

Rick le gratifia d'un regard certes vitreux, mais non dépourvu d'animosité.

— Ils étaient incapables de reconnaître mon talent, marmonna-t-il. Et vous, vous ne valez pas mieux.

— Peut-être bien, répondit Bill, mais nous vous donnons le meilleur conseil qui soit : soignez-vous. Ensuite vous pourrez repartir du bon pied.

— Oui, revenez nous voir avec la preuve que vous avez

réussi à décrocher et nous discuterons, renchérit Travis. Bill a raison quand il dit que c'est le meilleur conseil que vous puissiez recevoir.

Rick se leva alors, tituba quelques secondes, et se mit à déverser un torrent d'injures, d'une grossièreté qui dépassait tout ce que Travis avait jamais entendu, même dans les vestiaires, après la plus cuisante des défaites.

— Ça suffit, maintenant, dehors, déclara-t-il en entraînant Rick qui, heureusement, ne tenait pas suffisamment solidement sur ses jambes pour offrir une réelle résistance.

Quand Travis revint au studio après avoir conduit Rick au Serenity Inn pour qu'il cuve son vin, Bill était en train de mettre Sarah au courant de l'incident.

— Tu as renvoyé le présentateur de l'après-midi alors que l'on commence à émettre demain ? s'écria-t-elle dès qu'elle le vit. Tu as perdu la tête ou quoi ?

— Tu connais l'expression « rond comme une queue de pelle » ? riposta-t-il. Je n'allais certainement pas courir le risque de lui confier l'antenne.

— Peut-être boit-il seulement quand il ne travaille pas ?

— Pour autant que je sache, ce rendez-vous faisait partie de son travail. Or il y est arrivé complètement éméché.

— Bon, d'accord, reconnut-elle en soupirant. Tu as eu raison. Il n'empêche que cela fait des heures d'antenne à remplir. Et avec quoi ?

— Je m'en charge, annonça Bill. Temporairement, en tout cas. De toute façon, les poissons refusent de mordre à l'hameçon en ce moment.

— Tu ferais ça ? demanda Travis, à la fois surpris et soulagé. Tu nous sauverais la mise.

— Mais non, c'est plutôt toi qui me retires une épine du pied. Je ne suis passé qu'en coup de vent à la maison, ces derniers temps, et ma femme trouve déjà qu'elle me voit trop. C'est de mauvais augure pour la retraite paisible que j'imaginais.

— Je vais te trouver un remplaçant le plus vite possible, promit Travis.

— Ça ne presse pas. Cela dit, la prochaine fois, lis de plus près les lettres de recommandation. Je parie que celles que t'a remises Rick émanaient uniquement d'employeurs qui cherchaient à se débarrasser de lui. Prends davantage de garanties. Ne te contente pas de vérifier le dernier emploi, mais remonte plus loin, jusqu'à l'avant-dernier au moins. De cette façon, tu obtiendras des renseignements plus fiables. J'imagine que si tu avais appelé la radio de Columbia où il a travaillé autrefois, tu en aurais entendu des vertes et des pas mûres à son sujet. Je te conseille aussi d'étudier l'ensemble du parcours du candidat. La taille des différentes stations où il a exercé permet parfois de déterminer si sa carrière suit une courbe ascendante ou descendante.

— Je retiens la leçon, dit Travis avant de se tourner vers Sarah. Alors, mis à part ce petit moment de panique, es-tu fin prête pour demain ?

— Oui. Grace sera ma première invitée, et je pense que nous pouvons compter sur elle pour captiver les auditeurs.

— Veille quand même à ce qu'elle n'annonce rien que nous ne soyons en mesure de confirmer. Je n'ai guère envie d'être attaqué en justice pour diffamation.

— Nous nous limiterons strictement à l'évolution des traditions dans les célébrations du 4 Juillet. Je ne la laisserai pas déraper.

— Autant vouloir enfermer un mustang sauvage, non ?

— Le défi ne m'effraie pas, assura-t-elle.

— Parfait ! Je suggère que nous prenions le reste de la journée pour nous. Je reviendrai à minuit pour terminer la paperasse administrative et je resterai toute la nuit avec le technicien pour être sûr qu'il n'y a pas de problème au niveau du signal radio. Sarah, tu arriveras en avance ?

— Au moins une heure avant le début de l'émission. Vu

mon état de nerfs, peut-être même plus tôt. Cela m'étonnerait que j'arrive à fermer l'œil.

— Essaie quand même, lui conseilla Bill. Il faut que tu sois reposée. Il est important de démarrer avec le plein d'énergie, surtout le matin. Elle se communique aux auditeurs qui en ont besoin quand ils vont embaucher.

— Je suppose que nous allons tous être dans nos petits souliers demain, dit Travis. Mais je compte sur vous. J'ai misé gros sur ce projet, quand même.

— Ne t'inquiète pas, répondit Bill, tu as investi dans quelque chose de sûr. Les recettes publicitaires dépassent mes plus folles espérances. De toute évidence, Serenity était mûre pour cette aventure.

Pendant que Bill parlait, Travis observa Sarah du coin de l'œil. Nul doute qu'elle priait elle aussi pour qu'il ne se soit pas trompé, mais sur son compte à elle, sur ses capacités à animer une émission.

— Ce n'est pas l'argent le plus important dans une radio, dit-il posément.

Bill, comprenant sur-le-champ où il voulait en venir, saisit la balle au bond.

— De ce côté-là non plus, pas d'inquiétude à avoir. Tu as de vrais talents à ton service.

En fait, et heureusement peut-être, Sarah ne semblait pas s'être rendu compte qu'ils parlaient du rôle qu'elle allait jouer personnellement dans la réussite ou l'échec de l'entreprise : elle venait de se plonger dans le calepin où, chaque jour depuis qu'elle avait accepté ce travail, elle notait des centaines de notes dont la lecture parut un peu l'apaiser.

— J'aurais bien aimé porter un toast, dit Travis, mais vu la leçon de morale que j'ai donnée à Rick au sujet de l'alcool, je me vois mal vous offrir une coupe de champagne.

— Du Coca light, ça me va très bien, personnellement, dit Bill en prenant une bouteille au distributeur.

— Moi aussi, renchérit Sarah en l'imitant.

Travis en décapsula une à son tour et tous trois trinquèrent.

— Au succès de notre aventure et au plaisir de passer encore de nombreuses années ensemble, dit-il en s'attardant dans les yeux de Sarah.

Au bout de quelques secondes, cette dernière finit par détourner la tête. Mais Travis avait eu le temps d'apercevoir dans ses yeux son trouble mêlé à une étincelle d'espoir qui l'effraya presque. Malgré son désir de plus en plus grand d'approfondir sa relation avec elle, il doutait sincèrement d'être à la hauteur de la situation.

WSER, la voix de Serenity, voyagea pour la première fois sur les ondes à minuit une, le 1er juillet. En entendant le timbre chaud et sensuel de Travis, Sarah, qui avait veillé avec Raylene pour ne pas manquer ce moment historique, sentit déferler sur elle une vague d'excitation bien différente de celle qu'aurait dû provoquer le coup d'envoi officiel de la station. Peu importait ce qu'il disait, c'étaient ses inflexions caressantes et nonchalantes qui la troublaient. D'ailleurs, à en juger par l'expression de Raylene, elle non plus n'y était pas insensible.

Oui, décidément, Travis savait parler…

— Voilà un homme qui réussirait à me faire sortir de cette maison ! s'exclama Raylene au bout d'un moment.

Sarah oublia sur-le-champ WSER et Travis, et décida de sauter sur l'occasion.

— Je sais que tu ne plaisantes qu'à moitié. Le moment est peut-être venu pour toi de consulter le Dr McDaniels…

— Non ! Je ne suis pas encore prête.

— Je sais que tu veux régler ton problème toute seule, poursuivit Sarah sans se laisser démonter par la moue butée de Raylene, mais te terrer ici comme tu le fais n'est pas bon pour toi, tu sais. Je comprends bien que, quelque part, tu continues à redouter que ton infâme ex-mari ne te traque jusqu'ici, mais c'est terminé tout ça. Jamais plus il ne lèvera la main sur toi. En fait, s'il a une once de bon sens, il partira à l'autre bout du pays, le plus loin possible de toi, lorsqu'il aura purgé la peine de prison ridicule dont il a écopé au vu des violences qu'il t'a fait subir. Franchement, sans ses relations, il ne s'en serait pas tiré aussi bien. Alors, à sa sortie, il aura intérêt à remercier sa bonne étoile et à aller s'installer dans un endroit où personne n'aura entendu parler de lui.

— Oui, je sais tout cela. Mais je n'arrive pas à m'obliger à franchir le seuil de cette maison. Il y a… il y a comme une force qui m'en empêche et contre laquelle je ne peux pas lutter.

Elle marqua un temps d'arrêt avant de reprendre, avec davantage de gravité encore :

— D'ailleurs, il y a quelque chose dont je veux te parler depuis un moment. Tu sais avec quel plaisir je m'occupe de Tommy et Libby, mais j'ai sans arrêt peur qu'ils s'échappent de la maison, parce que je ne serais pas capable de sortir pour les rattraper.

— Tu t'inquiètes pour rien, Raylene. Et d'une, ils t'adorent. Et de deux, tu ne restes jamais longtemps seule avec eux. C'est seulement lorsque la baby-sitter est en retard ou que j'ai un contretemps. Je vais bien leur répéter qu'ils n'ont pas le droit d'aller dehors. Mais la question n'est pas là. Il faut que tu prennes les choses en main pour changer cette situation. Dans ton propre intérêt, Raylene. Ne laisse pas traîner. La vie passe sans que tu en profites.

— Ecoute, ça, c'est un problème qui me regarde, moi. C'est du problème des enfants dont je veux discuter avec toi. Nous devons prendre d'autres dispositions, Sarah. Je crois que je vais chercher un petit appartement à moi où je pourrai m'enfermer sans que les autres pâtissent de mes angoisses.

— Non, c'est hors de question. Et si la perspective de rester seule avec Tommy et Libby, même une heure, t'effraie, nous trouverons une solution. Mais compte sur moi, je continuerai à t'embêter jusqu'à ce que tu ailles voir le Dr McDaniels. Annie et moi t'accompagnerons, si tu veux.

A moins qu'elle ne se déplace ici, d'ailleurs, au début en tout cas. Promets-moi d'y réfléchir.

Raylene acquiesça du bout des lèvres.

— En attendant, je préfère penser à lui, lança-t-elle en désignant le haut-parleur d'où s'échappait toujours la voix de Travis, chargée d'autant de sensualité que pouvait se le permettre l'animateur d'une radio respectable.

— Il sait y faire, tu ne trouves pas ? demanda Sarah dans un soupir rêveur.

De plus en plus souvent, d'ailleurs, il testait sur elle sa voix de velours... Existait-il un vaccin quelconque capable de la prémunir des numéros de charme qu'il lui jouait ? Elle l'espérait. Car si elle s'autorisait à accorder foi, ne serait-ce qu'à la moitié des propos qu'il lui tenait, elle finirait, tôt ou tard, par souffrir horriblement.

Le 4 Juillet, tous les commerces de Main Street étaient pavoisés, et de nombreux drapeaux flottaient autour de la place et devant la mairie.

Comme tous les ans, des familles impatientes d'assister au défilé avaient envahi les trottoirs tandis que, sur la pelouse où des forains avaient monté des buvettes, des artisans exposaient leurs œuvres. Une odeur de hot dogs et de hamburgers en train de griller flottait dans l'air. Si les températures quasiment caniculaires annoncées par la météo se vérifiaient, les marchands de glace allaient se frotter les mains, songea Sarah qui se régalait à l'avance des sorbets de toutes les couleurs qu'elle allait déguster. Elle mettait toujours des heures à se décider sur le parfum — orange, cerise, citron vert, cannelle... — puis passait le reste de la journée à regretter son choix.

Grâce aux barrières qui avaient été dressées devant la station de radio pour en dégager les abords, elle voyait de son fauteuil tout ce qui se passait sur la place. Elle pourrait ainsi décrire en détail le défilé, à l'instar de ces journalistes de renom qui commentaient à la télévision la grande parade de Thanksgiving à New York ou celle des roses à Pasadena, le 1er janvier.

Bien sûr, la manifestation du 4 Juillet à Serenity n'avait pas autant de prétentions ! Ici, la fanfare des vétérans suivie par celles des étudiants défilaient de façon assez fantaisiste, et beaucoup de vétérans ne portaient même pas leur uniforme… devenu trop petit.

Comme d'habitude aussi, le char du Wharton était le plus imposant de tous : cette année, il représentait une fontaine à soda, sur le modèle de celle qui trônait dans le restaurant, et une imitation d'un vieux juke-box qui diffuserait la même musique rock'n roll que l'établissement. Des lycéens, habillés à la mode des années 1960 avec des vêtements empruntés à leurs parents ou même à leurs grands-parents, danseraient autour tout au long du parcours.

A l'intérieur du studio, Sarah était sur les nerfs, presque autant que lorsqu'elle avait reçu Grace pour sa première émission. Et l'apparition inopinée de Travis, qui vint s'asseoir en face d'elle, n'arrangea en rien son état.

A peine Bill eut-il lancé la publicité, qu'elle se tourna, furieuse, vers Travis.

— Que fais-tu ici ? lui lança-t-elle nerveusement.

— Je pensais t'aider à commenter la parade, répondit-il avec un clin d'œil.

— Tu ne me fais pas confiance ? s'inquiéta-t-elle aussitôt.

— Bien sûr que si, mais deux commentateurs rendront le reportage plus vivant. C'est ainsi que les journalistes procèdent à la télévision. Les auditeurs vont adorer nous entendre plaisanter.

— Si tu le dis…

— Tu n'as quand même pas peur de passer quelques heures, seule avec moi, dans un lieu clos ? se moqua-t-il gentiment. Je promets de ne pas bouger de cette chaise. A moins que tu ne préfères me faire une petite place à côté de toi.

— Tu ne m'impressionnes pas, Travis, répliqua-t-elle fermement mais peu convaincue tout au fond d'elle-même.

— Tant mieux, lui assura-t-il avec un sourire narquois. Ce n'est pas dans mes intentions. J'entends la première fanfare approcher. Il faut que nous nous préparions à prendre l'antenne, ma belle.

— Je sais, merci, rétorqua-t-elle sans aménité.

Et se retrouver à l'antenne avec Travis en face d'elle allait être une entreprise bien périlleuse...

Dieu sait comment elle réussit à reprendre une voix enjouée et chaleureuse pour annoncer aux auditeurs :

— Nous sommes de retour en direct de la place centrale de Serenity, où nous parviennent déjà les accords de la fanfare du lycée. Nous devrions l'apercevoir d'un moment à l'autre.

— J'ai hâte de l'écouter, intervint Travis. D'après ce que je sais, elle a remporté le concours de Caroline l'année dernière.

Sarah lui adressa un regard surpris. Visiblement, il avait préparé son intervention, mais travaillait sans filet puisqu'il n'avait pas apporté de notes avec lui.

— Elle avait déjà gagné à l'époque où j'étais moi-même à l'école, renchérit-elle, soudain transportée dans le passé, précisément le jour où les élèves étaient rentrés du concours sous les ovations de toute la ville. Ce qui prouve que la valeur ne dépend pas de la taille de l'école quand on a la chance, comme nous, d'avoir un chef d'orchestre exceptionnel.

Alors qu'elle jetait un coup d'œil par la fenêtre, elle aperçut les uniformes rouge et blanc des musiciens au coin de la rue.

— Les voilà! s'écria-t-elle. Ils vont s'arrêter devant la tribune pour jouer l'hymne national. Ecoutons.

Elle ouvrit le micro que Bill avait installé sur la tribune officielle. Bien qu'un peu rudimentaire, le matériel suffisait à capter non seulement la fanfare, mais aussi la voix riche et cristalline de la chanteuse, Annabelle Litchfield.

Sarah attendit que la dernière note ait été jouée et que

les applaudissements aient cessé pour couper le micro de la tribune et reprendre l'antenne.

— Vos impressions, Travis ?

— Cette jeune fille chante remarquablement bien. Apparemment, elle aimerait auditionner pour *American Idol*. Elle ne serait pas la première habitante de Caroline à rencontrer le succès dans cette émission de télé-réalité, me semble-t-il.

Une fois encore, Sarah n'en crut pas ses oreilles. Pourquoi donc s'était-elle persuadée qu'il avait pris son rôle de présentateur par-dessus la jambe ? Probablement parce qu'il ne donnait jamais l'impression de travailler. Mais de toute évidence, il avait soigneusement préparé son intervention de ce matin.

— Comme vous semblez bien renseigné sur nos célébrités locales, Travis, quelles informations pouvez-vous nous donner sur le premier char qui vient d'entrer dans Main Street ?

L'école maternelle avait fabriqué la réplique d'un potager. La clôture qui entourait le tout ajoutait au charme du tableau et assurait la sécurité des trois jardiniers : une femme en short et débardeur, qui tenait un arrosoir, et deux jeunes enfants qui faisaient semblant d'arracher des mauvaises herbes et de les jeter dans une brouette. Annie, avec Tommy et Libby, reconnut soudain Sarah, stupéfaite.

Lorsque Annie leur désigna leur mère, derrière la vitre du studio, Tommy et Libby se mirent à agiter frénétiquement la main en criant : « Maman ! » d'après ce que Sarah crut lire sur leurs lèvres.

Elle leur répondit d'un signe, ravie de la surprise.

Une fois le parcours terminé, Annie amena Tommy et Libby sur le trottoir, devant la station, et les deux enfants se trémoussèrent de nouveau pour attirer l'attention de leur mère.

— Profite de la pause publicitaire pour aller les voir, lui proposa Travis. Tu as trois minutes, et je te remplacerai si tu n'es pas revenue à temps.

— Merci, dit-elle sans hésiter.

Elle s'élança dans la rue et souleva ses deux enfants pour les serrer contre son cœur.

— Tu nous as vus, maman ? demanda Tommy, très excité. Tu nous as vus ? On t'avait préparé la surprise !

— C'était très réussi. Je ne m'y attendais vraiment pas. Et vous avez été formidables ! Bravo ! Je suis très fière de vous, mes chéris. Comment t'es-tu laissé entraîner dans cette histoire ? demanda-t-elle en se tournant vers Annie.

— Au départ, je devais participer au char du Club du Coin, mais l'école maternelle a eu un problème. La famille qui s'était engagée leur a fait faux bond. Maddie a accepté de se passer de moi et nous avons décidé d'emprunter tes enfants. Sans ta permission.

— Pourquoi pas les enfants de Maddie, ou même de Helen ?

— La fille de Helen est déjà sur le char du Sullivan avec Erik. Quant aux gamins de Maddie, ils sont sur celui du spa. J'aurais dû te demander l'autorisation, je sais, mais j'ai préféré te réserver la surprise.

— Tu as bien fait. C'est dommage que Walter ne les ait pas vus.

— Oh mais détrompe-toi ! Il est quelque part dans les parages. Il a photographié comme un malade.

Annie n'avait pas achevé sa phrase, qu'elles virent Walter tourner l'angle de la rue et se diriger vers elles en souriant. Aussitôt Tommy se précipita vers lui en criant :

— Papa, tu nous as pris en photo ?

Walter prit son fils dans ses bras en riant.

— Mais oui, bonhomme ! J'en ai pris une centaine ! J'en tirerai quelques-unes pour toi, ajouta-t-il à l'adresse de Sarah.

— Oui. Merci, répondit-elle distraitement.

Elle n'en revenait pas. Non seulement il n'avait pas fait d'esclandre en voyant Tommy et Libby sur un char, mais encore il avait pris des photos !

— Que vont dire tes parents quand ils verront les clichés, à ton avis ? ne put-elle s'empêcher de demander.

— Il vaudrait mieux qu'ils ne leur tombent pas sous les yeux, répondit-il en se renfrognant. Sinon, ils vont me rebattre les oreilles avec le déshonneur dont leurs petits-enfants ont entaché le nom prestigieux qu'ils portent en s'exposant ainsi à la foule.

— En fait, c'est exactement le genre de discours que je m'attendais à entendre dans ta propre bouche.

— J'ai commencé une nouvelle vie, répondit-il en la regardant droit dans les yeux. Comme je te l'ai dit, j'apprends à penser par moi-même, ou tout au moins je m'y efforce, et tout ce qui compte pour moi aujourd'hui, c'est de les voir s'amuser comme des fous.

— Moi aussi, assura-t-elle, ravie de constater que les changements qu'elle avait remarqués dans l'attitude de Walter ces derniers temps se confirmaient. Il faut que je retourne travailler, maintenant. Merci pour tout, Annie ! Ta petite surprise m'a fait extrêmement plaisir.

— On se voit tout à l'heure pour le barbecue, de toute façon, lui rappela Annie. Pourquoi ne dis-tu pas à Travis de t'accompagner ? Tom et Jeanette seront là. Mes parents ont probablement invité la moitié de la ville. Après le dîner, nous reviendrons à pied jusqu'à la place pour le feu d'artifice.

— Je verrai. Qu'allons-nous faire pour Raylene ? J'ai essayé de la convaincre de venir, mais elle a catégoriquement refusé.

— Même chose avec moi, mais je n'ai pas dit mon dernier mot.

En entrant pour reprendre sa place derrière le micro, Sarah remarqua une grande femme svelte, à l'allure impeccable, de ses cheveux blonds parfaitement coiffés, en passant par ses lunettes de marque, jusqu'à sa robe d'été décolletée qui laissait voir des épaules au bronzage irréprochable. Même ses ongles de doigts de pied, bien visibles dans des sandales qui avaient dû coûter plus que ne percevait Sarah en un mois, étaient soigneusement vernis. Mariah Litchfield, la mère d'Annabelle.

— Encore merci, Travis, dit Mariah d'une voix aussi

sirupeuse qu'enjôleuse tandis qu'elle sortait à reculons du studio. Je tenais à venir en personne vous remercier de vos aimables commentaires sur ma fille.

— Je n'ai dit que la pure vérité, répondit Travis. Bien, je dois vous laisser, ajouta-t-il en indiquant la lumière clignotante qui signalait la fin de la publicité. Passez nous voir quand vous voulez.

Cette invitation, lancée d'une voix charmeuse, fut pour Sarah un véritable coup de poing dans l'estomac. La même voix qu'il utilisait lorsqu'il s'adressait à elle ! Elle avait eu beau savoir, tout au fond d'elle-même, qu'elle n'occupait pas une place particulière dans sa vie, elle avait malgré tout espéré qu'il en était autrement…

— Sale bonhomme ! marmonna-t-elle entre ses dents.

Mais Travis n'y était pour rien. C'était elle, et elle seule, qui s'était fait des idées. Pourquoi s'était-elle laissée aller à prendre un tant soit peu au sérieux les jolis discours d'un dragueur invétéré ?

Dès qu'il aperçut Sarah, inconscient du trouble qui l'agitait, Travis lui adressa un de ses regards rieurs dont il ignorait l'impact sur elle.

— Nous reprenons l'antenne dans cinq secondes, ma belle.

Se rappelant le rôle qu'elle se devait de tenir en tant que professionnelle, elle s'assit à la table, un sourire vissé aux lèvres, et, pendant la demi-heure que dura le reste de la parade, bavarda gaiement avec Travis comme si de rien n'était.

Mais à la seconde où ils cédèrent la place à Bill, elle se précipita hors de la cabine, s'empara de son sac et aurait filé sans demander son reste si Travis ne lui avait barré le chemin.

— Il n'y a pas le feu, si ? lui demanda-t-il en la dévisageant d'un air perplexe.

— Je dois me rendre quelque part, répondit-elle sèchement.

— Le plus loin de moi possible, je présume.

— Tout ne tourne pas autour de toi, Travis McDonald, tu

sais. Je vais à un barbecue, chez des amis, avec mes enfants. Plus de détails ?

— Non. Je vais *aussi* à un barbecue. Et je parie que c'est le même. Nous pourrions peut-être faire la route ensemble. Le covoiturage aide à préserver l'environnement, non ?

La nouvelle la désarçonna. N'ayant pas donné suite à la suggestion d'Annie de l'inviter, elle en avait déduit qu'il ne viendrait pas. De toute évidence, il avait déjà été invité.

— Comme si tu te souciais le moins du monde d'écologie ! lança-t-elle, moqueuse.

— Tu peux m'expliquer cette mauvaise humeur subite ? demanda-t-il, visiblement contrarié. Il y a une heure, tout paraissait aller.

— Oui, avant que je ne t'aie entendu avec Mariah Litchfield, lâcha-t-elle sans réfléchir.

Seigneur ! Pourquoi n'avait-elle pas tourné sept fois sa langue dans sa bouche avant de parler ? se reprocha-t-elle aussitôt. Elle se serait giflée ! A présent, il allait croire qu'elle était jalouse. Or, elle ne l'était absolument pas ! Elle était agacée, c'est tout ; ce n'était pas du tout pareil. Mais peut-être devrait-elle le lui préciser avant qu'il ne…

— Ma parole, tu es jalouse ! répliqua-t-il aussitôt, une lueur d'amusement dans les yeux.

— N'importe quoi ! Je ne te croyais simplement pas capable de flirter avec une femme qui pourrait pratiquement être ta mère.

— Ma belle, commença Travis qui semblait lutter de toutes ses forces pour ne pas éclater de rire, je ne nie pas que j'aime bien faire du charme aux jolies femmes, mais j'ai pour principe de m'en tenir là avec celles qui sont mariées. Et, pour ta gouverne, sache que Mariah est loin d'avoir atteint l'âge où elle pourrait m'avoir pour fils. Tout au plus celui d'être ma grande sœur.

— Laisse tomber ! dit-elle entre ses dents. Bon, si nous devons aller chez Dana Sue et Ronnie, allons-y !

— Je te suis. Qui conduit? demanda-t-il tandis qu'ils se dirigeaient vers la voiture de Sarah.

— Moi. Comme ça, si tu me tapes trop sur les nerfs, je t'abandonnerai sur le bord de la route.

— Une probabilité qui dépasse les cent pour cent, répondit-il en riant. Les seules vraies questions restent donc : au bout de combien de temps vais-je t'énerver et lequel de mes nombreux défauts va mettre le feu aux poudres?

— Si tu veux, nous pouvons lancer des paris.

Elle retint un sourire en voyant les efforts déployés par Travis pour caser ses longues jambes dans le petit espace de la Coccinelle qu'elle possédait depuis qu'elle était jeune fille. Certes, ce n'était pas la voiture idéale avec deux enfants, mais elle y était très attachée car elle lui appartenait de plein droit. C'est sans regret qu'elle avait renoncé au monstrueux 4x4 que Walter avait voulu qu'elle conduise quand ils étaient en Alabama et qui nécessitait un plein d'essence toutes les dix minutes.

— Je suis désolée pour le manque de place, dit-elle néanmoins.

— Tu n'as pas l'air le moins du monde désolée. Au contraire, tu sembles ravie de me voir si mal installé.

Elle soutint son regard, affichant une expression aussi parfaitement ingénue qu'elle le pouvait.

— Mince! Je suis démasquée!

— Tu es sûre de vouloir t'engager sur ce terrain-là avec moi, ma belle? demanda-t-il en la défiant du regard entre ses paupières mi-closes.

— Je crois que oui. L'idée me plaît bien. C'est plutôt satisfaisant de savoir que je peux t'agacer autant que toi tu le fais. Cela me réjouit.

— Très bien.

En un clin d'œil, il réussit à se tourner sur son siège… et à s'emparer de ses lèvres. Elle commit l'erreur fatale d'ouvrir la bouche de surprise, et il en profita pour approfondir son baiser...

Elle sentit son pouls se déchaîner, son cœur s'emballer et toute lucidité s'envoler. Elle n'avait plus conscience que du torrent de feu qui bondissait dans ses veines, de la barbe naissante sur les joues de Travis après plusieurs jours passés à la station, sans interruption ou presque, de l'odeur de sa peau, de la douceur du tissu de son T-shirt qu'elle serrait entre ses doigts, de la chaleur qui irradiait de lui et qui enveloppait son corps déjà dévoré de fièvre...

La brusque fougue qui avait poussé Travis à cette étreinte se dissipa trop rapidement à son goût, et leur baiser se fit plus doux tandis que Travis explorait et savourait ses lèvres comme s'il se promenait.

Sarah, incapable d'aligner deux pensées cohérentes, était cependant sûre d'une chose : jamais personne ne l'avait embrassée ainsi...

Lorsque, lentement, il finit par la relâcher, il la maintint sous son emprise par le seul pouvoir de ses yeux, à présent de la couleur d'une mer démontée.

— A simple titre d'information, dit-il posément, sache que cela ne me tente absolument pas d'embrasser Mariah Litchfield. Tu es la seule femme que j'ai embrassée à Serenity, la seule que j'ai *envie* d'embrasser. Et avant que tu ne jures que jamais plus tu ne te laisseras piéger, permets-moi de te dire que tu te trompes. Ce baiser se reproduira, ma belle. Et plus tôt que tu ne crois.

Elle fut incapable d'interpréter la violence qu'elle nota dans sa voix — colère ou passion ? —, et ne sut que répondre.

— Ah ! Autre chose ! ajouta-t-il. Figure-toi que ce qui vient de se passer ne me plaît pas du tout. Cela complique tout. Mon boulot. Ma vie. Tout.

— Je sais, dit-elle, rassurée par cet aveu. Mais peut-être s'agit-il d'un accident ? Qui s'expliquerait facilement dans la mesure où tu as cru que j'étais jalouse.

Avec un rire plein d'ironie, il contre-attaqua.

— Si tu le dis ! Accroche-toi à cette idée, si cela peut te faire plaisir.

Oui, elle n'y manquerait pas. Elle ne pouvait s'autoriser à penser autre chose.

Pas même une seconde !

Chapitre 9

Depuis le jour où Walter avait décidé de passer tous ses week-ends à Serenity, sa mère le harcelait au téléphone pour se plaindre de ses absences, ce qu'il interprétait comme sa façon de lui reprocher de ne pas faire honneur aux candidates qu'elle avait sélectionnées pour remplacer Sarah.

Le jeudi après-midi, quand il vit le numéro de ses parents s'afficher sur son téléphone portable, il dut prendre une profonde inspiration pour s'obliger à décrocher.

— Bonjour, maman.

— Ah ! Ce n'est pas trop tôt ! s'écria cette dernière d'une voix pincée. Tu te décides enfin à me répondre !

— J'ai été très occupé à la filature et j'ai passé du temps avec mes enfants.

— Tant que tu ne cherches pas à te remettre avec cette femme ! Mais dis-moi, poursuivit-elle d'une voix aiguë, tu n'y songes pas, n'est-ce pas ? Tu as davantage de bon sens que cela, j'espère ?

— Rassure-toi, tu as gagné la partie, maman, avoua-t-il dans un soupir. Sarah est sortie de ma vie. Mais toutefois, je voudrais que tu arrêtes de t'acharner contre elle. N'oublie pas qu'elle est la mère de tes petits-enfants et qu'à ce titre au moins, elle a le droit à ton respect. Alors, que veux-tu ?

— Simplement vérifier que tu es libre pour le dîner, demain soir.

— Tu sais très bien que je vais à Serenity, demain soir, répliqua-t-il en contenant de plus en plus difficilement son agacement.

— Pour une fois, ne pourrais-tu pas rester ici ? C'est important.

— Important ? Je parie que tu veux me présenter quelqu'un.

— En fait, tu la connais déjà.

Il sentit son estomac se nouer d'appréhension. Les tentatives de sa mère pour lui trouver une nouvelle épouse le mettaient de plus en plus mal à l'aise.

— Ah ?

— Oui ! confirma sa mère d'un ton enjoué. Figure-toi que j'ai réussi à convaincre Patricia Warren de se joindre à nous.

Il manqua s'étrangler. Ce coup-là, il ne l'avait vraiment pas vu venir ! C'était le dernier nom qu'il s'était attendu à entendre.

— Pourquoi elle ? demanda-t-il, encore sous le choc.

— Vous étiez fiancés, tous les deux, avant que tu ne rencontres cette petite imbécile à l'université. Elle te convenait mieux, d'ailleurs.

— Tu es libre de le penser, rétorqua-t-il avec un calme forcé. Personnellement, je ne partage pas ton opinion. Tout était fini entre Patricia et moi bien avant que Sarah n'entre en scène.

— Elle t'aime toujours.

— Cela m'étonnerait. Je suis sûr qu'elle me déteste. Elle avait déjà commencé à dresser la liste de mariage quand j'ai enfin trouvé le courage de rompre. Une situation de plus dans laquelle je me suis laissé entraîner malgré moi, uniquement pour vous plaire, à papa et à toi.

— Elle ne t'en veut plus, je t'assure. J'ai réussi à lui ouvrir les yeux. Elle a compris que tu étais jeune et immature à l'époque et que tu ne savais pas ce que tu voulais dans la vie.

— En tout cas, je savais très bien ce que je ne voulais pas. C'est-à-dire Patricia, en l'occurrence. Nous étions très mal assortis et ce serait encore pire aujourd'hui, crois-moi. Oublie ce dîner. Il est hors de question que je change mes plans.

— Je ne peux pas annuler ce dîner ! Ce serait la honte de ma vie, Walter ! Jamais je ne te le pardonnerai.

— Tu perds ton temps, maman. Je ne céderai pas à ton chantage affectif. C'est toi qui as organisé ce traquenard, à toi d'en assumer les conséquences. Dis à Patricia que je dois aller voir mes enfants. Au moins cet argument sera-t-il plus proche de la vérité que tous ceux que tu as dû invoquer pour qu'elle accepte de participer à cette comédie.

— Pourquoi es-tu aussi odieux ? J'essaie seulement de t'aider à remettre ta vie sur les rails.

C'est alors qu'avec une évidence fulgurante, la révélation de ce qu'il devait faire — de ce qu'il aurait dû faire depuis bien des années — s'imposa à lui.

— Si ma vie doit être remise sur des rails, c'est moi qui m'en chargerai. Ce n'est ni ton rôle ni celui de papa. Et je suis de plus en plus convaincu que ce n'est pas ici que je réussirai à me construire une nouvelle existence.

— Walter Price, je te somme de t'expliquer plus clairement.

— Mon avenir se trouve dans une autre ville, dans une autre activité professionnelle.

— Tu plaisantes, je suppose !

— Oh non. Je crois au contraire que je n'ai jamais été aussi sérieux, répliqua-t-il sans la moindre hésitation. Ne t'inquiète pas, c'est moi qui annoncerai la nouvelle à papa. Je lui parlerai avant de partir ce soir.

— Partir ce soir ? Tu veux faire tes bagages et t'en aller Dieu sait où, ce soir même ?

— Pourquoi remettre à demain ce que je peux faire dès à présent ? Je te dirai où je suis quand j'en saurai davantage sur la direction que je vais donner à ma vie.

— Tu es ridicule ! Tu as toujours eu tendance à agir sur des coups de tête, sans prendre le temps de bien peser le pour et le contre. Sinon, jamais tu n'aurais épousé cette femme et gâché ta vie !

— C'est en restant ici un jour de plus que je gâcherais ma vie. Au revoir, maman. Je t'aime.

Il raccrocha, empêchant sa mère d'ajouter quoi que ce soit qui aurait risqué de le faire changer d'avis. A sa grande surprise, loin d'être submergé par une vague de panique après ce changement de cap radical qu'il venait d'opérer, il se sentit libéré du poids qui l'oppressait.

Sarah était assise dans sa petite cour devant un verre de thé glacé quand elle entendit une voiture se garer dans l'allée. Son cœur battit un peu plus vite, et elle espéra que ce n'était pas Travis. Elle avait passé une grande partie des derniers jours seule, à réfléchir à leur baiser et au regret que Travis avait exprimé quant aux perturbations que cela pouvait apporter à sa vie.

A présent, chaque fois qu'elle le voyait, sa gêne augmentait. Celle de Travis aussi, apparemment, car il se livrait à des stratagèmes invraisemblables pour l'éviter. Tous deux ne communiquaient plus que par petits messages déposés sur leurs bureaux respectifs.

Une portière claqua et, quelques instants plus tard, Walter tournait le coin de la maison. Elle poussa un soupir de soulagement et, amusée, se dit qu'il était ma foi bien agréable de ne plus trembler dès qu'elle le voyait !

— Je pensais bien te trouver ici, dit-il. Il reste du thé ?

— Oui, bien sûr.

Elle se leva pour se rendre dans la cuisine et, brusquement, s'arrêta. Walter n'était pas comme d'habitude. Mais qu'avait-il de changé ? Impossible de le définir.

— Tout va comme tu veux ? lui demanda-t-elle.

— On ne peut mieux ! Je vais t'expliquer, mais après avoir bu. Je meurs de soif.

Elle disparut aussitôt dans la cuisine et revint quelques minutes plus tard avec un grand pichet de thé glacé et un deuxième verre, impatiente de savoir ce qui pouvait rendre son ex-mari si heureux.

— Que se passe-t-il ? s'enquit-elle une fois qu'elle les eut servis tous les deux.

— Je suis parti de chez moi. Pour de bon. Et j'ai quitté mon poste à la filature, par la même occasion.

Elle resta un instant bouche bée et le regarda comme s'il avait brusquement parlé chinois.

— Tu me fais marcher, finit-elle par dire.

— Non, je t'assure.

— Raconte !

— Ce n'est pas très intéressant. En tout cas, ne crains rien, ma décision n'affectera pas la pension alimentaire que je te verse. Pour le moment du moins. J'ai suffisamment d'économies.

— Franchement, ce n'est pas la première chose qui m'est venue à l'esprit. J'essaie surtout d'imaginer la stupeur de tes parents. Enfin « stupeur » est un mot peut-être un peu faible. Ils doivent être verts de rage, non ?

— J'ai laissé mon père répéter en boucle : « N'espère pas réintégrer un jour l'usine ! » Quant à ma mère, j'ai raccroché avant qu'elle ait compris que j'étais vraiment sérieux.

— Je voudrais bien être une petite souris pour voir leur tête en ce moment ! s'exclama Sarah en laissant échapper un petit rire.

Puis elle ajouta plus sérieuse :

— Je pense que l'on va *aussi* me rendre responsable de ta décision tôt ou tard.

— C'est plus que probable, oui, répondit-il dans un éclat de rire.

— Mieux vaut être avertie, au cas où ils décideraient de se lancer à mes trousses.

Ils se turent et sirotèrent tranquillement leur thé, chacun perdu dans ses pensées.

— Sarah, reprit enfin Walter, je regrette vraiment d'avoir

attendu si longtemps pour couper les ponts avec mes parents. Nous aurions peut-être réussi notre mariage, alors.

— Ce n'était pas possible tant que tu n'en sentais pas, toi, la nécessité. Je n'ai jamais demandé, ni même espéré, que tu en viennes à une solution aussi radicale. Tu estimais avoir des obligations envers ta famille, et ça, je l'ai toujours compris. Et accepté.

— Ce sont mes obligations envers toi et les enfants qui auraient dû primer. Pourquoi ne me suis-je pas rendu compte plus tôt que seule une rupture avec mes parents pouvait nous sauver ? Pouvait *me* sauver ? J'ai passé beaucoup trop d'années à essayer de satisfaire leurs attentes. Quel homme faut-il donc être pour se soumettre ainsi ?

— Un homme qui aime les siens et se sent une dette envers eux. Et maintenant ? As-tu une idée de ce que tu veux faire ou de l'endroit où tu veux vivre ?

— Quelque part pas trop loin de Serenity. Peut-être même à Serenity même. De cette façon, je pourrai passer davantage de temps avec Tommy… *et* Libby.

— Tu as intérêt.

— Je voudrais que cela aussi change. J'aime ma fille, ce n'est pas le problème. Simplement j'ai peur de ne pas savoir comment m'y prendre avec elle. J'étais plutôt du genre bagarreur quand j'étais gamin. C'était indispensable pour m'intégrer, pour ne pas être considéré comme le gosse de riche qui habitait la grande maison sur la colline et dont le père avait le pouvoir de priver de leur travail les parents des autres gamins. Je n'ai pas de sœurs. Libby est si délicate, même encore maintenant. Ça m'effraie, tu sais.

Malgré elle, Sarah sourit avec attendrissement.

— Crois-moi, elle est plus forte que tu ne le penses. Elle a hérité du caractère intraitable des Price.

— Malheureusement. C'est ce que tu penses, n'est-ce pas ? demanda-t-il avec un rire complice.

La question la laissa pensive.

— Je n'en sais rien, en fait, finit-elle par avouer. Cela s'avérera peut-être une qualité lorsqu'elle sera plus grande et qu'elle commencera à sortir avec des garçons.

— Ce n'est pas pour tout de suite ! s'écria-t-il, horrifié. Dans trente ans, peut-être, et encore !

— Tu devras vraisemblablement revoir tes positions. Sinon vous n'allez pas manquer de vous accrocher tous les deux ! Et avec le caractère qu'elle a…

— En tout cas, le problème ne se pose pas aujourd'hui. Ce qui me permettra peut-être de m'habituer à l'idée.

Il se tut un instant, et Sarah respecta son silence. La décision qu'il venait de prendre avait dû lui demander un certain courage, et elle ne put s'empêcher de l'admirer. Elle retrouvait en lui le jeune étudiant qui avait réussi à la séduire.

— Est-ce que cela t'ennuierait si je m'installais en ville ou dans le coin ? demanda-t-il au bout d'un moment.

— Je crois que ce serait formidable pour les enfants, répondit-elle sans hésiter. Cela dit, je te demande une chose. Ne leur en parle pas tant que tu n'en seras pas certain. Trouve d'abord un travail et un logement avant de leur dire quoi que ce soit. Je ne veux pas que tu leur donnes de faux espoirs.

— D'accord.

Là-dessus, il se leva puis lui déposa un baiser sur le front.

— Merci. Je te tiens au courant.

— Bonne nuit, Walter. Et… bravo !

— Pour quoi ?

— Pour le premier jour du reste de ta vie.

— Le premier… ? Ma foi, tu as raison ! s'exclama-t-il en riant.

Après le départ de Walter, contrairement à son attente, ce n'est pas une vague de regrets qui envahit Sarah — regrets face à l'échec de leur mariage — mais un immense soulagement. De l'allégresse même, à l'idée que Walter s'était libéré de l'emprise de sa famille à temps, avant d'avoir complètement gâché sa vie.

*
* *

Travis salua tous les habitués du Wharton avant de s'installer sur sa banquette attitrée, dans le fond de la salle. Ses visites ici avaient perdu beaucoup de leur attrait depuis que Sarah n'y travaillait plus. Aussi se contentait-il en général de venir acheter deux repas — un pour elle, un pour lui — qu'il emportait au studio.

Une attention que, hélas, Sarah ne paraissait pas apprécier. En fait, depuis leur baiser, elle gardait ostensiblement ses distances. Ce qui était incontestablement préférable et, d'ailleurs, il n'avait jamais souhaité qu'il en soit autrement, tentait-il de se convaincre. Il n'empêche qu'il était très contrarié que Sarah l'aide à réaliser ses vœux !

Aujourd'hui cependant, comme il n'avait guère eu le loisir de bavarder avec Tom depuis le démarrage de la radio, il avait proposé qu'ils déjeunent ensemble au Wharton. Malheureusement, son cousin était en retard, et Grace sauta sur l'occasion pour s'asseoir en face de lui.

— Alors, ça y est, tu l'as invitée à sortir avec toi ? s'enquit-elle.

— Qui ?

— Sarah, naturellement.

— Sarah travaille pour moi. Il serait déplacé que nous sortions ensemble.

Bon sang ! Depuis quand était-il soucieux des convenances ?

— Alors pourquoi l'as-tu embrassée comme ça, le 4 Juillet ? insista Grace.

Pour la première fois de sa vie, il se sentit rougir.

— De quoi parles-tu ?

— Du baiser que tu lui as donné dans la petite rue, derrière la station de radio, évidemment ! De quoi d'autre ? Vous étiez tassés dans cette minuscule Coccinelle et vous vous dévoriez littéralement. A moins que tu ne veuilles me faire croire qu'il y avait si peu de place dans la voiture que vos lèvres se sont rencontrées accidentellement ?

— Tu nous espionnais ?

— J'ai autre chose à faire, figure-toi ! rétorqua-t-elle vexée. Mais je garde néanmoins l'œil ouvert. Comment collecterais-je toutes mes informations, sinon ?

Travis hésita sur la conduite à adopter. Devait-il traiter l'incident à la légère en le mettant sur le compte d'un moment de folie ? Conseiller à Grace d'aller faire contrôler sa vue ? Ou, tout simplement, nier s'être trouvé dans cette petite rue ?

— Le chat a mangé ta langue ? lança Grace, moqueuse.

— Je reconnais que je l'ai embrassée. Mais c'était juste une fois, en passant. Cela ne signifie absolument pas qu'il y a quelque chose entre nous. Je t'en prie, ne va pas raconter partout que nous nous fréquentons. Tu mettrais Sarah dans une situation gênante.

Grace l'étudia attentivement avant de hocher la tête.

— D'accord. J'oublie ce que j'ai vu. Peux-tu quand même m'expliquer pour quelle raison tu ne sors pas avec elle ?

— Comme je te l'ai dit, nous travaillons ensemble. C'est aussi simple que ça.

S'en tenir à son histoire était le seul moyen pour que tout le monde y croie, songea-t-il. Y compris lui, peut-être…

Grace, elle, leva les yeux au ciel.

— Alors comme ça, tu trouves acceptable d'embrasser une collaboratrice ou une employée, je ne connais pas son statut, mais pas de sortir avec elle ?

Il n'avait pas fallu longtemps à Grace pour mettre le doigt sur l'illogisme de son argumentation, nota-t-il, en laissant échapper un petit rire.

— Non. Le baiser, c'était une erreur.

— Il n'en donnait pas l'impression, je t'assure. Mais qu'est-ce que j'en sais, après tout ? ajouta-t-elle avec un haussement d'épaules.

— Tu sais beaucoup de choses, Grace. Mais cette fois-ci, tu t'es trompée. Laisse tomber, d'accord ?

— Décidément, même un moineau a davantage de cervelle

que certains êtres humains, soupira-t-elle, visiblement déçue, en se levant. Bon, je t'apporte ton soda.

Tom arriva au moment où Grace partait et prit sa place, en face de Travis.

— Quelle mouche pique Grace ? demanda ce dernier. Pourquoi est-elle de mauvaise humeur ?

— Elle n'a pas apprécié mes réponses à ses questions.

Tom le regarda sans comprendre.

— Tu peux éclairer ma lanterne ?

— Non, pas vraiment.

Travis se tut. Quelque chose le tracassait.

— Comment fonctionne le cerveau des femmes ? demanda-t-il. Je croyais pourtant le savoir. J'ai dû en séduire une centaine au fil des années, et j'ai appris quelque chose de chacune d'entre elles. Je dois pourtant avouer que, pour ce qui est de leur façon de penser, je demeure dans le brouillard complet.

— De qui parles-tu exactement, de Grace ou de Sarah ?

— De Sarah. Je l'ai embrassée. Je sais que ce n'est pas malin, mais c'est comme ça. Bizarrement d'ailleurs, elle ne m'a pas repoussé. Au contraire. Et pourtant, maintenant elle m'évite. A moins que ce ne soit moi, qui l'évite, compléta-t-il dans un haussement d'épaules. C'est difficile à dire. Nous communiquons par l'intermédiaire de petites notes que nous accrochons un peu partout dans le bureau.

— Tu en as discuté avec elle ?

— Non.

— Pourquoi ?

— Je me dis que c'est peut-être mieux ainsi. Pourquoi tenter le diable et risquer de s'embrasser encore ? Ou d'aller plus loin, même ?

— Et c'est à elle que tu reproches d'avoir des comportements contradictoires ? ironisa Tom.

— Oui. Bon. Je ne suis pas mal dans le genre non plus.

— Bien. Essayons de cerner le problème. Est-ce qu'elle t'attire ?

— Oui.

— Comme une aventure d'un jour ou en vue d'une relation plus durable ?

— Sarah ne fait pas dans les aventures d'un jour. Ce qui est dommage, d'ailleurs ; ce serait plus facile pour moi.

— C'est bien que tu en aies conscience.

— Alors tu comprends ce qui me terrorise. Le côté fleur bleue, ce n'est pas trop mon truc.

— Tu veux rire ! Depuis que tu es adolescent, tu prends le prétexte de ton père, à qui tu prétends ressembler, pour courir les filles et ne jamais t'engager. Mais, tout au fond de toi, tu aspires à connaître ce que Jeanette et moi nous vivons. Je le sais.

— C'est très possible, mais je ne m'y aventurerais pas. Je serais sûr de tout rater.

— Comment peux-tu le savoir si tu n'essaies pas ?

— Voyons ! Te rends-tu bien compte de qui je suis ? Un homme qui ne peut pas résister à draguer toutes les femmes qui croisent son chemin. Les épouses, et même les petites amies d'ailleurs, n'apprécient guère ce genre de comportement, en général.

— Pas si elles n'ont aucune raison de douter de toi. Pas si elles connaissent la différence entre les paroles superficielles que tu leur sers par jeu et les sincères que tu leur réserves à elles seules.

— Je voudrais bien le croire. Mais ce serait trop demander à Sarah. Elle a perdu absolument toute confiance en elle à cause de son ex-mari. Et puis il suffit que je crie « Coucou ! » à une autre femme, pour qu'elle pique une crise. C'est déjà arrivé. L'autre jour, elle m'a entendu plaisanter avec Mariah Litchfield à la station, et cela l'a rendue furieuse.

— Tout simplement parce qu'elle ignore encore quelle place elle occupe, elle, dans ta vie.

— Là réside peut-être le problème, marmonna Travis.

Moi-même je n'en ai aucune idée. Alors tant que je ne l'aurais pas déterminé, il vaut mieux que je garde mes distances.

Mais vu sa nature, cela lui serait vraisemblablement impossible, songea-t-il. Il prenait trop de plaisir à provoquer Sarah, à la faire rougir, à la déstabiliser… Oui, cela faisait une éternité qu'il ne s'était autant amusé.

— Arrête ça tout de suite ! ordonna Sarah à Travis qui venait, une fois de plus, de la complimenter sur sa beauté.

La radio émettait depuis deux semaines à présent. Malgré quelques ratés en coulisse et sur les ondes, WSER emportait un énorme succès auprès des habitants de Serenity. Au Wharton, Grace laissait le poste allumé toute la journée.

Les relations de travail entre Sarah et Travis, que leur baiser avait perturbées pendant quelques jours, avaient repris un cours à peu près normal, Sarah s'efforçant de ne pas prêter attention à son badinage, tout à fait anodin la plupart du temps. Mais, récemment, il s'était de nouveau livré à des insinuations plus appuyées qui avaient réveillé sa nervosité. Elle devait absolument se maîtriser. Et comment y parvenir sinon en fixant des limites ?

— Je vais finir par porter plainte pour harcèlement sexuel si tu t'obstines à tenir ce genre de propos, Travis, dit-elle, tout en essayant de garder son sérieux.

Mais comment nier que les flatteries de Travis la faisaient rêver ? Comment ignorer cette partie d'elle-même qui savourait le plaisir de se sentir désirable ?

— Mais tu ne le feras pas, répondit-il avec assurance.

— Et pourquoi donc ?

— Parce que tu adores que je te *taquine*.

— Ah ! Au moins tu reconnais qu'il s'agit d'un jeu, rétorqua-t-elle en cherchant désespérément à cacher sa déception.

Il la dévisagea un long moment avec un regard perçant et un peu trop troublant à son goût.

— Tu le penses vraiment, ma belle ?

— Evidemment !

Comment réagir différemment lorsque, chaque fois qu'elle s'autorisait à croire à la sincérité de Travis, elle entendait la voix de Walter qui lui reprochait sans ménagement son poids, son manque de cervelle, son incompétence avec les enfants ? Certes, il s'était abstenu de se livrer à ce genre d'attaque depuis quelque temps, mais les blessures qu'il lui avait infligées durant leur vie commune n'avaient pas encore cicatrisé. Et à moins d'un miracle, elle conserverait encore longtemps cette image négative d'elle-même.

Travis, qui jusque-là avait été affalé dans un vieux fauteuil récupéré dans un vide-greniers, se leva nonchalamment, comme s'il avait toute la vie devant lui, sans la quitter des yeux, sans quitter sa bouche des yeux, plus exactement, crut-elle remarquer, parcourue de délicieux frissons.

Il s'approcha d'un pas… De deux…

— Que fais-tu ? demanda-t-elle en reculant machinalement son propre fauteuil.

— Une simple petite expérience.

Sarah se leva d'un bond et se réfugia derrière son bureau.

— Inutile ! Nous avons déjà poussé l'expérience plus loin que nous n'aurions dû.

— Tu ne parles quand même pas de notre petit baiser de rien du tout, le 4 Juillet ? lança-t-il, les yeux brillants.

— Ce n'était pas un petit baiser de rien du tout ! protesta-t-elle, vexée.

Quelle imbécile ! Pourquoi oubliait-elle chaque fois de réfléchir avant de parler ?

— Je crois que je peux l'améliorer, insista-t-il avec une calme autorité en tendant déjà les bras vers elle. Regarde.

Il effleura sa joue de ses lèvres.

— A moins que tu ne préfères ça ? demanda-t-il posant un bref instant sa bouche sur la sienne. Cela fait maintenant deux semaines que je n'arrive pas à penser à autre chose, ajouta-t-il. Je dois m'assurer que ma mémoire ne me trompe pas.

De nouveau il trouva ses lèvres… et les garda cette fois.

Ce fut le genre de baiser enivrant dont toute femme rêve. Le genre de baiser qui éveille l'imagination et les fantasmes. Un baiser autoritaire mais tendre, conquérant mais attentionné, dominateur et troublant. Il était irrésistible tout en paraissant inoffensif. En un mot, ce fut le genre de baiser que Sarah ne croyait plus possible. Si elle avait trouvé celui de la voiture très agréable, elle jugea celui-ci enivrant.

En même temps que son sang se mettait à bouillonner et que son corps se liquéfiait, elle perdit tout pouvoir de s'indigner ou de réfléchir. Seules importaient la bouche de Travis sur la sienne et la joie de se sentir de nouveau pleinement femme. Pendant quelques instants fugitifs, elle réussit même à croire à sa beauté !

Travis finit par s'écarter — beaucoup trop tôt et beaucoup trop tard… — la laissant hébétée et chancelante. Ensorcelée, peut-être.

Lorsque, avec un sourire satisfait, il l'abandonna enfin, debout devant la fenêtre où un groupe de badauds s'était agglutiné, les yeux écarquillés, et commentait visiblement l'événement, elle enfouit sa tête dans ses mains et poussa un sourd gémissement.

Oui, il lui avait jeté un sort. Autrement, ce qui venait de se passer relevait de la folie. Ils ne pouvaient pas continuer à s'embrasser en traitant cela « d'expérience » ou « d'accident » ou de Dieu sait quoi encore ! Un baiser aussi extraordinaire, quelle que soit la façon dont il avait commencé, déboucherait obligatoirement sur bien davantage.

Chapitre 10

Sarah, l'air maussade, le regard perdu dans le vide, était assise à la table de sa cuisine lorsque Annie fit irruption, tel l'ange exterminateur. De toute évidence, elle était chargée d'une mission…

Voilà qui n'augurait jamais rien de bon, songea Sarah redoutant le pire.

— J'ignorais que tu devais passer, Annie, lui fit-elle gentiment remarquer.

— Tu m'en vois navrée, répliqua sèchement Annie. Où est Raylene ?

Sarah garda son calme, résolue à ne pas se laisser démonter par l'attitude pour le moins hostile de son amie.

— Elle est en train de jouer avec les enfants dans le salon, ou bien de les coucher, vu l'heure. Je n'en sais trop rien.

— Je vais la chercher. Ma mère, Maddie, Helen et Jeanette vont arriver d'une minute à l'autre. Commence donc à préparer des margaritas.

Sarah la dévisagea avec perplexité.

— Que se passe-t-il ?

— Conseil de guerre.

— Qui concerne Raylene ?

— Non. Qui te concerne *toi*.

Annie disparut, abandonnant Sarah à ses interrogations.

Pourquoi cette réunion ? Elle n'avait rien fait de honteux ou d'extravagant. Du moins pas à sa connaissance. Peut-être que… Oh, mon Dieu ! Travis ! Le baiser !

— Les enfants dorment? demanda-t-elle à Raylene lorsque celle-ci la rejoignit en compagnie d'Annie.

En levant la tête vers Raylene dans l'attente de sa réponse, elle découvrit sur le visage de son amie le reflet de l'expression éberluée qu'elle avait elle-même dû offrir quelques instants plus tôt.

— Comme des anges, lui assura Raylene avec un petit sourire qui n'avait rien à voir avec le sommeil des enfants.

Rassurée au moins sur ce point, Sarah se tourna alors vers Annie, dont les yeux lançaient toujours des éclairs.

— Permets-moi de te dire que je n'apprécie pas du tout ton opération commando, lui dit-elle. Je n'en vois franchement pas la nécessité. Et quoi…

— Raconte ça à quelqu'un qui ne t'a pas surprise en train d'embrasser à pleine bouche Travis McDonald, à la vue de tous ceux qui se trouvaient sur la grand-place cet après-midi! l'interrompit Annie. Je me promenais tranquillement dans la rue avec Ty, qui a profité d'une brève relâche dans sa tournée pour faire un saut à Serenity, et qu'est-ce que j'ai vu? Toi et Travis, dans une étreinte enfiévrée. Même Ty a été offusqué.

— Ty, offusqué? Permets-moi d'en douter, répliqua Sarah en levant les yeux au ciel. Je pense qu'il a déjà vu des gens s'embrasser. Lui-même a dû s'en donner à cœur joie quand vous vous êtes retrouvés, non?

— Ce n'est pas la question, éluda Annie en rougissant.

Au fur et à mesure de cet échange, les yeux de Raylene s'étaient mis à briller.

— Tu as embrassé Travis, Sarah? voulut-elle savoir.

— Non, c'est lui. Mais oui, il y a eu un baiser.

— A la radio, si j'ai bien compris? insista Raylene. Derrière une baie vitrée?

— Oui! répondit Annie à sa place. Et tout le monde les a vus. Tu comprends maintenant pourquoi il est urgent que quelqu'un la remette dans le rang. Ah! Si Ty n'avait pas été obligé de rentrer à Atlanta, j'aurais insisté pour qu'il aille en toucher deux mots à Travis.

— Il aurait peut-être été judicieux de tirer les rideaux, Sarah, fit remarquer Raylene sans cacher son amusement.

— Le problème n'est pas là ! intervint Annie.

— Si jamais cela devait se reproduire, j'y veillerai, effectivement, promit sèchement Sarah sans prêter attention à Annie. Mais je suis sûre que ce ne sera pas nécessaire.

Puisque ses deux amies ne semblaient pas avoir entendu parler du *scandale* précédent, « Le baiser dans la voiture », autant rester discrète sur ce point. Inutile de donner davantage de grain à moudre à Annie, elle était bien assez remontée comme ça !

— Tu n'as pas encore préparé les margaritas, Sarah ? lui lança-t-elle en ouvrant les placards à la recherche de verres.

— Non. Je ne sais pas s'il reste de la tequila, répondit tranquillement Sarah.

Elle ne prit même pas la peine de bouger, affichant clairement son hostilité. La réunion était organisée à l'improviste et à l'initiative d'Annie ? Qu'elle se débrouille !

— Quoi ? Une Sweet Magnolia qui n'aurait pas de tequila ? s'indigna Annie en fouillant dans le cellier d'où elle ressortit quelques instants plus tard en brandissant triomphalement une bouteille à moitié pleine.

Sarah ne s'avoua pas vaincue pour autant.

— Je crois que ma réserve de sirop de citron vert est épuisée.

Avec un peu de chance, calculait-elle, sans margaritas à boire, les Sweet Magnolias ne s'éterniseraient pas et lèveraient rapidement le camp.

— Bien sûr que si, il y en a, annonça Raylene en ouvrant un placard. Walter l'a acheté quand il est allé au supermarché, le week-end dernier.

En un éclair, Annie avait pivoté vers Raylene, son attention momentanément détournée des frasques de Sarah et Travis.

— Walter se charge des courses maintenant ? Qu'est-ce que cela signifie ?

— Demande à Sarah, répondit prudemment Raylene. C'est son mari.

— Non, mon *ex*-mari, précisa Sarah avec vivacité. En résumé, il a quitté son travail en Alabama et en cherche un dans les environs pour passer davantage de temps avec les enfants. En attendant de trouver un logement, il a élu domicile au Serenity Inn.

— Dites donc, quel festival de surprises en ce moment ! s'exclama Annie, un peu sonnée. Et cela te n'ennuie pas, Sarah ?

— Les enfants sont ravis, c'est le principal. Et puis nous nous entendons mieux que lorsque nous étions mariés. Il donne même un coup de main. D'où les courses au supermarché. Il essaie de se rendre utile, ce qui ne lui venait jamais à l'esprit lorsque nous vivions ensemble.

— Il ne veut quand même pas tenter de nouveau l'aventure avec toi ? demanda Annie, indignée par cette éventualité.

— Je l'ignore. Il n'en a pas parlé, en tout cas. Il a bien été question de réconciliation une fois, mais nous avons tous les deux rejeté l'idée comme absurde.

— Tu es bien sûre qu'il ne veut pas que tu reviennes vivre avec lui ?

— In-en-vi-sa-geable, décréta Sarah.

— Tant mieux ! s'écria Annie.

Mais son soulagement ne dura que quelques secondes, et elle se mit brusquement à étudier Sarah d'un air songeur.

— Dis donc, existe-t-il un rapport entre la présence de Walter dans le coin et ce baiser avec Travis ? Essaierais-tu par hasard de démontrer quelque chose à ton ex ? A moins que ce ne soit à toi ?

— Absolument pas. Je te l'ai déjà dit. C'est juste un de ces événements qui arrivent comme ça sans qu'ils portent à conséquence.

L'échange fut interrompu par l'arrivée en fanfare de Dana

Sue, Maddie, Helen et Jeanette, chargées de paquets de chips et du délicieux guacamole de Dana Sue. Pourvu que cette dernière n'ait pas oublié ses irrésistibles amuse-gueules ! pria intérieurement Sarah. Cela lui servirait d'alibi : en même temps qu'elle se goinfrerait de ces succulentes petites bouchées, elle disposerait d'un excellent prétexte pour ne pas répondre aux questions. Il était très impoli de parler la bouche pleine, non ?

— Pas besoin d'être grand prêtre pour deviner l'objet de cette réunion, déclara Jeanette dès qu'elles furent installées autour de la table, devant un verre de leur boisson fétiche. La moitié de la ville parle du baiser torride entre Travis et Sarah aujourd'hui.

— Oh non…, murmura Sarah dans un soupir.

— Comment ai-je pu manquer cet événement ? pesta Helen. Décidément, il faut que j'arrête de me rendre au palais de justice. Il ne s'y raconte jamais rien de passionnant, et en plus, je n'y vois jamais personne s'embrasser.

— Compte sur nous pour tout te raconter dans les détails, la consola Maddie en lui tapotant l'épaule avec compassion.

Dana Sue braqua sur Sarah un regard plein de sollicitude.

— Veux-tu nous parler de ce qui s'est passé ?

— En fait, je préférerais l'oublier. Mais ce serait trop vous demander, je présume.

— Tu penses bien ! Raconte-nous, ma belle, insista Dana Sue. Tu dois bien ça aux Sweet Magnolias qui doivent tout savoir sur tout. Et dans les moindres détails ! ajouta-t-elle, une lueur de curiosité au fond des yeux.

— Sur ce point, je soutiendrai Sarah, objecta Maddie. Personnellement, je n'ai pas trop apprécié de me trouver au centre des conversations lors de mes histoires avec Bill et ensuite avec Cal.

— Justement ! intervint Dana Sue. Les potins, ça va, ça vient. Peut-être que maintenant les gens ne s'intéressent qu'à Sarah et Travis, et qu'ils auront trouvé une autre proie dès la semaine prochaine. Tu es bien placée pour le savoir, toi,

Annie, n'est-ce pas ma chérie ? Les articles sulfureux que la presse à sensation a consacrés à Ty sont tombés aux oubliettes.

— Franchement, merci de me rappeler cet épisode particulièrement agréable de ma vie, maman, marmonna Annie.

— Pardonne-moi, ma chérie. Je cherchais seulement à rassurer Sarah, se défendit Dana Sue.

— Ce ne sont pas les commérages qui me tracassent, rétorqua Annie en fusillant sa mère du regard. Mais Sarah. De toute évidence, ce joueur de base-ball profite d'elle. Ne le prends pas mal, Jeanette, surtout.

— Voyons, répliqua cette dernière, personne ne nie que Travis traîne un passé de séducteur derrière lui. Lui-même le reconnaît.

— Ce qui le rend le pire candidat possible pour notre douce, naïve et fragile Sarah, conclut Annie.

— Cela fait vraiment plaisir d'entendre un jugement pareil de la part d'une amie, intervint Sarah, vexée. J'ai l'impression que tu me prends pour une adolescente, et pas très finaude par-dessus le marché !

— Oh, ne le prends pas aussi mal ! Regarde plutôt les choses en face. Tu es effectivement candide, du moins dans ce domaine. En tout cas, tu es mûre pour laisser de nouveau un homme entrer dans ta vie. Ce qui ne présenterait aucun inconvénient, bien au contraire, si tu n'allais pas droit dans le mur avec celui-là. Il va te briser le cœur, c'est sûr.

— Je ne vois pas comment tu peux conclure, après un simple baiser, qu'il existe quoi que ce soit de sérieux entre Travis et moi. Travis est un collègue. Plus exactement, c'est mon patron. Voilà notre unique lien. La discussion est close.

Hélas non, elle ne l'était pas pour tout le monde. Les yeux de Helen s'étaient mis à briller ; son instinct d'avocate en éveil, elle était prête à l'attaque.

— Harcèlement sexuel ? Un seul mot de ta part, Sarah, et je le poursuis en justice.

— Ecoute, Helen, je suis malheureusement obligée de

t'arrêter, intervint Annie. Il semblait y avoir consentement mutuel dans ce que j'ai vu.

— Aucune importance ! rétorqua Helen. Je peux monter un dossier. Qu'en dis-tu, Sarah ? Une simple menace de poursuite, et il arrêtera définitivement ses agissements.

Sarah, lassée par cette conversation qui prenait un tour complètement ridicule à son avis, se leva et regarda tour à tour chacune des femmes qui l'entouraient.

— Je n'ai aucune intention de porter plainte contre qui que ce soit, déclara-t-elle enfin. Je peux me sortir toute seule de cette affaire, si tant est qu'il y ait une affaire, d'ailleurs. Et je n'ai aucune intention non plus de continuer à discuter. Je vais me coucher. Je dois prendre l'antenne aux aurores.

Là-dessus, elle se pencha vers Annie et lui plaqua un baiser sonore sur la joue.

— Tu es adorable de te soucier de moi comme ça, mais laisse tomber. Si c'est au-dessus de tes forces, mène donc une opération commando contre Travis. Qui sait si je n'y assisterai pas, rien que pour le plaisir ? Hé ! Je plaisantais, se reprit-elle en voyant une lueur diabolique traverser le regard d'Annie. Pas d'intervention musclée. Tu m'entends ?

— Mais…

— Non ! la coupa Sarah avec véhémence. Et ne lui envoyez pas vos maris non plus.

Elle attendit patiemment que chacune ait donné sa parole pour leur souhaiter une bonne nuit et les abandonner en espérant que son départ mettrait un terme au débat, sinon à la réunion.

Hélas ! Même après qu'elle eut vérifié que Tommy et Libby dormaient bien, pris une douche et achevé de se préparer pour la nuit, les chuchotements n'avaient toujours pas cessé, preuve que les Sweet Magnolias n'avaient pas encore vidé tout leur sac.

Elle envisagea un instant d'appeler Travis pour le prévenir, mais se ravisa. Après tout, un macho plein d'expérience comme lui était armé pour se défendre contre une poignée de femmes. Cela dit, il n'avait probablement jamais affronté un groupe tel que les Sweet Magnolias. Des Sweet Magnolias sur le pied de guerre, qui plus est. Faire plus ample connaissance avec les *personnalités* locales serait peut-être très enrichissant pour lui, après tout...

Travis raccrocha en hochant la tête d'un air incrédule et alla rejoindre Sarah.

— Annie Townsend vient de me téléphoner pour me conseiller, et je te fais grâce du terme exact qu'elle a employé, de te laisser tranquille.

L'expression candide que Sarah afficha en levant les yeux vers lui le laissa pour le moins sceptique.

— C'est toi qui l'y as incitée ? demanda-t-il.

— Bien sûr que non !

Mais à la petite étincelle ironique qui s'alluma dans son regard, il comprit qu'elle en savait davantage qu'elle ne voulait le dire.

— Et cette... Helen Decatur-Whitney, poursuivit-il en vérifiant le nom sur un bout de papier, tu la connais aussi, n'est-ce pas ?

Sarah pâlit légèrement tandis qu'elle confirmait d'un signe de tête.

— Elle souhaitait me rappeler l'existence du délit de « harcèlement sexuel sur le lieu de travail », et se proposait de me rencontrer pour m'en expliquer les termes, précisa-t-il. Il s'agit d'une autre de tes *amies*, je suppose ?

De nouveau, Sarah hocha la tête, de plus en plus mal à l'aise.

— J'ai aussi reçu des appels de Dana Sue Sullivan et de Maddie Maddox, annonça-t-il en agitant sous le nez de Sarah d'autres bouts de papier. Jusqu'à Jeanette, qui voulait me parler. Je n'ai encore répondu à aucun, mais dans la mesure où toutes ces personnes se trouvaient au barbecue, le 4 Juillet dernier, je pense ne pas me tromper en disant qu'elles ont un rapport avec toi. Tu as monté toute la ville contre moi, ou quoi ?

Un tic nerveux agita les lèvres de Sarah tandis qu'elle prenait un air contrit qui se transforma bien vite en un sourire espiègle.

— Je suis désolée. Je leur avais pourtant bien demandé de te laisser tranquille.

— Manifestement, elles ne t'ont pas écoutée.

— Ce n'est pas ma faute. C'est toi qui m'as embrassée au vu et su de tout Serenity. Assumes-en les conséquences ! Je ne suis pour rien dans toute cette effervescence.

— Et moi qui croyais avoir affaire à une femme adulte, capable de refuser un baiser s'il ne lui faisait pas plaisir, laissa-t-il échapper avec un soupir exagéré.

— Mais je le suis. Je l'étais..., bafouilla-t-elle, troublée. Seulement, elles essayent de me protéger et elles en font un peu trop.

— *Un peu* trop ? Ce sont carrément des menaces à peine déguisées ! Faut-il que j'engage un avocat ? lança-t-il avec un petit sourire en coin. Ou un garde du corps ?

Elle pouffa de rire, puis reprit son sérieux pour répondre :

— Je ne crois pas que tu coures un quelconque danger. Par contre, il serait préférable que tu abandonnes l'expérience des baisers.

— Et si je ne veux pas ?

Déstabilisée, Sarah lui jeta un regard surpris.

— Tu serais prêt à prendre le risque d'un procès, juste pour m'embrasser ?

— Mon côté raisonnable aimerait croire que non. Mais la partie en moi qui ne demande qu'à t'embrasser là, maintenant, sait bien que oui.

Il regretta presque son aveu. Mais il avait toujours eu l'habitude de dire ce qu'il pensait, ce qui ne lui avait pas réussi chaque fois, d'ailleurs. Depuis le début, il savait que c'était de la folie pure et simple de s'exposer à la tentation en travaillant tous les jours à quelques centimètres de la femme qu'il désirait avec tant d'ardeur. Pourtant, il avait passé outre aux mises en garde de son bon sens…

— Il faut que j'aille prendre l'air, dit-il.

Il allait franchir le seuil du studio lorsqu'il entendit Sarah l'appeler.

— Il n'est pas question que je porte plainte contre toi, Travis, déclara-t-elle avec solennité.

Il se retourna et plongea son regard dans le sien. La fièvre s'empara de lui, moins en raison de la promesse elle-même que de ce qu'elle sous-entendait. Sarah ne s'opposerait pas à ce qu'il poursuive son *expérience*, il en aurait mis sa main à couper. Non, elle n'avait pas fermé la porte. Bien au contraire. Il l'avait lu sur son visage.

Il brûlait de s'approcher d'elle, de la prendre dans ses bras, de la mettre à l'épreuve…

Au lieu de cela, il porta deux doigts à ses tempes en une imitation désinvolte de salut, et lança :

— Tu m'en vois ravi, ma belle. En tout cas je me méfierai, la prochaine fois que l'envie de jouer avec le feu me prendra.

Malgré les nausées qui duraient depuis son réveil, Mary Vaughn n'avait pas annulé son rendez-vous à déjeuner avec sa fille. Trop important, avait-elle estimé. Elle projetait en effet de convaincre Rory Sue de revenir s'installer à Serenity et de travailler avec elle dans son agence. A elles deux, entre le bagout de Rory Sue et sa propre ténacité, elles formeraient une équipe de choc, Mary Vaughn n'en doutait pas.

La veille au soir, elle avait testé ses arguments sur Sonny et il l'avait aidée à les peaufiner. Elle lui avait cependant interdit d'assister à l'entretien, sachant comme Rory Sue le menait par le bout du nez. Pour peu qu'elle tourne vers lui des yeux humides, il céderait comme d'habitude à ses quatre volontés.

— Zut ! marmonna Mary Vaughn alors qu'elle entrait dans la salle, en apercevant sa fille en compagnie de son grand-père.

Que faisait Howard ici ? Voilà qui allait lui compliquer la tâche. De quoi venait-il se mêler, celui-là ? Mais elle se reprit rapidement et tenta de rester calme. Vu l'adoration que ces deux-là se portaient, elle se serait mis sa fille à dos en agressant son grand-père. Elle se rabattit donc sur cette simple remarque, tandis qu'elle les embrassait tour à tour :

— Je ne m'attendais pas à te voir, Howard.

— Désolé de m'imposer et de gâcher la fête, mais je n'ai pas profité de ma petite-fille depuis longtemps. Je craignais qu'elle ne parte sans que l'on ait passé de temps ensemble.

Voilà qui lui offrait une bonne entrée en matière, songea Mary Vaughn avec reconnaissance, en s'engouffrant dans la brèche.

— Si elle m'écoutait, elle reviendrait à Serenity pour de bon, dit-elle en s'asseyant.

— Maman, tu sais pertinemment que je ne veux pas vivre ici ! répliqua aussitôt Rory Sue C'est trop nul. Ne le prends pas mal, grand-père. Je me rends bien compte que cette ville représente tout pour toi, mais moi je trouve qu'on s'y ennuie.

— Tout dépend du genre de distraction que l'on cherche, lui fit doucement remarquer Howard.

— Je suis d'accord, renchérit Mary Vaughn.

Avec un ensemble parfait, Howard et Rory Sue posèrent sur elle un regard surpris. Il était si rare qu'elle apporte son soutien à son beau-père !

Elle ne se laissa cependant pas détourner de son plan d'attaque et enchaîna :

— Dis-moi, Rory Sue, as-tu enfin trouvé du travail ?

— J'ai terminé la fac il y a seulement deux semaines, maman. Laisse-moi souffler un peu.

— Il y a un mois, tu veux dire, corrigea Mary Vaughn, agacée par le ton désinvolte de sa fille. Et tu as prospecté sérieusement ? Je te connais, tu sais. Je parie que tu as traîné dans Charleston avec tes amis et que tu n'as pas décroché un seul entretien.

— Perdu ! J'en ai obtenu deux.

— Et alors ? s'enquit Howard. Des propositions intéressantes ?

— L'une des deux entreprises m'a rappelée, mais je n'ai pas donné suite. Le salaire était minable.

— Comme toujours lorsque l'on débute, ma chérie, observa Howard. Au départ, tu ne peux pas espérer gagner assez pour vivre convenablement dans une ville comme Charleston.

— Papa m'a promis qu'il m'aiderait pour le loyer.

« Le traître ! » se garda de s'écrier Mary Vaughn. Elle avait pourtant cru qu'ils faisaient cause commune pour ramener Rory Sue au bercail, et il ne l'avait même pas prévenue de sa proposition ! Quelle ruse leur fille avait-elle donc sorti de son sac pour arracher cette concession à son père ?

Sans se décourager pour autant, Mary Vaughn continua à avancer ses pions.

— Permets-moi quand même de te mettre les points sur les *i*, ma chérie. Si tu veux rester à Charleston, nous te laissons jusqu'à la fin du mois pour te trouver un travail et un logement. Et n'espère aucun apport financier de ton père ou de moi. Sa promesse de contribution à ton loyer est nulle et non avenue.

Aussitôt, Rory Sue se tourna vers Howard.

— Et ne compte pas non plus sur ton grand-père pour financer tes dépenses courantes, la devança Mary Vaughn en décochant à ce dernier un regard menaçant.

A sa grande surprise et au désespoir visible de Rory Sue, Howard ne contesta pas sa décision. Décidément, cette journée était à marquer d'une pierre blanche !

— Ce n'est pas juste, protesta Rory Sue avec une moue boudeuse.

— C'est la vie, la vraie, ma fille, lui fit remarquer Mary Vaughn, inflexible.

— Et que se passera-t-il si je ne respecte pas ce délai d'un mois ?

— Eh bien, tu viendras travailler avec moi à Serenity.

Lorsque tu auras mis suffisamment d'argent de côté, et si Charleston te tente toujours, tu auras de quoi t'y installer.

— Excellente idée! approuva Howard avec enthousiasme, prenant une nouvelle fois Rory Sue de court par le soutien qu'il manifestait à sa mère.

La conversation fut alors interrompue par la serveuse qui apportait leurs repas. Dès que l'odeur du steak saignant de Howard lui parvint, Mary Vaughn, prise d'un haut-le-cœur, se précipita vers les toilettes sous l'œil effaré de sa fille et de son beau-père.

— Ça va, maman? demanda timidement Rory Sue lorsqu'elle eut rejoint sa mère. Je suis désolée de t'avoir contrariée.

— Oui, tout va bien, répondit Mary Vaughn en s'aspergeant le visage d'eau froide. Tu n'y es pour rien, ma chérie. Je dois couver une grippe.

— A moins que tu ne sois enceinte, dit calmement Rory Sue.

— A mon âge? C'est absurde! Comment cette idée peut-elle te venir à l'esprit?

— Parce que je vous ai vus tous les deux, avec papa. Je ne comprends d'ailleurs pas pourquoi vous tenez tant à ce que je revienne à la maison. Je vais vous déranger, c'est tout.

— Jamais tu ne nous dérangeras. Etre de nouveau tous les trois, même pour une courte période, c'est tout ce que nous désirons, ton père et moi.

— Tu changeras d'avis quand il y aura un bébé dans la maison. Sauf, bien sûr, si tu espères que je vais jouer la nounou, et je t'avertis d'ores et déjà : c'est hors de question. Je n'ai pas décroché mon diplôme pour rien. J'ai bien l'intention d'exercer un vrai métier.

— N'est-ce pas là précisément de quoi nous discutions tout à l'heure? lui fit remarquer Mary Vaughn en réprimant un sourire. L'immobilier, c'est un vrai métier.

— Tu sais très bien ce que je veux dire. Je parle d'un travail dans mon domaine, avec un plan de carrière.

— Trouves-en un et je ne t'embêterai plus avec ça. Oh zut ! Ça me reprend ! murmura-t-elle en se ruant dans les toilettes.

— J'ai de quoi purifier l'haleine dans mon sac, si tu veux, lui proposa Rory Sue quand elle sortit.

— Oui, volontiers, ma chérie. Merci.

— Je te parie cinquante dollars que j'ai raison, lui dit Rory Sue, les yeux brillants. Pour ta grossesse, je veux dire.

— Allons, ne dis pas n'importe quoi. Je te dis que c'est impossible.

Elle se remémora alors le jour où elle avait vendu ce local du centre-ville à Travis McDonald. Sonny et elle avaient été très pressés. Trop pressés pour prendre les précautions indispensables ? Très probablement, oui.

Seigneur ! Il ne manquait plus que ça…

Elle avait quarante-trois ans, sa fille vingt et un, et elle allait donner naissance à un bébé ? Quel coup de pied dans la fourmilière pour elle qui croyait avoir planifié sa vie ! Quant à Sonny, de deux choses l'une : soit il allait sauter de joie et courir crier la nouvelle sur tous les toits, soit il allait tomber à la renverse, victime d'une crise cardiaque. Difficile de savoir…

— Ne t'avise pas de dire quoi que ce soit à ton grand-père ou à ton père, Rory Sue.

— Promis. Et toi, va donc acheter un test de grossesse, lui suggéra Rory Sue avec un sourire malicieux.

— Pour que toute la ville soit au courant et en parle d'ici ce soir ? Tu as perdu la tête ! Je vais devoir aller discrètement dans une des grandes surfaces de la périphérie.

— Je peux m'en charger, si tu veux. On me soupçonnera moi d'être enceinte, mais il ne viendra à l'esprit de personne que le test t'est destiné.

Le plan de Rory Sue présentait cependant un danger. Si quelqu'un découvrait ce que Rory Sue achetait et en tirait des conclusions hâtives, Sonny et Howard l'apprendraient certainement dans les plus brefs délais. Mais elle préférait malgré tout ce malentendu. Pour l'instant, du moins.

— D'accord, ma chérie. Vas-y. Mais je t'en supplie, dépêche-toi. Je m'occupe de ton grand-père et on se retrouve à la maison dans une heure.

Rory Sue embrassa sa mère.

— Tout ira bien, maman. Quoi qu'il arrive. Et puis un petit frère ou une petite sœur, ce sera peut-être chouette. Gênant, mais chouette.

Mary Vaughn soupira. Ce n'était pas la perspective d'être gênée qui l'inquiétait le plus !

Chapitre 11

C'est avec un énorme soupir de soulagement que Sarah termina son émission le vendredi midi. La semaine avait été longue et relativement pénible. Outre le désormais célèbre baiser et ses répercussions, Travis s'était montré d'une humeur bizarre et déconcertante depuis que les Sweet Magnolias s'étaient liguées contre lui.

Ainsi, en ce moment même, affalé comme souvent dans son fauteuil derrière son bureau, il semblait se prélasser. Mais à quelque chose d'indéfinissable dans son attitude, Sarah soupçonnait que cette décontraction n'était qu'une façade. Il paraissait morose, énervé. Et pour tout arranger, il ne la quittait pas des yeux !

— Quelque chose te dérange ? finit-elle par lui demander.

— Non, rien.

— Alors, pourquoi me fixes-tu comme ça ?

— Parce que tu es plus agréable à regarder que les murs, répondit-il, une esquisse de sourire aux lèvres.

Lorsque, pour toute réplique, elle leva les yeux au ciel, il bondit de son siège tandis que, dans un mouvement réflexe, elle recula.

La dernière fois qu'elle avait remarqué cette lueur dans ses yeux et qu'elle l'avait vu se déplacer avec cette rapidité de félin, il l'avait embrassée, créant l'effervescence autour d'eux.

— Viens ! dit-il en lui tendant la main.

— Où ?

— Fais-moi confiance.

Le pouvait-elle, justement ? Plus exactement et pour être honnête, pouvait-elle se faire confiance à elle-même ?

— Allez ! Viens ! Pourquoi hésites-tu ?

— J'aimerais simplement savoir où nous allons, réussit-elle à répondre malgré son envie quasiment irrésistible de prendre ses jambes à son cou. J'ai des enfants. Des responsabilités. Je ne peux pas partir sur un coup de tête, quand ça me chante.

— Je ne te proposais pas une croisière dans les Caraïbes. Bien que l'idée ne me déplairait pas, ajouta-t-il d'un ton rêveur. J'ai seulement besoin de prendre l'air. Comme tu parais aussi… agitée que moi, je pensais que cela nous ferait du bien à tous les deux.

— Si je donne l'impression d'être agitée, c'est à cause de toi ! Tu es tellement imprévisible que cela me rend nerveuse.

S'il ne put totalement cacher la satisfaction que lui procura cet aveu, du moins s'abstint-il de tout commentaire.

— Allez ! Viens, ma belle. Je te promets de ne rien entreprendre… contre ton gré.

— Une promesse qui ne me rassure pas vraiment, figure-toi, déclara-t-elle en feignant toujours de ne pas remarquer sa main tendue.

— Eh bien ! L'après-midi s'annonce passionnant, alors ! Prenons ma voiture, cette fois. Elle est plus spacieuse que ton jouet.

Aussitôt les voix de six Sweet Magnolias se mirent à crier au loup à l'oreille de Sarah. Une mise en garde… qui la décida à accepter ! On était vendredi après-midi, le soleil brillait dans un ciel d'azur, elle se sentait légère et pleine d'audace. Même si elle ne se fiait pas totalement à Travis, elle savait qu'il tiendrait parole. Rien n'arriverait si elle ne le souhaitait pas.

— D'accord, dit-elle. Donne-moi cinq minutes, le temps que j'appelle chez moi pour m'organiser avec la baby-sitter.

— Entendu. En attendant, je vais aller décapoter la voiture.

— Soyons bien clairs, il ne s'agit pas d'un rendez-vous en amoureux.

— Comme tu voudras, acquiesça-t-il avec une démonstration exagérée de galanterie. Appelle cela une *séance de travail*, si cela te tranquillise.

— Très bien, oui. Car Helen a explicitement stipulé ce qu'il était possible ou pas de faire dans un cadre professionnel. Tu te rappelles ?

— Absolument, répondit-il avec le plus grand sérieux. Elle m'a expliqué les aspects juridiques du harcèlement sexuel en des termes que, même moi, j'ai compris.

— Parfait, conclut Sarah, bien que la déclaration de Travis ne l'ait pas entièrement convaincue. Je te rejoins dehors dans cinq minutes.

— Plutôt un quart d'heure. Si je connais un tant soit peu les femmes, soupira-t-il d'un air faussement résigné, elles mettent du temps à se pomponner.

— Pourquoi me pomponnerais-je pour une simple réunion de travail ? lança Sarah avec un sourire moqueur. Je reste comme je suis.

Contre toute attente, il ne protesta pas, ce qui la déconcerta davantage encore que l'invitation initiale.

Si seulement elle parvenait à se voir à travers ses yeux à lui ! Hélas, l'image que lui renvoyait le miroir était toujours entachée des sempiternelles critiques de Walter. Elle aurait beau atteindre de nouveau son poids idéal, se faire coiffer dans les salons les plus cotés de New York et s'habiller chez les grands couturiers, elle continuerait à se sentir comme une ménagère obèse et mal fagotée qui faisait toujours tout de travers. Même Walter, avec ses excuses et ses tentatives pour réparer ses torts, n'avait pas réussi à effacer toutes les marques laissées par des années de dénigrement.

Au volant de sa luxueuse voiture de sport, avec Sarah à son côté et le vent sur le visage, Travis aurait dû se détendre. Pourtant, il n'avait toujours pas trouvé ses repères avec sa collaboratrice. Jamais auparavant ses tête-à-tête, y compris avec des top-modèles, ne l'avaient autant déstabilisé. La présence de cette femme, le fait qu'elle ne ressemblait à aucune de celles qu'il avait connues, qu'il ne pouvait se contenter de passer un peu de bon temps avec elle et la quitter ensuite, tout cela lui mettait les nerfs à vif. Il était prêt à tout pour ne pas la blesser. Sauf à ne plus la voir.

Afin de limiter les risques de tentation, il avait décidé de se rendre au parc qui, à cette heure-là et en plein été, grouillerait de mères de famille avec leurs enfants et de retraités venus prendre l'air. D'habitude, il se laissait contaminer par la sérénité du lieu, avec les cygnes majestueux et hautains qui glissaient à la surface du lac, et les canards gloutons en quête de miettes de pain qui suivaient les promeneurs.

Oui, d'habitude. C'est-à-dire lorsqu'il venait courir seul, le soir, ou même avec Tom, qui savait respecter son besoin de silence.

Lorsqu'il se gara près de la grille d'entrée du parc, Sarah se tourna vers lui. Elle paraissait contrariée.

— Tu veux aller marcher ? Par cette chaleur ?

— Oui. A moins que tu ne préfères que nous passions un après-midi torride au Serenity Inn, rétorqua-t-il en la défiant du regard.

Elle demeura un instant suffoquée, mais ne détourna pas les yeux.

— Je croyais que nous avions exclu cette possibilité.

— Sache que je n'exclus jamais rien, ma belle. Alors, qu'est-ce que tu choisis ?

— Allons marcher, décida-t-elle en descendant de voiture.

— Dommage ! Cela dit, si tu suis le rythme sans râler, je t'achèterai une glace à la fin.

Une perspective qui, étrangement, ne suscita pas un enthousiasme démesuré chez elle.

— Tu comptes faire tout le tour du lac ? demanda-t-elle.

— Oui. Il n'y a même pas deux kilomètres. Ce n'est pas une affaire.

— Tu cherches à me faire perdre encore trois ou quatre kilos, c'est ça ?

Interloqué par cette réaction inattendue, il la scruta attentivement.

— Pourquoi me poses-tu cette question ? Tu es très bien comme tu es. J'aime les femmes qui ont des formes, pas les squelettes.

A peine avait-il terminé sa phrase, que, devant l'expression dubitative de Sarah, il comprit.

— Oh ! Ce n'est pas vrai ! s'écria-t-il. On peut dire que ton ex-mari a fait du joli travail !

— Il disait la vérité, c'est tout.

— Il disait des âneries.

— Parce que tu ne m'as pas vue quand je suis arrivée ici, au début.

Il s'arrêta, posa ses mains sur les épaules de Sarah et planta son regard dans le sien.

— Peut-être, mais je te vois maintenant. J'ai dix dixièmes à chaque œil, et laisse-moi te dire que tu es magnifique.

Là-dessus il la lâcha et recula vivement de peur de succomber à l'envie impérieuse de l'embrasser, ne serait-ce que pour lui prouver l'attirance qu'elle exerçait sur lui.

— Un peu trop magnifique, même, pour un homme qui n'est pas censé se comporter en amoureux ou en amant…

— Bien dit, répondit-elle sans réussir à réprimer totalement un sourire.

Etonné, Travis l'observa un instant sans rien dire. Son compliment minable semblait l'avoir ravie. Walter mériterait vraiment qu'il aille lui casser la figure pour avoir détruit Sarah de cette façon !

Il oublia très vite cette idée et passa son bras autour des épaules de la jeune femme.

— Allez ! Détendons-nous et profitons du cadre ! lança-t-il en accompagnant son ordre d'un coup de hanche taquin.

Ils se promenèrent ainsi, dans un silence complice. Si Sarah paraissait ne pas remarquer les regards curieux que les passants braquaient sur eux, Travis, lui, en avait une conscience aiguë. Il savait, avec une cruelle certitude après l'incident du baiser, qu'avant la tombée de la nuit, leur promenade alimenterait toutes les conversations de Serenity. Inutile de se voiler la face : son initiative allait leur attirer des ennuis à tous les deux. Pourtant, il ne parvenait pas à la regretter.

A une centaine de mètres du marchand de glaces, il rompit le silence.

— Je vais prendre deux grands cornets à l'italienne, vanille et chocolat. Qu'en penses-tu ?

— Tu vas manger deux grands cornets ?

— Oh ! Cela ne m'effraierait pas ! Mais en l'occurrence, je comptais t'en donner un.

— Je préfère un petit, merci.

— Est-ce vraiment ce que tu souhaites ou as-tu seulement peur de culpabiliser ?

— Réponse numéro 2.

— C'est moi qui vais culpabiliser si je m'empiffre sous ton nez. Alors, tu vas devoir me faire plaisir.

Elle hésita une seconde, puis haussa les épaules.

— Bon. Eh bien, si c'est un ordre…

— A la bonne heure !

Une fois qu'ils se furent assis sur un banc à l'ombre, Sarah se mit à lécher la crème glacée avec un plaisir manifeste.

Travis, troublé comme il ne l'avait pas été depuis des mois, faillit perdre tout contrôle sur lui-même. Aussi se concentra-t-il sur sa glace et sur ce qui se passait autour de lui.

— Merci, finit par dire Sarah.

— Pour quoi ?

— Pour cet après-midi. Cela fait une éternité que je ne m'autorise plus à prendre du temps pour moi. Quand j'ai un moment de libre, je me sens obligée de le consacrer à Tommy et Libby. J'avais oublié comme les petits plaisirs simples peuvent se révéler bénéfiques pour l'esprit.

— C'est exact. Et tu rempliras encore mieux ton rôle de mère si tu t'offres ces instants de répit. Tu gagneras en patience.

— Oui, tu as entièrement raison. Mais malgré moi, ce satané sentiment de culpabilité prend toujours le dessus, et je file à la maison.

— Cela ne doit pas être facile d'élever seule ses enfants, fit-il remarquer, pensif. Je sais que ma mère en a bavé, et pourtant elle avait la chance de bénéficier de beaucoup d'aide, elle.

— Moi aussi, depuis que je suis revenue vivre à Serenity. Raylene, l'amie qui habite chez moi et que tu n'as pas encore rencontrée, adore Tommy et Libby. Elle s'occupe un peu de la maison aussi. Même si la situation est un peu compliquée, je suis ravie de sa compagnie. Bien sûr, il y a aussi les Sweet Magnolias. Tu as eu l'occasion de constater par toi-même comme elles veillent sur moi…

— J'ai effectivement été aux premières loges ! s'exclama-t-il en riant. Elles sont effrayantes.

— Pas une fois qu'on les connaît vraiment. Ce sont de vraies mères poules. Et puis, il y a Walter, conclut-elle dans un soupir.

— Oui, ton ex-mari, laissa-t-il tomber d'un ton sec.

— Il n'est pas aussi épouvantable que ce que l'on t'a vraisemblablement rapporté, protesta-t-elle, prenant la défense de Walter avec un empressement qui agaça davantage encore Travis. Il sait être odieux, bien sûr. La preuve, je suis partie d'Alabama à cause de la façon dont il me traitait. Depuis peu, cependant, il a échappé à l'influence de ses parents et, du coup, il est presque redevenu humain. Tel qu'il était lorsque je l'ai rencontré à la fac.

Travis se crispa. Il n'appréciait pas du tout cette dernière réplique.

— Comptes-tu lui donner une seconde chance, dans ces conditions ?

— Non ! lui assura-t-elle avec force.

— Mais tu dis qu'il ressemble à l'homme que tu as connu

au début, c'est-à-dire à celui dont tu es tombée amoureuse, si je ne m'abuse ? insista-t-il malgré lui.

— Ce n'est pas pour autant que j'oublierai son attitude pendant notre vie commune. Notre mariage est une histoire définitivement close. Je crois que je ne pourrais plus jamais lui accorder ma confiance. Je vivrais en permanence dans la crainte qu'il ne tombe de nouveau dans ses mauvaises habitudes. Et je ne suis pas prête à courir le risque.

Elle en semblait totalement convaincue, mais il savait d'expérience comme les femmes étaient parfois versatiles, et quels trésors d'habileté les hommes, de leur côté, étaient capables de déployer pour parvenir à leurs fins. Rien ne garantissait que Walter Price ne réussirait pas à reconquérir Sarah, s'il le décidait. D'autant plus qu'il y avait aussi deux enfants à prendre en compte.

Peut-être devait-il en rester là avec Sarah, finalement ? Dans leur intérêt à tous les deux. Pourquoi donner son cœur — lui à qui cela n'était jamais arrivé — à une femme qui ne s'était peut-être pas libérée de son amour précédent ? lui souffla une voix.

La voix de la raison et de la prudence, naturellement. Celle qu'il ignorait en général. Et qu'il ignorerait aujourd'hui encore, comprit-il à la vue de Sarah, le front plissé de concentration, qui tentait d'empêcher sa glace de couler et de tacher ses vêtements.

Le samedi soir, après le dîner, Travis et Tom s'installèrent avec une bière dans les confortables fauteuils du jardinet à l'arrière de la maison. Jeanette avait accompagné Maddie et ses enfants au cinéma à Charleston, les laissant pour une fois passer une soirée entre hommes.

— Je vais chercher un logement, annonça Travis. Je vous ai assez envahis comme ça, Jeanette et toi.

— Tu ne nous déranges pas. Comme tu n'es pas là la nuit, nous avons tous les moments d'intimité dont nous avons besoin.

En outre, tu ne laisses pas traîner tes chaussettes sales dans toute la maison. Donc, tout va bien. Jeanette ne se plaint pas.

— C'est sur ces critères qu'elle juge un invité ? lança Travis en riant.

— En gros, oui. Ce n'est pas une femme difficile, et depuis qu'elle s'est réconciliée avec ses parents, la famille, c'est sacré pour elle. Même la mienne elle la supporte. Pourtant, comme tu t'en doutes, la partie n'était pas gagnée au départ.

— Pas besoin de dessin. Jeanette doit être une sainte.

— Je ne te le fais pas dire ! Ecoute, si tu trouves un appartement qui te convient, très bien, mais rien ne presse. Il nous reste encore un peu de temps avant de devoir transformer ta pièce en chambre d'enfant.

Travis se tourna vers son cousin qui arborait un sourire radieux.

— Laisse-moi deviner ! Jeanette est enceinte ?

— Oui. Moi non plus je ne m'y attendais pas. Nous en parlions. Nous avions même décidé d'essayer. Mais ça s'est fait en un clin d'œil, apparemment.

— Je reconnais bien là les petits gaillards McDonald, plaisanta Travis. Ce sont d'excellents nageurs.

— Ce qui devrait te servir de mise en garde à toi, dit Tom soudain redevenu sérieux.

— Ne t'inquiète pas. Les miens ne plongent que si la sécurité est assurée. Je ne rendrais pas service au monde en perpétuant mon côté à moi des McDonald.

— Pourtant, tu ne boudes pas ton plaisir quand tu chahutes avec les enfants de tes sœurs. Ou l'autre jour, au pique-nique chez Dana Sue, le 4 Juillet.

— J'adore les enfants, c'est vrai. Mais je ne crois pas avoir l'étoffe d'un père.

— Parce que ton père n'a pas assuré son rôle, je suppose ?

— Pour être juste, il était encore pire comme mari. A part le fait qu'il a violemment désapprouvé chacune de mes décisions, il n'était pas si horrible que ça. Il est simplement demeuré un grand gamin irresponsable, par certains côtés.

— Tu sais, le mien aussi laissait à désirer. Mais j'espère avoir appris de ses erreurs. Cela me rappelle que je voulais te parler de quelque chose depuis un certain temps, poursuivit Tom après un moment de silence.

— Je t'écoute.

— Avec Cal Maddox, nous avons créé un championnat régional de base-ball, tu sais, un programme Little League. Nous n'avions que deux équipes à Serenity l'année dernière, mais les inscriptions ont tellement augmenté au printemps que nous aimerions créer au moins un autre groupe afin que les gamins jouent davantage et passent moins de temps sur le banc de touche.

— Et tu voudrais que j'entraîne une des équipes, je parie ?

— Si l'idée te tente et si tu es disponible, oui. Tu serais formidable comme entraîneur et cela te permettrait aussi d'accélérer ton intégration dans la communauté. Qu'en penses-tu ?

— Je suis partant ! La station de radio pourrait parrainer l'équipe. Ce serait excellent pour les relations publiques.

— Bonne idée. Jusque-là, nous n'avons pas bénéficié de sponsors. Avec Cal, nous nous sommes contentés de lancer quelques appels, pour financer les tenues et le matériel.

— Nous pouvons nous limiter à cela, mais il me semble que la participation des entreprises locales inciterait la population à s'impliquer plus activement. C'était comme ça à Charleston, tu t'en souviens ? Es-tu d'accord pour que j'essaie de trouver quelques sponsors supplémentaires ? Combien d'équipes envisages-tu ? Quatre ? Six ?

— Disons quatre pour le reste de la saison. Tu crois que tu n'as pas suffisamment de pain sur la planche avec le montage financier de ta radio sans te charger en plus de celui du club de sport ?

— De toute façon, je démarche déjà des annonceurs, répondit Travis en haussant les épaules. Je peux proposer le marché suivant : des spots publicitaires gratuits sur les ondes en échange du parrainage d'une équipe. Cela devrait convenir à tout le monde.

Tom ne cacha pas sa surprise.

— Finalement, tu as peut-être eu raison de te lancer dans cette aventure radiophonique. Tu as l'intelligence et l'inventivité d'un homme d'affaires.

— Merci pour ce soutien... à retardement ! répliqua Travis en riant.

— Tu sais pertinemment que je t'aurais soutenu quand même. Je pensais simplement que tu t'engageais trop loin dans un domaine dans lequel tu manquais totalement d'expérience. Et il était de mon devoir, en tant qu'aîné, de freiner tes ardeurs.

— Sais-tu en quoi je suis diplômé ? demanda Travis, un petit sourire au coin des lèvres.

— Non. En éducation physique, je suppose. N'était-ce pas ce qui était prévu quand tu t'es inscrit à l'université ?

— Désolé de te contredire, mon vieux, mais ce n'est pas en éducation physique. J'ai toujours voulu travailler dans le journalisme audiovisuel. Je me disais que si je me faisais un nom dans le base-ball, je pourrais être engagé pour commenter les matchs à la télévision quand je prendrais ma retraite. Ce que j'ai d'ailleurs fait en une ou deux occasions pour une radio, à Boston, la saison dernière, lorsqu'une foulure du poignet m'avait écarté du terrain.

— Pourquoi diable n'as-tu pas continué quand les Red Sox t'ont viré ? demanda Tom avec étonnement.

— Je l'ai envisagé un instant. Et puis j'ai réfléchi que si j'acceptais, je passerais ma vie en déplacement, et quelque part, j'aspirais à autre chose. J'adore le base-ball, mais franchement, dormir nuit après nuit dans des hôtels sans même savoir où on se trouve la moitié du temps, non merci ! Je voulais avoir un point d'ancrage, un chez-moi. A dire vrai, j'en ai été le premier surpris. Au bout d'une semaine avec vous, je me suis aperçu que j'avais trouvé l'endroit de mes rêves. Et quand, par-dessus le marché, mon projet de radio s'est mis en place, eh bien, j'ai eu l'impression que mon destin me rattrapait et qu'il ne servait à rien de lutter contre.

— Peut-être, après tout. Mais revenons à nos moutons. Tu prendras en charge les gamins les plus âgés. Tu leur fourniras un bon modèle auquel s'identifier.

— Qui les entraîne pour le moment ?

— Cal.

— Il faut qu'il continue, décréta Travis. J'aimerais m'occuper des plus jeunes, leur donner le goût du jeu en même temps que je leur inculquerai les bases. C'est ce qui manque la plupart du temps à ces gamins. Ils font du sport parce que leur père essaie de revivre des rêves d'enfance. Jamais ils ne jouent pour s'amuser.

— Décidément, tu me surprendras toujours, Travis. Personnellement, je n'ai rien contre. Je soumettrai le projet à Cal.

— Cela ne fait que trois équipes. Qui va diriger la quatrième ?

— Cal essaye de recruter Ronnie Sullivan, mais il doit avancer à pas de velours, sans le brusquer. Son commerce est en plein essor et il tient aussi à garder du temps pour donner un coup de main à Dana Sue, au Sullivan. Cal a mis au point une stratégie : pour le moment, il demande à Ronnie d'aider à l'entraînement, mais de plus en plus souvent. Il espère ainsi bientôt lui faire comprendre que dans la mesure où il passe déjà tout son temps libre au stade, il pourrait carrément gérer sa propre équipe.

— Astucieux !

— Une fois que Ronnie aura accepté, nous serons en mesure de programmer davantage de matchs. Sur l'ensemble des villes avoisinantes, il y a une demi-douzaine d'équipes dans chaque tranche d'âge.

L'image du petit garçon de Sarah s'imposa soudain à l'esprit de Travis. Certes, il avait à peine quatre ans et n'était pas encore très stable sur ses jambes, mais dans le jardin de Dana

Sue, le 4 Juillet, il avait remarqué avec quel enthousiasme l'enfant lançait des balles et faisait même tournoyer une petite batte que quelqu'un lui avait donnée.

— Et pourquoi ne pas initier les tout-petits en commençant avec du tee-ball ? suggéra-t-il. Je pourrais peut-être organiser une ou deux équipes. Nous aurions juste besoin de quelques pères pour les encadrer.

Travis vit avec surprise son cousin diriger vers lui un regard soupçonneux.

— Tu n'aurais pas une idée derrière la tête, des fois ? Rien à voir avec le fils de Sarah Price, j'espère ?

— Et quand bien même ? riposta Travis avec vivacité.

— Ne t'amuse pas avec elle, Travis. Et en tout cas, n'implique pas ses enfants dans tes petits jeux, surtout si l'idée de ne pas rester ici t'a déjà effleuré l'esprit, ne serait-ce qu'une fois.

— Voila qui est assez ironique de la part d'un homme qui, à une époque, avait projeté d'utiliser Serenity comme simple tremplin pour se propulser vers des sphères plus élevées et plus prestigieuses, répliqua Travis sans cacher son irritation. Le seul jeu qui m'intéresse est le tee-ball.

— Tu m'en vois ravi. Mais laisse-moi quand même te donner un conseil. Méfie-toi. Si tu fais souffrir cette femme, de quelque façon que ce soit, les Sweet Magnolias vont te tomber sur le râble.

— Je sais, j'ai déjà eu des démêlées avec elles.

Travis décrivit alors à son cousin les retombées du fameux baiser, et quand il eut achevé son récit de toutes les manœuvres d'intimidation des Sweet Magnolias, Tom se tordait de rire.

— Tu auras donc remarqué qu'elles forment le commando de femmes le plus loyal et le plus redoutable qui existe sur terre ! laissa échapper ce dernier entre deux rires. Si j'ai épousé l'une d'entre elles, c'est uniquement parce que le groupe avait donné sa bénédiction à l'unanimité. Encore une fois, ne te les mets pas à dos. Conseil d'ami.

Tom avait parlé d'un ton si sérieux que Travis dut lutter

pour ne pas éclater de rire à son tour, jusqu'au moment où il se remémora l'attitude protectrice de mère poule de Jeanette, l'agressivité de chien de garde d'Annie et les menaces de Helen de le poursuivre en justice pour harcèlement sexuel. L'envie de rire le quitta aussitôt. Il ferait peut-être mieux d'écouter son cousin.

Le bon côté de ce qu'il venait d'entendre de la bouche de Tom était que Sarah bénéficiait d'un soutien efficace. Or, de toute évidence, à en juger par ce qu'il avait appris sur son mariage, elle en avait besoin. Il était rassuré de savoir qu'elle pouvait compter sur ces femmes, aussi terribles soient-elles. Lui qui avait toujours été entouré de copains, que ce soit ceux avec qui il traînait ou ceux, comme Tom, auprès de qui il pouvait confier ses états d'âme, il comprenait la valeur de l'amitié.

En ce qui concernait les Sweet Magnolias, il devait simplement prendre garde à ne pas trop les prendre à rebrousse-poil.

Chapitre 12

Sarah avait désormais pris ses marques et établi une certaine routine dans son emploi du temps. Une fois qu'elle quittait l'antenne, elle déjeunait rapidement, d'un repas parfois offert par Travis et épicé de quelques remarques galantes qu'elle traitait par l'indifférence, ensuite elle s'occupait d'organiser les rendez-vous avec ses futurs invités. S'il lui restait du temps avant de rentrer chez elle, elle avait le choix entre démarcher de nouveaux sponsors, ranger le bureau, ou mettre à jour le planning géant qu'elle avait affiché sur un tableau blanc afin que chacun soit informé des démarches des autres auprès des différents acteurs extérieurs. Quelle révélation — et quelle fierté — de se découvrir de tels talents d'organisatrice, elle à qui Walter n'avait cessé de reprocher son désordre calamiteux !

Heureusement qu'elle possédait ce don, car Travis ne s'embarrassait pas de ce qu'il considérait comme des détails. Bill, lui, y prêtait davantage attention mais, habitué pendant des années à travailler en solo, il recevait rarement des invités et ne gérait qu'une poignée d'annonceurs.

Sarah avait aussi pris Travis au mot et organisait régulièrement une réunion pour que tous les trois préparent les programmes à venir et mettent leurs idées en commun. Elle avait même harcelé Travis pour qu'il achète un meuble réservé aux dossiers de leurs annonceurs.

Elle était justement en train de classer des documents que Travis, selon son habitude, avait fourrés pêle-mêle dans un tiroir, quand il s'approcha d'elle par-derrière. Nul besoin pour lui de s'annoncer ; à la seconde même où il franchissait le seuil d'une pièce, elle sentait sa présence dans tout son corps. Le léger parfum d'agrume de sa lotion après-rasage opérait comme un aphrodisiaque, et elle devait lutter de toutes ses forces pour résister à la tentation d'enfouir son visage dans son cou.

— Tu veux quelque chose ? demanda-t-elle sans se retourner.

— Juste te parler. Prenons une pause et allons boire un café.

— Je n'ai pas le temps.

C'était devenu une seconde nature chez elle de repousser ses demandes les plus anodines ; cela lui permettait de refuser plus facilement les propositions plus équivoques.

— Il ne me semble pas t'avoir demandé si tu avais le temps, laissa-t-il sèchement tomber.

Surprise, elle pivota sur elle-même, les sourcils froncés.

— *M'ordonnez-vous* de prendre une pause, monsieur McDonald ?

— Parfaitement, répliqua-t-il sur le même ton de défi. Et une pause *avec moi*.

Bien qu'il ait rarement usé de l'autorité que lui conférait sa position de patron, Sarah maîtrisait difficilement son exaspération lorsque cela se produisait. La plupart du temps, elle avait l'impression qu'ils étaient deux collaborateurs qui travaillaient ensemble à la réussite de la station. Autant elle s'efforçait de demeurer insensible aux flatteries dont il l'abreuvait, autant elle appréciait le respect avec lequel il l'écoutait.

Elle aurait pu continuer à discuter, mais l'expérience lui avait appris que mieux valait ne pas contrarier Travis lorsqu'il était de cette humeur-là. Elle surmonta donc son irritation et répondit avec indifférence :

— Très bien. C'est toi le patron.

— Le Wharton, ça te va ?

— Si c'est là que tu veux aller…, lâcha-t-elle sans amabilité, s'attirant un regard noir.

— Comptes-tu être désagréable encore longtemps ? lança-t-il sur le même ton.

— Oui.

— Génial !

Ils traversèrent la place en silence, Travis quelques pas devant elle, tel un seigneur humblement suivi par son laquais. Bien vite cependant, plutôt que de se ridiculiser à trottiner derrière lui, elle décida de marcher à son rythme à elle, sans se presser. Elle se serait même arrêtée pour cueillir des fleurs, si cela n'avait pas été interdit !

Il patienta devant le Wharton le temps qu'elle le rejoigne, puis alla s'asseoir à la table la plus proche. Elle se glissa sur la banquette en face de lui, et croisa sagement ses mains devant elle sans rien dire.

— J'ai comme l'impression que tu cherches à tout prix à m'embêter, dit-il. On dirait une collégienne convoquée chez le principal et qui a peur de se faire gronder.

— Ah bon ? Je croyais me comporter comme une employée modèle qui attend, le petit doigt sur la couture de sa jupe, les ordres venus d'en haut.

Le visage de Travis s'assombrit encore.

— Qu'est-ce qui te prend ?

Elle inspira profondément, s'armant de courage, et le regarda bien en face.

— Je n'aime pas ton attitude, dit-elle le plus calmement possible.

— Depuis quand ?

— Depuis que tu passes tes nerfs sur moi en me traitant comme une subalterne à qui tu dictes tes quatre volontés.

— Je suis désolé, mais je dois reconnaître que je ne saisis pas bien. Comment suis-je censé te traiter ?

— Pas de cette façon.

— Et pas non plus comme une femme qui m'attire.

— Effectivement.

En fait, elle comprenait assez bien son désarroi. Elle-même ne savait pas toujours où elle en était.

— Et pourquoi pas comme une amie ? finit-elle par proposer, non sans une certaine mélancolie. Ne pourrions-nous pas nous conduire comme des amis et des collègues qui se respectent ?

— Plutôt que de me comporter au gré de mon humeur tantôt comme avec une employée, tantôt comme avec une femme que je trouve séduisante ?

— Oui, ce serait déjà un progrès, répondit-elle en esquissant un petit sourire.

— D'accord, j'essaierai, promit-il sans grand enthousiasme. Je dois avouer que je n'ai guère l'habitude de toutes ces subtilités. Jusqu'à présent, tout s'est toujours présenté de façon très simple avec la gent féminine. Je suis sorti avec un tas de femmes qui ne demandaient qu'à coucher avec moi. Les choses étaient donc claires dès le départ.

— Aucune d'elles n'a été ton amie ?

— Non.

— C'est triste.

— Probablement, admit-il dans un haussement d'épaules. Mais jusque-là, je m'accommodais parfaitement de cette situation.

— Peut-être devrions-nous tous les deux nous montrer davantage vigilants lorsque les frontières se brouillent et que nous perdons de vue nos rôles respectifs, suggéra-t-elle.

— Une autre solution consisterait à passer la nuit ensemble pour nous débarrasser de ce problème.

Sarah ne put s'empêcher de rire devant la mine exagérément suppliante de Travis.

— Ce point n'est pas à l'ordre du jour, répliqua-t-elle, en s'efforçant de chasser de son esprit quelques images qui, elles non plus, n'étaient pas à l'ordre du jour.

— Tu es coriace, marmonna-t-il.

Elle ressentit aussitôt une étrange fierté. Il la trouvait coriace ? C'était là un qualificatif dont jamais personne ne l'avait gratifiée, elle que l'on prenait au contraire pour une bonne pâte malléable à souhait, pour ne pas dire une pauvre femme sans caractère.

— Merci, répondit-elle. Alors, quel est le sujet de cette réunion urgente ?

Il lui lança un regard interdit.

— Je n'en ai pas la moindre idée.

— Tu n'en as pas la moindre idée ? répéta-t-elle lentement, n'en croyant pas ses oreilles.

— Eh bien… Je voulais simplement passer quelques minutes seul avec toi et puis, Dieu sait comment, nous nous sommes trouvés en plein psychodrame, dit-il d'un air penaud. Excuse-moi. Si tu dois rentrer chez toi, vas-y.

Elle aurait probablement dû suivre ce conseil… Mais rien ne pressait.

— Tu plaisantes, je suppose ? protesta-t-elle. Après une séance comme celle-là, tu me dois au moins un burger et des frites. Et je ne refuserais pas un milk-shake au chocolat.

Travis lui jeta un coup d'œil surpris et se hâta d'appeler la serveuse pour passer la commande. Sans doute craignait-il qu'elle ne change brusquement d'avis.

— Tout va comme tu veux, à présent ? demanda-t-il.

— Oui, tout va bien.

Si bien même, qu'il n'aurait pas fallu la pousser beaucoup pour qu'elle l'invite dans son lit…

Travis n'avait pas rendu visite à ses parents à Charleston depuis son renvoi de chez les Red Sox, malgré le harcèlement téléphonique de sa mère. Ces derniers jours cependant, les appels étaient devenus si insistants qu'il avait finalement cédé à ses prières et accepté d'aller déjeuner avec elle le dimanche suivant. De toute évidence, il se passait quelque chose d'important.

Pouvant difficilement négliger son père, il l'appela pour lui proposer de dîner avec lui.

« Un joyeux dimanche en perspective ! » pensait-il tandis qu'il traversait la Caroline au volant de sa voiture de sport.

Après son divorce, sa mère avait emménagé dans un appartement. Contrainte de vivre pendant des années dans une grande demeure qu'elle abhorrait, au milieu des meubles et objets précieux que se transmettait de génération en génération la famille McDonald, elle avait opté ici pour une décoration simple et moderne, trop impersonnelle au goût de Travis, mais qui correspondait bien à sa mère. Loin des volumineuses compositions florales qu'il avait toujours vues dans la maison familiale, un seul oiseau du paradis disposé artistiquement dans un vase en cristal et quelques tulipes aux couleurs soigneusement harmonisées soulignaient ici la pureté du décor.

— Nous allons tout de suite passer à table, lui annonça sa mère en le conduisant dans la salle à manger où le couvert avait été mis pour deux. Je ne voudrais surtout pas te retarder. Je sais que tu dois dîner tôt avec ton père.

— Excuse-moi, maman. Je n'ai vraiment pas pu me libérer plus d'un jour. La radio me prend beaucoup de temps, même quand je ne suis pas à l'antenne.

— Il faut que tu me racontes, dit-elle, davantage par politesse que par intérêt.

Travis observa sa mère qui passait nerveusement sa main sur la nappe pour en ôter un pli invisible. Elle semblait distraite, troublée même.

— Qu'est-ce que tu veux me dire, maman ? Commençons par régler cette question. Comme ça, après, tu seras peut-être en mesure d'apprécier ton repas et de m'écouter.

Bien qu'un peu gênée, elle ne nia pas qu'elle avait la tête ailleurs.

— Il y a effectivement quelque chose que tu dois savoir, mon chéri.

Elle avait parlé d'une voix tellement sinistre que Travis sentit sa gorge se serrer d'angoisse. Allait-elle lui annoncer qu'elle souffrait d'une maladie grave ? Ou bien qu'elle allait mourir ? Oh, mon Dieu ! Son manque d'assiduité auprès de sa mère ne l'empêchait pas de l'aimer sincèrement.

— Ça va, maman ?

— Moi ? demanda-t-elle visiblement surprise par la question. Très bien, oui. C'est ton père.

Son père lui avait pourtant paru particulièrement en forme au téléphone...

— Il n'est pas malade, j'espère ?

— Non, à moins que tu ne considères la folie comme une maladie, répondit-elle d'un ton acerbe. Il ne faut pas que tu arrives la bouche en cœur ce soir.

— Pourquoi ? Sa perruque ne lui plaît pas ? lança Travis en riant.

Aussi loin qu'il s'en souvienne, son père avait affiché sans complexe une calvitie étendue, bien avant que la mode des crânes rasés n'ait été lancée.

— C'est pire. Il s'est fiancé.

La nouvelle ne perturba pas Travis outre mesure. Moins en tout cas que la façon dont sa mère y réagissait.

— Et, si je ne me trompe pas, tu n'approuves pas, avança-t-il avec prudence.

— Non. D'ailleurs cela choque tout le monde.

— Pourquoi ?

— Parce qu'il est fiancé à la fille de Mimsy Phelp.

— La fille de... ? Trina ? C'est Trina, la fiancée de papa ? Mais elle a mon âge !

— Un an de moins que toi, pour être exacte. Ce soir, tu vas vraisemblablement dîner avec la future mariée et devoir donner ta bénédiction au couple.

— Bon sang..., murmura Travis, que cette nouvelle dérangeait quand même un peu. Papa sait-il que je suis sorti avec Trina autrefois ?

— Peut-être cela lui a-t-il échappé, mais j'en doute. Il joue les rebelles, en ce moment.

— Le démon de midi ?

Mais son père n'avait pas attendu la maturité pour offusquer son entourage par ses frasques amoureuses. Il avait toujours dépassé les bornes dans ce domaine. Plus il scandalisait, plus il exultait. Le mariage ne l'avait jamais arrêté, et le divorce lui avait définitivement laissé la voie libre pour courir ouvertement le jupon.

— Tu dois le dissuader d'épouser cette… cette gamine, Travis.

— Moi ? Quand papa m'a-t-il un jour écouté ? Et comment veux-tu que j'en discute avec lui s'il vient avec Trina ce soir ?

— Je suis sûre que tu réussiras à lui ouvrir les yeux sur l'absurdité de sa décision, même en présence de cette fille. D'ailleurs, elle aussi tu peux essayer de la raisonner en faisant appel à sa sensibilité. En fait, pourquoi ne la séduirais-tu pas, toi ? Tu la trouvais plutôt à ton goût, à une époque.

— Maman ! Voyons !

— Ecoute, il faut tenter quelque chose et je suis à court d'idées. Ton père refuse absolument de m'écouter.

— Franchement, maman, depuis le temps que vous êtes divorcés tous les deux, tu n'as plus à te préoccuper de lui.

— En théorie, tu as raison. Malheureusement, j'ai toujours eu un faible pour lui, et cela me chagrine de le voir se ridiculiser de la sorte. Toute la ville parle de cette affaire. Si seulement c'était un caprice sans lendemain, passe encore ! Mais il veut se marier ! C'est insensé !

En dépit du développement que Charleston avait connu ces dernières années, il y régnait toujours l'état d'esprit d'une petite ville provinciale. Les McDonald occupaient une place en vue dans la haute société locale et, divorce ou non, Travis se rendait compte que les extravagances de son père risquaient, sinon de nuire à l'image de sa mère, du moins de la mettre dans une position embarrassante.

— Je ferai de mon mieux, maman, mais n'espère pas de miracles. Tu sais pertinemment que papa n'en fait qu'à sa tête depuis belle lurette.

— S'il n'y prend garde, cette fille va le dépouiller, jusqu'au dernier cent. Pour quelle autre raison que l'argent l'épouserait-elle ?

— Pour la même que toi autrefois, peut-être ? suggéra-t-il prudemment. Qui te dit qu'elle ne l'aime pas pour de bon ?

— Balivernes !

— Je n'arrive pas à croire qu'elle agisse par intérêt, insista-t-il néanmoins. Ils roulent sur l'or dans sa famille, non ?

— Pas depuis la crise. Ils ont failli être complètement ruinés. D'après ce qui se raconte au club, le courtier de Mimsy a procédé à de très mauvais investissements et s'est enfui. Personne ne l'a revu. Ils ne sont vraisemblablement pas sur la paille, mais ils doivent davantage compter à présent.

— Ce qui n'est pas le cas de papa ?

Travis ignorait tout de la situation financière de son père. Il avait toujours eu tendance à croire que l'argent tombait du ciel.

— Non, malgré la vie de débauché qu'il mène. Mais il a un don pour la finance, et il ne se laissera jamais entraîner à de mauvais placements.

Travis commençait à mieux cerner le véritable motif de l'inquiétude de sa mère. Mais existait-il une solution ? A sa connaissance, non.

— Tu sais, maman, il risque de très mal prendre que nous nous immiscions dans sa vie.

— Je m'en moque comme de l'an 40 ! rétorqua-t-elle avec vivacité. Règle le problème, Travis. C'est indispensable. Sinon, je serai obligée de raser les murs jusqu'à la fin de mes jours.

Travis s'efforça de ne rien laisser paraître de la pitié que sa mère lui inspirait, car il respectait l'amour qu'elle continuait de porter à son mari, comme au premier jour, en dépit de toutes les humiliations qu'il lui avait infligées, de toutes leurs violentes disputes et des années de divorce. Il se demanda même si, tout au fond d'elle-même, elle n'avait pas toujours gardé l'espoir qu'il finirait par se lasser de courir après toutes les jolies femmes qui croisaient son chemin, et qu'il lui reviendrait.

Il lui pressa doucement la main en lui promettant de faire le maximum. Puis il lui proposa de passer à table et, au fil du repas, il lui raconta son aventure radiophonique, chanta les louanges de Bill, et passa rapidement sur Sarah. Pourtant, à la seconde où il prononça son nom, sa mère le dévisagea avec un regard perçant.

— Elle te plaît, n'est-ce pas ?

— Pourquoi dis-tu ça ? C'est à peine si je l'ai mentionnée.

— Justement ! répliqua-t-elle avec un sourire. C'est ce qui t'a trahi. Vous sortez ensemble ?

— Non. Elle ne veut pas.

Il frémit au son de sa propre voix, qui laissait transparaître son dépit et en disait bien trop long sur ses sentiments.

— Elle joue finement. C'est la meilleure façon d'intéresser un homme.

— Il ne s'agit ni d'un jeu ni d'une tactique, maman. Nous ne sommes pas faits l'un pour l'autre, c'est tout. Je ressemble trop à papa.

— Balivernes ! s'écria sa mère pour la seconde fois en quelques minutes. Tu n'as rien de commun avec ton père sur ce plan-là. Il ne sait pas résister à la tentation. Toi, si.

— Tu te trompes. Je suis sorti avec toutes les filles possibles et imaginables quand je jouais au base-ball.

— Sans jamais rien promettre à aucune d'entre elles, je suppose. Tu as été honnête.

— Oui, évidemment.

— Ce seul fait te distingue de ton père. Lui n'a jamais été honnête. Il n'aurait pas dû m'épouser.

— Pourquoi ?

— Il n'était pas prêt à se ranger.

— Il n'empêche qu'il t'a choisie.

— Uniquement parce que j'étais enceinte de toi, mon chéri.

Croyait-elle lui apprendre quelque chose ? Il l'avait deviné depuis longtemps.

— J'aurais dû avoir le bon sens de refuser, poursuivit-elle, mais j'ai manqué de courage. La perspective d'être mère célibataire m'effrayait. En outre, je savais qu'il m'aimait bien et je pensais être capable de transformer son affection en amour. Les femmes sont vraiment sottes dans ce domaine, tu sais. Nous croyons détenir le pouvoir de façonner les hommes selon nos désirs.

— Pas Sarah. Elle ne cherche pas du tout à me changer. Cela ne l'intéresse pas le moins du monde.

Etait-ce la raison pour laquelle elle le fascinait tant ? s'interrogea-t-il soudain. A la différence de la majorité des femmes qu'il avait connues jusque-là, elle semblait incapable de ruse pour le forcer à faire ce qu'il ne voulait pas.

— Peut-être parce qu'elle est la première à voir qui tu es vraiment, sans s'arrêter à l'image de don Juan que tu cultives avec tant de soin.

— A moins au contraire qu'elle ne voie de moi que cette image-là et que cela la fait fuir. Peu importe de toute façon, puisqu'il n'y a rien entre nous.

Mais, alors même qu'il disait cela, tentant de s'en persuader, il sentit un trouble étrange l'envahir. Aurait-il trouvé la pièce manquante du tableau idéal qu'il avait dressé à Tom : une nouvelle carrière, une communauté accueillante, un chez-lui et la femme avec qui partager sa vie ?

Voilà une question qui méritait vraiment réflexion.

Cependant, une autre tâche l'attendait pour l'heure : étudier un moyen d'éviter que son père ne se fourvoie dans une aventure désastreuse.

***

Le rendez-vous de Travis avec son père et Trina se déroula à Charleston, dans un petit restaurant de poissons sans prétention situé en bord de mer, connu des seuls habitants et préservé des touristes. L'établissement ne payait pas de mine, mais grâce à son chef, la qualité de sa carte dépassait celle de tous ses rivaux, pour des prix défiant toute concurrence, eux aussi. Une contradiction qui ravissait Greg McDonald.

Ce dernier se leva dès qu'il l'aperçut et le salua d'une vigoureuse tape dans le dos.

— Ça va, mon grand ?

— Oui. Et toi ? Tu as l'air en forme, dis-moi.

Son père lui répondit d'un sourire. Elégant, de haute stature, il arborait un bronzage de golfeur qui rehaussait le bleu de ses yeux, et la forme classique de son visage s'accommodait parfaitement de son crâne chauve.

Après avoir salué son père, Travis se tourna vers Trina qui semblait appréhender ces retrouvailles.

Travis avait réfléchi au problème du mariage de son père, mais il voulait jauger la situation avant de tenter quoi que ce soit. Dans un premier temps, il devait mettre Trina à l'aise.

— J'ai l'impression que tu réussis à mon père, dit-il.

— Je l'espère, admit-elle, visiblement soulagée par cet accueil. Comment vas-tu ? Cela fait longtemps que nous ne nous sommes pas vus.

— Depuis ma deuxième année de fac, si je ne m'abuse. Toi, tu étais en première année.

C'était délibérément qu'il avait mentionné ce dernier point, et la gêne de son père lui apprit qu'il avait visé juste. Le rappel à l'ordre qui suivit le conforta dans son appréciation :

— Travis, je t'en prie !

— J'ai fait une gaffe ? demanda-t-il innocemment.

— Je vois que ta mère t'a mis au courant. Pourtant, je lui avais demandé de m'en laisser le soin. Eh bien oui, Trina et moi allons nous marier. J'espère que tu es heureux pour nous.

— Ce n'est pas à moi qu'il faut souhaiter d'être heureux, papa.

— Tu es sincère ?

— Ecoute, je mentirais en prétendant ne pas être surpris mais, à part ça, je n'ai pas vraiment mon mot à dire dans cette histoire. Si c'est vraiment ce que tu désires, papa, tous mes vœux t'accompagnent. Toi aussi, Trina.

— Merci, répondit cette dernière prenant visiblement sa bénédiction pour argent comptant.

Mais son père se montra moins naïf.

— Je parie que cette belle déclaration cache quelque chose, Travis.

— Mais non ! Tu es quelqu'un de suffisamment avisé pour avoir examiné les aspects juridiques du projet. Je n'ai aucun doute à ce sujet.

— Comment ça, les aspects juridiques ? demanda Trina, dont l'expression s'était figée.

— Le contrat de mariage, ce genre de choses. Je suis sûr que tu y tiens aussi, Trina. Tu ne voudrais pas que mon père détourne à son profit la fortune de ta famille, et vice versa ? Si vous vous aimez, tous les deux, il est normal de ne pas mêler l'argent à votre histoire. N'est-ce pas ?

— En fait, nous ne souhaitons pas débuter notre mariage avec un bout de papier qui suggérerait que nous envisageons déjà sa fin, répondit Trina.

— Vraiment ? feignit de s'étonner Travis. Je me rends bien compte que cela enlève un peu de romantisme à votre histoire d'amour, mais dans les sphères dans lesquelles vous évoluez, il est de règle de garder les pieds sur terre et d'agir de manière responsable, tu ne crois pas, papa ?

Ce dernier semblait déconcerté, nota Travis. Mais était-ce par la suggestion qu'il venait de faire ou par le trouble qu'il observait à présent chez Trina ? Difficile à dire.

— Pourrait-on cesser de parler d'argent et profiter de la soirée ? dit-il simplement, en serrant affectueusement la main de Trina. Nous avons tout le temps de nous préoccuper de cette question, n'est-ce pas Travis ?

Travis décida de ne pas insister. Le message avait été reçu, il en était certain.

— Entendu. A quand est fixée la cérémonie ? demanda-t-il.

— J'aimerais me marier le plus rapidement possible, répliqua vivement Trina.

Travis décela dans sa voix une urgence déplaisante qu'il se força à interpréter comme une simple impatience légitime.

— A l'automne peut-être, dit son père. Ou après le premier janvier. Je veux offrir à Trina le mariage de ses rêves. Et il faut du temps pour le préparer.

— Je n'arrête pas de lui dire qu'il est tout ce dont je rêve, mais il ne me croit pas, déclara Trina en embrassant Greg sur la joue.

— Moi, je te crois, répondit Travis sans s'expliquer davantage.

Son père était en effet pour elle un homme parfait pour ses projets peu orthodoxes — si projets il y avait —, et il aurait mis sa tête à couper qu'elle lui arracherait avant la fin de la nuit la promesse d'un mariage en toute hâte ; à Las Vegas, pourquoi pas ? Les Phelp devaient traverser une période critique et l'avaient chargée de les sauver. Sur ce point, aucun doute ne subsistait. Pour Travis en tout cas. Dommage qu'il ne puisse prendre son père à part pour avoir une conversation à cœur ouvert avec lui. Comment son père pouvait-il s'aveugler à ce point sur ce qui se tramait ?

Pressé de quitter le couple et son bonheur béat, il avala son repas en toute hâte et prit congé à peine son café bu.

— J'ai de la route à faire, se justifia-t-il. Je t'appelle demain, papa.

— Entendu, mon grand, répondit distraitement son père, bien davantage absorbé par Trina dont la main s'était égarée sous la table.

A présent, Travis comprenait pleinement l'inquiétude

de sa mère. Jusque-là, quelle qu'ait été la vie d'insouciance libertine qu'il avait menée, Greg McDonald avait toujours gardé suffisamment de lucidité pour ne tomber dans aucun traquenard. Aujourd'hui, Travis doutait quelque peu de la lucidité de son père.

Chapitre 13

En fin d'après-midi, le dimanche, Sarah installa ses enfants à l'arrière de sa Coccinelle pour se rendre au barbecue organisé par Tom et Jeanette. La perspective ne l'enchantait guère, tant elle était persuadée que cette invitation était liée à la présence de Travis. Elle avait eu beau répéter un nombre incalculable de fois qu'il ne l'intéressait pas, Jeanette continuait à comploter pour les jeter dans les bras l'un de l'autre.

Mais peut-être prêtait-elle à Jeanette de mauvaises intentions ?

La cour à l'arrière de la maison de Tom et Jeanette ayant été transformée en un superbe jardin paysager, les hommes et les enfants avaient été expédiés sur la pelouse de devant où ils ne risqueraient pas de causer de dégâts en jouant. Tommy et Libby furent accueillis à bras ouverts et immédiatement intégrés dans la partie improvisée de tee-ball à laquelle participaient les jumeaux de Maddie et Cal, la fille de Helen et Erik, et Trevor le fils de Ty ; Tommy et Libby ne manqueraient donc pas de compagnons de jeu !

— Ne t'inquiète pas, Sarah, nous gérons, lui assura Tom. Va rejoindre tes copines. Elles sont dans la cuisine ou dans le jardin.

Tout en écoutant Tom, Sarah cherchait Travis des yeux. Personne. En revanche, elle eut la surprise de découvrir Walter, qui la salua de loin.

— J'ai deux questions, dit-elle à Annie en l'entraînant à l'écart dès qu'elle pénétra dans la cuisine.

— Je crois en deviner une. Walter est invité parce que

mon père et lui se sont pris d'amitié. Ne me demande pas pourquoi.

Jeanette, qui avait surpris leur conversation, interpella Sarah avec un clin d'œil :

— Je parie que ta deuxième question concerne l'absence de Travis.

— Je n'ai même pas prononcé son nom, protesta Sarah en rougissant.

— Ah ! Pardon ! fit mine de s'excuser Jeanette. Que voulais-tu savoir, alors ?

En guise de réponse, Sarah montra la salade qu'elle avait apportée.

— Où veux-tu que je la pose ?

— Sur la table, dans le jardin. Bien que cela ne t'intéresse pas, sache que Travis est à Charleston. Il fera son possible pour arriver avant le dessert. Mais, de toute façon, il connaît déjà la grande nouvelle.

Ainsi, ce barbecue cachait autre chose qu'une simple réunion entre amis, conclut Sarah dont la déception causée par l'absence de Travis fut du coup quelque peu atténuée.

— Parce qu'il y a une grande nouvelle ? s'écria Annie dont les yeux se mirent à briller de curiosité.

— Oui. Mais elle ne sera dévoilée que plus tard dans la soirée, rétorqua Jeanette. Ce repas m'a demandé trop de travail pour que quoi que ce soit lui vole la vedette.

— Oui, je vois que tu as sacrément trimé, ironisa Sarah en apercevant une assiette où était empilés des burgers prêts à passer sur le gril, indubitablement l'œuvre de Tom.

Aussitôt, Annie surenchérit :

— Sarah a apporté la salade, moi les épis de maïs, ma mère, les amuse-gueules, Helen et Erik, le dessert. Bref, qu'as-tu fait toi, exactement, Jeanette ? Tu as ouvert les sachets de petits pains ?

— Ah ! Ah ! Très drôle ! J'ai épluché et émincé des tonnes de légumes que j'ai enveloppés dans du papier d'aluminium pour en faire des papillotes qui sont en ce moment même en train de cuire sur le gril. J'ai aussi vidé des dizaines de paquets de chips dans des bols. Fastidieux et pénible, je vous assure.

— Mon pauvre chou, feignit de s'apitoyer Annie en entourant de son bras les épaules de Jeanette. Nous te plaignons beaucoup. Tu as certainement besoin d'une margarita pour te remonter.

Jeanette secoua la tête tandis que ses joues rosissaient.

— Pas de margarita ? s'étonna Annie en lui jetant un regard étonné. Mais dis-moi…

— Tu es enceinte ! compléta aussitôt Sarah.

C'était la seule raison qui pouvait empêcher une Sweet Magnolia de prendre un verre de leur boisson fétiche.

— Je ne dirai rien, même sous la torture, répondit Jeanette dont les joues avaient viré à l'écarlate.

Mais alors même qu'elle essayait de conserver le secret, la main protectrice qu'elle posa inconsciemment sur son ventre la trahit.

— Donnons tout de suite le signal du début de la soirée ! proposa Annie. Je vais mettre le reste de ces plats sur la table. Sarah, tu peux appeler les hommes et les enfants, s'il te plaît ?

Au moment où tout le monde se rassemblait dans le jardin, Ty arriva. Après avoir fait claquer une bise sonore sur la joue de son fils Trevor, il entraîna Annie à l'écart pour des retrouvailles plus… privées. Quand tous deux réapparurent enfin, Annie avait le feu aux joues. Un feu qui se transforma en incendie quand leurs amis saluèrent leur retour avec force applaudissements et quolibets.

— Dites ! Les occasions de voir mon mari ne sont pas si fréquentes ! protesta-t-elle en passant d'un geste possessif son bras sous celui de Ty. Alors je veux profiter de chaque minute avec lui, que cela vous plaise ou non.

Une heure plus tard, alors que le jardin baignait dans la lumière dorée du soleil couchant, Tom se leva et attira Jeanette près de lui.

— Nous avons une annonce importante à vous faire ! lança-t-il en posant un regard énamouré sur sa femme. Nous allons avoir un bébé.

C'est ce moment précis que Travis choisit pour faire son entrée. Il prit une bière dans la glacière et se glissa sur la chaise à côté de Sarah. Quelle expression étrange sur son visage, s'étonna-t-elle quand elle tourna la tête vers lui. D'autant plus étrange qu'elle persista quand il se joignit au toast proposé par Cal Maddox avec un enthousiasme bien léger.

— La nouvelle ne semble pas te réjouir, lui fit-elle remarquer, intriguée par son apparente indifférence.

— Si, bien sûr que si, protesta-t-il. Je sais que Tom est aux anges, et je suis sincèrement heureux pour eux.

— On ne le dirait pas. Qu'est-ce qui t'arrive ?

— Rien qui vaille la peine d'en parler.

— Allez, Travis ! Ne fais pas cette tête d'enterrement, tu vas leur gâcher la fête !

— Tu exagères ! Je suis venu. J'ai trinqué. Que suis-je censé faire de plus ? Me mettre à danser ?

— Ma parole, tu es vraiment en colère ! Pourquoi donc ?

— Parce que tu fais toute une histoire pour rien. J'ai quand même le droit de ne pas être d'une humeur exubérante. J'ai passé une sale journée, figure-toi. Les visites chez mes parents ne sont jamais une partie de plaisir. Le fait de les voir me rappelle systématiquement les raisons pour lesquelles j'ai décidé de rester célibataire. Ces derniers temps, j'avais fini par oublier à quel sac de nœuds les relations amoureuses pouvaient aboutir.

Cette déclaration toucha Sarah au vif. Non pas qu'elle se soit projetée assez loin dans le futur pour imaginer un avenir avec Travis, pas sérieusement en tout cas, mais inconsciemment cependant, cet espoir semblait avoir existé, et d'un seul coup, Travis venait de le briser. S'il abandonnait réellement l'idée de se ranger un jour, comment allait-elle composer avec les sentiments qu'il avait éveillés en elle et qu'elle n'avait pas encore osé se formuler ? Une question qui la démoralisait davantage qu'elle ne voulait l'admettre…

— S'est-il produit quelque chose de particulier, aujourd'hui ? demanda-t-elle, voulant connaître le fin mot de l'histoire.

— J'ai passé l'après-midi à essayer de calmer ma mère. Elle est aux cent coups parce que mon père s'est mis en tête d'épouser une fille de mon âge, avec qui je suis sorti à la fac. Cela te suffit-il comme explication ?

— D'accord, je comprends que cela a dû être un choc, répondit-elle, quelque peu déstabilisée par l'agressivité inhabituelle de Travis. Cette femme te plaît-elle encore ?

Cette pensée sembla littéralement l'horrifier.

— Non ! Pas du tout ! Le problème n'est absolument pas là !

— Alors où est-il ? As-tu peur de ne pas t'entendre avec ta *belle-maman* ? demanda-t-elle, instillant volontairement une note taquine dans sa voix.

Elle vit alors avec soulagement les lèvres de Travis frémir d'amusement.

— Je n'avais pas envisagé la situation sous cet angle, répondit-il. Les choses se passaient plutôt bien entre nous, à l'époque.

— Je n'en doute pas, rétorqua Sarah d'un air pincé. Ecoute, Travis, ce que fait ton père ne te regarde plus.

— Je sais, mais ma mère est très affectée, et elle attend de moi que j'essaie de faire entendre raison à mon père.

— Comment ?

— J'ai déjà planté quelques banderilles. J'ai souligné l'importance d'établir un contrat de mariage. Une suggestion qui a sérieusement refroidi l'enthousiasme de la future mariée, tu peux me croire.

— Tu penses qu'elle en veut à la fortune de ton père ?

— C'est l'impression que j'ai, oui.

— Ton père n'est-il pas assez grand pour veiller à ses intérêts ?

— Jusqu'à présent je le croyais. Mais après l'avoir vu tout à l'heure, je n'en suis plus tout aussi sûr. Avec un peu d'habileté, une femme peut rouler dans la farine n'importe quel homme.

— Axiome d'un inconditionnel du célibat, c'est ça?

— Simple constatation, basée sur les faits.

— Sur les faits tels que tu les as observés, toi, sûrement. Je ne pense cependant pas beaucoup m'avancer en soutenant qu'il existe dans le monde beaucoup de relations dont tu ignores tout. Et sans aller à l'autre bout de la terre, dans ma propre histoire avec Walter, qui s'est fait rouler dans la farine, à ton avis? Lui ou moi?

Travis, désarçonné par la question, porta le regard sur Walter qui, en ce moment même, demeurait obstinément sourd aux supplications de Libby qui réclamait qu'il la prenne dans ses bras.

— Quelque chose me conseille de m'abstenir de répondre, laissa-t-il tomber d'un ton maussade.

— Très bien. Je vais m'en charger, dans ce cas. L'idiote, c'était moi, de lui avoir pendant si longtemps permis de me rabaisser impunément.

— Et même à présent que tu as ouvert les yeux, tu continues à le laisser faire sans rien dire. J'en ai été témoin personnellement, ajouta-t-il, coupant court aux protestations qu'elle s'apprêtait à émettre.

— Tu ne nous as pratiquement jamais vus ensemble! dit-elle alors qu'elle reconnaissait intérieurement la vérité de ses propos.

— Ne t'est-il jamais arrivé de remettre en question une décision parfaitement justifiée que tu venais de prendre?

— C'est possible, reconnut-elle.

— Eh bien chaque fois que je t'ai interrogée pour comprendre la raison de ton revirement, il s'est avéré que tes doutes étaient nés d'une conversation avec Walter.

— C'est faux. Il est beaucoup plus gentil, maintenant.

— Peut-être, mais pas toujours. Veux-tu que nous lui demandions de venir bavarder avec nous? Nous chronométrerons le temps qui s'écoule avant qu'il ne commence à te dénigrer.

Sarah soupira. Difficile de contester cette analyse. Oui, encore aujourd'hui, Walter réussissait à lui faire perdre ses moyens.

— Ce n'est pas la peine, répondit-elle. Mais je t'assure que je m'efforce de résister.

— S'il n'y avait pas les enfants et s'il ne tenait qu'à moi, il ne resterait pas longtemps en ville, crois-moi. Sa présence t'est néfaste. Cela me rend fou de voir comment il parvient encore à te paniquer.

— Pourquoi ?

— Parce que tu es quelqu'un de bien, bourré de talents. Tout le monde en a conscience, sauf toi. Je ne sais pas comment te redonner confiance. Peut-être faut-il que tu dises toi-même à ton ex de partir ou, au moins, de changer d'attitude et de te témoigner du respect ?

— Je t'assure qu'il fait des efforts, Travis. La plupart du temps, tout va bien entre nous, et quand il dérape de nouveau, je lui tiens tête. A présent, pouvons-nous parler d'autre chose, s'il te plaît ?

— Pourquoi ? Parce que tu voudrais revivre avec lui ?

— Non, répondit-elle avec fermeté. Ce serait quasiment suicidaire. Mais comme tu l'as toi-même souligné, il y a Tommy et Libby à prendre en compte. Pour eux, je dois trouver un moyen de ne pas couper les ponts avec lui. Ils adorent leur père.

— Et vice versa, lança Travis, moqueur, avec un mouvement du menton dans la direction de Walter et de ses enfants.

Libby s'acharnait toujours à vouloir grimper sur les genoux de son père qui, exaspéré, la repoussait systématiquement.

N'y tenant plus, Travis se leva et traversa la pelouse à grandes enjambées vers la fillette qu'il souleva de terre et installa sur ses épaules. Libby, ravie, se mit à rire aux éclats et à lui tirer les cheveux, tandis qu'il regagnait sa chaise à côté de Sarah. Walter n'avait pas protesté. Pourtant, à en juger par son expression hargneuse, il était clair qu'il avait compris le reproche muet de Travis.

— Donne-la-moi, si tu veux, proposa Sarah.

— Certainement pas, répliqua Travis en asseyant Libby sur ses genoux. Cette petite est entre mes mains et je vais la chatouiller jusqu'à ce qu'elle demande grâce.

Les hurlements de rire de la fillette résonnèrent dans tout le jardin, attirant à Travis un nouveau regard noir de Walter.

— Tu le provoques exprès, lui fit remarquer Sarah.

— Non, je fais ce qu'il aurait dû faire, *lui*, rétorqua Travis. Je consacre un peu de temps à sa fille. Je ne supportais plus de le voir l'ignorer comme ça.

Derrière son ton détaché, Sarah décela une violence qui la surprit. Heureusement qu'elle ne l'avait jamais véritablement contrarié ! Sous son apparence décontractée et conciliante, il ferait un ennemi redoutable.

Depuis une semaine maintenant, Mary Vaughn savait avec certitude qu'elle était enceinte mais n'avait toujours pas surmonté le choc. Les trois tests de grossesse que Rory Sue lui avait achetés avaient confirmé son état, et son médecin avait confirmé la nouvelle, ce qui excluait absolument la possibilité d'être tombée sur trois tests défectueux. Dans sept mois environ, elle aurait un bébé !

Restait maintenant à l'annoncer à Sonny. Elle ne pouvait plus reculer davantage. Aussi avait-elle décidé de l'inviter à dîner au Sullivan le soir même. Au moins y aurait-il du monde pour le réanimer s'il s'évanouissait !

Elle avait passé toute sa journée du lundi à osciller entre hébétude et nervosité. Même ses clients lui avaient fait remarquer qu'elle ne paraissait pas dans son assiette. Elle se tenait à présent devant son armoire d'où elle avait sorti tous ses vêtements, à la recherche de la tenue parfaite dans laquelle apprendre à Sonny qu'il allait être père pour la seconde fois.

Hélas, et bien qu'elle se soit toujours vantée de ses goûts vestimentaires, elle ne parvenait pas à choisir quoi porter pour un événement de cette importance.

Elle finit par opter pour une robe noire à l'encolure largement échancrée. Elle devait en profiter car elle ne la mettrait plus d'ici longtemps, songea-t-elle. Mais surtout, le décolleté distrairait certainement Sonny et l'aiderait à encaisser le choc.

Elle arriva au Sullivan avec un quart d'heure d'avance. Alors qu'elle s'apprêtait à commander un verre de vin, elle se rappela que l'alcool lui était formellement interdit et retint un juron ; rien pour soulager son trac, et rien pour l'aider à passer le temps !

Lorsque Sonny entra dans le restaurant, elle se raidit et se liquéfia à la fois. Dire que cet homme, dont la beauté continuait à la subjuguer, avait accepté de se marier une seconde fois avec elle ! Quelle chance inouïe elle avait !

Il s'arrêta en chemin à plusieurs reprises pour saluer quelques connaissances, ce qui laissa à Mary Vaughn davantage de temps pour l'admirer et s'angoisser.

— Bonsoir, ma chérie, dit-il en lui déposant un baiser très sage sur la joue, avant de se glisser à côté d'elle et de lui serrer beaucoup moins sagement la cuisse. Tu es superbe. C'est en quel honneur, ce dîner ?

— Il faut que je te parle de quelque chose, dit-elle la gorge nouée.

Sonny lui lança un regard intrigué, puis remarqua la limonade devant elle.

— Qu'est-ce qui te prend de boire ça ? Tu ne veux pas du vin, plutôt ?

— Non, pas ce soir.

— Une bière, alors ?

Quand elle refusa de nouveau, il l'examina attentivement.

— La seule fois où je t'ai vue préférer un soda à de l'alcool, c'était quand…

Il laissa sa phrase en suspens tandis que ses yeux s'écarquillaient.

— Bon sang ! Tu es enceinte ?

C'était bien la peine de s'être creusé la tête pour savoir comment le lui annoncer !

Sonny s'était figé et avait légèrement blêmi sous son hâle, tandis que, pleine d'appréhension, elle épiait sa réaction.

— Sonny ? Ça va ? Tu m'as l'air complètement sonné. Tiens, bois un peu d'eau.

Il cligna plusieurs fois des yeux avant de poser son regard sur son ventre.

— Un bébé ? Nous allons avoir un bébé ? Comment ? Quand ?

— Comment ? Mais de la façon habituelle, voyons, dit-elle en riant. Quant à la date, je crois la connaître avec précision...

Elle lui rappela alors cet après-midi où elle avait vendu à Travis le local qui abritait désormais la station de radio de Serenity.

— Je devrais accoucher dans sept mois, à peu près. Les dates concordent.

Alors, comme si l'information était enfin parvenue jusqu'à son cerveau, le visage de Sonny s'illumina d'un sourire éclatant.

— C'est la meilleure nouvelle que j'ai reçue depuis... depuis je ne sais combien de temps ! Et le docteur n'a rien dit de spécial ? Je veux dire, cela ne pose pas de problème que tu sois...

— Vieille ? compléta-t-elle avec un ton légèrement sarcastique. Pas vraiment, non. Il faudra juste procéder à des analyses plus souvent, mais je suis en bonne santé, et le médecin ne s'inquiète pas. Tout devrait aller comme sur des roulettes.

— Je vais prévenir Rory Sue ! dit Sonny en sortant précipitamment son téléphone de sa poche.

Mais Mary Vaughn l'arrêta.

— Range ça. Rory Sue est déjà au courant. C'est elle qui

m'a mis la puce à l'oreille quand elle a vu que j'avais des nausées. C'est même elle qui est allée acheter les tests de grossesse.

— Comment l'a-t-elle pris ?

— Eh bien… au début, elle a paru un peu déboussolée, mais maintenant elle a très bien accepté. Je dirais même qu'elle se sent concernée. Depuis que le docteur a confirmé mon état, la semaine dernière, elle me harcèle pour que je te parle.

— Tu le sais depuis une semaine ?

— Oui, avoua-t-elle. Mais ne m'en veux pas. Je crois que j'avais besoin de m'habituer à l'idée et de réfléchir à la meilleure façon de te l'annoncer. Ce qui est fou, c'est que je n'ai rien eu à te dire. Tu l'as tout de suite deviné.

— C'est du pur hasard. Je n'imaginais pas vraiment…

— Je sais, l'interrompit-elle en lui serrant tendrement la main. Moi non plus, mais tu es heureux, n'est-ce pas ?

— Je ne vois pas ce qui pourrait me rendre plus heureux.

— Tu sais pourtant ce qui nous attend. Les biberons au milieu de la nuit, les couches, l'école, et enfin, la crise d'adolescence. Tu crois que nous serons capables de gérer de nouveau tout cela ?

— Bien sûr ! Nous l'avons déjà fait, non ?

— Oui, mais c'était il y a plus de vingt ans.

— Aucune importance. Nous nous ferons aider si besoin est.

— Te rends-tu compte que tu es un homme exceptionnel, Sonny Lewis ?

— Oui, chaque fois que tu me regardes de cette façon, murmura-t-il.

— Comme je regrette d'avoir mis si longtemps à le comprendre…

— Seul le présent compte, ma chérie. Et nous allons avoir un bébé ! Que souhaiter de mieux ?

Alors qu'il ne quittait l'antenne qu'à minuit et se couchait rarement avant 2 heures du matin, Travis se réveillait quand même à l'aube pour écouter Sarah. Allongé dans son lit, grisé par la sonorité mélodieuse de sa voix, il était au supplice. Lorsqu'il fermait les yeux, il l'imaginait étendue là, à son côté, blottie contre lui, dans la torpeur qui suit une nuit d'amour passionnée. Cette image, en exacerbant ses sens, commençait sérieusement à lui faire perdre la tête.

D'ailleurs, il fallait bien l'avouer, il ne supportait plus grand-chose ni grand monde, ces derniers temps. Que ce soit Tom et Jeanette, qui rayonnaient d'un bonheur insolent, ou son père, qui s'entêtait dans son projet de mariage, ou sa mère qui, bien qu'elle ait cessé de l'abreuver de ses jérémiades, arborait ostensiblement la posture résignée de quelqu'un qui vient de perdre un être cher.

S'il partait de chez Tom et Jeanette, se répéta-t-il, il résoudrait déjà un des problèmes. Il avait même envisagé de prendre une chambre au Serenity Inn, mais y avait renoncé de crainte que les habitants et les annonceurs n'en concluent qu'il ne projetait de s'établir que provisoirement à Serenity et n'hésitent donc à lui apporter leur soutien.

Il passa donc plusieurs jours en compagnie de Mary Vaughn à prospecter des appartements en ville, ainsi que dans les quelques immeubles qui avaient poussé en périphérie. Ces derniers présentaient l'avantage d'être neufs et fonctionnels, mais Travis prit brusquement conscience qu'il aspirait à vivre dans une vraie maison. Un désir inattendu dont il fut le premier surpris lui qui, jusque-là, s'était contenté de s'assurer un toit, quel qu'il soit.

Après avoir écouté pour la dixième fois Mary Vaughn lui vanter les mérites des paillasses en granit et des dressings, il déposa les armes.

— Ce n'est pas ce que je cherche, s'excusa-t-il.

— Mais je croyais que vous vouliez quelque chose de petit qui ne nécessite pas de travaux, s'étonna-t-elle.

— Je sais. Ce n'est pas votre faute. En fait, c'est à force de voir ce qui ne me plaît pas que j'ai compris ce que je souhaitais. Ces petits logements sans caractère ne me conviennent pas.

— Ah. C'est une maison individuelle qu'il vous faut, dans ce cas. J'en ai dans mon catalogue. Avez-vous déjà une idée précise de ce qui vous tenterait ?

Mary Vaughn avait posé sa question avec un tel entrain, sans la moindre trace d'impatience, que Travis ne put s'empêcher de rire.

— Vous savez que vous avez de la constance ?

— C'est ce que tout le monde dit. J'espère que vous vous déciderez avant que je n'accouche, dans sept mois.

Il la regarda d'un air ébahi.

— Vous êtes enceinte ? C'est une épidémie, ma parole ! Jeanette aussi attend un bébé.

— Je sais, s'esclaffa Mary Vaughn, mais elle, au moins, on ne la prendra pas pour la grand-mère de son enfant. Ce n'est pas raisonnable d'avoir un bébé à mon âge.

— Il n'empêche que vous êtes ravie. Cela se voit.

— C'est vrai. Sonny est aux anges, lui aussi. Quant à Howard, s'il ne tenait qu'à lui, il placarderait des affiches dans toute la ville pour annoncer la nouvelle.

— Surtout empêchez-le de faire ça ! Cela risquerait de donner des idées à Tom. Jeanette redoute déjà qu'il ne vienne faire une descente à la station de radio pour proclamer l'événement à l'antenne. Elle m'a d'ailleurs fait promettre que je ne le laisserais pas approcher un micro !

Mary Vaughn se mit à rire.

— Je trouve l'excitation de tous ces hommes vraiment touchante, dit-elle. Remarquez, ils seraient certainement moins euphoriques s'ils souffraient de nausées, eux aussi. A ce propos d'ailleurs, si vous voulez faire des visites, mieux vaudrait attaquer maintenant. Vers midi, je commence à ne pas me sentir bien, en général.

— Nous pouvons attendre demain.

— Non. J'ai deux maisons en tête que je veux vous montrer tout de suite. Comme elles sont de style diamétralement opposé, votre réaction me donnera une indication sur ce que je dois vous proposer.

La première maison était située dans un lotissement neuf des faubourgs de Serenity. Le terrain, bien que d'une superficie honorable, était presque entièrement occupé par la villa. La totalité des arbres avait été arrachée, privant l'ensemble de tout ombrage et de tout cachet. Travis refusa de descendre de voiture.

— Non, certainement pas ça, déclara-t-il en faisant signe à Mary Vaughn de démarrer.

— Très bien. Alors nous allons nous cantonner à Serenity même. Que pensez-vous de la maison de Jeanette et Tom ? C'est moi qui l'ai vendue à Jeanette. Le saviez-vous ? En fait, elle a soufflé l'affaire au nez et à la barbe de Tom, sans qu'il émette la moindre protestation d'ailleurs. C'est à ce moment-là que j'ai compris que ces deux-là finiraient par se mettre en ménage.

— Je l'adore mais cela m'étonnerait qu'ils acceptent de me la céder.

— Moi aussi ! Mais le côté « nid douillet » vous plaît-il ?

Travis confirma d'un signe de tête. Oui, il aimait l'intérieur confortable et intime de chez Tom et Jeanette, aux antipodes de l'hôtel particulier dans lequel il avait grandi, ou des appartements impersonnels qu'il avait connus au cours de sa carrière sportive. Il voulait une maison dans laquelle il pouvait s'imaginer vivre en famille et élever des enfants. Un projet qu'il ne réaliserait jamais, pourtant.

— Dans ce cas, j'ai exactement ce qui vous conviendrait, mais il faudra attendre demain pour la voir. Comme la propriétaire l'occupe toujours, je dois prendre rendez-vous un jour à l'avance. Elle supporte mal de voir des étrangers déambuler chez elle et préfère ne pas assister à la visite. La perspective de devoir partir l'affecte énormément.

— Pourquoi déménage-t-elle, dans ce cas ?

— Parce que son fils a pris des dispositions pour qu'elle

aille vivre plus près de lui, dans une résidence médicalisée pour personnes âgées. L'idée ne l'enchante pas du tout mais elle ne veut pas se disputer avec son fils, qui est le seul de toute sa famille à habiter à proximité.

— C'est scandaleux de la forcer à faire quelque chose qui la rend malheureuse, s'indigna Travis.

— Elle a quatre-vingt-deux ans. L'entretien d'une maison devient trop lourd pour elle. C'est triste, mais c'est la réalité. Voulez-vous malgré tout venir demain pour une visite ?

— Oui. Où ira-t-elle pendant que nous serons là ?

— Au club des retraités, jouer au rami avec ses amis.

Au moins était-elle encore active, tenta de se consoler Travis. Et elle avait encore des amis, ce qui n'était pas toujours le cas des octogénaires.

Après avoir fixé rendez-vous avec Mary Vaughn pour 10 h 30 le lendemain matin, il se promit de parler à Sarah du club des retraités. Elle pourrait certainement y réaliser des interviews passionnantes. Pourquoi ne s'en chargeraient-ils pas tous les deux, d'ailleurs ? Et même pourquoi ne feraient-ils pas l'émission en direct du club ? se dit-il enthousiasmé par l'idée. Lui-même ayant à peine connu ses grands-parents, il aimait écouter l'ancienne génération parler de la vie d'autrefois.

Sur le chemin de la radio, il se prit à réfléchir à la façon dont il s'intégrait petit à petit à Serenity. Le devenir de la ville l'intéressait. Il aimait ses habitants. Il aurait dû se sentir chez lui.

Pourtant, il devait se rendre à l'évidence : quelque chose manquait pour atteindre son rêve d'un « chez-lui » tel qu'il le concevait. Pire, il soupçonnait qu'acheter une maison ne résoudrait pas totalement le problème. Malheureusement, même si le « quelque chose » qui faisait défaut se trouvait vraisemblablement à portée de main, s'armerait-il un jour du courage nécessaire pour s'en emparer ?

Rien n'était moins sûr.

Chapitre 14

Ce fut un véritable coup de foudre.

Travis tomba instantanément amoureux de la maisonnette que Mary Vaughn l'emmena visiter le lendemain matin. Dotée de trois chambres et située dans une rue bordée d'arbres dans le vieux Serenity, elle offrait à la vue du passant une véranda ombragée par un chêne centenaire, une allée pavée en briques et un perron abondamment fleuri.

L'intérieur était généreusement garni de sièges confortables, quoiqu'un peu vétustes, couverts de tissus gaiement colorés, et les murs étaient littéralement tapissés de photos ; sur la tablette de la cheminée, celle, prise bien des années auparavant, d'un couple de jeunes mariés.

— Comment s'appelle-t-elle ? demanda Travis à Mary Vaughn en désignant la jeune femme dont la solennité des circonstances n'avait pas éteint la malice pétillante du regard.

— Elizabeth Johnson. Liz, pour tout le monde.

— Elle ne devait pas se laisser marcher sur les pieds, dites-moi !

— Ah non ! Il fallait la voir quand elle avait quelques années de moins. Elle organisait des manifestations contre la ségrégation et incitait son entourage à la suivre, par la contrainte si nécessaire. C'est en partie grâce à elle que Serenity a évolué plus rapidement que la plupart des autres villes du Sud. Elle emmenait sa servante noire déjeuner au Wharton, quitte à en découdre avec la belle-mère de Grace, la patronne du restaurant à cette époque, au cas où elle aurait refusé de la servir.

« Quelle perte pour Serenity si une telle personnalité s'en allait ! » songea Travis.

— Voulez-vous voir le reste de la maison ? Je vous ai réservé une surprise dehors, à l'arrière, annonça Mary Vaughn d'un air mystérieux.

Au lieu du four monumental qu'il s'était attendu à trouver, Travis découvrit un minuscule cottage : une seule chambre, une salle de bains et une cuisine dont l'équipement se limitait à un réchaud, un réfrigérateur et un évier.

— Alors, qu'en pensez-vous ? demanda Mary Vaughn. N'est-ce pas un petit bijou ? On peut s'en servir pour y accueillir des amis, ou même le louer.

Oui, tout lui convenait à la perfection, à un détail près qui le retenait de signer : il ne supportait pas l'idée de déposséder cette femme étonnante de la maison à laquelle elle était visiblement très attachée.

— C'est incontestablement ce que l'on a vu de mieux jusqu'à présent, mais je vais encore réfléchir, dit-il

— Pas trop longtemps, quand même. Elle ne va pas rester éternellement sur le marché, vous savez. Même par ces temps de crise. Liz en demande un prix raisonnable pour être sûre de la vendre rapidement.

— Je ne le conteste pas. La somme n'est pas du tout exorbitante, en effet.

— Dans ce cas, pourquoi hésitez-vous ? Je peux peut-être vous aider ?

— C'est gentil, mais je préfère étudier la question tout seul. Pourriez-vous simplement me prévenir si un autre acquéreur se présente ?

— Bien sûr, mais la loi m'oblige à transmettre à Liz toutes les propositions que je reçois.

— Ainsi qu'à prendre de nouveau contact avec moi si je vous signale dès à présent mon intention de surenchérir, n'est-ce pas ?

— Travis, dit-elle en le dévisageant curieusement, qu'est-ce qui vous arrête ? Si cette maison vous plaît autant, pourquoi ne faites-vous pas une offre tout de suite ?

— Je ne suis pas encore prêt. Il faudra vous contenter de cette explication, répondit-il sans être sûr d'en connaître d'autres lui-même.

Là-dessus, il partit, laissant une Mary Vaughn quelque peu médusée derrière lui, et rejoignit le studio où Sarah terminait son émission. A la seconde où Bill prit le relais, il s'approcha d'elle.

— Viens avec moi, dit-il. Je t'en prie, pour une fois, ne pose pas de questions.

Elle le regarda d'un air éberlué.

— Qu'est-ce qui t'arrive ?

— Je vais voir quelqu'un et je veux que tu m'accompagnes. Il ne s'agit ni d'une ruse, ni de drague, ni rien de ce qui t'agace en général. D'accord ?

Avec un simple hochement de tête résigné en guise d'acquiescement, elle prit son sac.

— Tu ne veux vraiment pas me donner la moindre indication sur ce que tu manigances ? demanda-t-elle alors qu'ils traversaient la ville en voiture.

— Non. Garde seulement tes yeux et tes oreilles grands ouverts.

Le club des retraités de Serenity, situé dans un petit parc, occupait un bâtiment de briques roses, avec colonnades, portique à l'entrée et volets blancs aux fenêtres. Ironie du sort, il avait autrefois hébergé une entreprise funéraire qui, ayant pris de l'essor, avait construit des locaux plus vastes à quelques rues de là.

A l'intérieur, de part et d'autre du hall d'entrée, s'ouvraient deux salons. Dans l'un, aux murs tapissés de livres, des fauteuils confortables tendaient leurs bras aux visiteurs. A côté de la porte, une affiche signalait le programme des activités à venir, parmi lesquelles une série de conférences données par des professeurs de l'université voisine. L'autre pièce avait été équipée de tables de jeu autour desquelles avait pris place une douzaine de personnes âgées, plongées en ce moment même dans des parties de canasta, de bridge et de rami.

— Pourquoi m'as-tu amenée ici ? demanda Sarah en parcourant du regard le hall avec son tapis oriental un peu râpé et sa table tellement cirée que le vase d'hortensias qui y était posé s'y reflétait.

— Je cherche Elizabeth Johnson. Tu la connais ?

— Qui ne connaît pas Liz à Serenity ? Elle est là-bas. Elle joue aux cartes avec Flo Decatur, la mère de Helen, et deux autres personnes que je n'ai jamais vues.

Du menton, elle lui indiqua de l'autre côté de la pièce une femme aux cheveux blancs ondulés encadrant un beau visage ridé, qui étudiait ses cartes avec des yeux bleus pétillants d'intelligence. Tout à coup, elle ramassa d'un geste preste la défausse de la joueuse précédente et étala son propre jeu en criant d'un air triomphant :

— Rami !

— Oh non ! Pas encore ! se lamenta une de ses partenaires. Je me demande même pourquoi nous jouons. C'est toujours toi qui gagnes, Liz !

— Evidemment, Beverly. Je me concentre, moi, je ne me laisse pas distraire par la présence de Jake Cudlow, à l'autre table.

— Tu peux parler moins fort, s'il te plaît, lança la dénommée Beverly en rougissant. Tu me fais honte.

— Tu n'as qu'à t'en prendre qu'à toi-même si tu as honte, ma grande. Si le cœur t'en dit, invite-le à dîner, mais arrête de gâcher nos parties de cartes.

— C'est incroyable, murmura Travis en riant. Tout à l'heure, en voyant une photo d'elle quand elle était jeune, j'ai tout de suite essayé d'imaginer comment elle était aujourd'hui. Eh bien ! Je ne me suis pas trompé. Combative et pleine de vie, exactement comme ce que j'attendais. Tu peux me la présenter, s'il te plaît ?

— Oui, mais que cherches-tu ? Je ne comprends pas.

— Moi non plus. Enfin pas vraiment. Je sais seulement que je veux faire sa connaissance et que ce serait une excellente idée de l'inviter dans ton émission. Elle doit avoir beaucoup d'histoires passionnantes à raconter sur le Serenity de jadis.

Emporté par son enthousiasme, Travis avait oublié de parler à voix basse…

— Je suis peut-être vieille, jeune homme, mais j'ai encore l'ouïe fine, l'interpella Liz en braquant sur lui un regard perçant. Et pour votre gouverne, sachez que je n'étais pas née à l'époque de l'esclavage. Je n'ai donc pas assisté à la fondation de cette ville. Approchez donc.

Travis avec le sourire penaud d'un gamin pris en faute s'exécuta.

Liz l'examina de la tête aux pieds.

— C'est vous qui avez acheté la station de radio, si je ne m'abuse ? J'ai reconnu votre voix. Vous êtes fait pour ce métier.

— Merci.

— Ne reste pas en retrait, approche-toi aussi, dit Liz en se tournant vers Sarah. Cela fait longtemps que je ne t'ai pas vue, mais je te reconnaîtrais entre mille. Tu es le portrait craché de ta mère quand elle avait ton âge.

Elle présenta alors Travis et Sarah à ses partenaires puis revint vers Travis.

— Vous souhaitiez me parler, je crois ?

— Comme je l'expliquais à Sarah, je voulais vous proposer de venir un jour à la radio pour évoquer vos souvenirs de Serenity.

— C'est tout ? Vous n'avez rien d'autre derrière la tête ?

— Si, mais d'abord l'émission de radio.

— Oh ! Liz adore parler, intervint la dénommée Beverly avec une lueur taquine dans les yeux. N'est-ce pas, Liz ?

— C'est assez juste,confirma Liz sans paraître se vexer. A qui m'adresserai-je ? A toi, Sarah ? Je serais ravie de participer, conclut-elle après que Sarah eut acquiescé d'un signe de tête.

— Si vous avez fini votre partie de cartes, je propose que nous allions déjeuner au Sullivan pour discuter plus à fond du contenu des émissions, lui proposa Travis. Avez-vous le temps, Liz ? Me permettez-vous de vous appeler par votre diminutif ou préférez-vous madame Johnson ?

— « Liz » me convient parfaitement, jeune homme. J'ai comme l'impression que nous allons devenir de grands amis, tous les deux. Cela fait bien longtemps qu'un homme de votre âge ne m'a pas courtisée, ajouta-t-elle avec un clin d'œil espiègle.

— Ils ne savent pas ce qu'ils perdent, répliqua galamment Travis. Désirez-vous nous accompagner, mesdames ?

— Loin de nous l'idée de jouer les intruses, répondit Beverly. Liz n'aime pas partager ses chevaliers servants. Elle s'est toujours montrée un peu égoïste dans ce domaine, d'ailleurs.

— Beverly oublie de vous dire qu'elle a des vues sur Jake Cudlow, intervint Flo Decatur. Elle espère qu'il l'invitera à manger une glace en ville quand il aura terminé sa partie de bridge.

— Une autre fois, alors, déclara Travis avec un clin d'œil à l'adresse de Beverly. Bonne chance avec M. Cudlow, lui murmura-t-il à l'oreille.

Là-dessus, Liz Johnson se leva de toute la hauteur de son mètre cinquante-cinq et sortit en compagnie de Travis et Sarah, sa canne au pommeau d'argent ne servant qu'à lui donner plus fière allure encore.

En découvrant dans le parking la voiture de sport rouge de Travis, son œil s'alluma.

— J'espère que vous allez la décapoter !

— Si vous le souhaitez, bien sûr.

— Bien évidemment ! Autrement, quel est l'intérêt de rouler dans ce type de véhicule ?

Son visage prit soudain une expression nostalgique.

— Mon mari aussi possédait une décapotable lorsque nous nous sommes rencontrés. Tous les soirs, nous allions faire un tour avec. Je crois que c'est pour ça que je l'ai épousé. J'étais amoureuse de sa voiture.

Maintenant qu'elle était lancée sur ce sujet, plus rien ne l'arrêta et, pendant tout le trajet, elle charma ses compagnons par le récit de sa rencontre avec son mari, et de leurs virées dans la voiture bleu layette à capote blanche de Henry Johnson.

Au cours du repas au Sullivan, tandis que Travis passait en revue avec elle les sujets susceptibles d'être abordés avec Sarah, Liz ne cessa de l'observer du coin de l'œil. Finalement, après le dessert, elle posa sa serviette sur la table et le regarda droit dans les yeux.

— Bien, jeune homme, allez-vous m'expliquer à présent le véritable objet de votre visite ? Vous n'essayez quand même pas de me passer de la pommade pour que je baisse le prix de ma maison ?

— Tu veux acheter sa maison ? s'étonna Sarah.

— Mary Vaughn me l'a montrée ce matin, avoua-t-il en rougissant, mais je n'ai pas fait d'offre. Et je vous jure, ajouta-t-il d'un air contrit à l'adresse de Liz, que je ne nourrissais aucune arrière-pensée. Je voulais seulement faire votre connaissance. Mary Vaughn m'a parlé de votre situation, et une idée folle a germé dans mon esprit. Mais j'hésitais à la concrétiser. A présent, tous mes doutes se sont dissipés. Puis-je vous l'exposer ?

Malgré sa méfiance évidente, la vieille dame hocha la tête.

— Je vous écoute.

— D'abord, permettez-moi de vérifier les informations en ma possession. Votre fils veut que vous alliez vivre dans une résidence médicalisée pour personnes âgées.

— C'est exact, confirma-t-elle avec une moue.

— Et cette perspective ne vous enchante pas.

— Bien sûr que non ! J'ai tous mes amis ici. Cela dit, mon fils n'a pas tort sur un point : l'entretien de la maison devient trop lourd pour moi. Et puis le reste de ma famille est éparpillé aux quatre coins du monde. C'est lui qui habite le plus près. Enfin, à Columbia quand même. Il est donc hors de question qu'il fasse des allers-retours jusqu'ici chaque fois que j'éternue.

Travis avait prévu de bien peser le pour et le contre de son projet, de ne surtout pas agir sur un coup de tête. Mais Liz l'avait poussé dans ses retranchements. Lui restait-il d'autres choix que de se lancer ?

— Cela vous tenterait-il d'habiter dans le cottage du jardin ? J'achèterai l'ensemble de votre bien, mais vous continueriez à vivre ici aussi longtemps que vous le souhaitez. Gratuitement, naturellement.

Sarah le regarda, bouche bée, tandis que les yeux de Liz s'embuaient de larmes.

— Pour quelle raison feriez-vous ça ? s'enquit la vieille dame.

A la note d'espoir indiscutable que trahissait sa voix, Travis sut qu'elle souhaitait de toutes ses forces croire au sérieux de sa proposition.

— Tout simplement parce que j'estime qu'il n'est pas normal de vous obliger à quitter votre maison si vous n'y êtes pas prête. Je ne doute ni de l'amour que votre fils vous porte ni de ses bonnes intentions, mais lorsque Mary Vaughn m'a mis au courant de ce qui était prévu, cela m'a révolté. En voyant la maisonnette dans le jardin, j'ai aussitôt pensé à cette autre solution. Si elle vous convient, naturellement, conclut-il en soutenant le regard de son interlocutrice qui avait suivi chacune de ses paroles avec un vif intérêt.

Il sentit soudain sa main frêle se poser sur la sienne ; seul un léger tremblement laissait deviner l'émotion qui la submergeait.

— Jeune homme, vous êtes indéniablement la personne la plus généreuse et la plus charitable que j'aie jamais connue. Néanmoins, je crois que ni l'un ni l'autre nous ne devons nous précipiter. Nous venons tout juste de nous rencontrer, et demain matin vous regretterez peut-être d'avoir cédé à une impulsion.

— Non, lui assura sans hésiter Travis. Mais prenez tout

le temps qu'il vous faut avant de me donner votre réponse. Vous voudrez consulter votre famille, aussi, c'est naturel. Voilà ce que je vous propose : Sarah et moi, nous vous raccompagnons chez vous, et je passerai demain matin pour que nous discutions plus avant.

— Cela me paraît sage. Mais ne venez pas trop tard. Ma partie de rami commence à 10 heures.

— D'accord, acquiesça Travis en riant. J'arriverai à 9 heures. Il ne faudrait pas laisser le temps à Beverly et Flo de truquer les cartes.

— Comme si elles pouvaient me rouler! rétorqua Liz avec mépris.

Au moment des séparations, sur le pas de la porte de sa maison, Liz se tourna vers Sarah.

— Tu as trouvé la perle rare avec ce jeune homme. Ne le laisse pas s'échapper.

Sarah bredouilla quelque chose d'incompréhensible mais, au grand soulagement de Travis, ne protesta pas.

— Une perle rare! exulta-t-il alors qu'ils regagnaient sa voiture. J'espère que tu as pris bonne note.

— Ne t'emballe pas, *jeune homme*! Tu viens de proposer à cette vieille femme un moyen de continuer à vivre chez elle. La gratitude l'aveugle au point qu'elle est incapable de voir l'âme perverse qui se cache derrière la façade de bon Samaritain. C'est logique.

— Je n'ai pas une âme perverse! s'indigna-t-il. Allez! Reconnais-le, au moins. Je fais une bonne action, non?

— Oui, c'est vrai, soupira-t-elle. J'aimerais seulement comprendre ton but, l'intérêt que tu en tires personnellement.

— Je cherche tout simplement à accumuler des bons points pour mes vies à venir.

— Peut-être, reconnut-elle en le dévisageant d'un air pensif. Mais cela m'étonnerait.

En vérité, il ne savait pas lui-même comment expliquer son geste.

*
* *

— Je t'assure, Raylene, c'est la proposition la plus incroyablement altruiste que j'aie jamais entendue, dit Sarah avec un enthousiasme non dissimulé. Tu aurais dû voir l'espoir qui a éclairé les yeux de Liz quand elle a compris qu'elle ne serait peut-être pas obligée de déménager, finalement.

— Et il ne t'a pas effleuré l'esprit qu'il cherche seulement à t'impressionner ? répliqua Raylene, sceptique. Après tout, pourquoi t'aurait-il demandé de venir, sinon pour que tu assistes à la démonstration de sa grandeur d'âme ?

— Non, personne ne montrerait autant de générosité dans le seul but d'attirer l'attention d'une femme. N'oublie pas qu'il va hériter de Liz comme voisine. Dans son jardin, pour être exacte. Et pas pour quelques jours seulement. Il doit donc nécessairement estimer que, moralement, c'est ce qu'il faut faire. Et je suis d'accord avec lui. Franchement, c'est formidable, non ?

Raylene regarda Sarah d'un air entendu.

— Oui. Sans aucun doute. Il n'empêche que tu es impressionnée. Donc il a fait d'une pierre deux coups. Je parie même que s'il t'avait demandé de sortir avec lui quand vous êtes retournés à la radio, tu aurais été incapable de refuser.

— Arrête de dire des bêtises ! Je ne suis pas idiote au point d'accepter un rendez-vous en amoureux avec lui. Il fait le joli cœur auprès de tout ce qui porte jupon, Liz Johnson comprise !

Elle ne pouvait nier cependant qu'elle avait découvert aujourd'hui une facette inattendue de sa personnalité. Elle avait déjà remarqué que son objectif dans la vie ne se limitait pas à conquérir toutes les femmes qu'il croisait et que, derrière ses attitudes de dragueur, se dissimulait quelqu'un de fondamentalement honnête, mais s'il s'avérait de surcroît qu'il avait réellement de l'épaisseur, qu'il était généreux et sensible, alors Dieu seul savait si elle résisterait longtemps à l'attirance qu'elle ressentait pour lui… Sur ce point, Raylene avait vu juste.

Leur petite conversation fut interrompue par Annie, accompagné de Trevor.

— Bonsoir! Ce jeune homme souhaiterait jouer avec Tommy et Libby, s'ils sont d'accord, dit-elle.

— Bien sûr, répondit Sarah. Ils sont dans le salon. Ils regardent une vidéo.

— Parfait! répliqua Annie. Je vais installer ce petit monsieur et je reviens. Attendez-moi si vous avez des histoires croustillantes à raconter, surtout!

A la seconde où Annie disparut, Sarah se tourna vers Raylene.

— Pas un seul mot de tout ça à Annie, tu m'entends? lui ordonna-t-elle à mi-voix. Sinon elle va tout de suite tirer on ne sait quelle conclusion ridicule.

— Tu veux dire la même que la mienne? riposta Raylene, un sourire en coin. Mais je vois clair dans ton jeu, ma petite. L'indifférence que tu affiches vis-à-vis de Travis tient si peu la route que tu ne veux pas te trouver contrainte à la défendre.

— Je ne suis pas en train de tomber amoureuse de lui, si c'est ce que tu insinues.

— Amoureuse de qui? voulut savoir Annie qui, comme à son habitude, avait surpris ce que l'on voulait lui taire.

Elle regarda tour à tour Raylene et Sarah, puis soupira.

— Je me demande pourquoi je pose la question. Vous parlez de Travis, bien évidemment. Sarah, mon chou, dis-moi que tu ne lui témoignes que le plus profond mépris. Tu te rappelles certainement le portrait que Ty a dressé de lui, ainsi que le tohu-bohu qu'a déclenché votre baiser?

— C'est un coureur de jupons, et blablabla et blablabla, récita docilement Sarah. Oui, je sais. Ne t'inquiète pas, je suis vigilante. J'ai refusé de sortir avec lui. Non pas d'ailleurs qu'il me l'ait à proprement parler demandé, ajouta-t-elle vivement.

— Alors, que fabriquais-tu avec lui au Sullivan, à midi?

demanda Annie. Eh oui ! ma mère brûlait d'impatience de me rapporter la nouvelle.

— A-t-elle précisé que Liz Johnson nous accompagnait parce que nous voudrions lui demander de participer à mon émission ?

— Non.

— Tu vois ! s'écria Sarah, triomphante. Il s'agissait d'une réunion de travail, pas d'un tête-à-tête en amoureux. Bien. On peut changer de sujet, maintenant ? Parlons un peu de Ty. Tu vas aller le voir à Atlanta ? Vous devez avoir l'impression de vivre une nouvelle lune de miel chaque fois que vous vous retrouvez, non ? Chez Tom et Jeanette, l'autre jour, il n'y avait pratiquement plus besoin de lumière dans le jardin tellement vous rayonniez !

— Oui, je vais le rejoindre pendant trois jours, et sans Trevor cette fois, répondit Annie les yeux brillants. Dee-Dee et son mari viendront le garder pendant le week-end. Oui, tu as raison, ce sera comme un voyage de noces. Trois jours pour nous tout seuls !

— Et quelques milliers de supporters, intervint Raylene en riant.

— Pendant le match, oui, mais certainement pas après ! Et puis j'aime quand Ty me regarde comme s'il n'y avait personne d'autre dans le stade alors que je suis dans les gradins au milieu des autres épouses.

— Tu ne ressens aucune jalousie quand ses admiratrices se pressent autour de lui en essayant d'attirer son attention ? demanda prudemment Sarah.

Raylene lui jeta un regard de reproches qu'elle balaya d'un haussement d'épaules. Bien sûr, elle savait que c'était avec une de ses nombreuses admiratrices, Dee-Dee, que Ty avait eu son fils, Trevor, et que cette relation avait été la cause de sa rupture avec Annie, lorsqu'ils sortaient ensemble, mais Annie se mêlait bien assez de sa vie privée pour qu'elle ne lui rende pas la pareille.

— Plus maintenant, répondit Annie d'un ton grave. Ty et moi, c'est du solide. J'en ai la conviction.

Elle sourit d'un air démoniaque avant d'ajouter :

— De toute façon, il sait très bien qu'un seul regard à une groupie et je le prive d'un coup de ciseaux d'une partie de son anatomie à laquelle il est particulièrement attaché !

— Voilà qui devrait le faire tenir tranquille, fit remarquer Raylene en riant.

— Alors à présent que nous avons passé en revue les événements de la vie d'Annie et de la mienne, si nous parlions de toi, Raylene ? enchaîna Sarah.

Aussitôt, Raylene se renfrogna.

— Ah non ! Vous n'allez pas recommencer !

— Eh si ! rétorqua Sarah. Il n'y a pas de raison pour que tu passes à travers les mailles du filet ! Enfin, ma belle, tu ne peux pas continuer à ne voir que la baby-sitter, les enfants et moi, quand même. Il faut que tu sortes, que tu rencontres du monde. Tu as même raté l'annonce de la grossesse de Jeanette. En fait, tu n'assistes à aucune fête si elle n'a pas lieu ici. Tu es beaucoup trop jeune et trop mignonne pour vivre en recluse, comme une nonne.

— Je ne manque pas de compagnie, se défendit Raylene. Il y a sans arrêt des allées et venues ici.

— Mais comment veux-tu rencontrer un compagnon, dans ces conditions ? lui demanda Annie.

— Qui te dit que j'en ai envie ? Et puis, je ne peux pas faire un pas sans tomber sur Walter.

— Walter ? répéta Sarah, les yeux écarquillés. Je croyais qu'il cherchait du travail pendant la journée.

— Oui. Mais comme les offres d'emploi sont plus que restreintes, il passe ici voir les enfants quand il a fini.

— Est-ce qu'il t'embête ? s'enquit Sarah, soudain inquiète. Walter manquait souvent de délicatesse et Raylene était plutôt fragile en ce moment.

— Non. Pas du tout. Il a besoin de quelqu'un à qui parler, alors je l'écoute.

Cet échange avait attiré sur Raylene le regard soupçonneux d'Annie.

— Dis-moi… Euh… tu n'éprouves rien pour lui, quand même ?

Raylene posa sur son amie un regard sidéré.

— Que vas-tu imaginer ? Il se sent seul, c'est tout. Comme je suis là, il teste ses idées sur moi, rien d'autre. D'ailleurs, une fois sur deux, il ne prête même pas attention à ce que je réponds. Il réfléchit à voix haute. C'est sa façon de fonctionner.

— Ça me rappelle quelque chose, murmura Sarah avec une amertume involontaire qui l'agaça. Moi non plus il ne m'écoutait jamais. Mais tu me le dirais s'il t'ennuyait, n'est-ce pas ? insista-t-elle. Je suis contente qu'il passe du temps avec les enfants, mais ce serait peut-être préférable qu'il vienne quand je suis là.

— Non, cela ne me dérange pas. Je t'assure.

— Cela ne règle pas ton problème, Raylene, intervint Annie, que cette explication n'avait pas semblé convaincre. La dernière fois que j'ai vu le Dr McDaniels, je lui ai parlé de toi, et elle…

— De quoi je me mêle ? s'emporta Raylene en fusillant Annie du regard. Je ne t'ai rien demandé !

— Non, mais je voulais savoir s'il existait un traitement contre l'agoraphobie, poursuivit Annie, sûre du bien-fondé de sa démarche. Nous tournons toutes autour du pot depuis un moment, mais c'est d'agoraphobie dont tu souffres. Le Dr McDaniels m'a expliqué que des thérapies avaient été mises en place pour surmonter ce handicap, mais bien entendu, il faut qu'elle te voie pour établir un diagnostic.

— J'y réfléchirai, lui promit Raylene.

— Tu dis cela chaque fois ! répliqua Annie.

— Parce que c'est vrai. J'y réfléchis. Quand je serai prête

à lui parler, à elle ou à quelqu'un d'autre d'ailleurs, je te le ferai savoir.

— Mais…, commença à protester Annie.

— Je vais me coucher, la coupa Raylene en se levant.

— Il n'est même pas 18 heures ! s'écria Sarah. Ne pars pas juste pour esquiver la discussion.

— Non. Je suis vraiment fatiguée. La journée a été longue, répondit Raylene. Amusez-vous bien, toutes les deux. A demain, Sarah.

— A demain. Repose-toi, alors.

— Nous devrions aller voir si tout se passe bien du côté des enfants, suggéra Annie après le départ de Raylene. On ne les entend plus depuis un bon moment. Dieu sait ce qu'ils fabriquent.

— Vas-y pendant que je prépare quelque chose à manger. Une salade, ça te va ?

— Parfait.

— Il me reste des spaghettis pour les petits. Ils vont se régaler et pouvoir en mettre partout.

— Tu es vraiment cool, comme maman, s'exclama Annie en riant. Peu t'importe de devoir leur donner un autre bain avant de les mettre au lit.

— Nous pouvons aussi les laver au jet dans le jardin, suggéra Sarah. Ce sera plus amusant.

Elle se mit à rire, étonnée elle-même de la légèreté qu'elle mettait à assumer les tâches quotidiennes, surtout avec ses enfants. Depuis qu'elle avait commencé à travailler à l'extérieur, elle se montrait beaucoup plus souple vis-à-vis d'eux, plus tolérante par rapport à la pagaille qu'ils étaient capables de semer en un rien de temps.

— Alors, pas d'objection pour les spaghettis ? lança-t-elle.

— Présenté comme ça, non, répondit Annie avant d'ajouter fermement :

— Mais dès qu'ils dormiront, nous reprendrons cette conversation sur Travis, toutes les deux. Cela m'étonnerait que tu sois aussi peu insensible à lui que tu le prétends. Je crains que tes défenses ne soient en train de faiblir.

« Une crainte ô combien partagée ! » songea Sarah en quittant vivement la cuisine avant que son amie la voie rougir.

Chapitre 15

A 9 heures précises, Travis franchissait le seuil de chez Liz Johnson, plus décidé que jamais à acheter la maison et à permettre à la vieille dame de finir ses jours dans la petite maison du jardin. Sa nuit de réflexion n'avait rien changé à sa conviction : sa décision était la bonne.

L'odeur de petits gâteaux aux pépites de chocolat qui embaumait les lieux ajouta à sa bonne humeur.

— Je vois que vous avez fait de la pâtisserie, dit-il en humant l'air avec délice.

— Je n'ai encore jamais connu d'homme capable de résister à mes biscuits. Installons-nous dans la cuisine pour bavarder.

Une fois assise sur la chaise que Travis lui avait galamment tenue, elle leur servit du thé et présenta à Travis une assiette de gâteaux tout chauds sortis du four.

— Alors, des réserves à formuler par rapport à votre proposition d'hier? demanda-t-elle en le scrutant.

— Aucune. En avez-vous parlé à votre famille?

— Ils souhaitent vous rencontrer, répondit-elle avec une moue contrariée. Pour s'assurer que vous ne projetez pas d'abuser d'une vieille femme sénile, apparemment.

— Vous? Sénile? Allons donc!

— Cela dit, à mon âge, il est normal de se montrer prudent. Je ne peux pas le contester.

— C'est vrai. Quand doivent-ils venir?

— Conseil de famille ce week-end. Je compte sur vous pour les convaincre qu'il s'agit là de la meilleure solution pour moi. Pensez-vous être à la hauteur?

— Un jour où j'avais été expulsé du terrain sur faute, j'ai dû affronter une foule de supporters déchaînés contre moi. Alors, vos proches ne m'effraient pas !

— Pour votre information, dit Liz en le fixant de son regard perçant, sachez que je me soumets à cette entrevue uniquement parce qu'ils ont insisté. S'il ne tenait qu'à moi, j'accepterais sans la moindre hésitation. J'ai suffisamment d'expérience pour savoir distinguer un escroc d'un homme honnête. Vous m'avez plu à la seconde même où je vous ai vu, c'est-à-dire avant même que vous ne m'abordiez avec cette proposition farfelue.

Comme la confiance que lui témoignait Liz lui était douce… Quel dommage qu'il ne parvienne pas à gagner celle de Sarah aussi facilement… En fait, quel dommage que lui-même ne se croit pas aussi digne d'estime.

— Je vous promets que je mettrai tout en œuvre pour les convaincre de ma bonne foi, répondit-il.

— Le déjeuner est à 13 h 30, dimanche. Venez donc avec Sarah.

— J'ignore si elle sera libre. Nous menons chacun notre vie, et je ne surveille pas son emploi du temps quand elle ne travaille pas au studio.

— Une situation qui ne saurait durer, déclara Liz en balayant l'objection de Travis d'un revers de main. Alors autant commencer à faire comme si vous formiez un couple. Sans compter que vous paraîtrez plus respectable si vous êtes accompagné d'une jolie jeune femme.

— Ainsi vous trouvez que je n'ai pas l'air assez respectable par moi-même ? demanda-t-il d'un air faussement offusqué.

— Ce n'est pas moi qu'il faut convaincre, mon garçon. Comme tous les avocats, mon fils Charlie se méfie du monde entier. J'aurai beau dire, il va tout de suite se mettre en tête que vous en voulez à mon argent. La situation semblera moins louche si vous avez une femme à votre bras.

— D'accord. J'essaierai de décider Sarah.

— Autre chose. J'invite Mary Vaughn, et Sonny aussi. Autant avoir sous la main les documents nécessaires à la signature de la promesse de vente lorsque j'aurai obtenu la bénédiction de mes enfants. J'aime bien mener les affaires rondement. Une fois qu'ils seront partis et qu'ils commenceront à échanger leurs impressions, qui sait s'ils ne feront pas machine arrière et trouveront toutes sortes d'arguments pour m'envoyer dans cette résidence médicalisée ?

— Vous avez malgré tout bon espoir qu'ils accepteront, n'est-ce pas ?

— Comme je vous l'ai dit, leurs éventuelles objections tomberont quand ils vous verront. J'adore mes enfants, mais ils sont tous très occupés. Je crois qu'ils seraient prêts à me mettre entre les mains de n'importe qui ou presque, si cela les libérait de leurs responsabilités envers moi. Cela dit, pour se donner bonne conscience, ils doivent faire semblant de veiller à mon bien-être. Rien ne me garantissant qu'ils ne reviendront pas sur leur décision par la suite même après avoir donné leur accord aujourd'hui, je préfère prendre mes précautions.

— L'idée que seuls les préoccupent les désagréments que vous pourriez leur causer ne vous chagrine-t-elle pas ?

— Vous savez, en vérité, ils se soucient sincèrement de moi, n'en doutez pas. Jusqu'à présent, j'ai réussi à vivre sans rien demander à personne. Cependant, quand j'ai eu quatre-vingts ans, il leur a soudain traversé l'esprit que je commençais peut-être à décliner, bien qu'aucun signe ne l'ait indiqué. Mais l'un d'entre eux a dû lire un article avec des statistiques sur la détérioration des facultés mentales, passé un certain âge. Ils se sont affolés.

Elle avait parlé d'un ton sans émotion qui impressionna beaucoup Travis.

— Vous analysez la situation avec une lucidité remarquable, dit-il.

— J'ai toujours tenu à regarder la réalité en face, même

lorsque tout le monde autour de moi s'acharnait à se mettre la tête dans le sable. Pourquoi arrêterais-je aujourd'hui ? Bien. Maintenant, je vais emballer le reste de ces gâteaux pour vous et prendre le paquet que j'ai préparé pour le club. Pourrez-vous m'y déposer ?

— Volontiers.

— Vous accepteriez de m'emmener faire des courses, de temps à autre, quand vous habiterez ici ? demanda-t-elle sans détours. J'évite de m'aventurer trop loin en voiture, à présent. Je me vante trop souvent de mes réflexes et de ma vue pour risquer de me ridiculiser.

— Je vous conduirai là où vous avez besoin d'aller si je suis là.

— Même si vous ne correspondez pas à l'image que je me fais d'un saint, vous devez pourtant en être un, murmura-t-elle en hochant la tête.

— Oh non ! Cependant, n'hésitez surtout pas à faire part de votre opinion à Sarah, lui glissa-t-il à l'oreille. Je vous en serais très reconnaissant.

— Elle a l'œil. Elle s'en apercevra bien toute seule.

— Je n'en suis pas si sûr. Elle perd de sa perspicacité dès qu'il est question de moi.

— Et vous y attachez beaucoup d'importance ?

Il accorda à la question le temps de réflexion qu'elle méritait avant de reconnaître :

— Plus que je ne l'aurais jamais cru.

— Dans ce cas, laissez-moi faire. Je vais prendre en main votre vie amoureuse. C'est merveilleux ! Voilà bien longtemps que je n'ai eu une occupation aussi stimulante en vue !

L'enthousiasme de la vieille dame éveilla quelques craintes chez Travis. Jamais personne ne s'était mêlé de ses relations personnelles auparavant. Pourtant, si quelqu'un devait l'aider, Liz s'avérerait sans conteste son meilleur défenseur.

*
* *

Sarah s'efforçait de ne pas se laisser troubler par la présence de Travis, malgré la difficulté de la tâche dans ce bureau exigu.

— Si tu as terminé ton travail, pourquoi ne pars-tu pas au lieu de rester assis là à me regarder fixement ? finit-elle par demander, agacée. C'est ton nouveau passe-temps ? En tout cas, ça commence à me taper sur le système.

— Je réfléchis.

— A quoi ?

— A toi et à la façon de m'y prendre pour que tu acceptes de me rendre un service, répondit-il avec un de ses sourires les plus charmeurs.

Elle se cala dans son fauteuil en le considérant d'un œil méfiant.

— Quel genre de service ? Si c'est lié au travail, il te suffit de l'exiger.

Il traversa la pièce pour venir s'asseoir sur le coin du bureau de Sarah, ses genoux effleurant les siens…

— Tout le problème est là. Rien à voir avec le boulot. C'est personnel.

— Il est hors de question que j'accepte de sortir avec toi. Je croyais que nous nous étions mis d'accord là-dessus.

— Il ne s'agit pas de cela non plus.

— Il s'agit de quoi alors ?

— Les enfants de Liz Johnson veulent me connaître, et Liz nous a invités tous les deux à déjeuner dimanche prochain.

— Pourquoi *tous les deux* ? Tu n'as pas insinué qu'il existait quelque chose entre nous, j'espère ?

— Non ! Au contraire. Je l'ai clairement détrompée à ce sujet.

— Alors pourquoi veut-elle que je t'accompagne ? insista-t-elle.

— Pour m'aider à faire bonne impression, avoua-t-il l'oreille basse.

— Vraiment ? s'exclama Sarah en riant.

— Oui. Bonne impression sur ses enfants. Apparemment,

je dois passer un test avant qu'ils acceptent de la laisser emménager dans la petite maison du jardin, à portée de mes griffes.

— Ils ont raison de se montrer prudents.

— Hé ! Je suis honnête !

— Grosso modo, oui, admit-elle. Mais je parlais en général. Peu de gens auraient proposé un tel arrangement sans une idée tordue derrière la tête.

— Moi, si.

— Aussi surprenant que cela puisse paraître, je te crois.

— Alors, tu veux bien m'aider ? Tu m'accompagneras à ce déjeuner ?

Comment aurait-elle refusé ? Ce qu'il avait imaginé pour Liz était tellement adorable. Mais il était tellement agréable de se faire prier…

— Je n'aime pas abandonner les enfants le week-end, dit-elle.

— Demande à Walter de prendre le relais, cela changera un peu, répliqua-t-il d'un ton sec.

— Pourquoi le détestes-tu autant ? Tu ne le connais pas, ou à peine.

— Peut-être, mais il suffit de voir comment il t'a traumatisée moralement pour se forger une opinion de lui. Mais peu importe ; je ne veux pas me laisser entraîner dans cette discussion aujourd'hui. Revenons plutôt à nos moutons. Si tu ne le fais pas pour moi, fais-le pour Liz. Elle va jouer gros, dimanche. Cette réunion va décider si elle reste à Serenity ou si elle va en maison de retraite. Et tu as vu par toi-même ce à quoi elle aspire. Elle a besoin de notre soutien pour emporter la bataille.

— D'accord. Je viendrai. Mais ne laisse croire à personne que nous formons un couple établi, sinon, tu auras de mes nouvelles !

— C'est promis ! déclara-t-il avec une gravité que démentait la lueur rieuse de son regard.

— Je ne plaisante pas, Travis. N'essaie pas de profiter de la situation.

— Juré craché, confirma-t-il en tendant la main devant lui d'un geste théâtral.

Elle fut tentée de le croire. Jusqu'à présent, il avait toujours tenu parole. En fait, dans les moments critiques, Travis se révélait plus fiable que la plupart des hommes qu'elle connaissait. Malgré toutes ses impertinences et sa réputation de don Juan, c'était un homme sur qui elle pouvait réellement compter. Elle devrait approfondir la question, un de ces jours… De préférence à un moment où elle se sentirait moins vulnérable, et en tout cas certainement pas pendant qu'ils joueraient la comédie du couple. Sinon elle s'exposerait à entrer pour de bon dans le rôle.

Mary Vaughn savait que la vente de la maison de Liz Johnson à Travis dépendait du résultat de ce déjeuner que Liz organisait ce dimanche. Que se jouait-il entre les parties en présence ? Voilà ce qu'elle cernait mal.

Et à quel titre Sarah Price assistait-elle à cette réunion au côté de Travis ? Mystère. Et pourquoi l'atmosphère était-elle aussi pesante ? Si elle pouvait admettre que les enfants de Liz Johnson — pour la plupart d'anciens camarades d'école, à Sonny et elle — se méfient de Travis, elle s'étonnait davantage de les voir eux-mêmes se regarder en chiens de faïence.

— Qu'est-ce qu'on s'amuse ! marmonna Sonny entre ses dents alors qu'un silence gêné s'éternisait. Tu peux me rappeler pourquoi nous sommes venus, déjà ?

— Parce que si tout se passe bien, je conclus la vente cet après-midi. J'ai emporté tous les papiers.

— Et tout se passe bien, à ton avis ? Tu auras du mal à me faire avaler ça.

— J'en doute trop moi-même pour essayer. Mais je ne vais pas jeter l'éponge tout de suite.

— Parole de commerçant, il faudrait détendre l'atmosphère, mettre un peu d'animation.

— Va parler à Charlie, lui suggéra-t-elle en le poussant du coude. Tu réussiras peut-être à le dérider pour qu'il cesse de dévisager Travis comme s'il allait le mordre.

— Je vais essayer.

Il s'apprêtait à se lever lorsqu'elle s'agrippa le ventre en hoquetant.

— Sonny ! appela-t-elle d'une voix étranglée d'angoisse.

Il se retourna vers elle et blêmit.

— C'est le bébé ?

Incapable de prononcer un mot, paralysée de douleur et de peur par la crampe de mauvais augure qui lui tenaillait le ventre, elle se contenta de confirmer d'un signe de tête.

D'un bond, Sonny fut debout.

— Je vous demande de nous excuser, mais ma femme ne se sent pas bien. Je dois l'emmener d'urgence à l'hôpital.

— Je suis enceinte, expliqua-t-elle. Je suis vraiment désolée de gâcher le repas. Merci de nous avoir invités, Liz.

A peine eut-elle achevé sa phrase qu'une violente contraction la saisit, qui lui coupa le souffle. Elle leva des yeux affolés vers Sonny qui la prit aussitôt dans ses bras.

— Garde ton calme, ma chérie. Nous serons à l'hôpital en un clin d'œil.

— Je vais vous y conduire, leur proposa Travis. Sonny, il vaut mieux que tu t'occupes de Mary Vaughn pour la tranquilliser.

— Prends le 4x4 de Sonny, suggéra Sarah. Ce sera plus confortable que ta décapotable. Je la conduirai, moi, de façon à ce que tu aies un moyen de transport pour rentrer chez toi, après.

— Dépêche-toi, Sonny, murmura Mary Vaughn d'une petite voix. Je ne veux pas perdre ce bébé.

En trois mois, elle s'était habituée à l'idée de vivre avec ce nouveau petit être et de l'élever. Quant à Sonny, il attendait l'événement avec peut-être davantage d'enthousiasme encore.

— Tu ne vas pas le perdre, Mary Vaughn, lui assura Liz d'une voix sereine en lui serrant doucement l'épaule.

Cependant, malgré les paroles encourageantes de la vieille dame, Mary Vaughn ne commença à recouvrer un semblant de calme que lorsque, installée sur la banquette arrière du 4x4, elle eut posé sa tête sur les genoux de Sonny. Travis démarra en trombe et roula à une allure qui aurait habituellement tiré des cris de frayeur à sa passagère. Mais aujourd'hui, elle était prête à tout pour battre des records et arriver aux urgences le plus vite possible.

Dès qu'il eut poussé la porte de l'hôpital, Sonny se mit à houspiller tout ce qui portait blouse blanche jusqu'à ce qu'on l'ait allongée dans un box et qu'une nuée d'infirmières et de médecins l'ait prise en charge. Alors seulement elle remarqua la panique dans les yeux de son mari.

Pourtant il continuait à lui serrer la main en lui murmurant que tout allait bien se passer, affichant une sérénité qui contrastait avec l'expression anxieuse de son visage.

Une aide-soignante finit par le prendre doucement par l'épaule et le faire sortir du box.

— Ne vous inquiétez pas, monsieur. Elle est en de bonnes mains.

A travers un brouillard, Mary Vaughn vit que l'on s'affairait autour d'elle puis, petit à petit, la douleur se dissipa, lui permettant enfin de se détendre. Les yeux dans ceux du médecin, elle s'arma de courage pour poser la question qui la hantait depuis la première contraction :

— Le bébé ? Est-ce que je vais le perdre ?

— Je vais tout faire pour l'éviter, lui assura-t-il. Cet incident est assez courant, mais votre âge accentue considérablement les risques inhérents à une grossesse. Ajoutez à cela une tension artérielle élevée, et vous risquez l'éclampsie. La seule solution est de rester alitée.

Du repos au lit ? Ce n'était pas trop catastrophique, se dit-elle, surtout si cela lui permettait de garder le bébé.

— Pour combien de temps ?

— Cela dépend. Quelques jours, quelques semaines, ou carrément jusqu'au terme. Nous ne pouvons pas prendre de risques.

Mary Vaughn le regarda, éberluée. Six mois couchée ? Elle qui s'imaginait difficilement rester une journée au lit ! Cependant, l'idée de ne pas mener sa grossesse jusqu'à son terme lui parut plus insupportable encore.

— Nous allons appeler votre mari pour lui exposer la situation, d'accord ? proposa le médecin.

Sonny écouta attentivement toutes les explications, avant de déclarer :

— Pas de problème.

— Six mois, tu te rends compte ? répéta Mary Vaughn accablée. Comment est-ce que je vais tenir le coup ?

— Ce ne sera pas nécessairement aussi long, lui rappela le docteur. Examinons la situation au jour le jour et faisons un nouveau point dans le courant de la semaine.

— Et si ton repos doit se prolonger, Rory Sue restera à la maison avec toi, ajouta Sonny dans un sourire. Je l'ai déjà appelée. Elle arrive.

— Nous ne pouvons pas lui imposer de me tenir compagnie à la maison toute la journée, protesta Mary Vaughn.

— Bien sûr que si, déclara Sonny d'un ton sans appel. En outre, elle t'aidera avec ton agence, exactement comme tu l'avais projeté. Ainsi tu n'auras pas à te tracasser de ce côté-là.

— Mais il faut que je la forme ! Elle n'a pas les compétences pour travailler en solo !

— Elle se chargera des visites et de tout ce qui nécessite des déplacements, et toi tu concluras les affaires de ton lit. Ça va marcher, ma chérie, crois-moi. Rien de fâcheux n'arrivera, ni à toi ni au bébé. Je t'en donne ma parole.

Il paraissait tellement sûr de lui qu'elle se laissa envahir par la confiance qu'il affichait. Sonny tenait toujours ses promesses. Aussi, se couvrant le ventre des mains en un geste protecteur, elle s'abandonna au sommeil, rassurée de savoir qu'elle et son bébé étaient entre de bonnes mains.

Après avoir déposé Mary Vaughn et Sonny aux urgences, et attendu des nouvelles, Travis et Sarah prirent le chemin du retour. Ils n'échangèrent pas un mot durant tout le trajet, Travis ne brisant le silence que lorsqu'ils approchèrent de Serenity.

— Quelle histoire ! dit-il encore bouleversé. Tu crois que le bébé va survivre ?

— D'après Sonny, le docteur est optimiste. J'ignorais même que Mary Vaughn était enceinte.

— Elle m'en avait touché deux mots quand j'ai commencé à prospecter pour me trouver un logement. Elle est tellement heureuse ! J'espère vraiment que tout va rentrer dans l'ordre.

— Elle va devenir folle si elle doit rester couchée jusqu'au bout. Moi-même je ne pourrais pas, et pourtant je ne suis pas aussi active qu'elle. En tout cas, c'est gentil d'avoir proposé de les emmener. Sonny était à deux doigts de s'effondrer. Cela se voyait, même s'il essayait de garder son sang-froid pour ne pas affoler sa femme.

— Je sais. Je ne voulais pas qu'il risque de s'écraser contre un arbre sur le chemin de l'hôpital. Cela dit, s'il n'avait tenu qu'à moi, j'aurais appelé une ambulance.

— Les équipes de secours mettent parfois longtemps avant d'arriver. Sauf s'il s'agit d'un accident ou d'une question de vie ou de mort, nous préférons nous rendre à l'hôpital par nos propres moyens, ici.

— Les secouristes connaissent les gestes à effectuer, eux, quand même.

— Arrête de te tracasser, dit Sarah. La catastrophe a été évitée, grâce à Sonny et toi.

— Nous devrions mener une campagne à l'antenne pour la création d'un service mobile d'urgence permanent, insista

Travis. Des situations comme celle-là ne doivent plus se produire.

— Bonne idée, approuva Sarah. Mais si j'étais toi, j'en discuterais d'abord l'aspect financier avec Tom.

— Tu as raison. Autre chose : je vais passer chez Liz pour lui donner des nouvelles. Veux-tu m'accompagner ou bien préfères-tu que je te dépose chez toi ?

— Il vaut mieux que je rentre, répondit-elle après avoir consulté sa montre.

Il la raccompagna en silence chez elle, perdu dans ses pensées.

— Merci d'avoir été là aujourd'hui, dit-il en se garant devant sa maison, quelques instants plus tard. Vraiment, merci pour tout.

— Cela m'a fait plaisir, répondit-elle en souriant. J'espère que ton projet avec Liz va se réaliser. Au revoir, Travis.

Mais il ne la laissa pas partir. En un mouvement impulsif qui le prit lui-même au dépourvu, il la retint par le bras.

— Sarah ?

Surprise, elle leva les yeux vers lui. Sans lui laisser le temps de faire ou de dire quoi que ce soit, il se pencha vers elle et lui effleura rapidement les lèvres.

— Encore merci, murmura-t-il en résistant au désir impérieux de transformer cette caresse légère en un véritable baiser.

— De rien, murmura-t-elle, visiblement désarçonnée.

Encore troublée, elle descendit de voiture. Lentement. Très lentement.

Attendait-elle qu'il lui demande de rester ?

Alors qu'elle s'engageait dans l'allée de sa maison, il la vit porter une main à ses lèvres. Ce fut un geste furtif, qui aurait pu facilement échapper à son attention, mais qui lui apprit tout ce qu'il avait besoin de savoir : les sentiments qu'elle éprouvait pour lui s'enracinaient et grandissaient, comme les siens pour elle…

Un jour ou l'autre, ils seraient contraints de se l'avouer.

S'ils l'osaient.

*
* *

Au cours du mois qui suivit la brève hospitalisation de Mary Vaughn et le baiser plein de tendresse de Travis, Sarah se montra plus irascible que jamais à son travail. Elle savait, avec une certitude absolue, qu'elle courait un sérieux danger de tomber amoureuse d'un homme qui ne correspondait en rien à celui de ses rêves.

Si elle avait été seule face à ses émotions, elle aurait peut-être pu contrôler la situation, mais Travis semblait avoir deviné le changement qui s'était opéré en elle, et il l'invitait à des sorties avec lui presque quotidiennement. Il traînait dans le studio pendant qu'elle était à l'antenne puis, systématiquement, lui proposait de déjeuner au Wharton, ou de l'accompagner au parc manger une glace, ou d'aller boire un verre au Sullivan… Elle avait beau décliner son offre chaque fois, rien ne semblait le décourager.

Un jour, cédant à l'insistance de Jeanette, elle emmena Tommy s'essayer au tee-ball. En découvrant que Travis était l'entraîneur, elle fit immédiatement demi-tour. Mais il la rattrapa.

— Alors, on se sauve ma belle ? Comme d'habitude ?

— Mais pas du tout !

— Alors pourquoi es-tu partie sans inscrire Tommy dans l'équipe ? Tu ne veux pas que ton fils s'amuse ?

— Je peux m'amuser, moi aussi ? demanda Tommy en levant vers Travis des yeux brillants d'intérêt.

— Bien sûr, bonhomme, répondit Travis. On joue au tee-ball tous les samedis. C'est très amusant.

Tommy tourna alors une frimousse implorante vers sa mère :

— Maman ! Je peux y aller ? S'il te plaît ?

Sarah fut incapable de refuser.

— Oui, bien sûr, répondit-elle avec un sourire, réservant son regard noir pour Travis. Oh ! Arrête de faire l'innocent, toi ! lança-t-elle d'un ton sec, agacée par l'air ingénu de Travis. Tu savais pertinemment ce que tu faisais !

— Tu parles de l'occasion que je donne à ton fils de jouer au grand air, avec des gamins de son âge, pour apprendre un sport ?

— Non. Je parle de tes manigances pour m'obliger à passer davantage de temps avec toi !

Alors qu'ils retournaient vers le stade, Tommy aperçu un petit voisin.

— Maman ? Je peux aller jouer avec Jimmy ?

Elle l'y autorisa et, afin de ne pas se trouver seule avec Travis, commença elle aussi à partir. Mais Travis n'était pas prêt à lâcher sa proie.

— Attends une minute, Sarah ! Cela t'ennuierait-il de m'expliquer pourquoi je te fais aussi peur ? J'aurais pourtant mis ma main à couper que nous progressions.

— Que nous *progressions* ? Et vers où, je te prie ?

— Vers une relation plus intime.

— Nous ne pouvons pas, répliqua-t-elle en le scrutant entre ses paupières mi-closes.

— Pourquoi ça ?

Vite ! Elle devait trouver une raison plausible…

— Parce que… nous travaillons ensemble. Tu es mon patron, et toute relation autre que professionnelle brouillerait inévitablement les cartes. Il me semblait que nous nous étions mis d'accord là-dessus quand tu m'as engagée.

— Voilà un discours très politiquement correct, répliqua-t-il avec une lueur moqueuse dans les yeux. Je suppose que Helen t'a fait la leçon. Le seul problème, c'est que tu as appris un rôle. Tu avais une peur bleue de moi bien avant que je ne t'embauche. Pourquoi ? Sois franche, Sarah.

Elle prit alors une profonde inspiration et se lança.

— Parce que tu ne me considères que comme un passe-temps. Je ne t'intéresse pas plus que je n'intéresse Brad Pitt.

— Tu connais Brad Pitt ? Ça alors !

— Arrête de jouer les idiots ! Tu m'as parfaitement comprise. Je ne te permettrai pas de me ridiculiser.

— Comme ton ex-mari l'a fait, c'est ça ? Parce que c'est de cela dont il s'agit, au fond. Tu continues à croire qu'il est impossible qu'un homme te trouve séduisante ou apprécie ta compagnie. Pourtant, tu sais très bien que tu m'attires et que ta présence est pour moi une source de bonheur. Alors je t'en prie, ne me compare pas à ton ex.

— C'est vrai. Tu n'as rien en commun avec Walter.

Ne serait-ce que parce que Travis ne lui disait que des choses gentilles. Mais malgré tout, comment se serait-elle bercée d'illusions quand Walter avait souligné ses défauts et son incompétence pendant tant d'années ? Oh, bien sûr, il s'était excusé de son attitude avec elle, mais trop tard, et cela n'avait pas suffi à guérir les plaies laissées par ses remarques cinglantes, sempiternellement répétées.

— As-tu confiance en moi ? demanda Travis en regardant Sarah droit dans les yeux.

— Oui, répondit-elle du bout des lèvres après une hésitation.

— Alors pourquoi refuses-tu de croire que lorsque je t'invite quelque part, c'est tout simplement parce que je me sens bien avec toi ?

Il semblait si sincère. Que n'aurait-elle donné pour le croire ! Mais comment effacer le souvenir de toutes les occasions où Walter l'avait humiliée, la traitant d'incapable, se moquant de son poids, l'embarrassant en public ? Pourquoi Travis, cet homme qui avait à ses pieds toutes les femmes qu'il désirait, cet homme qui était sorti avec des top-modèles, pourquoi diable cet homme-là s'intéresserait-il à elle, la pitoyable Sarah Price ?

Comme elle ne répondait pas, Travis la regarda d'un air désolé.

— Walter peut être fier de son travail : il t'a bien esquintée. Tu as beau prendre sa défense et assurer qu'il a changé d'attitude depuis qu'il est venu vivre ici, tu ne parviens pas à oublier le passé.

— Tu sais, je me suis vraiment efforcée de me corriger, mais…

— Te corriger de quoi, bon sang? l'interrompit-il. Quand te mettras-tu dans la tête que ce type n'est rien d'autre qu'un abruti. Ou *l'était*, si tu préfères, puisqu'il paraît qu'il a changé.

— Ce qui ne signifie pas pour autant qu'il n'avait pas raison sur bien des points!

— Lesquels, par exemple?

— Je suis trop grosse. Je ne sais pas m'organiser. Je ne m'en sors pas avec les enfants.

Au fur et à mesure qu'elle énumérait ses tares, les yeux de Travis s'agrandissaient de surprise.

— Sarah, sérieusement, t'es-tu regardée dans une glace récemment? Tu es superbe. Tu n'as peut-être pas la taille mannequin, et alors? Moi je veux une femme avec des formes, une femme que je puisse étreindre. En ce qui concerne tes talents d'organisatrice, je les ai vus à l'œuvre à la radio. Planifierais-tu aussi à l'avance tes émissions ou rangerais-tu aussi méticuleusement ton bureau si tu n'étais pas quelqu'un d'ordonné? Et je ne parle pas des messages que tu colles sur mon agenda, sans lesquels j'oublierais la moitié des coups de téléphone ou des rendez-vous que j'ai prévus. Si tu veux le fond de ma pensée, sans toi, je ne crois pas que la station pourrait fonctionner. Quant à tes enfants, ils sont en parfaite santé morale et physique.

Elle était tiraillée entre le désir de lui répliquer qu'il ne fallait pas se fier aux apparences et celui de s'ouvrir à ces éloges comme une fleur assoiffée sous une pluie bienfaitrice.

— Est-ce vraiment ainsi que tu me vois? demanda-t-elle d'une petite voix.

— Ce n'est pas seulement une question de point de vue. C'est la vérité, Sarah. Tes amies te l'ont certainement déjà dit, non?

— Oui, mais j'ai toujours pensé qu'elles manquaient d'objectivité. Ce qui est peut-être aussi ton cas.

— Mais non! Je ne suis pas de parti pris, et un de ses jours, si tu acceptes enfin de sortir avec moi, je te le prouverai, ajouta-t-il en lui caressant la joue. Pour l'heure, j'ai des gamins qui m'attendent et qui commencent à s'agiter. Il faut que j'aille les occuper.

— Vas-y.

— Nous continuerons cette conversation plus tard, promit-il. En privé.

« En privé », se répéta Sarah subjuguée par les images qu'évoquaient ces deux mots. Elle frissonna à la seule pensée de se trouver seule avec Travis McDonald.

Peut-être avait-il vu juste sur un point finalement : il était probablement temps qu'elle ose jouer la carte de la confiance, sinon en lui du moins en elle.

Chapitre 16

Depuis le début, Travis avait respecté les règles du jeu imposées par Sarah : en dehors des quelques baisers volés et des quelques occasions où il s'était aventuré, sans succès, à proposer des sorties qu'il jugeait éventuellement acceptables par elle — prendre un café, un verre, une glace... —, il avait gardé ses distances. Il était temps à présent de passer à l'offensive pour essayer d'atteindre son véritable objectif : démontrer à Sarah qu'ils étaient faits l'un pour l'autre.

Inutile bien sûr de l'aborder bille en tête. L'expérience lui avait appris l'inefficacité de cette approche ; elle le repoussait maintenant avec un tel automatisme qu'un « non » se trouvait déjà sur ses lèvres avant même qu'il ait achevé de formuler sa requête. Il n'avait donc pas d'autre solution que d'adopter une tactique plus subtile, d'emprunter des chemins plus détournés. Et il devait bien reconnaître que l'exercice n'était pas sans lui déplaire.

Jouer sur l'intérêt évident de Tommy pour le tee-ball lui avait paru la meilleure façon de parvenir à ses fins. Sarah étant incapable, comme il l'avait prévu, de refuser quoi que ce soit à son fils, elle l'avait inscrit aux *entraînements*, un terme bien pompeux pour des gamins trop jeunes pour acquérir une véritable technique. Ainsi s'était-il assuré sa présence régulière et ponctuelle au stade le samedi matin. A cela, s'ajoutait le fait que Walter, qui habitait maintenant à Serenity, passait la majorité de la semaine avec Tommy et le laissait en général à la garde de sa mère le week-end. Des circonstances qui finiraient peut-être par tourner à son avantage, espérait Travis.

Lors du deuxième entraînement, il avait placé deux équipes sur le terrain, et quelques pères lui prêtaient main-forte pour les encadrer, les enfants de cet âge ayant tendance à courir en tous sens dans un méli-mélo fort peu orthodoxe, s'amusant comme des fous. Travis, lui, se régalait de voir des petits ravis d'imiter les grands avec une maladresse dont ils n'avaient aucune conscience. L'apprentissage rigoureux des fondamentaux et des règles viendrait plus tard.

Les batteurs frappaient au petit bonheur la chance, manquant la balle plus souvent qu'à leur tour, les joueurs qui faisaient les allers-retours entre les bases interrompaient leur parcours à la vue de leur père ou de leur mère parmi les spectateurs. Pourtant, à la fin de l'heure, Travis ne tarit pas d'éloges sur ses poulains.

— Et maintenant, les enfants, que diriez-vous d'une pizza ? demanda-t-il. Comme les grands après un match ?

Une question qui fut accueillie par des acclamations de joie des enfants. Beaucoup d'entre eux avaient accompagné leurs parents assister aux exploits de leur frère aîné et avaient adopté avec enthousiasme cette tradition.

— Pour les parents qui veulent venir, rendez-vous chez Rosalina dans dix minutes ! ajouta-t-il. C'est moi qui invite.

Il se tourna alors vers Sarah qui, accroupie devant Tommy, discutait ferme avec lui. A la mine boudeuse du petit garçon, Travis comprit qu'il n'avait pas obtenu gain de cause.

— Quelque chose ne va pas ? demanda-t-il en approchant.

— J'essayais de lui faire comprendre que nous devons rentrer. Libby est à la maison avec Raylene, et je n'aime pas laisser Raylene seule trop longtemps.

Décidément, Raylene souffrait de quelque trouble, se dit-il pour la énième fois.

— Je peux m'occuper de Tommy pendant que tu vas chercher Libby, si tu veux, lui proposa-t-il.

— Oh oui ! Maman ! S'il te plaît ! Je peux rester avec Travis ?

C'est ce moment précis qu'Annie choisit pour les rejoindre

avec Trevor. Certainement pas un hasard, pensa Travis, agacé. Nul doute qu'elle tenait à garder Sarah à l'œil ou, plus exactement à *les* garder à l'œil, Sarah et lui, car elle ne s'était jamais cachée de la méfiance qu'il lui inspirait.

Ses soupçons furent d'ailleurs immédiatement confirmés quand Annie proposa avec un air de sainte-nitouche :

— A moins que Tommy ne vienne avec nous. Nous aussi nous allons manger une pizza.

Comme Travis l'avait prévu, Sarah s'empressa de saisir la perche.

— Tu es sûre que cela ne te dérange pas, Annie ?

— Absolument certaine, répondit-elle avec le regard de triomphe de quelqu'un qui vient de déjouer un complot.

— Entendu, capitula Travis, beau joueur. Je vous rejoins là-bas.

Beau joueur certes, mais désireux de prendre sa revanche…

Il installa en effet ses petits élèves de façon à ce que la table d'Annie soit complète. Ainsi, quand Sarah et Libby arrivèrent, il ne lui resta plus qu'à leur faire signe de venir s'asseoir avec lui, sur les deux sièges qu'il avait réservés à leur intention.

Après un coup d'œil résigné à son amie, Sarah prit place sur la chaise que Travis lui tenait.

— Tu devais te douter que j'emporterais la deuxième manche, non ? s'enquit-il d'un air moqueur.

— Comment ça, la deuxième manche ? demanda-t-elle avec un regard surpris.

— Annie a gagné la première.

— Je ne savais pas qu'il y avait une partie d'engagée.

— Mais si, depuis le jour où nous nous sommes rencontrés, déclara-t-il en jubilant de voir les joues de Sarah rosir de confusion. Bien, que veux-tu comme pizza ?

— Une pepperoni pour moi et une quatre saisons pour Libby, s'il te plaît. Mais une petite, pour Libby.

— Exactement ce que j'ai commandé pour toi. Tu vois comme je te connais bien !

— C'est un coup de bol. La plupart des gens prennent soit des pizzas quatre saisons soit des pizzas pepperoni, non ?

— Certains préfèrent les plus épicées, répondit-il avec un clin d'œil. Personnellement, j'ai agrémenté la mienne de quelques piments japaleños.

Bien que le brouhaha autour de leur table ait empêché une conversation un tant soit peu intime, Travis parvint à inventer toutes sortes de prétextes pour effleurer de ses doigts le bras de Sarah, toucher son épaule, accrocher son regard... A la fin du repas, elle était visiblement troublée et désorientée, mais elle ne chercha pas d'excuses pour se sauver. Un progrès, se dit Travis, fier de lui.

A moins que l'attitude de Sarah ne soit simplement due au fait que Libby avait grimpé sur ses genoux à lui et s'était endormie, blottie contre sa poitrine ?

— Il va falloir que j'aie une discussion sérieuse avec ma fille pour la mettre en garde contre les mauvaises fréquentations et les dangers de se jeter dans les bras du premier venu, dit Sarah avec un regard mi-navré mi-attendri sur le tableau.

— Peut-être devrais-tu au contraire suivre son exemple. Manifestement, elle se sent en sécurité avec moi, *elle*.

— Je ne suis pas si bête. Te rends-tu compte que dans cette pièce, en ce moment même, il y a au moins trois mamans seules qui sont prêtes à m'étriper pour prendre ma place à ta table ? Pourquoi ne cours-tu donc pas après des proies faciles, plutôt ?

— Parce que la facilité ne m'intéresse pas. Et en plus, c'est toi qui m'attires.

— Mais enfin, pourquoi ?

— Pourquoi ai-je l'impression de devoir en permanence faire mes preuves ? Et je ne parle même pas de l'obligation de justifier mes sentiments envers toi. Faut-il vraiment que j'énumère, encore une fois, toutes les raisons pour lesquelles je t'aime ?

— Ce serait peut-être une bonne chose.

— Il me semblait pourtant avoir réussi à t'extirper de la tête les jugements négatifs que tu portes sur toi, la semaine derrière. N'as-tu donc pas cru un seul mot de ce que je t'ai dit?

Effaré, Travis vit les yeux de Sarah s'embuer de larmes tandis qu'elle détournait la tête.

— Sarah, murmura-t-il en lui relevant le menton pour la forcer à le regarder. Qu'y a-t-il? Qu'est-ce que j'ai dit?

— Mais justement, répondit-elle dans un souffle, le problème c'est que tu dis tout ce qu'il faut, tout ce que j'ai envie d'entendre, et cela me terrorise.

— Pourquoi?

— Voyons, Travis! Tout le monde connaît ta réputation de coureur de jupons. Tu dragues toutes les représentantes de la gent féminine tant qu'il leur reste un souffle de vie. Comment pourrais-je croire à la sincérité de tes propos quand ils sont diamétralement opposés à ceux que me tenait régulièrement Walter, le père de mes enfants, celui qui m'a épousée et me connaît probablement mieux que personne? Aujourd'hui encore, alors même qu'il s'est excusé et a juré ses grands dieux qu'il avait changé, il ne peut se retenir de lancer une pique de temps à autre. Il ne pensait même pas que je m'en sortirais comme serveuse au Wharton, figure-toi.

— Nous avons déjà établi que Walter était un idiot, n'est-ce pas? déclara Travis sur un ton doctoral qui arracha un demi-sourire à Sarah.

— Un idiot qui me connaît bien, alors.

— Non!

Il avait protesté avec une telle fougue que Libby, surprise, se mit à remuer dans ses bras. Aussitôt il lui caressa doucement le dos jusqu'à ce qu'elle se rendorme avec un soupir de contentement. Il reprit alors à voix basse :

— Peut-être Walter croyait-il te connaître lorsqu'il te dévalorisait à longueur de temps. Quoique j'en doute fortement. Mais une chose est sûre en tout cas : il ne sait pas quelle femme tu es devenue. La femme qui s'est bâtie une nouvelle vie, il ne la connaît pas. Cette femme intelligente, solide, déterminée… et indépendante.

— On dirait que ce dernier trait de caractère ne te plaît guère.

— Non, c'est plutôt que je le trouve horripilant, rectifia-t-il en esquissant un sourire en coin. Mon ego en prend un sacré coup avec toi.

— Vraiment ?

— Vraiment, confirma-t-il avec une certaine solennité. Si n'importe qui d'autre que toi avait repoussé mes avances avec une telle constance, j'aurais passé mon chemin.

— Pourquoi ne l'as-tu pas fait, alors ?

— Franchement ? Je l'ignore, avoua-t-il dans un soupir.

— Probablement parce que tu aimes relever les défis.

— Je ne le pense pas, dit-il en lui caressant la joue avec le dos de son index. Ce que je sais, en revanche, c'est que je vais devenir fou si je ne trouve pas la réponse.

— Et comment comptes-tu t'y prendre ?

— Accepte un rendez-vous en tête à tête, répondit-il tandis qu'elle l'observait entre ses paupières mi-closes. Je te laisse le choix : soit nous mettons les petits plats dans les grands et nous nous rendons à Charleston, soit, tout simplement, nous allons au Sullivan. Une soirée tranquille, juste entre nous. Nous avons beau passer nos journées ensemble, nous ne nous connaissons pas vraiment. Ne crois-tu pas que nous avons mérité au moins ça ?

— Je… nous ne saurons probablement pas quoi nous dire, objecta-t-elle, incapable de cacher son émoi.

— Je ne m'inquiète pas pour ça ! Je gagne ma vie en parlant. Toi aussi.

— Si j'accepte, tu vas perdre tout intérêt pour moi.

L'excuse lui avait échappé, et Travis la saisit au vol.

— Alors tant mieux ! J'aurais pensé que rien ne te plairait davantage. Ecoute, Sarah, à supposer que tu ne sentes aucune attirance pour moi, comme tu l'affirmes, eh bien tu souffriras en silence pendant une soirée. A moins que nous n'entreprenions autre chose.

— Il est hors de question que tu m'entraînes dans ton lit ! riposta-t-elle avec vivacité.

— D'où sors-tu que je te proposais que nous couchions ensemble ? lança Travis qui exultait de l'entendre trahir le cours de ses pensées en interprétant de cette façon ses propos.

— Avec des hommes comme toi, un rendez-vous finit toujours comme ça.

— C'est le cas de tous les rendez-vous amoureux, pas seulement avec les hommes comme moi, comme tu dis. Si le courant passe, naturellement. Et entre nous, le courant va passer. Très bien passer même, j'en suis sûr, ajouta-t-il en la regardant droit dans les yeux.

— Si j'accepte, promets-tu de cesser de me harceler ? demanda-t-elle en rougissant.

— Oui, à condition que le rendez-vous tourne au fiasco total, précisa-t-il. Or, si mon intuition ne me trompe pas, ce ne sera pas le cas. Alors, qu'en dis-tu ? Il est temps que tu tordes le cou aux critiques qui t'obsèdent et que tu essaies de voler avec tes nouvelles ailes, tu ne crois pas ?

Sarah n'eut pas le temps de répondre. Annie débarqua, au mauvais moment comme d'habitude, et s'installa d'autorité entre Sarah et lui tandis que Tommy et Trevor grimpaient sur des chaises à côté d'eux pour attraper les restes de pizza.

— De quoi parlez-vous tous les deux ? demanda Annie d'un ton jovial avant d'interpeller vivement les deux enfants :

— Non ! Vous avez assez mangé.

Les deux garçons, la mine boudeuse, se mirent à guetter le moment où Annie porterait son attention sur quelqu'un d'autre pour repartir à l'attaque des reliefs de repas. Leur attente fut vite récompensée…

— Alors ? demanda Annie en se tournant vers Sarah. Que se passe-t-il ?

— Sarah vient d'accepter de sortir avec moi, répondit Travis défiant pratiquement Sarah de le contredire.

— C'est vrai, Sarah ? s'enquit Annie à la fois inquiète et contrariée. Es-tu sûre que c'est une bonne idée ?

D'habitude, Sarah se serait laissé intimider par le regard noir de son amie. Mais désormais, plus personne ne lui dicterait sa conduite ! décida-t-elle en se tournant résolument vers Travis pour lui demander :

— Quand ?

Sans montrer sa joie face à cette victoire, il proposa calmement :

— Demain soir ?

— 19 heures ?

— Ça marche, conclut Travis qui se leva pour partir avant que Sarah ne change d'avis.

Elle l'arrêta pourtant.

— Dis-moi, Travis. As-tu l'intention de garder ma fille ?

— Oh ! Excuse-moi. Non, bien sûr !

Il s'était tellement habitué à porter la petite fille dans ses bras qu'il en avait presque oublié sa présence, comme si elle ne faisait qu'un avec lui. Si bien que lorsqu'il la rendit à sa mère, il eut l'impression qu'on lui arrachait une partie de lui-même. Un sentiment étrange et nouveau… Mais au lieu de méditer sur cette émotion inattendue, il se pencha à l'oreille d'Annie :

— Je te conseille de ne pas essayer de la faire revenir sur sa décision. Elle a besoin d'un homme.

Il entendit le hoquet d'indignation d'Annie, mais s'éloigna rapidement, coupant court à toute protestation. Peut-être que si Annie se donnait la peine de réfléchir quelques secondes à ce qu'il venait de dire, s'apercevrait-elle de la justesse de ses propos ?

A force d'analyser les réactions de Sarah, il avait en effet compris que, depuis son divorce, elle était paralysée d'appréhension à l'idée de se lancer dans une nouvelle aventure.

Il était donc temps qu'elle franchisse le pas, et mieux valait que ce soit avec lui, qui, connaissant la torture morale que lui avait infligée Walter, ne la blesserait sous aucun prétexte. Quelle que soit l'évolution que connaîtrait leur relation, au moins aurait-elle passé une première étape qui l'amènerait à tourner définitivement la page de son passé pour écrire celle d'une nouvelle vie épanouie et riche, loin de l'existence étriquée à laquelle elle s'était condamnée jusque-là.

Cet après-midi-là, Travis profita de son jogging avec Tom pour lui annoncer la promesse de rendez-vous qu'il avait enfin arrachée à Sarah.

— Il ne me reste plus qu'à prier pour qu'Annie ne l'en dissuade pas, conclut-il.

Mais au lieu des félicitations espérées, Travis vit Tom tourner vers lui un visage solennel.

— Travis, jure-moi que tu ne cherches pas seulement à t'amuser un peu.

Quoi ? Son propre cousin le connaissait-il si mal ? s'indigna Travis qui domina difficilement sa colère quand il répondit :

— Je t'ai déjà expliqué ce que je ressentais pour Sarah. C'est une femme formidable. Nous sommes sur la même longueur d'ondes, à bien des niveaux. Il suffit qu'elle veuille bien le reconnaître.

— Tu envisages sincèrement de te ranger ? insista Tom, que les protestations de Travis n'avaient visiblement pas complètement rassuré.

— Bon sang, Tom ! J'ai acheté une station de radio à Serenity et je me ruine la santé pour qu'elle fonctionne. J'ai entamé des démarches pour acheter une maison ici. Quelle autre preuve veux-tu ? Oui, j'ai réellement l'intention de m'établir ici.

— Ce n'est pas ton engagement vis-à-vis de la ville que je mets en doute, mais celui vis-à-vis d'une femme, en l'occurrence de Sarah. Si à Boston, tu peux te permettre de butiner à droite et à gauche, ici, je te le déconseille vivement.

Travis s'arrêta net, sans prévenir, prenant de court son cousin qui continua encore quelques pas sur sa lancée.

— Qu'est-ce qui t'arrive ? demanda Tom en se retournant.

— Voilà la situation. J'apprécie énormément Sarah. Je suis attirée par elle. Elle n'a absolument rien à voir avec toutes ces femmes de Boston auxquelles tu faisais allusion, qui, je te le précise, ne sont pas nées de la dernière pluie et connaissent la musique. Sarah, elle, bien qu'elle ait été mariée, est encore naïve. Sa vulnérabilité me touche, me donne envie de la protéger, de lui ouvrir les yeux sur ses nombreuses qualités. Et si les gens voulaient bien arrêter de s'en mêler…

Travis marqua un temps d'arrêt pour lancer à son cousin un regard appuyé.

—… ou de me menacer, je crois que je pourrais devenir sa bonne fée.

Un sourire éclaira alors lentement le visage de Tom.

— D'accord. Message reçu. Tous mes vœux t'accompagnent, dit-il en le gratifiant d'une bourrade dans le dos.

— Tu es sérieux ? s'enquit Travis, encore sceptique.

— Bien sûr. Rien ne pourrait me faire plus plaisir que de te voir t'installer à Serenity, avec femme et enfants.

— Installé avec femme et enfants ? répéta Travis, la gorge soudain nouée d'angoisse. Je n'ai jamais dit que j'étais prêt à cela. Bien sûr, je l'ai envisagé. Mais ne mettons pas la charrue avant les bœufs. Nous ne sommes même pas sortis ensemble encore !

Il s'interrompit en voyant le visage de Tom s'assombrir d'un coup.

— Ouh là ! s'écria ce dernier entre ses dents.

— Quoi ?

— Je vois venir des ennuis, murmura-t-il.

— Des ennuis ?

— Annie. Et selon toute apparence, elle est en mission.

— Nous n'avons qu'à reprendre notre course pour la semer, suggéra Travis.

— Pour en entendre parler jusqu'à la fin de nos jours ? Non, merci.

De toute façon, toute fuite était maintenant impossible ; Annie les avait déjà rejoints.

— Jeanette m'a dit que je vous trouverais tous les deux près du lac, annonça-t-elle.

— Ta femme serait-elle passée à l'ennemi, Tom ? lança Travis.

— Je t'avais prévenu ! Les Sweet Magnolias font toujours bloc, répliqua Tom en riant.

Mais Annie ne partageait pas son sens de l'humour, et c'est un regard glacial qu'elle posa sur Travis.

— Il faut que nous parlions de ce rendez-vous avec Sarah, laissa-t-elle tomber.

— Non, certainement pas. Je l'ai invitée. Elle a accepté. Sarah est une adulte. Elle est assez grande pour décider toute seule de sa conduite. Arrête de la traiter comme si elle était de verre.

— Mais justement, le problème est là ! s'insurgea Annie. Sarah est fragile.

— De toute évidence, nous ne parlons pas de la même femme, répliqua Travis en haussant un sourcil. Certes, elle a traversé des moments très éprouvants. Mais elle en est sortie plus forte que jamais. Et elle le sera encore plus lorsqu'elle commencera à diriger elle-même sa vie sans écouter ses amies.

Annie demeura un instant interloquée par la véhémence de la riposte, puis avoua :

— On finirait presque par croire que tu la respectes.

— Naturellement, que je la respecte ! s'indigna-t-il. Mais vous me prenez pour qui, tous, autant que vous êtes ?

— Je craignais que tu ne profites d'elle, expliqua-t-elle. Tu sais, selon le scénario connu du jeune homme séduisant qui lance quelques compliments à la pauvre petite divorcée paumée avant de l'entraîner au lit.

— C'est une véritable insulte, tant pour moi que pour Sarah !

Annie jeta un coup d'œil à Tom qui avait écouté l'échange en silence.

— Tu crois qu'il est sincère ? lui demanda-t-elle.

— Oui. Je viens d'avoir à peu près la même conversation avec lui. Et je pense qu'il est sincère. Tu sais, je vis avec une Sweet Magnolia, alors s'il avait la moindre intention de toucher à un seul cheveu de la tête de Sarah, Jeanette m'en rendrait responsable et me le reprocherait jusqu'à ma mort. Jamais je ne prendrai ce risque.

Après avoir ruminé un moment la réponse de Tom, Annie haussa les épaules, visiblement décidée à abandonner tout combat.

— Entendu. Je rends les armes. Mais si je m'aperçois que tu t'amuses avec elle, tu le paieras très cher, ajouta-t-elle en brandissant son index sous le nez de Travis.

— Compris, lui assura Travis en se retenant de rire.

Il salua néanmoins le départ d'Annie par un immense soupir de soulagement.

— As-tu subi toi aussi ce genre d'intimidation quand tu sortais avec Jeanette ?

— C'était pire. J'ai dû en plus affronter Cal, Ronnie et Erik qui, bien sûr, étaient envoyés par leur femme.

— Eh bien ! J'ai l'impression que je vais devoir sortir le grand jeu si je ne veux pas être chassé à coups de pierres de cette ville.

— Tu commences à saisir la situation, déclara Tom d'un air sombre.

Dans l'immobilier, le samedi et le dimanche étaient les deux jours les plus chargés, car les acquéreurs potentiels disposaient alors du temps nécessaire pour se mettre en quête d'un nouveau logement. Hélas, Mary Vaughn était toujours cloîtrée chez elle et, pire, clouée au lit !

Il s'était écoulé deux semaines depuis l'incident chez Liz, et le docteur ne l'avait toujours pas autorisée à se lever, à cause de sa tension artérielle qui demeurait trop élevée. Jamais elle n'avait ressenti une telle frustration, d'autant plus qu'elle était privée de la seule activité qui aurait pu la distraire : toute relation sexuelle lui était en effet interdite.

— Je vais aller à la boutique de vidéo louer quelques films, proposa Sonny.

— Si tu veux, répondit-elle sans aucun enthousiasme.

— J'apporterai du pop-corn et une grande boîte de glace en même temps.

— Pour que je devienne comme une grosse vache, bougonna-t-elle.

— Ecoute, ma chérie, que veux-tu que je fasse ? finit-il par demander sans plus cacher son découragement. Que dirais-tu d'une partie de rami ou de poker ?

— Le seul jeu amusant, c'est le strip-poker. Et quel intérêt, dans la mesure où l'on ne pourrait pas poursuivre, après ?

— La bibliothèque ne ferme que dans une heure. Veux-tu que j'aille te chercher des livres ? Tu te plains toujours de ne pas avoir le temps de lire. Profite de l'occasion.

— C'est vendre des maisons que je veux.

— Ça, c'est hors de question pour le moment, dit-il sans se départir de son calme.

— Je me rends bien compte que je suis insupportable, avoua-t-elle. Mais je ne supporte plus de rester au lit !

— C'est compréhensible. Personne n'aime ça. Sauf si c'est pour y faire quelque chose d'intéressant…, ajouta-t-il avec une lueur coquine dans l'œil.

— Eh bien, il ne faut pas y penser ! rétorqua-t-elle sèchement.

— Je sais, ma chérie. Je disais seulement…

Elle lui prit la main sans le laisser achever.

— Excuse-moi, mon chéri. Je suis d'une humeur exécrable et je passe mes nerfs sur toi parce que je t'ai sous la main. Demain, quand Rory Sue prendra le relais, je vais la faire aussi tourner en bourrique, si cela peut te consoler. Je suis franchement odieuse et je n'y peux rien. Comment allons-nous survivre six mois à ce train-là ?

— Tu n'es pas odieuse, mon chou. Jamais tu ne l'es. Et ne t'inquiète pas pour Rory Sue. Tu vas l'initier aux ficelles du métier, et tu n'auras plus le temps de la faire tourner en bourrique.

— Tu sais bien que cela ne l'intéresse pas, marmonna Mary Vaughn.

Ce qui était une raison supplémentaire qui justifiait sa mauvaise humeur. Vu les circonstances, Rory Sue avait certes accepté de la remplacer à l'agence, mais de façon temporaire, uniquement pour rendre service, avait-elle insisté.

— Il n'empêche qu'elle va devoir se former. Allez, ma chérie, tout va s'arranger pour le mieux ! Nous allons profiter de notre fille pendant quelques mois. Elle va t'aider à l'agence et à la maison. Elle va enfin gagner un peu sa vie ! Qui sait si cette petite expérience ne l'incitera pas à s'installer pour de bon à Serenity ?

— A moins qu'elle n'en ait tellement marre de moi, qu'elle prendra ses jambes à son cou dès que le bébé sera né, objecta Mary Vaughn avec amertume.

— Bon, maintenant ça suffit, décréta Sonny en la poussant pour qu'elle lui fasse une place dans le lit à côté d'elle. Aucun médecin ne nous a interdit de nous câliner comme lorsque nous étions adolescents. Pose ta tête sur mon épaule et ferme les yeux.

— Nous n'en restions pas là lorsque nous étions adolescents, Sonny Lewis, lui rappela-t-elle, en obtempérant néanmoins.

Ils restèrent silencieux un moment. Quel formidable sentiment de sécurité lui donnait Sonny… Et surtout, comme elle mourait d'envie de faire l'amour avec lui ! Lors de leur premier mariage, elle n'avait jamais connu ce désir impérieux qui la submergeait à présent chaque fois qu'elle le voyait et qui la mettait au supplice lorsque, comme actuellement, elle ne pouvait l'assouvir.

— Si seulement nous pouvions… Tu sais…, dit-elle d'une voix enrouée.

— Oui, bien sûr, mais nous sommes bien comme ça, quand même.

A une époque, elle avait frissonné d'horreur à l'idée que ce qui se passait entre un homme et une femme puisse être seulement « bien », un qualificatif qu'elle traduisait par « ennuyeux ». Elle avait besoin d'enthousiasme, de passion, quitte à jouer avec le feu. Plus jeune, elle avait d'ailleurs désespérément cherché à attirer l'attention des garçons peu recommandables de Serenity, dont Ronnie Sullivan avait constitué le plus digne représentant.

A présent cependant, alors que, entre ces bras puissants et protecteurs, elle écoutait les battements du cœur de son mari, « être bien » prenait une tout autre signification. Peut-être cela lui suffirait-il pendant quelques mois, surtout si elle gardait à l'esprit l'enjeu de son repos forcé. Sonny et elle allaient recevoir, avec ce bébé, un cadeau miraculeux, témoignage de la force de leur nouvel amour.

Chapitre 17

— Je ne peux pas sortir avec Travis ! décréta Sarah alors qu'elle émergeait de sa chambre, après deux heures passées à chercher la tenue parfaite pour l'occasion.

— Si tu le dis, se contenta de répondre Raylene.

Sarah demeura un instant interdite.

— Tu ne m'as même pas demandé pourquoi ! finit-elle par s'indigner, dépitée de ne rencontrer plus d'intérêt de la part de son amie.

— Tout simplement parce que je te prends pour une adulte qui a mûrement réfléchi à sa décision, pas pour une adolescente frivole qui, d'une minute à l'autre, va se plaindre de ne rien avoir à se mettre, répliqua Raylene avec un sourire en coin.

— Eh bien… c'est pourtant l'exacte vérité, soupira Sarah en se laissant tomber dans un fauteuil. Je n'ai rien à me mettre. Apparemment, quelques-uns de mes kilos se sont envolés à mon insu. Plus rien ne me va. Rien de seyant, en tout cas. Je ne peux quand même pas m'habiller avec mon pantalon et mon chemisier de tous les jours. Et puis de toute façon, j'y flotte aussi.

— Va donc fouiller dans mon armoire, lui suggéra son amie.

— Tu rigoles ! Je n'y trouverai rien. Tu as vu comme tu es mince ?

— Toi aussi, ma grande ! Arrête de gémir. Essaie au moins une ou deux tenues. Ces robes que j'ai payées une fortune méritent d'être montrées. Elles sont enfermées dans un placard depuis trop longtemps.

Sarah s'apprêtait à suggérer qu'il revenait plutôt à Raylene de les porter, mais se ravisa devant le regard noir de son amie.

— Ne commence surtout pas avec ça, lui ordonna-t-elle avec une violence à peine contenue. Contente-toi de trouver une jolie robe pour épater ton homme et lui donner des suées.

— Je ne tiens pas à ce qu'il ait trop chaud, de peur qu'il ne lui prenne l'envie de se déshabiller, riposta Sarah bien que l'idée d'assister à un strip-tease de Travis ne soit pas sans lui déplaire…

— Tu plaisantes, j'espère ! s'écria Raylene. Même moi je serais tentée. J'ai pourtant fait vœu de célibat.

— Je n'ai pas dit que je ne serais pas tentée, mais que je ne souhaitais pas que l'on en arrive là. Es-tu sûre que tu ne vois pas d'inconvénient à ce que j'essaie une de tes robes ? s'assura-t-elle une dernière fois. Ou un pantalon, peut-être.

— Enfile une de mes robes, et si tu as un tantinet de jugeote, laisse Travis te l'enlever. Qu'au moins une personne dans cette maison se mette de nouveau à vivre !

— Ce n'est pas Annie qui me conseillerait ça, dis donc ! s'exclama Sarah. Elle, elle pense que ce tête-à-tête est de la folie.

— Peut-être parce que, contrairement à moi, elle n'a pas vu comme ton visage s'éclaire dès que tu parles de Travis. Après avoir supporté Walter pendant tant d'années, tu as le droit de prendre du bon temps avec un homme qui te respecte, et si Travis est capable de t'offrir ce cadeau merveilleux, j'applaudis des deux mains.

— Il pourrait très bien finir par me rendre malheureuse.

— La vie n'offre effectivement aucune garantie de bonheur éternel, soupira Raylene avec un haussement d'épaules fataliste. C'est comme ça. Mais c'était la même chose avec Walter. Tous ses beaux serments ne l'ont pas empêché de te faire souffrir. Et je parie qu'avec Travis tu vas découvrir des cieux dont tu ne soupçonnais même pas l'existence avec ton ex. Il faut savoir prendre des risques de temps en temps. Sinon, tu ne vis pas : tu survis.

Une nouvelle fois, Sarah s'apprêta à ouvrir la bouche et, une nouvelle fois, Raylene l'arrêta du regard.

— On ne parle pas de moi, compris ? répliqua-t-elle d'un ton sans appel. Maintenant, file essayer des tenues. Personnellement, cela me tenterait assez d'assister à un défilé de mode.

Malgré sa conviction que les vêtements de Raylene seraient trop petits pour elle et ses réticences à s'afficher dans une toilette haute couture dont le prix dépassait son salaire mensuel, Sarah alla ouvrir l'armoire de son amie. Son regard fut instantanément attiré par une robe bain de soleil, toute simple, dont le bleu saphir s'harmonisait avec la couleur de ses yeux.

Aussi incroyable que cela soit, ses mains tremblaient en l'ôtant du cintre. Elle l'appliqua contre elle et aussitôt son teint s'illumina, ses yeux parurent s'agrandir. Après s'être rapidement débarrassée de son short et de son T-shirt, elle l'enfila, laissant le tissu soyeux glisser le long de son corps. Le corsage ajusté mettait en valeur sa poitrine tandis que la jupe, qui descendait à hauteur de genoux, enveloppait merveilleusement ses hanches. C'était le genre de robe qui, en fonction des accessoires dont on l'agrémentait, convenait aussi bien à une soirée mondaine qu'à une sortie décontractée.

Sidérée, Sarah se contempla un instant dans le miroir de l'armoire. Malgré ses cheveux en bataille et l'absence de tout maquillage, elle rayonnait de beauté. Et, plus étonnant encore, elle était mince ! C'est alors que l'image d'elle-même qui lui était ainsi renvoyée la libéra du jugement éternellement négatif de Walter.

La gorge nouée, elle retourna dans le salon et s'immobilisa devant Raylene, appréhendant le verdict de son amie qui, elle le savait, ne mâcherait pas ses mots.

— Tu es superbe ! murmura Raylene, visiblement sous le

choc. Cette robe te va cent fois mieux qu'à moi et elle est exactement de la couleur qu'il te faut. Comment te sens-tu dedans ?

— J'en suis tombée amoureuse avant même de la décrocher. Et la taille me va ! Je n'en reviens toujours pas.

— Franchement, on dirait qu'elle a été faite pour toi. Essaies-en d'autres.

— Mais celle-là me plaît ! objecta Sarah en tâtant avec volupté le tissu.

— Mais pourquoi t'arrêter là ? Je suis sûre que d'autres rendez-vous vont suivre. Autant les préparer dès maintenant.

— Je ne vais quand même pas piller ta garde-robe !

— Tous ces vêtements ne me rappellent que de mauvais souvenirs, répondit Raylene en balayant d'un revers de main son objection. Je les ai emportés avec moi après l'incarcération de Paul, uniquement parce que je n'ai eu le courage ni de les jeter, vu leur prix, ni de les donner à quelqu'un qui ne les aurait pas portés avec autant d'éclat que toi. Prends ce qui te plaît. Je t'en supplie, Sarah, fais-le pour moi, insista-t-elle avec un regard implorant. Cela me réconforte de savoir qu'ils servent à quelqu'un que j'aime. C'est une façon de te remercier — oh ! un tout petit peu ! — pour toute l'aide que tu m'as apportée. C'est un minimum. J'aurai l'impression de jouer à la bonne fée.

Une heure plus tard, avec les conseils de Raylene, Sarah avait choisi une demi-douzaine de tenues.

— C'est malin ! Maintenant, je n'arrive pas à décider laquelle mettre, se lamenta-t-elle.

— Reconnais quand même qu'il y a plus grave comme problème ! lança Raylene avec un sourire moqueur.

Sarah partit d'un grand éclat de rire, heureuse pour la première fois de ce rendez-vous qui l'inquiétait tant jusqu'à présent. Depuis son tout premier tête-à-tête avec Walter, à l'époque du lycée, aucun ne l'avait mise ainsi sur des charbons ardents. C'était aussi la première fois, depuis ce jour, qu'elle se sentait autant en harmonie avec elle-même. Peut-être allait effectivement commencer pour elle une nouvelle vie qui, elle l'espérait, connaîtrait un dénouement plus heureux que la précédente.

D'un commun accord, Travis et Sarah avaient décidé de dîner au Sullivan plutôt que d'aller jusqu'à Charleston, un choix dont s'était félicité Travis dès que Sarah était apparue, époustouflante dans sa robe bleue qui moulait ses formes et dénudait ses épaules… Comment aurait-il porté attention à la route alors qu'il devait déployer des efforts de concentration surhumains pour résister à la tentation de la prendre dans ses bras ?

— Ça te change ! murmura-t-il en un commentaire digne de rester dans les annales des euphémismes de l'année.

Malgré l'ineptie du compliment, le visage de Sarah s'éclaira d'un large sourire.

— Merci, répondit-elle timidement, d'une voix à peine audible.

Dès qu'ils entrèrent dans le restaurant, tous les regards se tournèrent vers eux, et quelques murmures s'élevèrent. Prévenue par la préposée à l'accueil, Dana Sue abandonna ses fourneaux pour venir les accueillir.

— Tourne-toi un peu, Sarah, demanda-t-elle. Tu es superbe, mon chou ! Où as-tu déniché cette robe ? Pas à Serenity, en tout cas.

— Quand on sait chercher, c'est incroyable ce que l'on trouve à Serenity, répliqua Sarah en riant, ce qui les plongea tous deux dans la perplexité. Raylene, finit-elle par avouer. Elle a une armoire entière pleine de tenues extraordinaires qu'elle ne veut pas mettre.

— En tout cas, elle n'aurait pas pu choisir mieux pour toi, déclara Dana Sue. Bien. Qu'est-ce que je vous apporte ? Du champagne ? Du vin ?

— Du thé glacé, répondit Sarah en fixant Travis. Je dois rester lucide.

— Hé ! Que crains-tu ? protesta Travis avec un air de chien battu. Je suis sage.

— Dans quel domaine ? ironisa Sarah.

— Alors, deux thés glacés ? demanda Dana Sue en leur jetant un regard amusé.

— Apparemment, oui, marmonna Travis. Est-ce que je t'effraie à ce point ? s'enquit-il après le départ de Dana Sue.

— Non, c'est de moi que je me méfie. Cela fait très longtemps que je n'ai pas été prise d'un tel tournis, que je n'ai pas éprouvé cette impression de perte le contrôle.

« Quelle ingénuité dans cet aveu ! Mais aussi quelle vulnérabilité ! » songea Travis dont le cœur se mit à palpiter étrangement.

— Que vais-je faire avec vous, Sarah Price ?

— Probablement pas ce que vous espérez, Travis McDonald.

— Décidément, tu es pleine de surprises, ce soir ! s'exclama-t-il, pris une nouvelle fois au dépourvu par son côté espiègle.

Au même moment, son téléphone sonna. Il le sortait de sa poche pour l'éteindre lorsqu'il vit alors le nom de Tom affiché à l'écran. Son cousin savait à quel point ce rendez-vous avec Sarah comptait pour lui pour le déranger sans bonne raison.

— Excuse-moi, Sarah. Allô, Tom ? dit-il en se détournant. Ça a intérêt à être important !

— Ton père et sa fiancée viennent de débarquer et ils te cherchaient partout. Ça te va ? Est-ce un motif suffisant pour interrompre ta soirée ?

— Où sont-ils en ce moment ? demanda Travis d'un ton las.

— En route pour le Sullivan. Ils ont quelque chose d'urgent à t'annoncer, semble-t-il.

— Et tu leur as dit où me trouver ? Tu as perdu la tête ou quoi ?

— J'ai essayé de les décourager, je t'assure, mais Greg n'a rien voulu savoir. Comme il commençait vraiment à me taper sur les nerfs, j'ai jugé qu'il valait mieux te laisser régler le problème. A mon avis, il te reste environ cinq minutes pour déguerpir.

— Merci de m'avoir prévenu, répondit Travis avant de raccrocher, furieux.

— Un problème ? demanda Sarah après l'avoir observé un long moment en silence.

— C'était Tom. Apparemment, mon père va arriver ici d'une minute à l'autre… Avec sa fiancée !

— Cela n'a pas l'air de te réjouir. Qu'est-ce qui te dérange, qu'il soit venu à Serenity ou qu'il ait amené sa fiancée ?

— Les deux, à dire vrai. Je vais filer en douce par les cuisines. Tu viens ?

— Quoi ? Tu le laisserais avoir fait tout ce trajet pour rien ? Tu n'as pas honte ?

— L'entrevue risque d'être pénible, tu sais.

— Tout dépend de toi. Elle le sera si c'est ce que tu cherches. Personnellement, j'ai bien envie de rencontrer ton père, afin de juger par moi-même si tu lui ressembles ou pas…

— Comme tu veux, marmonna Travis d'un air résigné.

Moins d'une minute plus tard, quand son père entra avec Trina à son bras, il jeta un coup d'œil à Sarah qui détaillait les nouveaux arrivants, les yeux agrandis par la surprise.

— Elle est…

— Plus jeune que moi, oui, compléta-t-il. En fait, nous sommes sortis ensemble à l'université. Je croyais te l'avoir dit.

— Oui, c'est vrai, mais l'information ne s'était vraisemblablement pas imprimée dans mon cerveau.

C'est avec une expression qui inquiéta Travis qu'elle suivit du regard le couple qui traversait la salle. Mais il n'eut pas le loisir de la questionner.

— Bonjour, fiston ! lança son père d'un ton enjoué. Excuse-nous d'interrompre ton dîner, mais nous voulions te réserver la primeur de la nouvelle.

— Tu aurais dû m'avertir de ta visite, répliqua Travis en

s'efforçant d'être aimable. Comme tu le constates, je ne suis pas seul.

— Ce n'est pas grave, intervint aimablement Sarah en posant sa main sur la sienne. Joignez-vous à nous. Je me présente : Sarah Price.

Avec consternation, Travis vit alors son père prendre l'invitation au mot et gratifier Sarah de son sourire le plus radieux tandis qu'il tirait une chaise pour Trina avant de s'installer à son tour.

— Enchanté, Sarah. Je suis Greg McDonald et voici Trina Phelp.

— Nous avions hâte de te mettre au courant, Travis, intervint cette dernière, le visage rayonnant.

Sur ces mots, elle se rapprocha de Greg, lui serra la main de toutes ses forces, et prit une profonde inspiration.

— Nous allons avoir un bébé, annonça-t-elle d'une voix tremblante.

Ce fut au tour de Travis d'écarquiller les yeux de surprise, et il prit sur lui pour ne pas laisser échapper un chapelet de jurons. Adieu le contrat de mariage ! Ces deux-là allaient être liés pour l'éternité.

— Tu vas avoir un demi-frère ou une demi-sœur, Travis, poursuivit Trina, comme il ne réagissait pas. N'est-ce pas merveilleux ?

— Oh, je… oui, c'est merveilleux, bafouilla Travis.

Le piège venait de se refermer sur son père, et sa mère allait souffrir davantage encore, songea-t-il. Cela n'avait rien de merveilleux. Et pour couronner le tout, sa première soirée en tête à tête avec Sarah ne ressemblait plus à rien.

Il passa deux heures interminables dans une espèce de brouillard, n'appréciant même pas la cuisine raffinée de Dana Sue, et quand, enfin, il se trouva seul avec Sarah, il était d'une humeur massacrante.

— Tu n'as pas été très aimable, lui reprocha Sarah.

— Il y a de quoi ! Cette petite garce a tout manigancé, rétorqua-t-il.

— Comment ça, tout manigancé ?

— Tu n'es pas naïve à ce point, quand même ! Quand nous nous sommes vus tous les trois, la dernière fois, j'ai incité mon père à faire établir un contrat de mariage. Et aujourd'hui elle est enceinte ? Je suis de plus en plus persuadé qu'elle cherche à mettre la main sur la fortune de papa.

— Il semble l'aimer, lui fit remarquer Sarah avec douceur.

— Il est *aveuglé* par l'amour, plutôt. Comme toujours avec ses conquêtes, mais cela ne dure jamais. Jusque-là, cependant, il ne les prenait pas au berceau, et il s'est toujours méfié des croqueuses de diamants.

A peine eut-il achevé qu'il vit le visage de Sarah se fermer.

— Quelque chose ne va pas ? demanda-t-il, résolu à ne pas laisser la visite de son père et sa propre irritation gâcher la soirée.

— Combien de fois dans ta vie as-tu été *aveuglé par l'amour*, comme ton père ?

— Jamais. Avant toi, je veux dire.

— Arrête ! Tu reconnais toi-même être un coureur de jupons.

— Ce n'est pas pareil, protesta-t-il, conscient cependant de la difficulté pour Sarah de comprendre la différence. Ecoute. Nous ne savons ni l'un ni l'autre de quoi demain sera fait. Nous sortons ensemble ce soir et nous essayons d'imaginer où cela pourrait nous mener. C'est la première fois que je m'attache suffisamment à quelqu'un pour envisager de ne pas me limiter à un seul rendez-vous en amoureux.

— Comment veux-tu que je te croie ? lança-t-elle, toujours aussi glaciale.

— Parce que je ne t'ai jamais menti. Ni sur mon passé ni sur quoi que ce soit.

L'espace d'un instant, il pensa avoir gagné en voyant son

regard changer, mais très vite, hélas, il vit ses doutes triompher de nouveau.

— Cette soirée était une erreur, murmura-t-elle. Je suis désolée, mais il faut que j'y aille. Reste, toi. Finis ton dessert. Je vais trouver quelqu'un pour me ramener à la maison.

Une bouffée de colère submergea alors Travis, une colère suscitée par la venue de son père, par le manque de confiance que lui témoignait Sarah, par l'espoir qu'il nourrissait pour leur relation et qu'il voyait soudain s'amoindrir.

— Pas question. Tu es venue avec moi, c'est moi qui te raccompagnerai, décréta-t-il d'un ton péremptoire. Et ne t'avise pas de faire un scandale. Une scène en public entre nous deux causerait du tort à la radio.

Le regard de Sarah, jusque-là résigné, se mit à briller de fureur.

— C'est tout ce qui compte pour toi ? Eviter de nuire à ta radio ? Finalement, j'aurais dû écouter ce que l'on disait de toi, Travis. Je te croyais intègre et intelligent. De toute évidence, il me faut reconsidérer mon jugement si seule te préoccupe l'image que donne ta précieuse petite personne !

— C'est l'image de la radio qui me préoccupe, rectifia-t-il. Et dans la mesure où c'est là que tu gagnes ta vie, j'imaginais que tu t'en soucierais aussi.

— D'accord, tu as raison, soupira-t-elle en fermant les yeux dans un effort visible pour reprendre son calme. Partons, s'il te plaît.

Dans la voiture, un silence pesant régna pendant tout le trajet de retour. Mais quand Travis se gara dans l'allée de Sarah, sa colère s'était dissipée, et il espéra qu'il en allait de même pour sa passagère.

— Je suis vraiment navré de ce qui s'est passé, dit-il en se tournant vers elle. Si seulement mon père n'avait pas débarqué…

— Eh bien je n'aurais peut-être pas vu comment tu serais dans quelques années, l'interrompit-elle.

— Tais-toi ! Jamais je ne lui ressemblerai.

Bon sang, ne voyait-elle donc pas qu'il tenait à elle ? se demanda-t-il. Qu'il n'avait pas regardé une autre femme depuis qu'il l'avait rencontrée ? Il avait d'ailleurs commencé à se convaincre qu'il était capable de s'engager pour la vie. Bien sûr, son père aussi l'avait sûrement cru lorsqu'il avait épousé sa mère. Néanmoins il s'accrochait à l'idée que lui, à la différence de son père, tiendrait sa promesse d'amour éternel.

Mais Sarah n'en était pas convaincue.

— Qui a péché péchera, reprit-elle. C'est bien cela que l'on dit ?

— Si c'était vrai, je ne serais pas ici, répondit-il posément, sans rien laisser paraître de la blessure profonde que lui infligeaient ces paroles. J'aurais opté pour une autre ville et un autre mode de vie.

Quelque chose dans ses propos ou dans le timbre de sa voix avait dû la toucher, car il vit sa main s'immobiliser sur la poignée de la portière, et, pour la première fois depuis qu'ils avaient quitté le restaurant, elle le regarda vraiment.

— Peux-tu t'expliquer plus clairement ? demanda-t-elle.

— Je m'imagine fort bien bâtir ma vie à Serenity, y fonder un foyer, répondit-il avec conviction. Tu es une femme forte et complexe, de celles que l'on choisit pour toujours, pas pour une aventure d'un soir. Quoi que tu penses de moi, au moins crois-moi lorsque je te dis que c'est ainsi que je te vois.

Elle demeura silencieuse, comme pour laisser le temps à ces paroles de la pénétrer.

— Tu as presque l'air sincère, finit-elle par déclarer.

— Mais je le suis ! Fais-moi confiance, Sarah. Peut-être t'ai-je draguée dès le premier jour, mais je t'assure que j'ai longuement réfléchi avant de t'inviter à ce dîner ce soir. J'avais besoin de m'assurer que je ne me trompais pas, ni vis-à-vis de moi ni, surtout, vis-à-vis de toi. Que je ne te ferais pas souffrir.

Il se risqua alors à lui effleurer la joue et, à sa grande

surprise, s'aperçut qu'elle était mouillée de larmes. Il reçut cette découverte comme un coup de poignard dans le ventre.

— Pense à ce que je t'ai dit, d'accord ? Ne tire pas un trait sur nous deux à cause d'un rendez-vous raté.

— Tu avais promis d'arrêter de me harceler si notre tête-à-tête tournait au fiasco, lui rappela-t-elle d'une voix enrouée.

— J'ai revu ma position. Je crois qu'il faudra au moins deux échecs avant de pouvoir affirmer quoi que ce soit. Qu'en penses-tu ?

— Je te donnerai ma réponse plus tard, lorsque j'aurai réfléchi.

— D'accord. J'attendrai.

Aussi surprenant que cela lui paraisse, il sut alors avec une certitude nouvelle pour lui qu'il patienterait aussi longtemps qu'il le faudrait, parce que Sarah le méritait.

La vie n'était pas rose chez les Lewis depuis le retour de Rory Sue. Rory Sue était d'une humeur de chien. Les livres d'initiation à l'immobilier que sa mère lui avait prêtés, tout comme les explications de vive voix, l'ennuyaient à mourir. En un mot, elle ne cessait de se plaindre. Rien, à Serenity, ne trouvait grâce à ses yeux.

— Maman, je veux bien t'apporter tes repas au lit, tenir la maison, te conduire chez le médecin. Tout ce dont tu as besoin, je le ferai avec plaisir. Mais je ne veux pas être agent immobilier.

— Pourquoi donc ? demanda Mary Vaughn sans comprendre. Tu gagnerais bien ta vie. Regarde-moi. Je m'en sors bien, non ?

— Oui, mais tu ne t'es pas ménagée. Après que papa t'a quittée, tu n'as quasiment plus eu de vie à toi.

— Que trouves-tu de mal à travailler dur ? C'est comme ça que la plupart des gens subviennent à leurs besoins et à ceux de leur famille, figure-toi, pas en vivant éternellement aux crochets de papa et maman. Ton père et moi t'avons-nous jamais amenée à croire le contraire ?

— Si tu n'étais pas intervenue, papa était prêt à m'aider pour le loyer à Charleston, bougonna Rory Sue.

D'habitude, Mary Vaughn aurait cédé afin d'éviter la guerre. Mais, hérissée par le ton plaintif de sa fille, elle décida de tenir bon.

— Ce n'est pas ainsi que tu acquerras le sens des responsabilités, ma fille. Il est temps que tu touches un salaire pour ton travail et que tu arrêtes de vivre au-dessus de tes moyens. Tu n'as donc guère de choix : si tu ne te formes pas pour m'aider pendant ton séjour ici, tu vas rapidement te trouver à court d'argent.

— Et le ménage, les courses, tu ne comptes pas me payer pour tout ce que je fais dans la maison ?

— Quel âge as-tu donc ? Douze ans ? Tu as besoin d'argent de poche ?

Quand sa fille était-elle donc devenue aussi égoïste et mesquine ? se demanda Mary Vaughn, scandalisée et peinée.

— Tu donnes un coup de main ici en tant qu'enfant de la maison, ajouta-t-elle. Les familles dignes de ce nom se serrent les coudes en temps de difficultés.

— Eh bien, ça me casse les pieds ! lança Rory Sue en faisant une sortie théâtrale, exactement comme lorsqu'elle était adolescente et qu'elle n'avait pas obtenu gain de cause.

— Reviens ici tout de suite ! hurla Mary Vaughn. J'ai des documents qui doivent être remis à un client cet après-midi.

— Appelle un coursier ! lui rétorqua Rory Sue.

Mary Vaughn compta jusqu'à 10 avant de composer le numéro du portable de sa fille, la seule chose susceptible de retenir son attention.

— Quoi ? jeta cette dernière d'un ton agressif quand elle eut décroché.

— Malgré tes vingt et un ans, tu restes ma fille et tu es priée de me traiter avec respect.

— Sinon quoi ? Tu vas m'envoyer dans ma chambre ?

Prise de court, Mary Vaughn ne trouva rien à répondre de

suffisamment menaçant pour intimider sa fille et la ramener à de meilleurs sentiments. Elle entendit une porte claquer, puis la voix grave de Sonny qui murmurait quelque chose, et enfin celle, provocatrice, de Rory Sue.

Puis, quelques minutes plus tard, elle vit sa fille revenir, la mine contrite, suivie par Sonny qui braquait sur elle un regard implacable.

— Excuse-moi, maman, dit-elle tout bas sans grande conviction. Où faut-il apporter les documents ?

— A la nouvelle station de radio, allée des Azalées, répondit Mary Vaughn en tendant à sa fille un dossier. C'est à remettre à Travis McDonald.

Pour la première fois de l'après-midi le visage de Rory Sue s'éclaira.

— Le joueur de base-ball ?

Mary Vaughn la dévisagea d'un air surpris. Depuis quand sa fille s'intéressait-elle au sport ?

— Oui, il a joué dans l'équipe des Red Sox. Tu le connais ?

— Non. Je sais seulement que c'est un beau mec. Qu'est-ce qu'il fabrique à Serenity ?

— C'est le cousin de Tom McDonald, l'administrateur de la ville. Il a acheté le local de l'ancien marchand de journaux pour le transformer en studio de radio, et maintenant il est aussi propriétaire d'une maison. Enfin, il le sera s'il signe les papiers aujourd'hui.

— Oui, j'y veillerai, lui assura Rory Sue soudain beaucoup plus enthousiasmée par la tâche qui l'attendait. Je ne le quitterai pas tant qu'il ne les aura pas signés.

Là-dessus, elle attrapa l'enveloppe et fila, laissant derrière elle ses parents médusés.

— Cette lueur dans ses yeux ne me plaît pas du tout, marmonna Mary Vaughn.

— Pourquoi ? demanda Sonny sans comprendre. Je n'ai entendu que des éloges sur Travis. Ce pourrait être bénéfique pour Rory Sue de fréquenter quelqu'un ici, à Serenity.

— Pas si ce quelqu'un entretient déjà une liaison avec Sarah Price, lui rappela Mary Vaughn d'un ton sinistre. Tu les as vus tous les deux chez Liz. Depuis, Jeanette m'a mise un peu au courant de ce qui se trame. Apparemment, Travis est sérieusement épris de Sarah.

— Dans ce cas, il ne remarquera même pas Rory Sue, répliqua Sonny.

— Tu as déjà vu notre fille renoncer à ce qu'elle s'était mis en tête d'obtenir, mon chéri ? Il n'y a plus qu'à prier pour qu'elle trouve Travis antipathique, ou l'inverse, sinon cette affaire va provoquer un scandale comme cette ville n'en a pas connu depuis que je cherchais à mettre le grappin sur Ronnie Sullivan.

A l'expression d'épouvante de Sonny, Mary Vaughn sut qu'il avait pris la mesure du péril.

Chapitre 18

Sarah ne comprenait toujours pas comment une soirée si prometteuse avait pu aboutir à un pareil désastre. Bizarrement, le fait de voir Greg McDonald en compagnie d'une femme qui aurait pu être sa fille avait donné de nouveau corps à tout le mal qu'elle pensait d'elle-même. Comment aurait-elle espéré garder un homme qui avait grandi avec un libertin notoire comme modèle masculin quand elle n'avait pas su retenir Walter qui, lui, avait pourtant eu en exemple la fidélité de trente-cinq ans de son père à sa mégère de femme ?

Oh bien sûr, Travis clamait haut et fort qu'il désapprouvait totalement la conduite de son père, et qu'il n'avait rien en commun avec lui. Il n'empêche qu'il ressemblait à son séducteur de père ; tout le monde s'accordait à le souligner et lui-même le reconnaissait. De son propre aveu, il doutait d'ailleurs d'avoir réussi à se débarrasser définitivement du personnage de dragueur qu'il confessait avoir été pendant sa carrière de joueur de base-ball.

Dans ces conditions, que devait-elle donc penser ?

Plus important encore, comment pouvait-elle mettre ses sentiments — et surtout ceux de ses enfants — entre les mains d'un homme qui risquait de s'évanouir dans la nature du jour au lendemain ? Tommy et Libby avaient déjà assez souffert de son divorce ; elle ne voulait pas qu'ils s'attachent à quelqu'un qui finirait par les abandonner.

C'est en ruminant ces sombres pensées qu'elle prit l'antenne le lundi matin, espérant quitter le studio à la fin de son émission avant l'arrivée de Travis.

Mais Travis n'était pas homme à renoncer facilement à ses projets, et elle savait qu'il avait malgré tout l'intention de poursuivre leur relation. C'est donc sans grande surprise qu'elle le vit arriver à la station une demi-heure avant midi. Mais elle ne s'était cependant pas attendue à ce qu'il la rejoigne dans le studio d'enregistrement! Comment réagir? s'interrogea-t-elle, affolée. Car il mijotait quelque chose, à n'en pas douter. Peut-être pouvait-elle diffuser un spot publicitaire et en profiter pour le chasser? Non, mauvaise idée; on ne devait pas chasser Travis McDonald aussi facilement. Mieux valait tout simplement l'ignorer.

— Dis-moi, ma belle, as-tu regardé la cérémonie de remise des trophées de la musique country, hier soir? demanda-t-il en ouvrant un micro.

Elle était prise au piège. Il lui était impossible de ne pas répondre.

— Non. Je n'ai pas pu, répondit-elle en lui décochant un regard qui aurait fait rentrer sous terre tout autre que lui et qui, pourtant, ne parut pas l'intimider le moins du monde. J'étais occupée ailleurs.

— Tu as fait la fête? poursuivit-il avec une lueur taquine dans les yeux. Tu as passé une bonne soirée?

— Non, pas vraiment. De quoi veux-tu parler à l'antenne exactement? Du festival de musique country ou de ma vie privée?

— Voyons, ma belle! Ta vie privée n'a aucun secret pour moi, répliqua-t-il d'une voix grave et sensuelle, propre à charmer n'importe quelle femme.

— Qu'est-ce que tu racontes? lança-t-elle vivement, regrettant aussitôt sa réaction impulsive.

En se laissant entraîner dans une querelle d'amoureux, elle venait d'offrir aux habitants de Serenity ce qu'ils adoraient! Elle les entendait déjà… Quelle humiliation! Que cherchait Travis en la provoquant ainsi? A la ridiculiser? Et par-dessus le marché, il trouvait ça drôle!

— Notre Sarah semble un peu tendue, ce matin, commenta-t-il sur un ton rieur. Quelle peut bien en être la raison ?

— Arrête ou je le leur explique, le menaça-t-elle en le défiant du regard.

Ce petit jeu en direct atteignait les limites du supportable. Si Travis voulait des étincelles, il allait être servi !

C'est alors qu'elle vit les lumières du standard téléphonique se mettre à clignoter furieusement. Qui voulait intervenir et pourquoi ? se demanda-t-elle, effarée. Travis, lui, semblait tout à fait serein quand il prit le premier appel.

— Bonjour. Vous êtes à l'antenne avec Sarah et Travis, annonça-t-il d'un ton enjoué comme si son intervention n'avait rien d'exceptionnel.

— Vous dîniez au Sullivan hier soir, tous les deux, si je ne m'abuse ? s'enquit une voix féminine.

Mariah Litchfield ! crut reconnaître Sarah. Cette aguicheuse qui était venue faire du charme à Travis, le 4 Juillet. C'était elle tout craché de verser de l'huile sur le feu !

— Cela ressemblait fort à un rendez-vous amoureux, poursuivit l'auditrice. Mais il y avait un autre couple avec vous.

Sarah sentit le feu lui monter aux joues. Si elle avait pu étrangler Travis, elle n'aurait pas hésité une seconde. Il avait délibérément cherché ce qui était en train de se passer. Maintenant toute la ville allait être au courant de leurs petites histoires, et ce que les gens ne savaient pas, ils l'inventeraient !

— Nous avons été démasqués ! s'exclama Travis.

— Vous vous êtes disputés ? Vous faisiez une drôle de tête quand vous avez quitté le restaurant.

— Soyez sûre, chère auditrice, que le seul motif de discorde entre Travis et moi concernait le choix du menu, intervint Sarah, décidant que la comédie avait assez duré. Il est venu ici ce matin avec l'intention de créer un peu d'animation, certainement pour améliorer l'audimat.

Elle coupa la communication pour mettre fin à tout autre commentaire, mais Travis prit aussitôt un nouvel appel.

— Dites, Sarah, j'ai l'impression que vous êtes très remontée contre Travis. Rien de tel que de s'embrasser pour se réconcilier !

— Excellente idée ! approuva Travis. Qu'en dis-tu, Sarah ?

— Mieux vaut que je garde pour moi ce que je pense, répondit-elle entre ses dents en consultant la pendule.

Heureusement ! Dans quelques secondes il serait midi. Bill attendait déjà dans la cabine de contrôle pour prendre le relais.

— Chers auditeurs et auditrices, l'émission arrive à son terme, enchaîna-t-elle. J'espère que vous serez tous à l'écoute demain pour mon invité, Cal Maddox, l'entraîneur de l'équipe de base-ball, qui va nous présenter le programme de la saison d'été à Serenity. Il est encore temps d'inscrire vos enfants. Et n'oubliez pas que le club a besoin de bonnes volontés.

— En fait, c'est moi qui en parlerai, l'interrompit Travis avec un clin d'œil. Cal a un empêchement. Chers auditeurs, nous comptons sur vous demain à la première heure. Je ne doute pas que nos petits démêlés sentimentaux, à Sarah et moi, continueront à vous distraire.

— Quel manque de professionnalisme, c'est inadmissible ! s'écria Sarah, furieuse, dès qu'elle eut rendu l'antenne.

Une critique qui ne parut pas impressionner ni même inquiéter Travis le moins du monde.

— Mais c'était drôle, non ? rétorqua-t-il avec un sourire espiègle. Je n'ai jamais vu autant de lumières s'allumer sur la console depuis que nous émettons ! Du coup, je me demande si nous ne devrions pas programmer régulièrement ce genre de numéro.

— Moi vivante, il n'en est pas question !

— Dois-je te rappeler à qui appartient la station, ma belle ?

— Dois-je te rappeler que je peux démissionner quand bon me semble ? riposta-t-elle, le désarçonnant… pendant un millième de seconde.

— Mais tu ne le feras pas.

— Pourquoi, je te prie ?

— Regarde la vérité en face, ma belle. Une seule mauvaise journée passée avec moi te donne davantage de plaisir qu'une suite de bonnes avec n'importe qui d'autre.

Elle ne sut quoi répondre. Il avait hélas raison... Il était le seul homme qu'elle ait jamais connu capable de la mettre dans des états pareils. Mais de l'eau coulerait sous le pont avant qu'elle ne l'admette !

— Et tes inquiétudes par rapport à l'image de la station, tu les as déjà oubliées ? demanda-t-elle.

— Mais justement ! répondit-il avec un sourire triomphant. Des prises de bec à l'antenne entre nous deux augmenteront de manière significative le taux d'écoute, exactement comme tu l'as souligné tout à l'heure. Nous allons bien nous amuser, tu verras.

— C'est ainsi que tu vois les choses ? Nous nous disputons uniquement pour nous amuser ?

Il la considéra d'un air innocent, comme s'il ne saisissait pas ce qui la gênait.

— Oui. Et en plus, nous en profitons pour régler quelques-uns de nos points de dissension.

— Je crains que, pour cela, la présence d'un médiateur, voire d'un psy, ne s'avère indispensable.

— C'est une idée qui mérite réflexion, approuva-t-il avec gravité. Peut-être que...

— Tu es fou ? Je plaisantais. Oh, et puis je m'en vais ! Je te laisse à tes délires. Mais j'aimerais mieux que tu ne m'y entraînes pas.

Alors qu'elle s'apprêtait à tourner les talons, elle aperçut Rory Sue, immobile, comme hypnotisée. Par la vue de Travis, sans aucun doute, puisque la vitre l'empêchait d'entendre leur conversation.

— Ton public t'attend, déclara Sarah avec un geste du menton en direction de Rory Sue. Il faut que j'y aille. J'ai des annonceurs à démarcher.

— Reste encore un peu, que l'on déjeune ensemble, lui proposa Travis.

Elle fit taire la petite voix jalouse qui la poussait à ne pas le laisser seul face à Rory Sue et lui jeta un regard glacial.

— Même si je mourais de faim, la réponse serait non, laissa-t-elle tomber en sortant du studio.

Avec un petit salut à Rory Sue, elle attrapa son sac et se sauva pour ne pas céder à l'envie dévorante d'embrasser cet homme exaspérant qui avait le don de lui faire perdre la tête.

Travis aurait couru après Sarah si la jeune femme aux longues jambes qui attendait dans le vestibule ne lui avait barré la route.

— Je vous apporte des documents, dit-elle. De la part de ma mère, Mary Vaughn Lewis. Ils sont importants, apparemment. Au fait, je m'appelle Rory Sue. Nous pourrions déjeuner ensemble et vous en profiteriez pour les étudier pendant que nous mangeons.

Travis n'était pas né de la dernière pluie, et il devina qu'elle lui proposait davantage que de partager un repas. Ce qui aurait pu l'intéresser. Dans une autre vie.

Rory Sue avait la sveltesse filiforme d'un mannequin. Ses longs cheveux étaient artistiquement ébouriffés, ses lèvres pulpeuses et brillantes ne demandaient qu'à être embrassées, tandis que le maquillage noir de ses yeux lui donnait un regard brûlant. Oui, elle l'aurait sans doute séduit dans un bar de Boston. Mais aujourd'hui, il préférait mille fois la fraîcheur naturelle et saine de Sarah à l'apparence trop étudiée et aguicheuse de cette jeune femme.

— Je n'ai pas le temps, répondit-il. Je lirai le contrat cet après-midi et je le rapporterai à votre mère. Comment va-t-elle, au fait ?

— Elle n'a pas le moral et n'est pas à prendre avec des pincettes.

— Ce doit être extrêmement pénible d'être condamnée à

rester allongée. Dites-lui que je passerai dans l'après-midi lui remettre tout cela. Enchanté d'avoir fait votre connaissance.

Malgré la volonté clairement affichée par Travis de mettre un terme à l'entrevue, Rory Sue ne bougea pas.

— Que diriez-vous d'aller boire un verre, un soir? suggéra-t-elle. Je vais m'ennuyer à mourir ici à jouer les gardes-malades pour ma mère. Heureusement, mon père doit prendre le relais le soir, ce qui me permettra de sortir et de m'amuser un peu.

— Je vous remercie, mais je me vois contraint de refuser.

— Vous n'êtes pas marié, pourtant. J'ai vérifié. Même pas fiancé. Alors où est le problème? Il s'agit juste de boire un verre, pas de vous engager pour la vie. Allez, Travis. Faites une bonne action. Je vais devenir dingue dans ce trou perdu.

— Désolé. Je ne suis pas libre.

— Sarah? demanda Rory Sue, dont le regard avait viré au noir. Alors vous ne jouiez pas tout à l'heure, à l'antenne? Il y a quelque chose entre vous deux?

— Pas encore, mais ce n'est qu'une question de temps, déclara-t-il avec conviction.

— Et si elle nous voyait ensemble prendre un verre, elle risquerait d'être jalouse, c'est ça?

— Avouez que ce ne serait pas honnête de ma part. Surtout vis-à-vis de vous.

— Je suis une grande fille, vous savez. Je suis prête à prendre le risque.

— Ce ne sera pas la peine. Donnez le bonjour à votre mère, d'accord? conclut-il avant de gagner son bureau qu'il ferma derrière lui.

Il s'écoula un long moment avant qu'il n'entende la porte de la rue claquer.

Ce Travis McDonald rôdait un peu trop autour de Sarah et des enfants, remarqua Walter un beau jour. Sarah n'était plus sa femme, bien sûr, mais cela ne le dispensait pas pour autant de veiller à ce que leur fils ne côtoie pas n'importe qui.

Il avait vu Sarah et Travis ensemble à une ou deux occasions, avant de les entendre sur les ondes, l'autre jour, pour un échange peu orthodoxe. La vivacité de leurs propos ne lui avait laissé aucun doute : le courant passait entre eux. Le lendemain, même scénario… De dépit, il en avait éteint le poste. Comment avait-il pu être aussi aveugle et ne rien deviner de la relation entre Travis et Sarah au barbecue l'autre jour, quand Travis l'avait délibérément humilié en lui arrachant pratiquement Libby pour s'occuper d'elle ?

Mais il allait remettre un peu d'ordre dans tout ça.

Lorsqu'il arriva chez Sarah, après une journée passée à chercher en vain du travail, il congédia la baby-sitter et s'assit à la table de la cuisine avec un verre de thé glacé en attendant que les enfants se réveillent de leur sieste. Il ne resta pas longtemps seul ; quelques minutes plus tard, Raylene le rejoignit.

— Il me semblait bien t'avoir entendu entrer, dit-elle. Tu as l'air contrarié. Qu'est-ce qui t'arrive ?

— Tu écoutes l'émission de Sarah ?

— Oui, tous les matins. Pourquoi ?

Mais il n'eut pas besoin de s'expliquer. Raylene avait compris.

— Ah, bien sûr ! s'écria-t-elle sans réussir à étouffer un sourire. Tu parles de ce qui se passe entre Travis et Sarah ?

— Naturellement. A quoi pense-t-elle ? Ils se ridiculisent devant toute la ville.

— Ils donnent du piquant à l'émission, je trouve.

— Elle a des enfants, bon sang ! C'est inadmissible de la part d'une mère !

— Rassure-toi. Tout ce qui intéresse Tommy et Libby c'est d'entendre la voix de leur maman à la radio. Le reste leur passe au-dessus de la tête.

— Parce que la baby-sitter les laisse écouter ? demanda-t-il, de plus en plus énervé. Il faut que cela cesse immédiatement !

Raylene le dévisagea un instant en silence avant de lancer d'un air entendu :

— Tu n'es pas jaloux, quand même, Walter ? Ce serait un peu tard, tu ne crois pas ? C'est toi qui as poussé Sarah à partir.

— Jaloux ? Mais pas du tout ! Je m'inquiète seulement de l'ascendant qu'un homme comme ce McDonald pourrait exercer sur mes enfants. J'ai lu des articles sur lui sur internet. Je te prie de croire qu'il a fait de véritables ravages parmi la population féminine de Boston. Et au-delà ! Non ! Sarah ne fait pas le poids.

— Voilà que tu recommences à la dévaloriser. Sarah est une perle. Tous les hommes te le diront. Toi aussi tu l'aurais remarqué si tu avais un peu moins écouté les critiques dont tes parents n'arrêtaient pas de l'accabler.

— Là, tu as raison, avoua Walter. Mais Travis McDonald, quand même ! Pourquoi jetterait-il son dévolu sur une petite provinciale ? Un type comme lui ne cherche qu'une chose chez une femme.

— Peut-être a-t-il décidé de changer de vie et de s'installer dans une petite ville ? De toute évidence, il apprécie le mode de vie et les gens d'ici. Et Sarah tout particulièrement.

— En tout cas, j'ai le droit de ne pas être d'accord, répliqua Walter, la mine maussade.

— Ne t'avise pas de te mêler de leur histoire, Walter Price. Tu m'entends ? Cela ne te regarde pas.

— Mes gosses…

— Vont très bien. Ils adorent Travis. Tommy en particulier.

— Qu'est-ce que tu insinues ?

— Rien. Sache simplement que Travis entraîne au tee-ball une équipe de tout-petits. Je ne t'apprends rien, d'ailleurs.

Effectivement, il était au courant et n'y avait guère attaché d'importance. Mais le fait que ce McDonald ne laissait pas Sarah insensible changeait la donne…

Jusque-là, il s'était abstenu d'assister aux entraînements afin de laisser Sarah profiter des enfants pendant le week-end.

Mais dès samedi prochain, il serait sur le banc de touche ; il observerait la situation en direct et prendrait ensuite, si nécessaire, les mesures qui s'imposeraient. Hors de question qu'un ex-champion de base-ball le remplace dans son rôle de père auprès de ses enfants !

L'humeur déjà massacrante de Walter empira encore lorsque, en se présentant au stade le samedi, il découvrit Tommy qui rivait sur Travis McDonald des yeux pleins de vénération, et Sarah, assise dans les gradins avec Libby, qui le regardait elle aussi d'un air énamouré. Une violente bouffée de rage l'envahit, qu'il refusa d'attribuer à un quelconque sentiment de jalousie. Non. Il ne supportait tout simplement pas qu'un autre l'élimine de la vie de son fils.

Il s'apprêtait à traverser le terrain pour aller chercher Tommy, quand Ronnie Sullivan lui fit un signe de la main et s'avança vers lui, affichant certes un sourire amical, mais également une attitude qui signifiait clairement qu'il n'hésiterait pas à s'interposer s'il s'avisait de créer le plus petit scandale.

Or il savait d'expérience qu'il fallait éviter d'affronter cet homme très protecteur. La toute première fois qu'il l'avait rencontré — appelé à la rescousse par sa fille Annie pour servir de médiateur musclé entre Sarah et lui —, il avait compris que Ronnie Sullivan, derrière son sourire, pouvait aussi faire preuve d'une autorité qu'il valait mieux respecter. C'était ce soir-là qu'il avait compris que tout espoir de sauver son mariage était définitivement perdu. Grâce à Ronnie, qui lui avait ouvert les yeux et l'avait aidé à se calmer.

Il avança encore, essayant d'esquiver Ronnie. Mais ce dernier lui bloqua le passage.

— Arrête, Walter, lui ordonna-t-il. Tommy s'amuse comme un petit fou. Ne va pas faire une scène et lui gâcher son plaisir.

Sarah, qui avait tout vu de la scène, s'approcha avec Libby dans sa poussette.

— Je suis venu voir mon fils, laissa-t-il tomber, réprimant un mouvement d'humeur. Quel est le problème ?

— Si tu es venu voir Tommy jouer, il n'y en a aucun, déclara Sarah. Mais pourquoi y tiens-tu tant, tout d'un coup ? Depuis le début tu es au courant de ces entraînements du samedi et tu n'as jamais manifesté le désir d'y assister auparavant.

— Parce que j'ignorais que le coach et toi, c'était le grand amour ! lança-t-il avec hargne.

Ronnie s'avança d'un pas. Sarah, elle, se contenta de soutenir son regard, sans ciller.

— Ce ne sont pas tes affaires, Walter. De toute façon, c'est faux.

— Oh ! Je t'en prie ! rétorqua-t-il avec un ricanement méprisant. Il n'y a pas une seule personne dans toute la ville qui ne vous ait entendus à la radio. Toi aussi, n'est-ce pas ? demanda-t-il à Ronnie. Ça te plairait que ta femme se comporte de cette façon en public ?

Ronnie ne répondit pas et jeta un coup d'œil à Sarah.

— Je te préviens, Walter Price, ne t'avise plus jamais de critiquer ce que je fais, dit-elle d'une voix tremblante de colère. Tu n'en as pas le droit.

— D'accord, d'accord, tu as raison, reconnut Walter en reculant d'un pas. Cela ne me regarde pas, c'est vrai. Je me souciais de ta réputation, rien de plus.

— Ma réputation non plus ne te regarde pas !

— A condition qu'elle ne nuise pas aux enfants.

— Tu sais qui tu me rappelles ? Ta mère ! Je croyais pourtant que tu avais renoncé à te couler dans le moule en adoptant les mêmes postures débiles !

L'accusation ébranla Walter qui s'était reproché sa phrase au moment même où il la prononçait. Sarah avait raison : il avait parlé comme sa mère.

— Excuse-moi, dit-il avec sincérité.

Sarah prit une profonde respiration et le défia du regard, si froidement qu'il finit par baisser les yeux.

— Ecoute Walter, si tu souhaites passer du temps avec les enfants aujourd'hui, je n'y vois aucun inconvénient. Tu n'as qu'à aller avec Tommy et son équipe manger une pizza après l'entraînement. Il adore ça.

— Je ne l'emmènerai certainement pas dans un endroit où McDonald se trouvera, déclara-t-il, catégorique.

— Tu y seras bien obligé si tu veux voir ton fils aujourd'hui, riposta tout aussi catégoriquement Sarah. C'est ce que Tommy a envie de faire qui importe. Pas ton petit ego et une supposée rivalité dérisoire avec Travis.

— Entendu, acquiesça-t-il de mauvaise grâce. Je demanderai à Tommy ce qu'il veut faire.

— Et Libby ? s'enquit Sarah en regardant tour à tour Walter et la poussette. Son papa lui a manqué.

Conscient que sa réaction était étroitement surveillée à la fois par Sarah et Ronnie, Walter se résigna à prendre la petite fille dans ses bras.

— Papa ! s'écria-t-elle joyeusement en lui tapotant la joue.

Son sourire radieux s'évanouit cependant bien vite devant le silence de son père, et elle se mit à le fixer avec gravité de ses grands yeux bleus. Face à cette attente muette chargée d'espoirs, Walter, désemparé, se révéla incapable de trouver le bon mot ou le bon geste.

Néanmoins, lorsque, avec un soupir, Libby posa sa joue contre sa poitrine et se mit à sucer son pouce, une corde vibra en lui pour cette petite fille qu'il n'avait pas désirée, qu'il ne savait comment aborder, et qui lui témoignait pourtant une confiance pleine et entière. Alors rien d'autre ne compta plus pour lui, ni son affrontement ridicule avec Sarah, ni sa jalousie envers McDonald. Plus rien que le petit corps chaud de sa fille contre lui.

Soudain, surgit il ne savait d'où le besoin irrésistible de protéger Libby, d'être pour elle le père qu'elle méritait. Les larmes lui montèrent aux yeux, qu'il refoula aussitôt, honteux.

Ce fut Sarah qui vint à son secours en lui caressant la joue.

— Ne t'inquiète pas, Walter. Libby est et sera toujours ta petite fille. Rien ni personne ne pourra jamais te l'enlever.

Il regarda son ex-femme, un peu sonné, enfin conscient de l'ampleur du gâchis qu'il avait créé dans sa vie.

— Comment ai-je pu la négliger à ce point ? murmura-t-il d'une voix rauque.

— Tu as été conditionné, répondit Sarah avec indulgence. Tes parents ont déversé tout leur amour sur Tommy parce qu'il représentait l'avenir de leur précieuse entreprise. Du moins le croyaient-ils. Tu as tout simplement suivi leurs traces, sans réfléchir. Peut-être vas-tu t'apercevoir à présent de la merveille que tu as reçue en cadeau en la personne de Libby. Qui sait, c'est peut-être elle qui reprendra l'usine Price, et pas Tommy ? Tu imagines la tête de ton père ?

Walter sourit à travers ses larmes. Oui, il l'imaginait très bien, et cette idée le réjouissait.

Il allait s'excuser une nouvelle fois de son attitude lorsque Travis arriva.

— Pas de problème ? demanda-t-il doucement en plongeant un regard tendre dans celui de Sarah.

Cette dernière lui rendit son regard, un regard qui en dit plus long à Walter que n'importe quel discours : Sarah était amoureuse de cet homme, sans le savoir d'ailleurs, vraisemblablement. Mais ce regard ne trompait pas. C'était le même que celui qu'elle lui avait adressé à lui, au début. Comment avait-il pu laisser s'enfuir cet amour ?

— Aucun problème, assura Sarah. N'est-ce pas, Walter ?

La gorge trop serrée pour parler, il se contenta de hocher la tête tandis que Travis le dévisageait, à la manière ouvertement menaçante d'un coq qui protège sa conquête. S'il lui venait à l'esprit l'idée d'attaquer Sarah sur quoi que ce soit, comprit clairement Walter, il trouverait Travis en travers de son chemin.

Pourtant, aussi étrange que cela puisse paraître, c'était

moins Travis que la femme sur laquelle il s'était autrefois acharné sans vergogne qui l'intimidait.

La journée d'aujourd'hui avait indiscutablement marqué un tournant dans la façon dont il considérait Libby et Sarah, les deux femmes de sa vie. Les regrets étaient inutiles. Mais dorénavant, il les traiterait avec le respect qu'elles méritaient. Il s'en fit le serment.

Chapitre 19

A la seule expression de Ronnie, et sans avoir entendu un seul mot de leur échange, Travis avait deviné que Walter s'était montré désagréable avec Sarah. Même si elle avait réussi à garder le contrôle de la situation et évité un esclandre, la seule pensée qu'elle ait eu à le faire suffisait à l'agacer. Il s'était retenu d'intervenir, par crainte d'envenimer davantage les choses, surtout qu'il savait d'expérience avec quelle fougue Sarah prenait la défense de Walter chaque fois qu'il critiquait la façon dont ce dernier l'avait traitée par le passé.

Le lundi, alors qu'il était encore en train de ruminer l'incident du stade, Bill le rejoignit dans le bureau après avoir rendu l'antenne et lancé le programme de musique enregistrée qui était diffusé jusqu'à l'émission de Travis, en début de nuit.

— Un problème ? demanda Bill.

— Juste un peu de contrariété que je ne parviens pas à évacuer. Bravo pour ton émission d'aujourd'hui, au fait.

— Merci.

Bill semblait tendu, mal à l'aise, et il laissa s'écouler un peu de temps avant de s'adresser de nouveau à lui :

— Excuse-moi de t'embêter, Travis, mais je me demandais si tu avais pu me trouver un remplaçant.

— Tu veux arrêter ? s'inquiéta aussitôt Travis. Je sais que tu projetais de profiter pleinement de ta retraite, mais il me semblait que tu prenais plaisir à travailler ici.

A son grand soulagement, il vit Bill se détendre.

— Justement. A présent que je n'assume plus la responsabilité d'une station et que je peux me contenter du rôle d'animateur comme à mes débuts, je suis plus heureux que je ne l'ai jamais été depuis des années. Je resterais volontiers pour de bon, si tu veux bien de moi.

De joie, Travis aurait bondi de sa chaise et pris Bill dans ses bras, s'il n'avait craint qu'une pareille effusion ne les gêne tous les deux.

— Si je veux bien de toi ? Rien ne pourrait me réjouir davantage ! se contenta-t-il de répondre. Je trouve que nous formons une équipe de choc, tous les trois. Et tu as amené à la station tes anciens auditeurs qui te sont restés fidèles. Sans compter que tu connais la région comme ta poche, ce qui est loin d'être mon cas. Et puis le savoir-faire que tu m'apportes sur la façon de gérer l'affaire est une aide inestimable. Ne crois surtout pas que je n'en ai pas conscience et que je ne t'en sais pas gré.

— C'est vrai que nous nous complétons merveilleusement bien, tous les trois, et j'aurais vraiment regretté de ne pas être là pour célébrer nos premiers résultats chiffrés quand ils tomberont.

— Souhaites-tu que je t'établisse un contrat ? D'un an ? Deux ? A toi de décider.

— Non, je n'ai pas besoin d'un bout de papier. Disons simplement que je reste tant que je fais l'affaire. A ce stade de ma vie, je ne cherche plus à bâtir une carrière. Cela dit, si pour une raison ou une autre ma situation devait changer, je t'en avertirais suffisamment à l'avance pour que tu aies le temps de prendre des dispositions. De ton côté, préviens-moi s'il te semble nécessaire de procéder à des modifications.

— C'est génial ! C'est exactement la décision à laquelle j'avais espéré que tu parviendrais.

— Dis donc, est-ce que tu m'as vraiment cherché un successeur ? demanda Bill, soudain pris d'un doute.

— Franchement ? Non, admit Travis dans un haussement d'épaules. J'espérais que si je n'abordais pas le sujet, tu ne t'apercevrais pas que tu avais prolongé la collaboration au-delà de ce qui était prévu au départ.

Bill salua cet aveu d'un grand éclat de rire avant de passer à un tout autre sujet.

— Si je peux me permettre de me mêler de ce qui ne me regarde pas, quand vas-tu embaucher un permanent pour démarcher les annonceurs ? Ni toi ni Sarah n'avez plus le temps à la fois d'en prospecter de nouveaux et de gérer les anciens. Vous avez déjà fort à faire à enregistrer les spots pendant vos heures hors antenne. Maintenant que le nombre d'auditeurs augmente de jour en jour, tu vas devoir te diversifier et donc te faire aider.

— Je sais. Le travail s'accumule mais les journées n'allongent pas.

— Surtout depuis que tu présentes régulièrement la matinale en duo avec Sarah, glissa Bill, l'air de rien. Au fait, ce numéro vise-t-il à faire grimper l'audimat ou bien n'as-tu pas trouvé d'autre moyen de lui imposer ta compagnie ?

— Un peu des deux, reconnut Travis, un petit sourire en coin. Mais c'est essentiellement parce que je n'arrive pas à rester loin d'elle alors qu'elle, au contraire, cherche systématiquement à m'éviter.

— Je suppose que c'est à cause de ta réputation.

— En partie, très certainement. Bref, ce n'est pas ton problème, de toute façon. Tu penses à quelqu'un pour le poste dont tu viens de me parler ?

— Il se trouve que oui. J'ai croisé par hasard un type qui vient de débarquer à Serenity et qui a une bonne expérience dans la vente. Malheureusement, les débouchés sont rares dans la région, en tout cas pour quelqu'un avec son niveau de qualification.

— Comment s'appelle-t-il ? demanda Travis qui redoutait d'avoir deviné l'identité du candidat.

— Walter Price, répondit Bill. Mais avant de refuser, écoute-moi. D'une part, ce n'est pas un débutant. Et d'autre part, ses enfants habitant ici, à Serenity, donc il ne va pas partir au bout de deux jours.

— C'est aussi l'ex-mari de Sarah et il l'a traitée comme un chien. Il continue, d'ailleurs, d'après ce que j'ai constaté le week-end dernier. Donc il est hors de question que je l'engage. La radio tourne bien telle qu'elle est. Nous nous entendons bien tous les trois. Enfin, la plupart du temps, précisa-t-il avec un sourire. Introduire Walter dans notre trio conduirait à la catastrophe. Il ne s'écoulerait pas un mois avant que je ne l'étripe. Moi ou Sarah, ajouta-t-il après un petit temps.

— Tu devrais peut-être demander son avis à Sarah, justement, lui suggéra Bill.

— Certainement pas. Tu en as déjà parlé à Walter? A moins que ce ne soit lui qui t'ait suggéré cette idée afin de se rapprocher de Sarah?

— Que vas-tu imaginer? Les choses ne se sont absolument pas passées de cette façon. Nous nous sommes rencontrés par hasard, au Wharton, et nous avons pris un café ensemble. Il ignorait que je travaillais ici et que nous manquions de personnel. D'ailleurs, je ne vois pas comment il aurait été au courant, dans la mesure où je ne savais pas moi-même si tu envisageais d'augmenter les effectifs.

— L'idée de prendre un responsable de la branche publicité se tient. Celle de donner ce poste à Walter Price est inconcevable.

— C'est ta station, c'est toi qui décides, déclara Bill sans insister davantage.

— Merci de ta compréhension, Bill.

Le lendemain, Travis inséra une offre d'emploi sur le site Web de la radio et en glissa deux mots à Grace et à Ronnie. Cela suffirait certainement pour que le bruit se répande… sans parvenir jusqu'aux oreilles de Walter Price, espéra-t-il.

Au grand soulagement de Sarah, la séance de tee-ball du samedi suivant se déroula sans anicroches, du moins comparée à celle de la semaine précédente. Annie, à qui l'on avait relaté l'incident à son retour d'Atlanta où elle avait passé le week-end avec Ty, avait joué les gardes du corps auprès de Sarah pendant toute la semaine. Inutilement, car Walter ne s'était pas montré.

— Sarah, tu emmènes Tommy manger une pizza, après le match ? demanda-t-elle.

— Bien sûr. Il attend toujours ce moment avec impatience. Pourquoi ?

— J'avais l'impression que tu évitais Travis.

— J'aurais du mal, répliqua Sarah avec un sourire, vu que je l'ai sous le nez tous les jours que Dieu fait. Tu sais certainement qu'il anime la matinale avec moi, à présent. Apparemment, nos conversations intéressent beaucoup les auditeurs. Dès qu'il entre dans le studio, le standard se met presque à clignoter de partout !

— S'il t'embête, n'hésite pas à le virer, lui conseilla Annie.

— Le virer ? Difficile de virer son patron ! répliqua Sarah en riant. La radio lui appartient, il me l'a assez souvent répété. Et puis nous nous amusons bien, même s'il me rend folle, parfois.

— Folle ou folle de lui ?

— Un peu des deux, avoua Sarah en rougissant tandis qu'Annie prenait un air songeur.

— Tu sais que, depuis le début, je redoute qu'il ne cherche rien d'autre que de passer un peu de bon temps avec toi. Mais je commence à me poser des questions.

— Sur quoi ?

— N'est-ce pas plutôt toi qui tires les ficelles et qui le considères comme un simple moyen de guérir tes blessures d'amour-propre, après ce que tu as vécu avec Walter ?

— Parce que tu le plaindrais, si c'était le cas ?

— Non, mais je te conseillerais de ne pas jouer avec le feu. A mon avis, Travis McDonald ne suit pas les mêmes règles du jeu que toi.

— A qui le dis-tu ! s'exclama Sarah en s'éventant d'un geste volontairement théâtral.

Annie la considéra un instant, les yeux écarquillés par la surprise.

— Que t'arrive-t-il, Sarah Price ?

— Peut-être suis-je tout bêtement en train de m'apercevoir que je suis une femme séduisante et désirable, finalement.

— Eh bien tant mieux ! Ce ne serait pas trop tôt ! s'écria Annie, sincèrement ravie. Mais sois prudente, d'accord ?

— As-tu oublié que l'on m'a donné « Prudence », comme deuxième prénom ? plaisanta-t-elle.

Mais « Imprudence » était peut-être plus approprié, car elle semblait perdre tout bon sens dès qu'il était question de Travis.

Les petits de l'équipe de tee-ball avaient à peine pris place chez Rosalina en compagnie de quelques parents et de leur entraîneur quand Rory Sue entra. A l'instar de sa mère, autrefois, elle avait choisi une tenue vestimentaire destinée à attirer l'attention : short très court qui mettait en valeur ses jambes interminables, et débardeur qui moulait avantageusement ses formes. Sarah en resta médusée.

— Que vient-elle faire ici ? lui demanda Annie à voix basse.

— Nous n'allons pas tarder à l'apprendre.

Dès qu'elle eut franchi le seuil, Rory Sue braqua son regard sur Travis, qui était assis en face de Sarah, puis se dirigea nonchalamment vers lui, comme pour permettre à tout le monde de profiter de ses charmes incontestables. Comme il n'y avait plus de chaise de libre, elle en attrapa une à une table voisine qu'elle tira près de Travis puis, après s'être installée, elle se pencha vers lui, à le toucher. Il essaya bien de s'écarter mais le manque de place autour de la table l'en empêcha.

— Mince alors ! murmura Annie. Le fantôme de Mary Vaughn du temps où elle poursuivait mon père de ses assiduités !

— Exactement ! renchérit Sarah qui s'efforçait tant bien que mal d'étouffer une bouffée de jalousie.

Si elle s'était écoutée, elle se serait précipitée sur Rory Sue pour lui arracher ses cheveux si parfaitement coiffés.

— A la décharge de Travis, je dois reconnaître qu'il ne répond pas à ses avances, pour ne pas dire qu'il manifeste la plus parfaite indifférence, lui fit remarquer Annie.

— Pour le moment, marmonna Sarah d'un ton morose. Mais attendons la suite. Ce n'est qu'un homme, et elle se jette à sa tête. Alors, vu sa réputation de dragueur invétéré, combien de temps va-t-il résister, à ton avis ?

Elle n'avait pas fini sa phrase que Travis se levait en s'excusant auprès de ses voisins et venait glisser une chaise entre Annie et Sarah.

— Sauvez-moi ! les supplia-t-il très sérieusement à voix basse.

Il n'avait pas mordu à l'hameçon, ou pas encore du moins, se dit Sarah, quelque peu soulagée.

Elle refusa cependant de s'apitoyer sur son sort, qui n'avait rien de triste.

— Allons, Travis, tu es un grand garçon. Ce n'est quand même pas la première mangeuse d'hommes que tu rencontres !

— Non, effectivement. Mais à Boston, je ne risquais pas de les croiser à chaque coin de rue.

— C'est l'inconvénient des petites villes, intervint Annie. J'imagine très bien ce que j'éprouverais si Dee-Dee habitait ici et que Ty tombait sur elle chaque fois que j'ai le dos tourné. C'est suffisamment pénible lorsqu'elle vient voir Trevor.

— S'il vous plaît, mesdames, gémit Travis, c'est de moi qu'il s'agit, dans l'immédiat. Je ne peux pas me permettre d'envoyer Rory Sue sur les roses. Je traite avec sa mère pour l'achat de ma maison.

— Bien sûr que si, tu le peux ! s'écria Sarah. Mais cela ne l'arrêtera pas. Bien au contraire. Elle prendra toute rebuffade comme un défi à relever.

— Que suis-je censé faire, alors ?

Il paraissait si désemparé que Sarah finit par prendre pitié.

— Attends, j'ai une idée, dit-elle lentement en se demandant si la jalousie n'avait pas finalement triomphé de sa raison.

Elle se tourna vers lui puis, après s'être assurée que Tommy s'intéressait à autre chose et que Libby dormait, elle prit son visage entre ses mains et l'embrassa de toutes ses forces… et plus encore. Un baiser à couper le souffle qui anéantit toutes ses belles résolutions. Quelle que soit la partie qui se jouait entre eux, elle venait d'y entrer de plain-pied, et sans armure. Et, à en juger par la fougue avec laquelle Travis répondit, une fois sa stupeur passée, il jouait avec la même énergie.

Bien qu'ayant perdu toute notion de la réalité, Sarah comprit malgré tout qu'il lui serait dorénavant impossible de nier ses sentiments pour Travis. Elle l'aimait. Elle l'aimait à la folie.

Et si quelqu'un ou plus exactement quelqu'une — et Rory Sue en particulier — s'avisait de toucher à son homme, elle verrait de quel bois elle se chauffait ! Elle demanderait des conseils à Dana Sue sur la façon d'éliminer une mangeuse d'hommes. Nul doute qu'elle avait tiré des enseignements de sa victoire sur Mary Vaughn.

A la seconde même où leurs lèvres se séparèrent après ce baiser enfiévré qu'elle venait de lui offrir, Sarah prit Tommy et Libby et disparut sans même lui jeter un regard.

Travis en demeura comme frappé de stupeur. Au bout de quelques instants, il tourna vers Annie un visage hébété.

— Que s'est-il passé ?

— Disons que Sarah a marqué son territoire, répondit Annie en riant.

— J'ai eu la même impression. Mais pourquoi s'est-elle sauvée ?

— Parce qu'elle est terrorisée. Par cette initiative pour le moins audacieuse, elle t'a témoigné sans équivoque, et en public, ses sentiments, et elle est morte de peur à l'idée qu'ils ne soient pas partagés.

— Je la poursuis de mes assiduités depuis le premier jour où je suis arrivé dans cette ville !

— Par jeu ?

— Au tout début, oui, reconnut-il.

— Alors comment veux-tu qu'elle sache que tes intentions sont sérieuses maintenant ? Parce qu'elles le sont, n'est-ce pas ? s'enquit-elle en le transperçant du regard.

— Oui, très sérieuses, affirma-t-il solennellement, conscient qu'il s'exposait à de graves ennuis dans le cas contraire.

— Alors je te conseille de la rattraper. A mon avis, elle s'en veut terriblement de ce qui s'est passé et, en plus, elle doit se rendre malade d'inquiétude à l'idée que Tommy vous ait vus.

A peine avait-elle terminé sa phrase qu'il était debout. Il fourra dans la main de la serveuse une liasse de billets de vingt dollars pour régler l'ensemble des pizzas et se dirigea vers la porte, où il trouva Rory Sue qui lui barrait le passage.

— J'étais sûre que mon plan fonctionnerait, lança-t-elle, avec un sourire de triomphe.

— Qu'est-ce que vous racontez ?

— Pourquoi Sarah vous a-t-elle embrassé, à votre avis ? A cause de moi, bien sûr ! C'était sa manière de me dire « Bas les pattes ! », parce qu'elle croit que j'essaie de lui voler son homme

— Et ce n'est pas vrai ?

— Oh, moi je suis partante si vous l'êtes aussi ! répondit-elle dans un éclat de rire. Mais je ne suis pas idiote. J'ai tout de suite compris de quoi il retournait entre vous, l'autre jour, à la station de radio. Vous cachiez mal votre jeu, tous les deux. Je savais aussi que tout le monde ici, y compris Sarah, imaginerait que j'étais comme ma mère quand elle s'acharnait à vouloir attirer l'attention de Ronnie Sullivan. Mais moi, je sais reconnaître quand j'ai perdu la bataille. Il a fallu davantage de temps à ma mère pour s'apercevoir que l'homme de sa vie, c'était mon père.

— Si je comprends bien, vous êtes venue ici aujourd'hui

par pur altruisme ? Pour activer les choses entre Sarah et moi, en quelque sorte ?

— Oui. Et peut-être aussi pour vérifier que je ne m'étais pas trompée sur ce qui existait entre vous deux.

— Je crois que je ne comprendrai jamais rien aux femmes, marmonna Travis en secouant la tête.

— Vous êtes un homme, mon pauvre, laissa tomber Rory Sue d'un ton moqueur. Il est écrit que vous ne nous comprendrez jamais complètement. Allez voir Sarah, à présent. Quelque chose me dit que vous pourrez tirer parti de ce baiser, si vous ne perdez pas de temps.

— Merci. Je vous revaudrai ça. On peut se tutoyer ? Je te revaudrai ça, alors, répéta-t-il quand Rory Sue eut acquiescé.

Moins de dix minutes plus tard, il se garait devant la maison de Sarah. La Coccinelle se trouvait dans l'allée. Pourtant, lorsqu'il frappa à la porte et sonna, personne ne répondit. En désespoir de cause, il contourna la maison et découvrit Sarah dehors, installée dans une chaise longue. Elle leva la tête vers lui, visiblement sur ses gardes.

Bien qu'elle ne l'y ait pas invité, il prit place dans le fauteuil en face d'elle.

— Les enfants sont là ? demanda-t-il.

— Raylene est en train de les coucher pour la sieste.

Parfait ! Ils étaient seuls et ne seraient pas dérangés d'ici un moment.

— Tu t'es livrée à un sacré numéro au restaurant !

— J'essayais de décourager Rory Sue. C'est bien ce que tu voulais, non ?

— En partie, oui. Mais ce n'est pas tout.

— Que veux-tu d'autre, alors ?

— Toi, murmura-t-il. Je te veux toi. Après ce baiser, je me dis que c'est peut-être dans l'ordre du possible, finalement. Qu'en penses-tu ?

— Je crois que nous confondons l'un et l'autre le désir

physique avec… autre chose. Nous ne serions pas les premiers, d'après mes renseignements.

— Je t'assure que j'ai toujours parfaitement fait la distinction, ma belle. Depuis que je suis adolescent, il n'y a pas un jour où je ne sois tombé sous le charme d'une femme ou une autre. Tu es la première qui éveille en moi des sentiments plus profonds.

Sarah détourna la tête, mais la petite étincelle d'espoir qui avait furtivement éclairé son regard n'avait pas échappé à Travis.

— Vous êtes beau parleur, monsieur McDonald.

— Ce ne sont pas des mots en l'air, Sarah. Ils traduisent fidèlement ce que je ressens.

Mais il était inutile de se bercer d'illusions, songea-t-il. Ce genre de déclaration ne suffirait pas à venir à bout du scepticisme de Sarah.

— Viens avec moi, ajouta-t-il cependant. Tom et Jeanette sont partis à Charleston voir les parents de Tom. Nous aurons la maison rien que pour nous.

— Tu vois que j'ai raison. Tout ce qui t'intéresse, c'est de m'entraîner dans ton lit.

Il réussit à ne pas sourire devant le ton ostensiblement blasé de Sarah ; ce n'était pas le moment de la vexer.

— Il me semble que si nous réglons l'aspect sexuel de notre relation, nous pourrons ensuite approfondir ce qui se passe réellement entre nous.

— Quelle stratégie astucieuse ! s'écria Sarah sans pouvoir s'empêcher de rire. Bravo !

— Au moins, c'est une stratégie. As-tu une meilleure solution à proposer pour tirer les choses au clair ?

— Oui, répondit-elle sans hésiter. Laisser le temps au temps.

— En d'autres termes, tu veux que je te prouve encore et encore l'honnêteté de mes intentions.

Si toute autre que Sarah avait émis l'idée de le soumettre à des épreuves, il aurait pris ses jambes à son cou. Mais avec Sarah, tout était différent. Il comprenait son besoin de le tester ; ce genre de défi l'amusait presque. Aussi déclara-t-il en la regardant droit dans les yeux :

— D'accord. A condition que tu joues franc-jeu.

— Pour qui me prends-tu ? Je joue toujours franc-jeu.

— Ne te vexe pas. Je dis simplement qu'il ne faut pas que tu fermes toutes les portes à l'avance, ou que tu m'évites systématiquement. Au contraire, nous allons nous voir pour rendre visite à des amis ensemble, faire des sorties ensemble. Et pourquoi ne pas s'embrasser aussi, de temps en temps ?

Elle réfléchit quelques instants à sa proposition.

— Ces conditions me paraissent acceptables, répondit-elle enfin.

— Parfait ! Que dirais-tu de sceller ce marché par un baiser ? Rien qui risquerait de nous entraîner trop loin. Un petit baiser rapide sur la joue, c'est tout.

— Pourquoi pas ?

Rêvait-il ou avait-elle l'air déçue ?

— C'est toi qui te lèves ou c'est moi ? demanda-t-il.

— C'est vous qui l'avez proposé, monsieur McDonald, c'est à vous de vous déplacer !

— Très bien.

Il s'approcha de la chaise longue de Sarah, mais au lieu de l'embrasser rapidement comme il l'avait promis, il la poussa pour s'asseoir puis se pencha lentement, très lentement vers elle. S'appuyant sur les montants de la chaise longue de chaque côté de la tête de Sarah, il avança encore et s'arrêta à quelques millimètres de sa bouche… Leurs souffles se mêlèrent un instant.

Les yeux de Sarah s'agrandirent. Elle passa nerveusement sa langue sur ses lèvres…

Alors il couvrit langoureusement sa bouche de la sienne, la savourant avec volupté jusqu'à ce que les lèvres de Sarah s'entrouvrent d'elles-mêmes.

« Un bon début ! » se dit-il quand il s'écarta au bout d'un

long moment. Mais un début seulement. Il espérait bien davantage et comptait l'obtenir bientôt. Très bientôt, même.

Pour la deuxième fois ce jour-là, Sarah s'enfuit juste après que Travis l'eut embrassée. Pour reprendre son souffle bien sûr, mais aussi pour lui cacher comme elle aurait aimé ne pas en rester là. Sinon, nul doute qu'il en profiterait et elle n'aurait pas la volonté de résister. Ces baisers ne lui garantissaient qu'une seule chose : ils mettaient son cœur en péril.

Une fois dans la cuisine, elle s'accouda au comptoir et se força à respirer lentement avant d'asperger son visage brûlant d'eau fraîche. Alors qu'elle s'essuyait avec une serviette en papier, elle entendit la porte de derrière s'ouvrir, puis se fermer.

— Je croyais que tu étais parti, murmura-t-elle nerveusement.

— Tu le souhaites vraiment ?

— Non.

Après avoir toussoté pour s'éclaircir la voix, elle ajouta :

— Pourquoi ne resterais-tu pas dîner avec nous ? Rien que de très simple : des burgers grillés avec une salade de pommes de terre que Raylene a préparée.

— Tu es sûre ?

— Je ne suis pas sûre de grand-chose en ce moment, mais pas de problème pour le dîner. Je pense être en mesure de bien me tenir pendant quelques heures, en particulier en présence de chaperons. Nous mangerons à l'intérieur, précisa-t-elle.

— Pourquoi ? La soirée s'annonce magnifique.

Devait-elle lui expliquer ? Oh, après tout, c'était quasiment de notoriété publique. Sans compter que la réaction de Travis, une fois qu'elle lui aurait exposé le problème de Raylene, lui permettrait de vérifier s'il était effectivement l'homme généreux et ouvert qu'elle croyait.

— C'est à cause de Raylene, dit-elle. Elle est prise de panique quand elle quitte la maison. C'est pour cette raison qu'elle ne garde jamais les enfants plus d'une heure ou deux.

Elle a peur de ne pas réussir à sortir pour courir après eux s'ils se sauvent. Mais ne va pas monter ça en épingle, s'il te plaît ! Je te le dis uniquement pour que tu ne poses pas de questions susceptibles de la gêner.

— Je ne suis pas totalement dépourvu de sensibilité, figure-toi ! J'avais déjà soupçonné que quelque chose la perturbait. Je ne comprenais pas pourquoi elle ne t'accompagnait jamais chez tes amis. J'ai entendu des bruits qui couraient, mais je me méfie des rumeurs. Elles véhiculent tant de mensonges que je m'efforce de ne pas y prêter attention.

— Lesquels par exemple ? Que dit-on sur elle ? voulut savoir Sarah, hérissée à l'idée que l'on puisse raconter quoi que ce soit de désagréable sur Raylene.

— Du calme ! Personne ne la critique. Les gens disent simplement que son ex-mari la brutalisait.

— C'est vrai. Même moi j'ignore les détails, mais je crois qu'il était très violent. Il est en prison actuellement. En plaidant coupable et grâce à ses relations, il s'en est sorti avec une condamnation bien trop légère pour ce qu'il a fait subir à Raylene.

— Et c'est ce qui explique ses crises de panique quand elle est dehors, à ton avis ? Il n'a pas encore été libéré, si ?

— Non, pas encore. Il n'empêche que, selon moi, elle redoute tellement qu'il ne vienne se venger un jour, qu'elle préfère rester cloîtrée dans la maison. Annie et moi avons essayé de la convaincre de consulter un spécialiste. Malheureusement, elle est persuadée qu'elle n'a besoin de personne, qu'elle est capable de résoudre le problème par ses propres moyens. Elle demandera vraisemblablement de l'aide lorsqu'elle en aura assez de rester enfermée à longueur de journée.

— Elle a de la chance d'avoir une amie comme toi, qui accepte de l'héberger.

— Cela allait de soi. Il lui fallait un endroit sûr où se réfugier. Cela dit, je me demande vraiment si je lui rends service en ne la pressant pas davantage d'aller voir un psy.

— Il est impossible de régler les problèmes à la place des autres. C'est à eux de se prendre en main quand ils se sentent prêts. Et c'est eux seuls qui sentent quand ils sont prêts.

— Tu as probablement raison.

— Ma présence ici risque-t-elle de la gêner ?

Sarah sourit. Elle ne s'était donc pas trompée sur lui ! Il était vraiment sensible aux autres, à leurs problèmes.

— Non. Raylene apprécie la compagnie. C'est le monde extérieur qui l'effraie. Tu verras, elle est adorable. Je ne sais pas ce que je serais devenue sans elle. Elle s'occupe de la maison, et les enfants l'adorent.

Mais Travis ne semblait pas totalement rassuré.

— Voilà ce que je propose : je vais rentrer me doucher et me changer, ce qui te laissera le temps de la préparer à ma venue, pour le dîner. De toute façon, on ne dîne pas tout de suite.

Quand Sarah voulut protester, il l'arrêta.

— Ecoute, je ne suis pas seulement un invité surprise. Je suis également un homme qu'elle ne connaît pas. Après ce qu'elle a traversé, je suppose que la présence d'étrangers est susceptible de la déstabiliser. Surtout d'un homme.

Décidément la délicatesse et la prévenance de Travis dépassaient tout ce qu'elle avait imaginé.

— C'est vraiment gentil de ta part, Travis, mais elle a hâte de te rencontrer, en fait. Elle a l'impression de déjà te connaître. Et, quitte à te faire enfler les chevilles, je t'avouerai qu'elle est une de celles qui insistent le plus pour que je cède à tes avances.

— Tu lui as parlé de moi ?

— Vaguement, avoua Sarah avec un haussement d'épaules. Mais ce n'est pas pour cela qu'elle prend ton parti. Raylene écoute régulièrement ton émission. Si tu savais tout ce que tu révèles de toi quand tu parles à l'antenne !

— Alors, comme ça, c'est une fan ! Raison de plus pour me montrer sous mon meilleur jour et aller me doucher et me changer. Tu veux que je rapporte de la glace ? Ou une tarte fraise-rhubarbe ? Grace en a fait ce matin.

— Que tu te fasses une beauté m'importe peu. Par contre, je vote des deux mains pour la glace et la tarte !

Elle pouvait bien se permettre un écart, depuis le temps qu'elle surveillait son poids !

— Cela vaudra bien un autre baiser, non ? murmura Travis en l'observant à travers ses paupières closes.

— On ne t'a donc jamais appris qu'il y avait certaines choses que l'on devait faire gratuitement, pour le seul plaisir d'autrui ?

— Justement ! Rien ne me fera plus plaisir qu'un baiser.

— J'y réfléchirai…

Chapitre 20

L'expérience et la réputation professionnelles que Mary Vaughn avait acquises l'autorisaient à conclure chez elle la vente de la maison de Liz à Travis. Sonny l'aida à enfiler ses vêtements et la porta jusqu'au canapé du salon, malgré ses protestations véhémentes : elle était parfaitement capable de s'habiller toute seule et de marcher quelques mètres, quand même !

— Pas tant que je serai de garde ! répliqua-t-il au moment où Rory Sue entrait, avec un plateau chargé d'un verre de jus de fruits, d'une théière fumante et de toasts.

— Tout ça pour moi ! s'écria Mary Vaughn, surprise par la soudaine sollicitude de sa fille.

Une surprise qui se transforma bientôt en inquiétude lorsqu'elle remarqua la robe d'été au décolleté plongeant, *très* plongeant, de sa fille.

— Cette toilette est-elle en l'honneur de Travis ? demanda-t-elle.

Aussitôt, Rory Sue sortit les griffes.

— Et alors ?

Sonny qui, du coup, avait examiné sa fille de plus près, vint à la rescousse de Marie Vaughn.

— Cette robe est un peu trop échancrée, tu ne trouves pas, Rory Sue ?

— Je n'ai plus seize ans, papa. Tous les magazines de mode sont remplis de ce genre de tenues. Elle n'a rien d'extraordinaire.

— Nous sommes à Serenity, en pleine journée, pas la nuit à Las Vegas, ma fille.

Sonny était l'une des rares personnes capables de désamorcer les provocations de Rory Sue. Cette fois encore, la réprobation ouverte de son père la désarçonna.

— Elle ne te plaît vraiment pas? s'enquit-elle d'un air à la fois perplexe et penaud.

— La question n'est pas là, ma chérie. Simplement j'estime qu'elle ne convient pas à un rendez-vous d'affaires. Tu comprends?

— Maman? Ton avis?

— Ton père a raison. C'est un rendez-vous de travail. Et ce serait bête de donner à Travis une fausse image de toi, non?

— Ne t'inquiète pas, il ne me jettera même pas un regard, répliqua Rory Sue en soupirant. Il n'a d'yeux que pour Sarah. Malgré tout, je n'ai pas envie de m'avouer définitivement vaincue. Je ne sais pas si Sarah est assez fine pour se rendre compte de la chance qu'elle a.

— Ce n'est pas très gentil de parler ainsi d'une amie, lui reprocha Sonny.

— Sarah et moi sommes juste de vagues connaissances, papa. Avec Raylene et Annie, toutes les trois étaient comme des Sweet Magnolias en miniature, à l'époque du lycée. Elles étaient en terminale quand moi je suis entrée en seconde. Elles formaient un groupe soudé dont je me sentais exclue.

— Comment peux-tu dire ça, ma chérie? s'étonna Sonny. Tu étais l'une des élèves les plus populaires.

— Avec les garçons, oui. Mais je n'avais pas beaucoup d'amies filles.

— Je suis sûre qu'elles aimeraient te voir plus souvent, intervint Mary Vaughn qui, pour avoir souffert de la même situation, ne comprenait que trop bien ce que ressentait sa fille. J'ai parlé à Sarah l'autre jour. Je lui ai expliqué que tu allais vivre ici pour le moment, et elle m'a assuré qu'elles seraient ravies de t'inclure dans leur cercle. Il suffit que tu fasses le premier pas pour nouer les liens.

— Oh! Les liens, j'ai bien essayé de les nouer! répondit-elle en riant. Mais avec Travis, sous le nez de Sarah… Alors, cela m'étonnerait que Sarah ait très envie de me voir.

— Oh ! Ma pauvre chérie ! murmura Mary Vaughn. Mais tu verras, ça s'arrangera avec le temps.

Elle connaissait bien ce sentiment d'isolement que l'on pouvait ressentir dans cette petite ville repliée sur elle-même. Ayant grandi dans un milieu familial perturbé, les gens l'avaient toujours traitée avec pitié. Uniquement de la pitié. Ce n'est que lorsqu'elle avait épousé Sonny qu'elle avait enfin gagné leur respect… pour le perdre hélas un peu plus tard, en même temps qu'elle perdait Sonny, au moment de leur divorce. Elle avait mis longtemps à conquérir de nouveau leur estime que, cette fois, elle avait gagnée à la force du poignet par ses mérites propres. Ce dont elle avait finalement tiré une plus grande fierté.

— Nous trouverons un moyen d'arranger les choses, ma chérie, promit-elle. Pour le moment, il faut que nous nous occupions de ce contrat de vente. Avons-nous reçu tous les documents ?

— Oui. J'ai vérifié deux fois d'après la liste que tu avais dressée.

— Le notaire de Liz et la banque savent bien que le rendez-vous a lieu ici ?

— Oui, j'ai averti tout le monde. Tout est en ordre, maman.

— Rassurée, adorable boule d'angoisse ? lui demanda Sonny en se penchant pour l'embrasser.

— Je n'ai pas l'habitude de ne pas être aux commandes, que veux-tu, répondit Mary Vaughn en laissant échapper un soupir théâtral.

— Eh bien, tu as intérêt à les prendre ! Parce qu'une fois que ce petit bout sera venu au monde, dit-il en posant avec douceur la main sur son ventre, nous ne dirigerons plus rien du tout pendant au moins dix-huit ans.

Une perspective qui la terrifiait littéralement mais qui,

visiblement, enchantait Sonny. Tant mieux si l'un des deux au moins envisageait sereinement ce qui les attendait !

Travis appréhendait quelque peu la présence de Rory Sue chez Mary Vaughn à l'occasion de la signature de la vente, et ce fut un vif soulagement de la voir se comporter en vraie professionnelle. Soulagement et admiration aussi devant sa parfaite maîtrise du dossier, dont sa mère lui avait confié la gestion.

Tout se déroula donc sans incidents. Liz et lui apposèrent leur signature sur des tonnes de papiers, puis il lui remit son chèque de banque. Malgré le caractère officiel de toutes ces formalités, quand Liz lui tendit les clés de sa maison, il eut l'impression qu'elle lui offrait un cadeau. Un merveilleux cadeau.

— Merci, dit-il, plus ému qu'il ne l'aurait pensé.

Pourtant il en avait connu, des appartements, depuis la fin de ses études, dont certains très luxueux, songea-t-il, surpris de son trouble. Mais cette fois, il possédait une maison vraiment à lui pour la première fois de sa vie.

— Alors, on est devenu adulte, c'est ça ? lui lança Rory Sue d'un air moqueur.

— En quelque sorte, répondit-il, étonné de sa perspicacité.

— Que dirais-tu d'aller fêter l'événement ? lui proposa Rory Sue. Avec vous aussi, Liz, bien sûr, s'empressa-t-elle d'ajouter. C'est un grand jour pour tous les deux. Je vous invite au Sullivan.

— C'est adorable, Rory Sue, mais j'ai encore beaucoup de rangements à faire avant de m'installer dans ma nouvelle demeure, s'excusa Liz. C'est un véritable casse-tête de faire tenir dans un petit espace les masses de souvenirs accumulés au fil des années.

— Et moi, je dois l'aider, renchérit Travis. Mais merci de ta proposition, Rory Sue. Nous pourrions remettre la fête à plus tard, quand ta mère sera de nouveau sur pied. Que diriez-vous d'une pendaison de crémaillère chez moi ?

— Oui, c'est une excellente idée, répondit Rory Sue en s'efforçant de cacher sa déception.

— Avec grand plaisir ! intervint Mary Vaughn. Je deviens folle à rester confinée chez moi.

— Moi aussi j'ai dû rester alitée pendant ma première grossesse, lui dit Liz. A cause du même problème de tension que toi. C'était franchement pénible. Je m'en souviens encore. Mais dis-moi Mary Vaughn, j'y pense, je pourrais peut-être venir avec une ou deux amies jouer aux cartes avec toi, un après-midi par semaine. Je me rends bien compte que tu dois nous considérer comme des vieux schnocks, mais cela te distrairait malgré tout.

— Ce serait génial ! s'écria Mary Vaughn, visiblement émue. Mais il faudra vous montrer très patientes avec moi. Je n'ai jamais eu vraiment le temps de m'initier aux jeux de cartes.

— Ne t'inquiète pas ! Nous t'apprendrons tout ce qu'il y a à savoir.

— Faites attention quand même, Mary Vaughn, avertit Travis avec un sourire. D'après le bruit qui court à son club, Liz est une tueuse au rami.

— Et je m'en vante ! répliqua la vieille dame. Je joue effectivement pour gagner. Sinon, quel est l'intérêt ?

— Moi non plus je n'aime pas perdre, renchérit Mary Vaughn. Tu vas avoir du fil à retordre avec moi, Liz, je te promets.

— Je m'en réjouis d'avance. Flo Decatur est la seule capable de me battre régulièrement, mais elle ne joue pas aussi souvent que je le souhaiterais. Elle est trop prise par Sarah Beth, sa petite-fille. C'est vrai qu'elle est adorable. Il faut les voir toutes les deux ensemble ! Je ne connais pas de spectacle plus charmant ! Bien, rentrons à la maison à présent, jeune homme, conclut-elle en se levant pour prendre Travis par le bras. Cela fait une éternité que je n'ai pas prononcé cette phrase avec un bel homme à mes côtés, ajouta-t-elle avec un clin d'œil. Je m'y habituerais facilement, me semble-t-il.

— Personnellement, il ne faudrait pas me prier pour que je l'emmène chez moi ! dit Rory Sue.

Travis se tourna avec vivacité vers elle, prêt à riposter, mais la jeune femme lui offrit un visage si innocent, tandis qu'elle les accompagnait jusqu'à la porte, qu'il choisit de se taire.

L'attitude de Rory Sue n'avait bien sûr pas échappé à Liz qui lui en fit la remarque, une fois dans la voiture.

— De toute évidence, vous plaisez à cette jeune fille. J'espère que vous ne lui laissez pas d'espoir, car c'est à Sarah que vous vous intéressez, non ?

— Oui, et Rory Sue le sait parfaitement.

— C'est une chose de savoir et une autre de l'admettre… Peut-être devriez-vous vous coller une étiquette « déjà pris » sur les fesses pour éviter tout malentendu.

Travis s'apprêtait à rire mais se ravisa ; Liz affichait un tel sérieux !

— Ne vous inquiétez pas, Liz. Rory Sue ne viendra pas s'immiscer entre Sarah et moi.

— J'espère que vous avez raison, déclara Liz d'un ton sinistre, comme il se garait devant ce qui était à présent sa maison. Bien, si vous voulez bien m'excuser, j'ai des choses à faire.

— Je vous ai promis de vous aider.

— Je n'ai pas besoin de vous. Je préfère ranger mes affaires toute seule. Allez plutôt vous installer vous-même et venez trinquer à 17 heures pour célébrer notre nouvelle vie. Je vais également inviter Sarah, histoire de vous voir ensemble tous les deux. Dimanche, notre déjeuner a tourné court à cause des contractions de Mary Vaughn, et je n'ai pas été en mesure de me faire une idée précise de votre relation.

— Vous ne comptez pas vraiment vous en mêler, j'espère ? s'alarma Travis.

— Certainement pas ! J'ai bien assez à faire sans m'occuper

de votre vie amoureuse, jeune homme ! Je demanderai à mon soupirant du moment de se joindre à nous. Et à quelques autres aussi, ajouta-t-elle d'un air rêveur.

— J'aurais dû me douter que vous gardiez un homme sous le coude, répliqua Travis avec un petit rire.

— Qu'est-ce que vous croyez ? Cela donne un peu de piment à l'existence. Notez bien que je n'ai aucune intention de vivre de nouveau avec un homme, mais de temps en temps, c'est bien utile pour ouvrir un bocal ou porter des paquets !

En riant, Travis l'embrassa affectueusement sur la joue.

— Franchement, Liz, si vous n'existiez pas il faudrait vous inventer. Je me réjouis vraiment de vous avoir comme voisine.

— Ah non ! Nous allons être des amis, pas de simples voisins. J'insiste.

— Ce n'est pas moi qui vous contredirai. N'hésitez pas à m'appeler si vous avez besoin de quoi que ce soit. Autrement, nous nous voyons à 17 heures.

— Ne soyez pas en retard. J'aime boire mes Martini à la température idéale, et je déteste commencer sans mes invités.

Travis raccompagna Liz jusqu'à sa nouvelle demeure, et entra, non sans une certaine émotion dans ce qui était maintenant *sa* maison. Même sans meubles et sans décorations aux murs, elle était accueillante. Malgré tout, il y manquerait toujours quelque chose tant que Sarah et leurs enfants ne la partageraient pas avec lui…

Sarah tomba des nues quand elle reçut la lettre de Liz, écrite d'une main ferme en élégantes lettres cursives, sur du beau vélin. Avec sa tonalité un peu désuète et solennelle, elle ressemblait davantage à une sommation qu'à une invitation.

En rentrant déjeuner à midi, Sarah la montra à Raylene et Annie.

— A votre avis, pourquoi veut-elle que je vienne ? Je la connais à peine.

— Comme Travis a signé avec elle aujourd'hui, peut-être

souhaite-t-elle fêter l'événement, avança Annie, une thèse que Raylene réfuta sur-le-champ.

— Vous semblez oublier, mesdemoiselles, que j'habitais dans le même quartier que Liz, quand j'étais petite. Alors je la connais bien et, croyez-moi, elle s'intéresse à tout ce qui se passe en ville, et en particulier aux histoires d'amour. Elle veut tout simplement réunir Travis et Sarah dans la même pièce pour se faire sa propre opinion.

Sarah regarda son amie d'un air effaré.

— Tu n'es pas sérieuse ! Tu veux dire qu'elle cherche à intervenir dans nos vies ?

— J'en mettrais ma main à couper, répondit Raylene avec un petit rire. Prépare-toi à subir un interrogatoire serré sur ta relation avec Travis.

— Quelle relation ? Nous n'en avons pas, à proprement parler ! Pas de celle que vous sous-entendez, en tout cas, ajouta-t-elle, devant le regard ironique qu'échangèrent Raylene et Annie. Nous n'avons pas de… enfin, vous savez quoi.

— Nous ne voulons pas savoir ! s'exclama Annie, prenant un air faussement offusqué. Je crois que même Liz ne te questionnera pas sur ces détails-là !

— Ne t'avance pas trop là-dessus, Annie ! intervint Raylene. Liz a tous les culots. Bon, écoute Sarah, arrête d'analyser les motifs pour lesquels Liz t'a invitée et file. Tu imagines le nombre d'envieux que tu vas faire ? Liz est devenue une figure quasi mythique ici. Et ses réceptions, même les plus simples, sont restées gravées dans les mémoires.

— Raylene a raison, renchérit Annie. Vas-y et amuse-toi, Sarah. Et qui sait, ajouta-t-elle avec un regard espiègle, peut-être Travis te proposera-t-il de te montrer ses estampes japonaises ?

— Je te rappelle que Travis anime une émission de radio, ce soir, répondit Sarah que cette invitation commençait à inquiéter quelque peu.

Et, malgré son calme affiché, elle sentit un frisson lui

parcourir le dos à l'idée que Travis essaierait peut-être de l'attirer chez lui… Seul avec elle. Oui, tous les deux seuls… Cette pensée l'obsédait, ces derniers temps.

Quelques heures plus tard, vêtue d'une autre des robes de Raylene, Sarah arrivait à Oak Drive, où il ne restait plus beaucoup de place pour se garer, preuve que les gens s'étaient empressés de répondre à l'invitation de Liz.

Elle traversait la pelouse quand soudain Travis surgit de nulle part et apparut à son côté.

— D'où viens-tu ? demanda-t-elle. Je croyais que tu serais déjà chez Liz.

— Je t'attendais, pour que nous fassions notre entrée de concert. Liz sera ravie.

— Alors Raylene avait raison, soupira Sarah avec fatalisme. Liz joue les entremetteuses.

— Oui, c'est à peu près cela. Mais quelle importance, puisque nous sommes déjà un couple ?

Pour une fois, Sarah renonça à discuter et se contenta de demander :

— Cela ne te dérange pas d'être donné en spectacle ?

— Pourquoi donc ? Allez ! Prends exemple sur moi. Détends-toi. Nous allons boire un verre, manger quelques petits fours, et ensuite nous esquiver chez moi pour nous occuper de façon beaucoup plus intéressante…

— Je croyais que tu ne t'étais pas encore meublé. C'est bien ce que tu as expliqué au magasin de la route nationale pour les inciter à t'acheter du temps d'antenne, non ? Ils ont pensé que tes dépenses pour aménager ta nouvelle maison compenseraient largement le prix de quelques spots. En tout cas, c'est ce qu'ils m'ont répondu lorsque je les ai appelés de mon côté pour les démarcher. A propos, tu m'aurais épargné du travail et du temps si tu avais daigné inscrire sur le tableau prévu à cet effet un compte rendu succinct de tes négociations avec eux.

— Excuse-moi. J'ai oublié. En tout cas, ma tactique a fonctionné. Ils vont passer un spot de trente secondes. Et je ne leur ai pas complètement menti. J'ai effectivement pris quelque chose chez eux.

— Ah oui ?

— Un lit, annonça-t-il avec un sourire plein de sous-entendus. Un king-size.

— Tu as bon espoir de trouver quelqu'un avec qui le partager, alors ? lança-t-elle, moqueuse.

— Non, pas un espoir, une certitude, ma belle. En fait, j'ai déjà choisi ma partenaire. Ce n'est plus qu'une question de temps.

Quelle incroyable prétention ! Sarah se garda de renchérir. Elle aurait été bien en peine de le contredire…

Depuis deux mois que duraient ses recherches, Walter n'avait toujours pas trouvé de travail, ni à Serenity ni dans un rayon de quatre-vingts kilomètres à la ronde. Un échec qui lui avait ouvert les yeux : il était trop qualifié pour la plupart des emplois offerts sur le marché. Non pas qu'il ait fait la fine bouche — il aurait accepté n'importe quoi —, mais les patrons craignaient qu'il ne reste pas suffisamment longtemps et qu'il les quitte dès qu'il aurait trouvé mieux.

Dans la situation de crise actuelle où le taux de chômage des cadres augmentait, il se trouvait en concurrence avec des candidats capables de faire valoir des qualifications et une expérience professionnelle moindres, certes, mais plus diversifiées.

Cependant, l'idée de rentrer en Alabama et de demander à reprendre son ancien poste dans l'usine familiale ne lui effleurait même pas l'esprit. Par fierté bien sûr, mais surtout parce qu'il refusait catégoriquement de se laisser de nouveau happer dans un monde régenté par ses parents.

— Que comptes-tu faire ? lui demanda Raylene, un après-midi où ils étaient installés dans la cuisine devant un verre de thé glacé, pendant la sieste des enfants.

Walter prenait plaisir à ces conversations qu'il trouvait apaisantes, malgré la sensibilité à fleur de peau et l'irascibilité de Raylene. Mais, aussi étrange que cela paraisse, il appréciait le côté direct et franc de la jeune femme, même lorsque son ironie mordante s'exerçait contre lui.

— Je vais continuer à chercher, en abandonnant l'idée de rester dans les environs de Serenity, répondit-il. J'aurai vraisemblablement davantage d'ouvertures à Charleston ou Columbia.

— Tu pourrais aussi ravaler ton orgueil et répondre à l'annonce publiée par la station de radio.

— Certainement pas !

Il était hors de question qu'il aille quémander quoi que ce soit auprès de Travis McDonald ! Il avait pris connaissance de l'offre le jour même de sa parution, mais il savait qu'il était inutile de demander un entretien à Travis.

— Comme tu veux ! Mais je croyais que tu tenais par-dessus tout à rester près de tes enfants.

— C'est exact.

— Eh bien alors ?

— Ecoute, tu sais pertinemment que Travis et moi ne nous entendons pas sur un tas de choses.

— Tu veux dire sur Sarah, précisa Raylene avec un sourire.

— Oui. J'ai entendu dire qu'il m'accuse de l'avoir détruite psychiquement en lui mettant dans la tête qu'elle n'était bonne à rien.

— Parce que ce n'est pas la vérité ?

— Peut-être, mais ce n'était pas intentionnel de ma part.

Cela dit, comment aurait-il nié que ses critiques perpétuelles, ajoutées à son incapacité à stopper le flot de commentaires humiliants de ses parents avaient abouti à ce résultat ?

— Je reconnais que j'ai été un mari exécrable, ajouta-t-il. J'aurais dû prendre le parti de Sarah au lieu de suivre le mouvement quand mes parents l'attaquaient.

— Ça, c'est sûr, acquiesça Raylene avec conviction. Mais rien ne t'empêche d'essayer de te racheter à présent, au lieu de continuer à la dévaloriser. Tu as certainement remarqué le chemin qu'elle a parcouru depuis qu'elle est ici.

— Oui. Mais j'ai un peu de mal à me défaire de ma mauvaise habitude, admit-il d'un ton las. Je m'efforce de m'en débarrasser, mais de toute façon, je n'ai pas l'impression que ce que je peux dire la touche, maintenant. Nous sommes divorcés, et Sarah se moque comme de l'an quarante de ce que je pense.

— C'est vrai qu'elle ne se laisse plus marcher sur les pieds, ça, c'est indéniable. Il n'empêche que chaque fois qu'elle est prête à croire en elle, surtout en tant que femme, elle entend ta voix dans sa tête, et tous ses doutes reviennent au galop.

— Après tout ce temps ? Ne sois pas ridicule. C'est impossible.

— C'est pourtant la réalité, Walter. Réfléchis un peu. Quand tu passes une mauvaise journée ou bien que quelque chose ne va pas comme tu le souhaites, à qui tu penses ? A tes parents, j'en mettrai ma main à couper. Même si tu sais qu'ils avaient tort ou si tu leur en veux de t'avoir imposé leur façon d'envisager ta vie, tu ne parviens pas à effacer toutes ces années passées sous leur coupe.

— Oui, tu as raison, reconnut Walter.

— Voilà ce que tu dois comprendre. Quand une femme aime un homme comme Sarah t'a aimé, elle l'investit d'un pouvoir absolu, qu'il peut utiliser soit pour l'épanouir soit pour la détruire. Et je suis désolée de te dire que dans votre cas, tu l'as détruite. Les mots peuvent blesser, Walter, particulièrement lorsqu'ils sont rabâchés par quelqu'un que l'on aime et que l'on respecte. Si tu tiens un tant soit peu à Sarah, si tu as jamais tenu à elle, répare les dégâts que tu as causés afin de lui permettre de tourner la page et de retrouver un jour le bonheur. Tu le lui dois. Peut-être que Travis te regardera différemment, alors.

S'il avait bien reçu le message de Raylene à propos de Sarah, en revanche l'allusion à Travis l'irrita.

— Je me fiche complètement du jugement que Travis McDonald porte sur moi ! lança-t-il.

Sarah le dévisagea d'un œil sarcastique.

— Tu ne devrais peut-être pas, si tu veux que le meilleur poste sur le marché de l'emploi à Serenity te revienne, lui conseilla-t-elle d'une voix douce.

Effectivement, vu sous cet angle…

— Bon, d'accord, j'y réfléchirai, bougonna-t-il.

— Ne perds pas de temps. La place ne restera pas longtemps vacante. D'après ce que je sais, tu serais en bonne position pour la décrocher si tu acceptais de reconnaître tes torts.

— Comment ça, d'après ce que tu sais ?

— Sarah m'a confié que Bill t'a déjà recommandé. Son opinion compte beaucoup pour Travis.

— Et Sarah ? Qu'en pense-t-elle ?

— Demande-le-lui directement. Personnellement, je crois qu'elle soutiendra ta candidature dans la mesure où cela te permettra de rester près des enfants.

— Bill m'a recommandé, dis-tu ? Je parie que Travis l'a envoyé promener.

— Oui, mais Sarah lui a parlé, et il a promis de revoir sa position si tu te montrais disposé à faire amende honorable. Il lui cède pratiquement sur tout.

— Amende honorable ?

— Oui. Sur la façon dont tu as traité Sarah quand vous étiez mariés.

— Et comment sais-tu tout ça, toi ? Tu écoutes aux portes ?

— Je n'en ai pas besoin. Les gens m'aiment bien et ils me parlent. Même toi, tu m'as révélé des tas de choses à ton insu, ajouta-t-elle avec un petit sourire. Allez, Walter, essaie de te rattraper. Pas seulement pour ne pas laisser filer cette opportunité sur un plan professionnel, mais tout simplement parce que tu le dois à Sarah. Elle a besoin de ça pour prendre un nouveau départ et se bâtir la vie qu'elle mérite.

— Avec Travis, évidemment !

— C'est possible. C'est à elle de décider. J'aimerais seulement qu'elle réalise ses rêves en étant convaincue qu'elle y a droit.

— Des amies comme toi, Raylene, c'est rare.

— C'est ce que tout le monde dit.

— Quand vas-tu te décider à sortir d'ici et commencer à vivre ?

— Ce n'est pas ton problème, répondit-elle sèchement. Tu m'excuses ? Il faut que j'aille jeter un coup d'œil aux enfants.

Elle se leva, mais Walter lui saisit la main. Il n'allait pas la laisser s'en tirer à si bon compte. Elle lui avait dit ses quatre vérités sur sa vie et son comportement envers Sarah, et il n'y avait aucune excuse pour qu'il n'en fasse pas autant.

— Tu m'as parlé comme une amie et je vais essayer de te rendre la pareille. Consulte un psy, Raylene. Arrête de te terrer dans ton trou. N'attends pas qu'il soit trop tard. Sinon tu risques de te réveiller un beau matin pour t'apercevoir que tu es passée à côté de ta vie. Tu prétends que Sarah méritait mieux que ce que je lui ai donné. Eh bien toi, tu mérites mieux que l'existence que tu te donnes en ce moment. En restant cloîtrée dans cette maison, tu permets à ton d'ex-mari de triompher.

Raylene allait répondre, mais il ne lui laissa pas le temps.

— Je vais vérifier que les enfants vont bien, décréta-t-il. Toi, reste ici et réfléchis à ce que je viens de te dire.

Certes, Raylene n'attachait vraisemblablement pas beaucoup de prix à son opinion, se dit-il. Mais peut-être que s'il parvenait à la décider à se reprendre en main deviendrait-il de nouveau un héros aux yeux de Sarah ?

Comme autrefois…

Chapitre 21

« Franchement, il exagère ! » fulmina intérieurement Sarah, les joues cramoisies, alors que se terminait une autre émission de la matinale, *Le Point du jour en Caroline.* Travis semblait en effet prendre un malin plaisir à proférer des insanités à l'antenne dans le seul but de lui faire perdre contenance. Ainsi aujourd'hui, il avait insinué, sans jamais le dire carrément, que sa fatigue s'expliquait par ses *batifolages* avec lui la nuit précédente ! S'il ne se permettait jamais de mentir vraiment, il maniait avec un tel raffinement l'art de l'allusion que les auditeurs étaient persuadés que tous les deux vivaient une relation amoureuse enfiévrée.

— Pourquoi fais-tu ça ? lui lança-t-elle, furieuse, dès que Bill eut repris l'antenne. Tu sais parfaitement ce que les gens vont en déduire.

— Exact.

— Et cela te plaît ?

— Oui. Beaucoup.

Devant pareille absence de remords, la fureur de Sarah redoubla.

— L'idée que tu me mets dans une position extrêmement embarrassante t'effleure-t-elle au moins l'esprit ? poursuivit-elle.

— C'est précisément ça, qui m'amuse ! J'adore te regarder quand tu es décontenancée.

— Et si, pour essayer d'obtenir la garde de Tommy et Libby, Walter m'accusait de me donner en spectacle, tu continuerais à trouver cela amusant ?

Toute trace de gaieté disparut sur-le-champ du visage de Travis.

— Il n'oserait pas, laissa-t-il tomber d'une voix où perçait une note de colère.

Effectivement, les risques étaient minimes, songea Sarah, ce qui ne l'empêcha pas de répondre d'un ton sinistre :

— On ne sait jamais. Es-tu prêt à expliquer à mes enfants pourquoi ils doivent quitter leur maman ?

— Je l'aurai réduit en chair à pâté avant !

Quelle détermination ! Il ne manquerait plus que Travis et Walter s'entretuent sur la place de Serenity !

— Ce ne sera pas nécessaire, dit-elle, voulant calmer le débat. Je doute que Walter en arrive à de telles extrémités. Je veux seulement te faire remarquer que tu dois réfléchir aux conséquences de ce que tu avances avant de dire n'importe quoi.

— Une des conséquences que j'espère, c'est qu'à force de parler de nous deux, je finirai par t'ouvrir les yeux pour que tu comprennes enfin que nous sommes faits l'un pour l'autre. Qui sait si un jour, sur un coup de folie, tu ne te jetteras pas à mon cou ? conclut-il avec un sourire en coin.

— N'y compte pas !

Avait-elle été assez ferme pour ne pas trahir le délicieux émoi qu'avaient suscité les paroles de Travis ? se demanda-t-elle avec inquiétude tandis qu'il s'asseyait sur le bord de son bureau en la poussant avec ses genoux.

— Et si nous poursuivions cette conversation au Wharton ? Pendant que nous déjeunons, tu pourrais me dire où se situent les limites du convenable selon toi.

— D'accord, s'entendit-elle répondre à la place du « non » habituel.

Travis la regarda avec des yeux ébahis et porta la main à son cœur d'un geste théâtral.

— D'accord ? Cela veut bien dire « oui » ? J'ai bien entendu ? Oh, merci mon Dieu !

— N'en fais pas trop. Je pourrais changer d'avis. Allons-y avant qu'il n'y ait trop de monde.

Travis se leva et adressa un signe de victoire à Bill, derrière la vitre, tout en articulant distinctement pour que ce dernier comprenne bien :

— Elle a accepté.

Sarah leva les yeux au ciel.

— De déjeuner, compléta-t-elle à l'adresse de Bill de peur qu'il n'annonce tout autre chose au monde entier.

Au Wharton, les habitués étaient déjà installés, mais il restait une table de libre dans le fond de la salle. Alors qu'ils s'y dirigeaient, Howard Lewis intercepta Travis.

— Bonne émission, mon gars ! le félicita-t-il avec un clin d'œil.

Une opinion que ses amis semblaient partager.

Sarah contint son irritation devant cette insupportable solidarité masculine jusqu'à ce que Travis et elle soient installés. Alors, elle vida son sac.

— Si l'émission leur a plu, c'est uniquement parce qu'ils estiment que tu as eu le dessus sur moi. Une chose est sûre : on peut difficilement reprocher aux hommes de cette ville de ne pas se serrer les coudes !

— Allons, ma belle, tout le monde ici sait que tu me mènes par le bout du nez.

— A d'autres !

Là-dessus, se cachant le visage derrière la carte, elle s'absorba dans la lecture des menus… qu'elle connaissait par cœur.

Quelques instants plus tard, Grace apparut pour prendre leur commande, un large sourire aux lèvres.

— Je n'arrive pas à travailler pendant que vous êtes à l'antenne, tous les deux. Je ne me suis pas autant amusée à écouter deux personnes se faire la cour depuis l'époque où Dana Sue et Ronnie enflammaient la ville avec leurs éclats.

Sarah blêmit. Comment ça « se faire la cour » ? Est-ce ainsi que Grace — et vraisemblablement tous les habitants de Serenity — interprétait leur duo à la radio ? Seigneur ! La situation avait atteint un stade plus grave qu'elle ne l'imaginait…

Après le départ de Grace, elle scruta Travis. Voyait-il enfin le danger de son stratagème ?

Visiblement non.

— Tu as entendu ce que Grace vient de dire, n'est-ce pas ? lui demanda-t-elle, énervée par son calme alors qu'elle bouillonnait littéralement de rage.

— Quoi exactement ?

— Les gens pensent que nous nous faisons la cour.

Travis affronta son regard calmement, avec un sérieux qu'elle lui avait rarement vu. Loin de paraître troublé, il affichait au contraire une parfaite sérénité.

— Et alors ? Tu ne l'avais pas encore compris, ma belle ? C'est exactement ce dont il s'agit.

— Pas pour moi ! répliqua-t-elle sans hésiter.

Puis elle ajouta, comme si la lumière se faisait petit à petit dans son esprit :

— Parce que pour toi, si ?

— Oui, bien sûr, confirma-t-il avec un sourire amusé.

Mal à l'aise soudain, elle se laissa aller contre le dossier de la banquette, son cœur battant la chamade. Elle avait cru que Travis se livrait à un jeu, ce qui était une seconde nature chez lui. En fait, il serait sérieux ? Voilà qui changeait tout.

— Tu en es sûr ? demanda-t-elle, s'attirant un vrai sourire.

— Certain.

— Dans ce cas, il faut que tu arrêtes. Mon divorce est trop récent. Je ne peux pas m'intéresser à un autre homme. Surtout pas à toi, de toute façon. Jouer, même si j'ai perdu la main, je peux m'en accommoder, et même participer. Mais que tu me fasses la cour ? Ça, je n'y suis pas prête.

— Pourquoi *surtout pas à moi* ? demanda-t-il dans un éclat de rire.

— Parce que c'est toi ! répliqua-t-elle, haussant les épaules devant l'absurdité de la question.

Il feignit de ne pas comprendre.

— Parce que je suis grand, c'est ça ?

— Non.

— Tu n'aimes pas les bruns ?

— Oh, arrête tes gamineries ! Tu sais très bien ce que je veux dire et de quel personnage je parle chez toi !

— Ah ! On en revient toujours là. Je suis un coureur de jupons invétéré, et blablabla et blablabla…

— Dis donc, ce n'est pas moi qui t'ai collé cette étiquette sur le dos ! Tu l'avais déjà en arrivant à Serenity.

— Il me semblait pourtant que j'avais réussi à la faire oublier, répliqua-t-il posément. M'as-tu seulement surpris à regarder une autre femme que toi ?

— Oui, Mariah Litchfield.

Interloqué, il haussa les sourcils.

— Je lui ai parlé *une fois*. Au studio. Et c'était au sujet de sa fille.

Se rendant compte qu'elle faisait fausse route, elle changea de cap et se rabattit sur un exemple plus récent.

— Rory Sue.

— C'est *elle* qui a pris l'initiative. C'est tout juste si je l'ai saluée.

Effectivement, c'est bien ainsi que les choses s'étaient passées, en tout cas chez Rosalina, reconnut Sarah. Impossible de le contester. Elle n'était pourtant pas encore prête à s'avouer vaincue.

— Ecoute, je ne sais pas qui tu fréquentes pendant tes loisirs, déclara-t-elle en désespoir de cause, consciente de jouer son va-tout.

— Des loisirs ? Je n'en ai pratiquement pas. Et je passe chaque seconde du peu que j'ai à essayer de te persuader de me donner ma chance. Si cela peut aider à faire avancer les choses, je pourrai te détailler mon programme de la semaine minute par minute et te remettre un de ces tableaux que tu affectionnes tant.

— Ça suffit, tes bêtises ! Tu n'as aucun compte à me rendre sur ton emploi du temps.

— Apparemment, si.

Sarah soupira. Elle n'emporterait jamais la partie. Non seulement Travis avait la parole plus facile qu'elle, mais il possédait en outre le don de tout tourner à son avantage.

Heureusement, l'arrivée de Walter, qui se dirigeait vers eux d'un pas résolu, lui évita de devoir trouver quelque repartie facétieuse. Elle fut si surprise de la joie qu'elle ressentit à le voir qu'elle en oublia un instant l'inquiétude que lui causait l'attitude de Travis.

— Tu me cherches ? lui demanda-t-elle tout en lui faisant une place sur sa banquette.

A la seconde où Travis aperçut Walter, il se rembrunit.

— Vous vous êtes déjà rencontrés, tous les deux, me semble-t-il, ajouta Sarah d'un ton exagérément enjoué avant de braquer un regard soucieux vers son ex-mari :

— Il y a un problème avec les enfants ?

— Non. Je voulais seulement discuter de quelque chose avec toi.

— D'accord, s'empressa-t-elle d'accepter, bien trop heureuse d'échapper à la discussion avec Travis. Tu veux bien nous laisser, Travis, s'il te plaît ? Je suis sûre que Grace acceptera que tu emportes ta commande au lieu de la consommer sur place.

Le regard noir, Travis ne bougea pas. Sarah sentit Walter s'agiter à côté d'elle.

— En fait, je préférerais qu'il reste, dit Walter. Si cela ne vous dérange pas, bien sûr, ajouta-t-il avec un bref coup d'œil à Travis.

Une politesse bien inutile dans la mesure où Travis n'avait pas manifesté la moindre intention de s'en aller.

— On peut se tutoyer ? poursuivit Walter après s'être éclairci la voix en regardant Travis dans les yeux.

Quand Travis eut accepté d'un hochement de tête, Walter enchaîna :

— Nous sommes partis du mauvais pied, tous les deux. Tu as probablement appris tous les torts que j'ai accumulés envers Sarah quand nous étions mariés, et je ne peux en nier aucun. J'essaie de m'amender. Tu t'en rends compte, non, Sarah ? demanda-t-il.

Comprenant soudain où il voulait en venir, elle décida de lui apporter son soutien.

— Tu essaies, c'est incontestable, répondit-elle.

— Alors voilà. Autant aller droit au but. J'aime mes enfants et je n'ai aucune envie de m'éloigner d'eux. Hélas, comme je ne trouve pas de travail dans le coin, je vais devoir déménager à Charleston ou Columbia.

Il marqua un temps, puis regarda de nouveau Travis.

— A moins que tu n'acceptes l'idée de me recevoir en entretien d'embauche pour le poste de représentant que tu crées dans ta station de radio.

Sarah fixa Walter avec étonnement. Quel courage il lui avait fallu pour faire taire son orgueil et venir quémander un emploi. Auprès de Travis qui plus est ! Et, à en juger par l'expression de Travis, lui aussi l'avait compris.

— Sarah ? demanda-t-il. Qu'en penses-tu ? En tant que membre de l'équipe depuis le début de l'aventure, tu as bien évidemment ton mot à dire. Il suffit d'un « non » de ta part et nous arrêtons là la discussion.

Elle lui répéta ce qu'elle lui avait dit en privé lorsqu'il lui avait annoncé son intention de recruter du personnel pour s'occuper des annonceurs.

— Je crois que tu devrais discuter avec lui. Walter est plus que qualifié pour ce travail, et il apportera beaucoup à la station. Quant à notre relation personnelle à tous les deux, nous sommes des adultes capables de respecter les règles de la courtoisie. Tu n'es pas de cet avis, Walter ?

— Je promets qu'il n'y aura pas de problèmes. J'imagine que tu seras la première à me rappeler à l'ordre si je ne tiens pas parole, ajouta-t-il en risquant un sourire timide.

Travis ne parut pas entièrement convaincu, mais eut le bon goût de ne souffler mot de ses doutes.

— Très bien, dit-il. Rendez-vous à 14 h 30 à la radio. Mais je ne m'engage à rien pour l'instant. Nous bavarderons et je déciderai à partir de là.

En voyant Walter se détendre d'un coup, Sarah prit la vraie mesure des espoirs qu'il avait fondés sur cet entretien, et il lui sembla que tout allait s'arranger pour le mieux.

— Merci, Travis, répondit-il. Maintenant, je vais vous laisser déjeuner en paix tous les deux.

A peine était-il parti que Grace leur apportait leur repas.

— Je ne voulais pas vous interrompre, dit-elle. Vous sembliez bien sérieux, tous les trois.

— C'était juste une petite conversation entre amis, expliqua Travis.

Grace, visiblement déçue que la rencontre n'ait pas tourné à la bataille rangée, ne s'attarda pas.

— Merci d'avoir accepté de recevoir Walter, dit Sarah en posant sa main sur celle de Travis. Il a dû prendre beaucoup sur lui pour oser cette démarche, tu sais. Le fait d'être obligé de chercher du travail, à présent qu'il a coupé les ponts avec sa famille, le mortifie.

— Je sais, et c'est d'ailleurs ce qui m'a décidé à lui donner sa chance. Il faut un sacré cran pour demander une faveur à quelqu'un qui ne vous aime pas. Sarah, es-tu vraiment sûre que ce ne sera pas trop pénible pour toi de travailler avec lui ?

— Nous ferons en sorte que cela fonctionne, assura-t-elle énergiquement.

Ne le devait-elle pas à Libby et Tommy ?

— En tout cas, tu peux être certaine que si je le surprends à proférer la moindre remarque vexante contre toi, je le jette aussitôt dehors.

— Et je te tiendrai la porte grande ouverte, tu peux compter sur moi.

— Ah ! Tu me rassures ! Un instant j'ai cru que tu t'apitoyais sur son sort.

— Il m'attendrit, c'est vrai. Mais pas au point de me faire perdre la raison.

Elle ne sut comment interpréter le regard que lui jeta Travis. Mais le passage de Walter avait eu le mérite de détendre l'atmosphère entre eux, et le repas se déroula dans une ambiance tout à fait agréable.

Sur le chemin de la radio, Travis prit la main de Sarah… et elle ne la retira pas ! Un signe qu'elle commençait à s'habituer à les imaginer comme un couple, peut-être ? se prit-il à espérer.

Quel bonheur incroyable de simplement tenir sa main douce et délicate, s'étonna-t-il, lui qui avait toujours sauté cette étape — et même parfois celle du baiser — pour en arriver directement aux choses sérieuses. Voilà que, grâce à la timidité de Sarah, il commençait à apprécier les phases préliminaires…

— Moi, j'appelle cela « te faire la cour », fit-il négligemment remarquer. Et toi ?

— Peut-être bien, oui.

— Et alors ?

— En fait, j'apprivoise peu à peu l'idée.

Un aveu que Travis aurait volontiers accueilli par une petite danse, là, en plein milieu de la place, s'il n'avait aperçu sa mère qui se dirigeait à grands pas vers la station de radio. Une apparition qui n'augurait rien de bon…

— Qui est-ce ? demanda Sarah en suivant son regard.

— Ma mère, répondit-il avec un soupir résigné. Tu ferais peut-être bien de rentrer chez toi.

— Pourquoi ?

— Parce ce n'est vraisemblablement pas pour visiter le studio qu'elle est venue.

— Tu peux m'expliquer ?

— A tous les coups, il s'agit de mon père. Il s'agit *toujours* de mon père. Depuis que j'ai dix ans, c'est-à-dire depuis la première fois où il l'a publiquement trompée, c'est à moi qu'elle confie ses griefs.

— Quoi ? Même quand tu n'étais qu'un gamin ?

— Elle croyait obliger mon père à rentrer dans le droit chemin en lui faisant honte.

— Mais on n'a pas idée de prendre ainsi un enfant en otage ! Elle aurait dû te protéger de leurs histoires d'adultes, au lieu de t'y mêler.

— Je suis entièrement d'accord avec toi. Au moins cela t'aide peut-être à comprendre pourquoi mon père et moi entretenons ce rapport d'amour-haine. On m'a appris dès mon plus jeune âge à le juger. Il y a peu, je ne savais pas encore si je réussirais à faire un bon mari. Ou même d'ailleurs, si j'avais envie d'essayer.

— Et à présent, tu le sais ?

— Oui, assura-t-il solennellement. En tout cas, je m'efforcerai de ne pas imiter mon père. Si je m'engage dans une relation durable avec une femme, ce sera parce que j'aurai acquis la certitude absolue que je ne cours pas à l'échec.

Sarah le fixa d'une étrange façon, puis s'empressa de changer de sujet :

— Que te veut ta mère, d'après toi ?

— Je parie qu'elle a appris, pour le bébé, et qu'elle est venue me demander de remédier au problème.

Sarah laissa échapper un petit rire.

— Remédier au problème ? Et comment ?

— Aucune idée.

Quand ils arrivèrent devant la station de radio, il déposa un rapide baiser sur le front de Sarah avant de lui conseiller une nouvelle fois de rentrer chez elle.

— Inutile que tu sois mêlée à tout ça, ma belle.

— Mais j'ai du travail.

— Tu n'arriveras pas à le faire. Ma mère va s'agiter dans tous les sens en parlant fort et en gesticulant.

— Je pourrais venir à ta rescousse.

— J'adorerais assister au spectacle ! plaisanta-t-il avant de reprendre son sérieux. Mais non. Ce sont mes histoires de famille à moi.

— Tu as bien été entraîné dans les miennes. Walter arrive à 14 h 30.

— Raison de plus pour que tu partes. Retourne chez toi et fais-toi couler un bain. T'imaginer en train de t'y prélasser m'aidera à supporter les quelques heures qui m'attendent.

— Si je reste aussi longtemps dans l'eau, je ressemblerai à une vieille pomme ridée en sortant !

— Rien ne t'oblige à faire durer la séance. C'est seulement de l'image de toi dans la baignoire que j'ai besoin...

Il ferma les yeux, fit mine de se concentrer.

— Ça y est ! s'exclama-t-il en ouvrant brusquement les yeux. Exactement la vision que j'espérais. Très émoustillant, ma foi !

— Sais-tu que tu as vraiment un grain ?

— Et cela te gêne ?

D'un geste hésitant, elle lui caressa la joue.

— Pas tant que ça, finalement...

Il était exceptionnel que les Sweet Magnolias au complet réussissent à se réunir. Elles avaient toutes des emplois du temps très chargés, et beaucoup avaient des enfants en bas âge.

Raylene avait passé sa journée à organiser la réunion.

— L'absence d'adultes avec qui communiquer commençait à me rendre folle, avoua-t-elle d'un air penaud, quand Sarah rentra du travail. Elles ont toutes répondu à l'appel. La baby-sitter a profité de la sieste des enfants pour aller acheter de quoi manger, et ce soir elle emmènera Tommy et Libby chez Annie pour les garder en même temps que Trevor.

« Quelle bonne surprise ! » songea Sarah, ravie que Raylene ait pris cette initiative. Fallait-il en conclure qu'elle était prête à passer à l'étape suivante et à aller consulter un spécialiste ?

Rien ne permettait encore de l'affirmer et, pour ne pas gâcher la bonne humeur de Raylene, elle se contenta de demander :

— Tu n'as pas préparé les margaritas, au moins ?

— Tu n'y penses pas, voyons ! C'est le travail de Helen, ça ! Je ne me risquerais pas à marcher sur ses plates-bandes !

— Ouf ! J'ai eu peur que tu n'aies oublié cette règle ! Et le guacamole ?

— Arrête de t'inquiéter, Sarah. Dana Sue s'en occupe. Je connais la place de chacune dans le groupe. Ces trois-là ont institué un système de vie très précis, et je ne m'aventurerais pas à commettre un crime de lèse-majesté. Je me félicite simplement qu'elles aient accepté notre participation au rituel des soirées margarita.

— Moi aussi.

Une opinion qu'elle réitéra quelques heures plus tard, devant le groupe réuni.

— Vous vous rendez compte comme il est rare que des femmes de deux générations différentes s'entendent aussi bien ? C'est une véritable bénédiction !

— Parle pour toi ! feignit de se plaindre Annie. On voit que tu n'es pas obligée de te mettre à nu devant ta propre mère.

— Auriez-vous des secrets à cacher, jeune femme ? s'enquit Dana Sue d'un ton exagérément pincé, qui fit éclater tout le monde de rire.

— Evidemment ! répliqua Annie. Et je ne les révélerai jamais devant les membres de cette noble assemblée.

— Eh bien bravo ! fit à son tour mine de s'offusquer Maddie. Dois-je te rappeler que tu es mariée à mon fils ? Je veux être au courant de vos secrets, à tous les deux.

Annie rougit brusquement et essaya d'éviter le regard de Maddie.

— Mon Dieu, tu es enceinte ! s'écria Sarah sans réfléchir. Depuis combien de temps ? Ty le sait-il ?

Annie se tourna vivement vers elle.

— Comment as-tu deviné ? Je ne l'ai appris qu'aujourd'hui

après avoir utilisé à peu près quatre marques différentes de tests de grossesse !

— Alors, c'est vrai ? s'exclama Maddie. Mais c'est merveilleux !

— Nous allons être grands-mères ! s'écria Dana Sue en allant embrasser sa fille. Tu te rends compte ? Bien sûr, je joue déjà ce rôle avec Trevor, mais là je le serai pour de bon !

— Voilà exactement la raison pour laquelle je ne voulais pas vous annoncer la nouvelle tout de suite, déclara Annie en hochant la tête devant le spectacle offert par sa mère et Maddie. Vous tirez la couverture à vous. Moi, je n'existe plus.

— Bien sûr que tu existes et que c'est toi la vedette ! la rassura Sarah. Tu vas avoir un bébé ! C'est génial. Mais tu n'as pas répondu à ma question. Ty est-il au courant ?

— Non. Je voulais d'abord obtenir confirmation auprès du médecin. Son équipe vient jouer ici ce week-end, mais si je lui parle le jour du match, tout ce que je lui dirai entrera par une oreille et ressortira par l'autre. Les jours de match, il ne pense qu'à lire ses notes sur l'équipe adverse, sur sa technique, sur la tactique, et je vous en passe.

— Cela me rappelle des souvenirs, murmura Maddie. Je n'ai jamais vu un enfant qui se concentrait autant avant de jouer. C'est sur cette capacité assez exceptionnelle que Cal s'est basé pour prédire un avenir dans le base-ball à Ty.

— Quoi qu'il en soit, si je choisis bien mon moment, il ne se concentrera que sur moi, assura Annie. J'ai déjà acheté de la lingerie à cet effet.

Avec des gestes théâtraux, Dana Sue et Maddie se bouchèrent les oreilles.

— On ne veut pas le savoir ! protesta Dana Sue.

— Voyons, maman, à ton avis comment avons-nous fait ce bébé ? insista Annie avec un sourire amusé.

— J'essaie de ne pas y penser. Quant à ton père, mieux vaut ne pas lui poser la question. Ronnie a beau adorer Ty, il n'a pas encore digéré que sa petite fille adorée soit mariée.

— Il va falloir fêter la naissance, intervint soudain Raylene qui était restée silencieuse jusque-là. S'il te plaît, Annie, laisse-moi organiser la réception.

— Il est bien trop tôt pour y penser. Attends au moins que ma grossesse se voie.

— Mais le moment venu, tu me confieras les préparatifs ?

— Oui, volontiers, accepta Annie en regardant son amie attentivement. Ça va Raylene ?

— Oui, très bien.

Elle allait tellement bien que ses yeux s'embuèrent de larmes, qu'elle tenta de retenir. Mais Sarah les avait remarquées.

— Que t'arrive-t-il, Raylene ? demanda-t-elle à voix basse tandis que les autres reprenaient leur conversation.

— Je n'ai pas envie d'en parler maintenant. D'accord ?

Devant l'expression douloureuse de son amie, Sarah respecta son souhait mais, dès que tout le monde fut parti, elle la rejoignit dans la cuisine et l'empêcha de s'esquiver.

— Assieds-toi et explique-moi ce qui t'a perturbée tout à l'heure.

— Ce n'était rien. C'est de l'histoire ancienne.

— Pas si elle continue à te rendre aussi triste. Raconte-moi.

Raylene se laissa tomber sur une chaise et ferma les yeux. Des larmes perlèrent à ses paupières puis roulèrent sur ses joues. Sarah n'osa intervenir. Au cours de tous ces mois passés ensemble, au cours de ces nombreuses évocations du passé qu'elles avaient partagées, jamais elle n'avait vu Raylene pleurer. Elle l'avait connue abattue au début, puis révoltée ; mais triste, jamais.

Et quelle tristesse !

— Raylene ? insista-t-elle doucement.

Alors Raylene commença à parler d'une voix saccadée :

— La dernière fois… la dernière fois que Paul m'a frappée, j'étais enceinte. Au même stade qu'Annie, je pense. Et j'ai perdu mon bébé cette nuit-là.

Horrifiée, Sarah ne sut que dire. Mais elle ne voulait pas laisser Raylene se renfermer dans son silence.

— Et du coup, tu l'as quitté et tu es venue ici, dit-elle.

— Oui. Ça a été le déclic. Me faire mal à moi, c'était une chose, mais à notre enfant, murmura-t-elle, prise de sanglots. Comment aurais-je pu rester avec lui alors qu'il avait tué notre bébé ?

— Oh ma chérie…, murmura Sarah en prenant son amie dans ses bras.

— Non ! cria avec véhémence Raylene en se dégageant. Ne me plains pas. Tout est ma faute ! J'ai mis mon bébé en danger.

— Voyons, Raylene, tu vivais avec un monstre.

— Mais je le savais et je ne suis pas partie pour autant ! J'aurais dû partir à la seconde même où le docteur m'a appris que j'attendais un enfant. Mais j'ai cru que la nouvelle ferait plaisir à Paul et que nous pourrions enfin avoir un mariage normal. Quelle idiote, j'ai été ! En réalité, Paul était furieux, et nous nous sommes disputés encore plus violemment que d'habitude. Comment veux-tu que je me pardonne de ne rien avoir empêché ? C'est moi qui aurais mérité de mourir !

C'est alors que tout s'éclaira dans l'esprit de Sarah.

— Voilà pourquoi tu restes enfermée dans la maison. Ce n'est pas uniquement par peur de Paul. En fait, tu te punis.

— C'est possible. Peut-être. Je ne sais pas. Je n'arrive pas à y voir clair.

L'occasion était trop belle pour ne pas être saisie, se dit Sarah.

— Alors il est temps que tu parles de tout cela avec quelqu'un capable de t'aider. J'appelle le Dr McDaniels dès demain matin.

— Non, je le ferai moi.

— Tu es sûre ? demanda Sarah en examinant attentivement son amie.

— Je te le promets. Je l'appellerai un de ces jours.

— Pourquoi pas demain ?

Au lieu de s'irriter de son acharnement, Raylene ébaucha un sourire.

— Travis sait-il quelle enquiquineuse tu es ?

— En fait, oui.

— Et cela ne l'empêche pas de t'aimer !

— Et alors ? Toi non plus.

— En ce moment, un peu, quand même.

Mais peu importait que Raylene lui tienne rigueur de son insistance, puisque ses yeux brillaient de nouveau, se dit Sarah.

Peut-être était-elle enfin prête à franchir le pas qui lui permettrait de prendre un nouveau départ dans la vie.

Chapitre 22

Travis aurait volontiers bu un verre ou deux pour se remettre de son après-midi : une entrevue avec sa mère suivie d'un entretien d'embauche avec Walter ! Inutile de rêver, cependant ; il avait son émission à animer.

La pensée de Sarah l'ayant soutenu pendant l'épouvantable confrontation avec sa mère et la rencontre finalement plutôt courtoise, quoique gênante avec Walter, il décida de la garder au centre de ses propos pendant qu'il occuperait l'antenne.

— Mesdames, messieurs, chers auditeurs, je vais dédier cette jolie petite ballade de M. George Strait à ma complice du matin. Sarah, tu vois jusqu'où je suis prêt à aller pour te témoigner mon amour ?

La chanson avait à peine démarré que, déjà, sa ligne privée s'allumait. Il n'eut même pas besoin de vérifier qui appelait.

— Qu'est-ce qui te prend ? hurla Sarah scandalisée.

— Je te fais la cour. Tu te rappelles que nous nous étions mis d'accord là-dessus, non ?

Elle poussa un soupir à fendre l'âme.

— Serait-ce trop te demander de te montrer un tantinet plus discret ?

D'accord, elle semblait un peu énervée. Néanmoins, elle ne lui avait pas raccroché au nez ! C'était déjà ça.

— Viens dîner à la maison samedi, et je te promets que je ne parlerai plus de toi à l'antenne ce soir.

— Je déteste les chantages, mais tant pis ! J'accepte. Impossible de gérer tous les problèmes à la fois.

— 19 heures, ça te va ?

— Nous pourrons régler les détails demain matin, quand je te verrai.

— Je préfère profiter de tes bonnes dispositions présentes pour tout arranger dès maintenant.

— D'accord, 19 heures.

— Bonne nuit, ma belle ! Ça me fait plaisir de savoir que tu m'écoutes à la radio.

— Je n'ai pas vraiment le choix. Je redoute toujours que tu allumes un incendie que je serais obligée d'éteindre.

— Je te quitte. George a presque fini de chanter. Je crois que je vais mettre *Au service d'une femme* de Brad Paisley. Ce titre correspond parfaitement à ma situation depuis que je suis arrivé à Serenity !

— Je te préviens, si j'entends ce commentaire sur les ondes, tu peux dire adieu à notre rendez-vous.

— Oh zut ! s'écria-t-il alors que la chanson démarrait. J'avais oublié de couper le micro !

— Décidément ça te plaît de m'embêter, on dirait ?

— Je le reconnais. Allez, bonne nuit, ma belle ! Fais de beaux rêves. A demain !

Il souriait quand il raccrocha. Malgré sa brièveté, ce petit intermède lui avait permis d'effacer les dernières traces de contrariété qui subsistaient après sa conversation avec sa mère et Walter.

Les effets bénéfiques sur l'humeur de Travis de l'échange avec Sarah, la veille au soir, ne survécurent malheureusement pas à l'appel téléphonique qu'il passa à son père, à la première heure ce matin-là. A dire vrai, il ne voyait pas quel argument utiliser pour faire revenir son père sur son désastreux projet de mariage avec Trina, à présent qu'un bébé entrait en jeu. Mais il avait promis à sa mère d'essayer.

— Je suppose que tu as reçu la visite de ta mère, lui dit son père d'un ton résigné.

— Comment l'as-tu deviné ?

— Parce qu'elle s'est toujours précipitée vers toi dans les moments de crise. Ce que je ne sais pas, en revanche, c'est quand tu vas enfin renoncer à te mêler de notre vie. Ce n'est pas ton problème.

— Tu prêches un convaincu, figure-toi. Seulement, en l'occurrence, je suis d'accord avec maman. Trina en veut à ta fortune, papa. N'oublie pas que je la connais depuis bien plus longtemps que toi. Si je n'avais pas vraiment de raison de douter de sa bonne foi avant, j'en ai maintenant, avec cette grossesse qui tombe à pic pour te forcer à conclure le mariage.

— Tu sais, fiston, ta mère et toi vous m'avez toujours sous-estimé. Ne me crois-tu pas capable de lire dans les pensées d'une femme comme Trina, avec l'expérience que j'ai accumulée au fil des années ?

— *Expérience* est le mot juste, papa, ironisa-t-il. Dans ce cas, pourquoi donc l'épouses-tu ?

— Parce que c'est ainsi que les hommes de ma génération ont été élevés. Si nous faisons un enfant à une femme, nous en assumons la responsabilité. A ton avis, pourquoi ta mère et moi nous sommes-nous mariés ? C'est ce qui la met dans tous ses états, en fait. Elle se rend compte que la seule autre fois où j'ai laissé la situation déraper, c'était avec elle. Bizarrement, jusqu'à aujourd'hui, elle tirait une certaine satisfaction à se dire que notre relation était unique.

— Loin de moi l'idée de te conseiller d'esquiver tes responsabilités, papa. Seulement tu n'as pas besoin de convoler en justes noces avec Trina pour t'occuper du bébé. D'ailleurs, si je peux me permettre, il aurait peut-être mieux valu pour nous tous que tu n'épouses pas maman.

Contre toute attente, au lieu de s'emporter, son père répliqua avec calme, comme pour lui-même :

— Qui sait si je ne cherche pas l'occasion de me racheter ? J'ai été un père exécrable. Souvent absent. J'ai laissé ta mère t'impliquer dans nos histoires. J'ai représenté, et je représente toujours, une figure paternelle épouvantable. Peut-être que ton vieux père peut encore changer de peau.

La sincérité de cet aveu émut profondément Travis qui aurait aimé pouvoir le contester… mais sans y parvenir.

— Pour en revenir à Trina et toi, reprit-il, comment peux-tu espérer que cela fonctionne entre vous ?

— Nous nous comprenons trop pour que je ne saisisse pas le sens de ta question, fiston. Ecoute, je ne suis pas aveugle. Je sais ce qu'elle cherche avec moi. L'idée de la pauvreté la terrifie. Celle de perdre sa place dans la société aussi. Alors, elle m'est reconnaissante de lui épargner ce qu'elle vivrait comme une déchéance.

— Et sa gratitude te suffit ? demanda Travis sans en croire ses oreilles.

— Tu ne veux quand même pas que je te décrive les autres aspects de notre relation ? Je me contenterai de te dire que, grâce à elle, j'ai l'impression de rajeunir.

Effectivement, il n'avait aucune envie d'écouter le récit des ébats amoureux de son père avec une jeune femme avec qui il était lui-même sorti.

— Dis à ta mère qu'elle tourne enfin la page. En dépit de toutes mes incartades, malgré le nombre de fois où je lui ai répété que tout était fini entre nous, elle s'est accrochée de façon incompréhensible à l'espoir que ce n'était pas définitif. Pourtant, ça l'est.

— Tu le lui as déjà dit aussi clairement ?

— Plus souvent que tu ne crois, soupira son père. Mais tu sais bien que ta mère n'entend que ce qu'elle veut bien entendre. En tout cas, quand cela vient de moi.

Il se tut un instant avant de reprendre :

— Excuse-moi. Je fais exactement ce que je lui reproche. Je t'utilise comme intermédiaire entre elle et moi. Oublie ce que je t'ai demandé. J'irai la voir moi-même pour régler la question une bonne fois pour toutes.

Travis soupira; il connaissait la suite… Avant ce soir, il aurait sa mère en larmes à l'autre bout du fil.

— Ne prends pas ses appels aujourd'hui, d'accord? lui conseilla son père, comme s'il avait lu dans ses pensées. Je connais pas mal d'hommes, à mon club, qui ne demanderaient pas mieux que de lui offrir une épaule compatissante. Je vais m'arranger pour la diriger vers eux.

— Tu vas rompre avec maman et la jeter dans les bras d'un autre homme que tu auras toi-même choisi? s'exclama Travis, choqué.

— J'ai rompu avec elle depuis belle lurette, fiston. Il s'agit seulement d'une cuti de rappel. Quant à mon *remplaçant*, comme tu dis, comment saurait-elle que je suis l'instigateur de ces appels téléphoniques passés au moment opportun par des hommes pleins de sollicitude? Quoi qu'elle en pense, je suis attaché à elle. Je reconnais que je lui ai en partie gâché la vie, mais il faut avouer aussi qu'elle se complaît dans son malheur. Pire, elle l'alimente en t'utilisant comme confident, voire comme caisse de résonance. Ça a assez duré. Je vais prendre des mesures pour que cela cesse. Dès aujourd'hui.

Travis raccrocha, perturbé par cette petite conversation. Il y avait peu de chances que la démarche de son père aboutisse. Mais lorsque la journée s'acheva sans que sa mère lui ait téléphoné, lorsque, le lendemain, aucun appel éploré ne vint le déranger, il félicita intérieurement son père pour l'efficacité de sa démarche. Pour la première fois depuis des années, il pouvait se concentrer exclusivement sur sa propre vie, sans devoir se soucier du jeu sans cesse recommencé entre ses parents et dans lequel il avait été obligé d'endosser le rôle d'arbitre.

Mary Vaughn avait enfin réussi à amadouer son médecin : elle avait obtenu l'autorisation de se rendre au Club du Coin pour une visite chez l'esthéticienne, avec manucure et pédicure. Elle offrit aussi une séance à sa fille en remerciement de son travail. Rory Sue, après avoir passé beaucoup de temps à visiter des propriétés avec différents clients, avait en effet conclu sa première vente officielle le dimanche précédent, ce qui avait enchanté Mary Vaughn ; bien que toujours loin d'être animée du même enthousiasme qu'elle pour le métier, elle avait été stimulée par la perspective de partager la commission.

— Comment te sens-tu ? demanda Jeanette tandis qu'elle lui massait le visage avec une lotion relaxante.

— Frustrée. Et toi ? Tu as l'air en pleine forme. Tu es même carrément resplendissante ! ajouta-t-elle. J'en serais presque jalouse.

La grossesse de Jeanette étant plus avancée que la sienne, elle portait des vêtements de maternité par-dessus son ventre déjà bien arrondi.

— Où as-tu trouvé ce haut ? voulut-elle savoir. Il faudra que j'envoie Rory Sue m'acheter de quoi m'habiller. Inutile de songer à y aller moi-même ! Il a déjà fallu que je plaide ma cause je ne sais combien de temps pour venir ici deux petites heures. J'ai fait valoir au médecin que cela me détendrait.

— La prochaine fois, je me déplacerai si tu veux. Et je demanderai à la manucure de m'accompagner.

— C'est vrai ? Tu ferais ça pour moi ?

— Bien sûr. Tu es une bonne cliente. Et une amie, qui plus est. Ce doit être horrible d'être coincée à la maison. Je n'y avais pas vraiment réfléchi jusqu'à présent. Dis donc, si je louais quelques films romantiques, un de ces soirs ? Nous les regarderions ensemble chez toi en nous goinfrant de glace et en pleurant pour éliminer les calories.

— Quand tu veux ! accepta Mary Vaughn sans l'ombre d'une hésitation. Je m'assurerai d'abord que Sonny a prévu autre chose. Que nous puissions pleurer tranquillement… et ne pas avoir à partager nos glaces avec lui !

— Alors, comment occupes-tu ton temps ?

— Je dors. Beaucoup trop. Et je me tiens au courant des

affaires de l'agence, dans la mesure du possible. Rory Sue prend en charge les rendez-vous, et moi l'élaboration des contrats. Et tu sais quoi ? lança-t-elle avec un éclat rieur dans les yeux. Figure-toi que Liz et deux de ses copines viennent jouer aux cartes.

— Quoi ?

— Et oui ! Je fais partie des retraitées maintenant, plaisanta-t-elle avant de reprendre son sérieux. Et le plus amusant, c'est que je m'amuse comme une petite folle. C'est drôlement gentil de leur part de l'avoir proposé et je te promets que j'apprends quelque chose de nouveau sur l'histoire de Serenity à chaque visite de Liz. J'ai l'impression qu'elle me forme pour que j'assure sa relève de militante, mais elle est trop exceptionnelle pour être un jour remplacée.

— Travis l'adore. Il déclare qu'il a pris la meilleure décision de sa vie en lui offrant d'emménager dans la petite maison dans le jardin. Il ne veut pas l'admettre, mais à mon avis, c'est parce qu'elle lui prépare de bons petits plats, qu'elle lui livre à domicile en plus !

— Il est venu la chercher à la maison quelques fois, et c'est admirable de le voir avec elle. Il est carrément à ses pieds.

Elle se tut un instant, vérifia d'un coup d'œil que Rory Sue n'était pas dans les parages et reprit à voix basse :

— Je voudrais bien que ma fille respecte autant ses aînés.

— Tu exagères ! Elle est revenue chez vous pour t'aider, quand même.

— Et elle passe son temps à se plaindre dès que quelque chose ne va pas comme elle veut. J'avais espéré qu'elle rencontrerait quelqu'un ou, au moins, qu'elle se lierait d'amitié avec Sarah, Annie et Raylene. Mais non. En fait, elle me ressemble trop. Elle ne s'apercevra que plus tard qu'il est précieux d'être entourée de vraies amies. Dieu sait que j'ai mis du temps à comprendre ce que je manquais en passant à côté d'une relation comme celle que tu entretiens avec Maddie, Helen et Dana Sue.

— Et toi, compléta Jeanette.

— Arrête de dire ce genre de choses. Je pleure suffisamment comme ça en ce moment. Ce sont mes hormones qui me jouent des tours.

— Tu imagines les litres de larmes que nous allons verser à nous deux, en regardant des bluettes ? plaisanta Jeanette en lui serrant amicalement l'épaule.

— Tout à fait ! Je me régale à l'avance à l'idée de pouvoir pleurer tout mon soûl sans que ce pauvre Sonny croie que je fais une dépression.

— Je te reçois 5 sur 5 ! Tom marche sur des œufs comme si je risquais de m'effondrer au moindre mot de travers. Le pire, c'est qu'il a raison !

— Je vais consulter l'agenda de Sonny et je t'appellerai pour que nous fixions une date. Avec un peu de chance, nous pourrons nous voir un soir de la semaine prochaine.

Lorsqu'elle quitta le spa en compagnie de Rory Sue, une heure plus tard, Mary Vaughn se sentait revigorée, physiquement et moralement. Cette soirée prévue avec Jeanette était exactement ce qu'il lui fallait pour lui remonter le moral, songea-t-elle en se promettant d'essayer de nouveau de faire entrer Rory Sue dans le cercle d'amies de Sarah. Il fallait que sa fille prenne conscience qu'il était tout aussi essentiel de trouver de vraies amies que l'homme de sa vie.

Pour elle qui, depuis des années, n'avait plus l'expérience des rendez-vous amoureux, ce dîner en tête à tête avec Travis, chez lui, prenait pour Sarah une importance considérable ; une étape dans sa vie, en quelque sorte. Elle s'était même arrangée pour que les enfants dorment chez leur père afin de disposer de toute la nuit rien que pour elle ; inutile de se leurrer en prétendant que Travis et elle se voyaient ce soir pour parler des futurs programmes de la radio… A supposer même qu'il n'ait pas clairement établi ses intentions, elle aurait difficilement pu ignorer leur excitation à tous les deux depuis quelques jours.

Et si ses propres impressions n'avaient pas suffi, elle n'aurait eu qu'à écouter les gens autour d'elle. La moitié de la ville semblait parfaitement au courant de ce qui se tramait entre eux, et les langues allaient bon train, en particulier au Wharton, où elle soupçonnait Grace… d'avoir ouvert des paris ! Quel en était l'enjeu exactement ? Mieux valait ne pas le savoir.

Debout devant sa porte d'entrée, elle essayait de se convaincre de quitter la maison. Raylene, levant les yeux du roman qu'elle faisait semblant de lire, joua la surprise.

— Tu es encore là ? Je croyais que tu étais déjà partie.

— Je n'arrive pas à ouvrir la porte.

— Ecoute le conseil de quelqu'un qui ne connaît que trop cette angoisse et qui perd systématiquement la partie : ne réfléchis pas et agis vite si tu ne veux pas te retrouver enfermée ici avec moi.

— Ce n'est pas drôle, protesta Sarah avec une moue. Je ne comprends pas ce qui m'arrive.

— Tu as la trouille, c'est tout, répondit Raylene avec son franc-parler coutumier, parce que tu sais pertinemment que tu ne vas pas chez Travis uniquement pour dîner. Une fois que vous vous serez laissés aller, il sera impossible de revenir en arrière. Tu devras te rendre à l'évidence : il s'agit d'une histoire sérieuse.

— Pour moi, en tout cas, reconnut Sarah. Malgré tous mes efforts pour résister, je suis tombée amoureuse de lui. Avec lui, j'ai l'impression d'être quelqu'un de…

Elle marqua un temps, cherchant le mot exact pour décrire ce qu'elle ressentait, et se décida pour un adjectif à la fois simple et éloquent :

—… spécial.

— C'est normal, puisque tu l'es.

— Cela dit, je ne parviens pas à me sortir de la tête son passé. Ni son père. Des hommes comme ça peuvent-ils vraiment changer ou sont-ils seulement des maîtres dans l'art de donner l'impression à la personne avec qui ils se trouvent à un moment donné d'être spéciale ?

Raylene posa son livre.

— Mon chou, commença-t-elle sur le ton patient qu'adopte une mère avec son enfant, tu sais bien que la vie n'offre pas de garanties. Eh bien, l'amour non plus. La seule solution est de suivre ton cœur.

— C'est bien ça, qui est effrayant !

— A qui le dis-tu ! Mais réfléchis. On t'a déjà brisé le cœur une fois et regarde-toi à présent : plus forte que jamais. Non seulement tu as survécu, mais tu as découvert quelle personne formidable tu es et tu as trouvé l'homme qui s'en rend compte. Quel meilleur terreau pour que l'amour s'épanouisse ? Franchement, toutes les chances sont de ton côté.

Sarah s'approcha de son amie pour l'embrasser.

— Que ferais-je sans toi, Raylene ? Tu m'aides toujours à analyser les situations comme il faut.

— Echange de bons procédés, mon chou. Allez ! File et passe une excellente soirée. Et essaie de ne pas trop réfléchir.

— Travis risque de ne pas m'en laisser le temps, répliqua Sarah avec un sourire plein de sous-entendus.

Travis ne s'était pas senti aussi nerveux depuis des années. Si bien que Liz finit par soupirer de lassitude.

— Enfin, Travis, on dirait que c'est la première fois que vous sortez avec une femme ! Qu'est-ce qui vous prend ?

— Je voudrais tellement que tout se passe bien. Tant de choses en dépendent.

— Une relation ne s'écroule pas à cause de quelques ratés dans un rendez-vous. Cessez de vous tourmenter ainsi. Votre Sarah va tomber à la renverse devant le bœuf Stroganoff. Les asperges fondent littéralement sous la langue, et le dessert, lui, est tout simplement divin. Et si je vous le dis, vous pouvez me croire. Ça fait une éternité que je n'ai pas entrepris de faire un gâteau au chocolat comme celui-là, mais les gens qui l'ont goûté s'en souviennent encore.

— A ce propos, vous avez ma reconnaissance éternelle, Liz. Grâce à vous, pas de problèmes côté repas. Et là-dessus, je suis d'accord. Mais moi ? Comment être sûr que Sarah va enfin cesser de me considérer comme un Casanova ?

— Seul le temps pourra lui prouver le contraire. Vous devrez attendre autant qu'il sera nécessaire. Aucun coup de baguette magique ne vous fera atteindre plus rapidement le bout du chemin. A présent, je file avant qu'elle n'arrive et me reproche de m'immiscer dans votre histoire.

— Ou ne vous invite pas à partager notre dîner, plaisanta Travis.

— Vous n'auriez pourtant pas à vous plaindre de ma compagnie ! rétorqua Liz en riant. Au moins je pourrais vous donner quelques conseils…

— De quoi aurais-je l'air ?

Il leva le bras pour arrêter la vieille dame qui s'apprêtait déjà à répondre.

— Ce n'est pas la peine ! lui assura-t-il. Je connais la réponse.

— N'oubliez pas que vous disposez de bien des atouts aux yeux de n'importe quelle femme. Vous ne serez pas le seul à avoir de la chance, ce soir. Sarah peut se féliciter d'être tombée sur vous.

— Peut-être devrais-je vous demander de m'écrire une lettre de recommandation et la lui remettre ?

— Inutile. Elle a déjà parfaitement conscience de vos qualités. Je le vois dans ses yeux chaque fois qu'elle vous regarde. Il est temps que vous vous lanciez, tous les deux, conclut-elle en s'en allant.

Après le départ de Liz, Travis inspecta une dernière fois sa maison. Ses meubles étaient arrivés, des tapis couvraient le sol, et les rideaux étaient suspendus aux fenêtres. Pourtant, quelque chose manquait à la maison pour qu'elle donne vraiment envie d'y vivre. Qu'avait-il oublié ?

C'est alors que Sarah fit son entrée. Et d'un coup la pièce parut se transformer. Tout était parfait. C'était elle, qui manquait à la maison, elle qui lui donnait sa touche finale, son âme.

Et il allait tout mettre en œuvre pour que sa présence devienne définitive.

Sarah ne porta aucune attention au repas, dans lequel Liz et Travis avaient pourtant mis tous leurs talents de cordons bleus. Lui aurait-on servi de la sciure de bois qu'elle ne s'en serait pas aperçue. Travis paraissait tout aussi distrait qu'elle, constata-t-elle tandis qu'elle l'observait de l'autre côté de la table neuve joliment décorée. Incapable de supporter une seconde de plus la tension, elle posa sa fourchette.

— Ça ne va pas, décréta-t-elle.

— La nourriture ne te plaît pas ? s'inquiéta-t-il aussitôt.

— Si, elle est parfaite. Mais je suis dans un état lamentable. Toi aussi d'ailleurs, reconnais-le.

— Qu'entends-tu par « état lamentable » ? demanda-t-il prudemment.

— Nous savons très bien tous les deux pourquoi je suis ici et cela m'obsède.

— Tu crois que j'ai l'intention de te séduire, c'est ça ?

— Je me trompe ?

— Je ne nie pas que l'idée m'a effleuré, répondit-il en réprimant un sourire. Je pensais manger le dessert avant, malgré tout. Apparemment, personne ne résiste au gâteau au chocolat de Liz.

— Après ! déclara-t-elle d'un ton résolu en se levant.

Travis se mit à rire mais ne bougea pas.

— Quel homme ne rêve d'entendre ces mots-là dans la bouche d'une femme avec qui il espère faire l'amour ?

Sarah le scruta entre ses paupières mi-closes :

— Qu'est-ce que tu attends ? Tu te défiles ?

— Non, ma belle, non. J'essaie seulement de trouver un

moyen d'introduire un peu de sentiment dans cette histoire avant qu'elle ne tourne à une vulgaire partie de jambes en l'air dont j'entendrai parler jusqu'à la fin de mes jours.

— J'ai trop peur pour me préoccuper de l'aspect romantique de la chose. Crois-le si tu veux, mais Walter est le seul homme avec qui j'ai couché, et si tu ne fais pas quelque chose, là, maintenant, tout de suite, je crois que je vais tomber dans les pommes.

D'un bond, Travis fut debout.

— Je m'en voudrais! s'écria-t-il en la soulevant de terre et en la serra contre lui.

Il resta un instant ainsi, ses yeux plongés dans les siens.

— Nous ne sommes pas obligés, tu sais, murmura-t-il. Nous pouvons repousser à un autre jour, profiter du reste du dîner, passer la nuit l'un contre l'autre sur le canapé et, un verre de thé à la main, regarder le soleil se lever avant que tu ne rentres chez toi.

— Malgré tout l'attrait de cette proposition, ma réponse est « non ». Je ne trouverai peut-être jamais plus le courage dont j'ai réussi à m'armer ce soir.

— Je préférerais simplement que tu ne vives pas ce moment comme une corvée incontournable.

Elle hésita un instant, puis lui caressa doucement la joue tandis que l'expression de son visage s'adoucissait.

— Excuse-moi, Travis. Si tu sentais comme mon cœur cogne fort, tu saurais avec quelle impatience j'attends ce moment, avec quelle force je te désire. Mais j'ai tellement peur de te décevoir…

— C'est impossible, ma belle.

— N'en sois pas si sûr. Walter…

— Il est hors de question que Walter entre dans cette chambre avec nous! déclara-t-il vivement. C'est entendu? Pas plus qu'aucune femme que j'ai connue. Cette nuit est à nous, notre première nuit ensemble.

Lentement elle hocha la tête et posa ses lèvres sur les siennes.

Chapitre 23

Bien que résolue à profiter de chaque seconde de la nuit qui débutait, Sarah ne put pourtant réprimer un sentiment de gêne lorsque Travis commença à la dévêtir. Bien sûr, elle avait fréquenté la salle de sport du Club du Coin pendant des mois. Bien sûr, elle avait perdu quelques kilos. Mais il lui était malgré tout difficile de s'enorgueillir d'un corps de mannequin ! Comment réagirait-il en la voyant nue ?

Pour ajouter encore à son embarras, au lieu de la déshabiller rapidement, Travis lui enlevait ses vêtements un par un, en prenant tout son temps ! Frissonnant au contact de ses doigts sur sa peau, elle garda les yeux braqués sur son visage, épiant le moindre signe de déception, voire de dégoût. Dans les derniers temps de leur mariage, Walter avait insisté pour qu'ils fassent l'amour dans le noir. Pour s'épargner le spectacle de son corps obèse, avait conclu Sarah, sans que Walter la détrompe d'une quelconque manière.

Cependant, quand son soutien-gorge et son string tombèrent, la laissant entièrement offerte au regard de Travis, toute trace de nervosité s'envola en même temps que ces derniers morceaux de dentelle. Dans les yeux de Travis, elle ne vit aucun dégoût, aucune gêne, mais… de l'admiration et du désir.

Finies, les incertitudes. Oubliés, ces longs mois passés dans la crainte de la prochaine humiliation quelle qu'elle soit ; à cet instant précis, elle ne doutait plus de sa beauté. Quelques regards enfiévrés et quelques caresses de Travis avaient suffi à lui donner de nouveau une image aimable de son corps, à lui rendre son estime d'elle-même. Elle se sentait à présent détendue, pleinement épanouie, elle se sentait elle-même, comme autrefois, avant que Walter et sa famille ne la rabaissent jusqu'à lui faire perdre sa confiance en elle.

Emplie d'une joie ineffable, elle s'abandonna alors tout entière entre les bras de Travis. Amant attentif et généreux, ce dernier l'entraîna dans un tourbillon de sensations nouvelles, des sensations qu'elle ne connaissait que par les livres…

Et lorsque le moment fut venu, il capta son regard et la pénétra tendrement, passionnément, l'amenant vers des sommets de plaisir qu'elle n'aurait jamais imaginé possibles…

Ses yeux s'embuèrent de larmes lorsqu'elle atteignit l'extase.

— Jamais…, commença-t-elle dans un murmure émerveillé.

— Jamais quoi ? s'inquiéta-t-il en caressant ses joues mouillées.

— Jamais je n'aurais cru que ce pouvait être comme ça. Dire que j'ai été mariée pendant toutes ces années sans me douter que faire l'amour c'était aussi… magique ! Tu ne trouves pas ça incroyable ?

— Sarah Price, ce qui est incroyable c'est la façon dont tu flattes mon ego ! répliqua-t-il dans un sourire.

— Attends ! Ne t'emballe pas. L'exploit ne compte que s'il peut se répéter.

Il partit d'un grand éclat de rire qui la surprit ; ainsi, faire l'amour n'empêchait pas de s'amuser et de rire ? Walter, lui, ne parlait jamais, négligeant les chemins buissonniers pour ne se concentrer que sur la route et le but du voyage.

— Toujours prêt pour vous servir !

— Quel vantard ! lança-t-elle avec un petit rire moqueur, savourant cette liberté nouvelle.

— Vous tenez à me mettre à l'épreuve, jolie madame ?

Elle prit le visage entre ses mains et plongea son regard dans le sien.

— Figure-toi que… oui ! répliqua-t-elle avant de lui plaquer un baiser sur les lèvres.

Il se passa des heures avant qu'ils ne prononcent une autre parole. Mais aujourd'hui, ce silence était tout, sauf pesant.

Après s'être assuré une énième fois auprès de Sarah qu'elle ne verrait pas d'inconvénient à travailler avec son ex-mari, Travis appela Walter pour fixer un rendez-vous. Il avait réussi à dépasser son hostilité et à reconnaître que Walter possédait le profil idéal pour le poste. Et si Sarah parvenait à oublier le passé dans l'intérêt de ses enfants, pourquoi n'y arriverait-il pas lui aussi, au nom de son entreprise ?

Lorsqu'ils se rencontrèrent le lundi après-midi, c'est avec un sentiment proche de la pitié que Travis accueillit Walter, cet homme qui avait fait de la vie de Sarah un enfer durant leur mariage.

— Voilà les termes du contrat que je te mets en main, Walter. Nous sommes tous d'accord. Tu es le meilleur candidat sur le marché de Serenity. Mais le critère des compétences ne suffit pas. Il y a aussi Sarah, qui joue un rôle essentiel dans cette station.

— Et dans ta vie, compléta Walter en posant sur lui un regard franc et sincère.

— Oui, et dans ma vie, reconnut Travis, étonné du calme de Walter. Ce que je veux dire, c'est qu'elle tient vraiment à ce que tu restes dans la région à cause de Tommy et Libby. Elle pense que tu as changé et que vous pouvez travailler ensemble en bonne intelligence. Je veux que tu me donnes ta parole que ce sera le cas.

— Tu l'as. Sans vouloir te mêler à mes histoires personnelles, sache quand même qu'en Alabama j'ai laissé mes parents tirer toutes les ficelles, s'immiscer entre Sarah et moi. J'aurais dû intervenir, mettre un terme à leur ingérence. J'ai vraiment manqué à tous mes devoirs en tant que mari. J'ai perdu Sarah par bêtise et par lâcheté. En venant ici, j'ai décidé de repartir de zéro. Je me plais à Serenity. Je veux m'y intégrer, pour

Tommy et Libby bien sûr, mais aussi pour moi, et je ne ferai certainement rien qui irait à l'encontre de ce projet.

Travis apprécia la déclaration de Walter tout autant que ce qu'il avait lu dans ses yeux. Quel cran quand même, de s'adresser avec autant de franchise à l'homme qui entretenait à présent une liaison avec son ex-femme !

— Eh bien, je t'engage à l'essai, déclara-t-il.

— Merci.

Une fois qu'ils se furent entendus sur les termes du contrat, l'embauche fut conclue.

— Merci, Travis, répéta Walter sans cacher son soulagement. C'est important pour moi. Tu ne le regretteras pas et Sarah non plus.

— Je l'espère bien. Arrange-toi pour voir Sarah après son émission, demain, afin de faire un point sur nos annonceurs actuels. C'est elle qui s'occupe de tout.

— Sarah ? s'étonna Walter. Elle n'a jamais eu trop le sens de l'organisation.

Travis le fusilla du regard.

— Ne le prends pas mal, s'empressa d'ajouter Walter. Je voulais juste dire qu'elle avait tendance à se laisser un peu déborder quand nous étions mariés.

— Eh bien, maintenant, grâce à elle, la station tourne parfaitement rond. Tu aurais d'ailleurs intérêt à prendre exemple sur elle.

— D'accord. Je viendrai la voir demain pour qu'elle me mette au courant.

Tandis qu'il regardait Walter quitter le studio, Travis se demanda s'il avait pris la bonne décision… Et si Walter était assez bon comédien pour avoir joué la carte de la sincérité et du repentir afin de pouvoir reprendre son ascendant sur Sarah ? Non. Walter était sincère. Et puis avec l'assurance que Sarah avait gagnée en quelques mois, depuis qu'il la connaissait, elle était tout à fait en mesure de gérer sa relation de travail avec son ex-mari. Ce serait même assez plaisant de la voir diriger Walter... Un juste retour des choses, en quelque sorte.

— Tu veux que je me charge de former Walter ? répéta Sarah, médusée. Moi ?

— Oui. C'est toi qui as mis le système en place. Montre-lui comment il fonctionne. Ce sera bien pour vous deux.

— Il existe certainement mieux comme système. Walter aura probablement ses propres idées. Après tout, c'est son domaine. Il était chargé du secteur commercial dans l'usine de son père, qui est une entreprise autrement plus grosse que la radio.

— Ton organisation convient parfaitement à la station de radio, répliqua Travis avec fermeté.

Sarah le dévisagea un moment d'un air soupçonneux avant de demander :

— C'est bien de la gestion de nos annonceurs dont nous parlons ?

— Bien sûr. De quoi d'autre pourrait-il s'agir ?

— Je ne sais trop. Peut-être penses-tu que je prendrais plaisir à donner des ordres à mon ex-mari ? Comme une vengeance légalisée.

— Il y a un peu de ça, reconnut Travis, avec un sourire un tantinet gêné.

— Tu sais bien qu'il va automatiquement dénigrer ma méthode.

Elle ne se faisait guère d'illusions sur la paix fraîchement signée avec Walter, et attendait avec une certaine angoisse la première remarque désobligeante de Walter à son égard. Même s'il avait beaucoup changé et était plein de bonne volonté, il y a quelques mois à peine, il la traitait encore comme une moins que rien.

— Si cela se produit, je le vire, répliqua Travis sans hésiter. Je trouverai facilement à le remplacer. Ce ne sont pas les candidats qui manquent.

— Tu parles sérieusement ? demanda Sarah, interloquée.

— Naturellement. Nous avons besoin d'une équipe soudée. Je ne dis pas, qu'au fil du temps, il ne pourra pas modifier l'organisation que tu as établie, mais dans l'immédiat, il doit prouver qu'il est capable de s'adapter à ce qui existe. Pour commencer, sa principale tâche consistera à te témoigner le respect que tu mérites.

Cette déclaration ne rassura pas Sarah pour autant.

— Est-ce que vous allez passer votre temps à jouer aux coqs de combat, tous les deux ? demanda-t-elle. Si c'est votre intention, l'atmosphère va vite devenir irrespirable pour Bill et moi.

Travis lui lança un regard ingénu et lui fit signe d'approcher.

— Assieds-toi, dit-il en l'attirant sur ses genoux. Nous sommes un couple, tous les deux maintenant, d'accord ? Un couple officiel.

Elle ne démentit pas, se contentant de lui demander, les yeux dans les yeux :

— Où veux-tu en venir ?

— Il serait absurde de perdre mon temps à marquer mon territoire pour me protéger d'un homme dont tu as divorcé.

Comment ne se serait-elle pas félicitée d'entendre Travis définir aussi clairement leur relation ? Malgré tout, s'il s'était montré un peu jaloux…

— Tu aurais au moins pu me laisser croire que je valais la peine que l'on se batte pour moi, fit-elle remarquer, feignant d'être vexée.

— Bien sûr que tu en vaux la peine ! Seulement, nous savons tous les deux qu'il n'y a pas de rivalité. Tu ne veux plus de Walter.

— Qui te dit que lui ne veut plus de moi ? insinua-t-elle, histoire d'épicer un peu la discussion.

Une étincelle menaçante s'alluma dans les yeux de Travis.

— Tu le crois vraiment ? lança-t-il.

Elle envisagea un instant de souffler sur la braise mais se

ravisa. Trop puéril et dangereux. Travis et elle avaient la chance de vivre une expérience fantastique. Pourquoi risquer de la détruire par simple jeu ?

— Non. Franchement, cela m'étonnerait.

— Tu me testes, c'est ça ?

— Un peu, oui, admit-elle avec un petit sourire.

— Soyons bien clairs, Sarah, dit-il avec gravité en plantant son regard dans le sien. Fais-moi passer tous les tests qu'il te plaira, il n'y en aura pas un auquel j'échouerai. Tu es la femme que j'ai choisie, et je m'appliquerai à te garder et à te rendre si heureuse que l'idée de tourner les yeux vers un autre homme ne te traversera même pas l'esprit !

Jamais Walter ne lui avait parlé de cette manière... Même au plus fort de leur amour. Mais, plutôt que de montrer combien cette promesse la touchait, elle afficha un air détaché en répondant :

— J'en prends bonne note...

Alors qu'elle s'apprêtait à se lever, Travis la retint et l'embrassa... Un baiser de conquérant qui affirme son pouvoir

— Je t'aime Sarah, murmura-t-il quand il la libéra. Ne l'oublie jamais.

— J'en prends également bonne note.

Cette fois cependant, sa voix, à peine audible, tremblait légèrement. Le premier « Je t'aime » que vous disait un homme devait être précieusement et à jamais conservé dans un coin de sa mémoire.

Walter n'en crut pas ses oreilles lorsque Sarah lui exposa l'organisation qu'elle avait élaborée pour le secteur publicitaire de la station.

— Et là-bas, poursuivit-elle, tu trouveras les fiches des contacts que chacun de nous a pris, avec nos notes sur les raisons qui les retiennent de nous parrainer pour le moment. S'ils ont évoqué la possibilité de l'envisager ultérieurement, j'ai inscrit la date à laquelle les rappeler. J'ai aussi indiqué qui a enregistré les spots qui sont actuellement diffusés et joint une copie du script. Je demande toujours aux annonceurs s'ils veulent apporter des modifications avant qu'ils ne signent pour une nouvelle série de messages publicitaires.

— Bravo ! la félicita Walter, visiblement impressionné. C'est bien pensé.

— Cela me paraissait logique, répondit Sarah avec un petit haussement d'épaules. Au début, Travis et moi avions tendance à nous marcher sur les pieds en contactant deux fois le même client. Il fallait donc imaginer quelque chose pour que l'on ne passe pas pour des amateurs.

Brusquement, Walter retrouva l'admiration qu'il avait éprouvée pour Sarah, à l'époque où ils s'étaient rencontrés. C'était une étudiante brillante, souvent citée au tableau d'honneur de l'université. Pourquoi donc ne s'en était-il pas souvenu lorsque sa mère la rabaissait plus bas que terre parce qu'elle avait laissé brûler le dîner ou oublié de repasser le linge ?

— Je ne t'ai jamais estimée à ta juste valeur, n'est-ce pas ?

— Tu veux dire que tu as toujours cru que j'étais dépourvue de cerveau ? lança-t-elle sur un ton caustique. Remarque, je t'accorde qu'il était vraisemblablement difficile de penser autrement quand tous les soirs, en rentrant, tu trouvais une maison sens dessus dessous.

— Ou quand ma mère saisissait la moindre occasion de me signaler ton incompétence comme maîtresse de maison. Il est facile pour elle d'avoir un intérieur nickel avec sa flopée de domestiques ! Mais à l'époque, je ne voyais pas cet aspect-là des choses. Pourquoi ne disais-tu rien ?

— Parce que j'avais honte de ne pas savoir m'occuper de ma maison. J'avais tellement envie d'être une bonne épouse et de combler tes attentes ! Malheureusement, j'en étais incapable.

— Pourquoi n'ai-je pas compris qu'il était impossible que tout soit tiré au cordeau avec deux enfants en bas âge ? Même maintenant qu'ils sont plus grands, lorsqu'ils viennent passer une journée au Serenity Inn, la chambre ressemble vite à un champ de bataille. En quelques secondes, ils ont éparpillé leurs jouets et mes affaires dans toute la pièce.

— Tu vois! Je n'inventais rien, dit-elle avec un sourire attendri.

— Oui. Je m'en rends compte, à présent. Dommage que cela m'ait pris autant de temps.

— Tu sais, Walter, tout cela a été un mal pour un bien, finalement. Si je n'avais pas déménagé à Serenity et demandé le divorce, tu continuerais à laisser tes parents diriger ta vie. Je me plais à penser que, d'une certaine façon, je t'ai permis de te libérer.

— C'est vrai, reconnut-il. Jamais je n'aurais imaginé que tu me quitterais, mais ton départ a été pour moi comme un électrochoc et j'ai enfin ouvert les yeux. J'ai commencé à entendre les inepties que mes parents déversaient à longueur de journée. Ne te méprends pas. Je ne cherche pas à jouer les martyrs. La vraie victime, c'était toi. Mes parents t'ont rendu la vie insupportable et je ne suis pas intervenu pour les en empêcher. Au contraire même, j'apportais de l'eau à leur moulin. Jamais je ne me le pardonnerai. Tu étais ma femme. J'aurais dû te défendre et prendre ton parti.

— Laisse tomber. Tourne la page. Comme moi.

Il demeura un instant songeur et l'observa avec attention.

— C'est vrai, murmura-t-il. Tu as effectivement réussi. Est-ce grâce à Travis?

— En partie. Mais c'est surtout parce que j'ai enfin pris conscience de qui je suis et de ce que j'ai à offrir. Je ne crois pas que Travis m'aimerait autant si je n'avais pas parcouru ce chemin toute seule.

— C'est sérieux entre vous?

— Peut-être bien, oui, répondit-elle, les joues soudain écarlates.

— Tu es heureuse?

— Oui, franchement oui. Au point que cela m'effraie parfois.

— Je m'en réjouis pour toi.

— Tu as l'air de le penser vraiment, s'étonna-t-elle.

— Oui, bien sûr ! Après toutes les erreurs que j'ai commises, il est temps que quelqu'un te respecte et t'aime comme tu le mérites.

Malgré tout, quelque chose continuait à le tarauder…

— Tu connais la réputation de Travis, je suppose ? demanda-t-il.

— Ah ! Nous y voilà ! s'exclama-t-elle d'un ton sarcastique. Je me disais bien qu'il se cachait un sermon derrière tous ces beaux discours.

— C'est simplement que je ne voudrais pas que tu souffres si jamais tu jugeais mal la sincérité de ses sentiments.

— Ne te tracasse pas pour ma relation avec Travis, d'accord ? Elle ne te regarde pas.

— Et les enfants ? Tu y as pensé ?

— Ils l'adorent. De toute façon, ils sont trop petits pour comprendre ce qui se passe entre Travis et moi. Il n'habite pas avec nous et il ne vient pas souvent à la maison. Donc, si cela ne marche pas avec lui, ils ne seront pas traumatisés. Ils t'aimeront toujours, Walter, ne t'inquiète pas. Ils n'auront jamais d'autre papa que toi.

Des propos qui auraient dû le rassurer s'il n'avait craint que Sarah ne souffre une nouvelle fois de sa naïveté.

Mais il avait depuis longtemps perdu le droit d'intervenir dans sa vie. Et il ferait bien de l'avoir toujours à l'esprit.

— Tu rayonnes, Sarah ! s'exclama Annie alors qu'elles étaient assises dans les gradins à regarder leurs fils respectifs jouer au tee-ball. Je suppose que tu le dois à Travis.

— Oui. Il est incroyable. Quoi ? Qu'est-ce qu'il y a ? demanda-t-elle devant le froncement de sourcils d'Annie. Tu continues à t'inquiéter à cause de son passé de coureur de jupons ? Reconnais quand même qu'il est irréprochable avec moi. Il n'a pas regardé une seule autre femme à Serenity depuis que nous nous connaissons. Sinon, ça se saurait, tu penses bien. Il n'a jamais non plus disparu mystérieusement pour aller butiner ailleurs en catimini. Il n'en a pas le temps.

— Alors c'est parfait, laissa tomber Annie.

— Mais… ? Je sens qu'il y a un « mais ».

— Je me demande juste si on peut vraiment chasser le naturel…

— Quoi ? s'indigna Sarah. Excuse-moi, mais c'est *toi* qui dis ça ? Et Ty, alors ?

Bien que visiblement vexée par cette attaque directe, Annie se montra belle joueuse :

— Touché ! Ty et moi, c'est du solide, je le sais jusqu'au plus profond de moi. Seulement, j'ai été perturbée par un incident lorsque nous sommes sortis avec quelques membres de son équipe, l'autre soir.

— Raconte.

— Un de ses amis, dont la femme s'est liée d'amitié avec moi, n'a pas lâché de la soirée une des filles qui étaient là. Ce n'était pas juste du flirt. Il était clair que ces deux-là entretenaient une liaison, alors qu'il est marié depuis dix ans ou pas loin. Apparemment, ils ont traversé une mauvaise passe, au début de leur mariage, mais tout semblait être rentré dans le rang depuis. Or voilà, il est avec cette autre femme et il ne s'en cache même pas. Je t'avoue que je me suis retenue pour ne pas lui sauter à la gorge. J'ai questionné Ty à ce sujet, et il n'a pas essayé une seule seconde de démentir les faits. Il m'a seulement dit de fermer les yeux en me rappelant que ce n'étaient pas nos affaires.

— Morale de l'histoire : on ne se refait pas, c'est ça ? conclut Sarah non sans une certaine agressivité. Don Juan une fois, don Juan à jamais.

— Non, pas à jamais. Je pense vraiment que Ty s'est acheté une conduite.

— Et je pense la même chose de Travis, affirma Sarah avec force.

Mais comment en être certaine, néanmoins ? D'autant plus qu'à la différence d'Annie, elle n'avait pas une longue histoire sur laquelle s'appuyer pour affermir sa conviction ; sa rencontre avec Travis ne remontait qu'à quelques mois. Ah ! Pourquoi ne délivrait-on pas de certificat de garantie pour les hommes, comme pour les réfrigérateurs ou les voitures ?

— Ecoute, Sarah, je ne veux surtout pas saper ta confiance en Travis, mais en voyant ce type, l'autre soir, j'ai pris conscience de la chance que j'avais de ne plus devoir soupçonner Ty d'infidélité. Et pourtant, cela continue à ne pas être facile. Je veux seulement que tu le comprennes avant de t'engager plus loin avec Travis.

Sarah leva vers son amie un regard empreint de sérénité et lui sourit.

— Je n'ai pas le choix, Annie. Je suis amoureuse de lui. Même si je le voulais, je serais incapable de rompre maintenant.

Peu après cette pénible conversation avec Annie, Sarah se trouvait chez Rosalina, en compagnie de Travis et des petits de l'équipe de tee-ball, pour la traditionnelle pizza d'après entraînement, quand Trina entra. Elle était seule, les joues ruisselantes de larmes.

— Ah ! Travis ! Je te cherchais partout, dit-elle en approchant une chaise de la sienne.

Travis la regarda avec le désarroi de celui qui sait qu'il va devoir affronter une situation délicate et probablement embarrassante.

— Que t'arrive-t-il, Trina ?

— Il fallait que je te parle. Au sujet de ton père.

Aussitôt Travis se crispa.

— Je ne suis peut-être pas la personne la mieux placée, tu sais, répondit-il avec calme. Pendant la plus grande partie de ma vie, j'ai servi de tampon entre ma mère et mon père. Je ne veux pas aujourd'hui encore être mêlé à votre histoire à tous les deux.

— Mais tu ne peux pas faire autrement ! s'écria Trina dans un sanglot. Vers qui d'autre veux-tu que je me tourne ? Je crois qu'il va me quitter, et tout cela à cause de toi et de ce que tu lui as raconté.

— Viens donc avec moi aux toilettes, lui suggéra Sarah quand elle vit les autres parents qui les observaient. Quand tu te seras passé de l'eau fraîche sur la figure, tu te sentiras mieux.

Bien sûr, les gens allaient imaginer que le différend concernait Travis et non M. McDonald !

— Bonne idée, renchérit sur-le-champ Travis.

Trina se laissa emmener par Sarah jusqu'aux toilettes sans broncher. Là, en se voyant dans le miroir, elle poussa un cri.

— Tu as vu ma tête ! Je comprends pourquoi tu voulais que je quitte la salle. J'étais tellement bouleversée que j'ai pris la voiture et que je suis partie. J'ai pleuré pendant presque tout le trajet. Tu as ta trousse de maquillage sur toi ?

— Non, désolée.

— Je peux quand même essayer de réparer un peu les dégâts, dit Trina soudain entièrement préoccupée par son apparence.

Son désespoir n'avait pas des racines bien solides, songea Sarah, surprise de ce brusque changement. Mais au moins, elle ne sanglotait plus.

Lorsque, sous l'effet de l'eau froide, ses yeux eurent quelque peu dégonflé et perdu de leur rougeur, Trina effectua quelques tours de passe-passe avec son peigne et un bâton de rouge à lèvres, opérant une transformation spectaculaire qui n'effaça cependant pas la tristesse de son regard.

— Veux-tu me parler de ce qui t'a perturbée à ce point ? demanda Sarah prudemment. Pour quelles raisons crois-tu que Greg va te quitter et que Travis en est le responsable ?

— C'est gentil de vouloir m'écouter, mais seul Travis peut rattraper les choses.

— Comment ?

— En parlant à son père pour lui dire qu'il m'a mal jugée, que Greg et moi sommes faits l'un pour l'autre.

— Qu'est-ce qui te pousse à penser que Travis a influencé son père ? Il me semblait que tout était prêt pour votre mariage.

— Oui, mais maintenant c'est tombé à l'eau. Travis et son père se sont téléphoné, l'autre jour. J'ignore ce que Travis a raconté exactement à son père, mais j'ai constaté un changement dans le comportement de Greg depuis.

— Je suis sûre que tu as mal compris et que Greg t'aime vraiment, assura-t-elle en désespoir de cause, s'attirant un regard ouvertement sceptique de Trina.

— Ah oui ? Alors comment expliques-tu que je l'ai surpris dans les bras d'une autre ? Moins de deux semaines avant que nous passions devant monsieur le maire ! Si ce n'est pas la preuve qu'il projette de me quitter…

Sarah se laissa tomber sur une des chaises installées dans un coin des toilettes, abattue comme si elle était elle-même la victime de cette duplicité.

Quel homme fallait-il être pour tromper la femme qui portait votre enfant, avant même que le mariage n'ait eu lieu ? Comment fallait-il interpréter l'attitude de Greg ? S'agissait-il d'une dernière aventure avant de se mettre la corde au cou ? Allait-il effectivement abandonner Trina ? Ou bien estimait-il que, de toute façon, Trina était prête à tout accepter pour rester avec lui ?

Jamais elle n'aurait cru que ce qui arrivait à Trina l'affecterait autant. Mais même en se disant que Travis ne ressemblait en rien à son père, elle ne pouvait s'empêcher de penser qu'il avait eu cet exemple sous les yeux depuis sa naissance et qu'il y a peu de temps encore, il marchait dans ses traces. Succomberait-il à la tentation à la première dispute ? Et que se passerait-il s'ils finissaient par se marier ? Chercherait-il à compenser d'éventuelles frustrations auprès d'une autre femme, en particulier si elle-même prenait du poids, ou ne réussissait pas à le satisfaire pleinement ? Allait-il éternellement se montrer compréhensif et tolérant avec elle ?

Sarah se mit à suffoquer sous le poids de toutes ces interrogations que les remarques d'Annie avaient déjà ravivées, quelques heures plus tôt. Elle devait sortir d'ici. Vite. Se retrouver seule. Réfléchir. Oui, c'est ça, réfléchir. Ce qui lui était impossible de faire en présence de Travis qui, d'un seul regard, lui ferait oublier tout bon sens.

Chapitre 24

Inutile de se faire des illusions, se désolait Travis, Sarah prenait ses distances.

Après des semaines où ils avaient resserré leurs liens, des semaines pendant lesquelles il avait eu le sentiment d'avoir trouvé la ville idéale, la femme idéale, la collaboratrice idéale, il était en train de la perdre. Mais que s'était-il passé, bon sang?

Ce revirement datait du jour où Trina était venue chez Rosalina leur raconter l'infidélité dont elle avait été victime. Il comprenait suffisamment bien à présent le fonctionnement de Sarah pour deviner qu'à ses yeux la conduite de son père préfigurait la façon dont lui-même se comporterait avec elle, ce qui était à la fois absurde et révoltant. Pourquoi paierait-il pour une faute commise par son père ?

Mais Sarah était têtue. Cela faisait des jours qu'il essayait de lui parler, des jours qu'elle se défilait systématiquement, le plus souvent sous le prétexte qu'elle devait rentrer s'occuper de ses enfants.

Un matin, elle se barricada même carrément dans le studio pour l'empêcher d'y pénétrer. Il serait malgré tout entré en utilisant sa propre clé s'il n'avait craint de se laisser emporter par sa fureur. Elle ne put cependant l'éviter en sortant : il l'attendait.

— Il faut que l'on parle, Sarah. Cette situation ne peut plus durer.

— Désolée, mais j'ai un rendez-vous, répondit-elle en essayant de le contourner.

— Qui concerne la station?

Les joues en feu, elle fit « non » de la tête.

— Alors, tu iras plus tard. Viens.

— Où ça? demanda-t-elle, presque craintivement.

— Là où nous pourrons bavarder à l'abri des oreilles indiscrètes.

— Je n'ai pas le temps de…

Travis la coupa dans son élan et l'entraîna avec douceur et fermeté avec lui.

Ils roulèrent sans échanger un mot jusqu'à un restaurant de bord de mer, situé suffisamment loin de Serenity pour qu'ils ne courent pas le risque d'être reconnus. Une fois qu'ils furent installés, elle se décida à rompre le silence.

— Tout ce trajet pour te permettre de hurler à ton aise!

— Je n'ai aucune intention de hurler, répliqua-t-il avec agacement.

Dieu sait pourtant que la tentation était forte!

— Tu as l'air en colère en tout cas.

— Tu crois? lança-t-il sèchement tandis qu'il se saisissait de la carte. Je prends un plat de crevettes. Et toi?

— Je n'ai pas faim. Bon, comme toi, alors, soupira-t-elle devant son regard insistant.

Travis commanda et attendit que leur thé glacé ait été servi pour attaquer :

— Alors, vas-y. Raconte!

— Raconter quoi?

— Arrête, Sarah! Pas de ça entre nous. Je n'ai pas envie de jouer, c'est trop important. Si je t'ai fâchée, vexée, fait du mal, j'aimerais savoir pourquoi. Je ne peux rien réparer si tu ne m'expliques pas.

— Que veux-tu réparer? Tu n'as rien cassé.

— Alors qui? Il y a bien un coupable pour que tu fasses cette tête de victime!

— Non, je me suis simplement réveillée d'un beau rêve, répondit-elle d'un ton sinistre.

— Quel rêve ? De quoi parles-tu ? Ce que tu dis n'a aucun de sens.

— C'est notre couple qui n'a aucun sens.

— Comment peux-tu penser cela ? Nous sommes faits l'un pour l'autre.

— Aujourd'hui peut-être, mais demain ?

— Quoi demain ?

Il se tut un moment et l'étudia attentivement, comme pour lire au plus profond d'elle.

— C'est mon père et sa conduite à l'égard de Trina qui sont en cause ? demanda-t-il.

Un instant prise de court, Sarah s'empressa de dissimuler sa stupéfaction derrière une expression butée.

— Quelle importance ? jeta-t-elle.

— Une grande, je trouve. Bon sang, Sarah, tu ne peux pas me condamner pour les défauts de mon père ! Il en a des tonnes, c'est certain. Moi aussi, mais ce ne sont pas les mêmes. En tout cas en ce qui concerne mon comportement avec les femmes. J'ai toujours, tu m'entends, *toujours* été honnête avec elles, toi y compris. Quand je t'ai déclaré que je t'aimais, l'autre jour, j'étais sérieux, et je suis prêt à engager ma vie sur cet amour. A m'engager avec toi.

Il lut dans ses yeux combien elle aspirait à le croire. Pourtant…

— Des mots, toujours des mots ! dit-elle en secouant la tête. C'est trop facile, Travis.

Jamais il n'avait connu pareille impuissance, pareil désespoir ! Mais il ne s'avouait pas vaincu pour autant.

— Evidemment, on ne peut jamais être sûr de rien dans la vie, Sarah, mais si nous savons ce que nous voulons, nous réussirons.

— Je n'en suis pas du tout convaincue.

— Tu ne le souhaites pas vraiment, c'est ça ? demanda-t-il, désorienté par ce refus délibéré d'envisager tout avenir avec lui.

— Mais si !

— Alors, qu'est-ce qui t'arrête ? Tu es tout ce que je désire, Sarah. Tout.

— Aujourd'hui…

— On en revient une fois de plus à mon père, si je comprends bien ? Tu es persuadée que je te tromperai un jour ou l'autre.

— Oui, c'est inévitable, confirma-t-elle avec une tristesse infinie.

Travis ouvrit la bouche, prêt à plaider sa cause.

Hélas, comment la plaider ? Des promesses sincères, il pouvait lui en faire. Mais quelles garanties réelles pouvait-il lui apporter ? Aucune…

— Tu vois ! lança-t-elle, avec un petit air de triomphe. Tu ne dis rien ! Toi aussi tu le sais : tu ne peux rien me garantir sur ta fidélité.

— Bon sang, Sarah ! Ce n'est pas ainsi que les relations humaines fonctionnent. J'aurais beau te jurer jusqu'à la fin des temps qu'il n'y a que toi qui comptes pour moi, tu es la seule à pouvoir décider de me croire ou non !

De plus en plus désespéré, il la regarda droit dans les yeux.

— Es-tu vraiment prête à renoncer à notre amour parce que nous ne savons si l'un ni l'autre avec certitude ce que l'avenir nous réserve ?

— Il n'y a pas d'autre solution. J'ai survécu à mon histoire avec Walter, mais je crois que je ne supporterai pas de te perdre, toi.

— Pourtant, c'est toi qui pars. Ce n'est pas logique.

— Pour moi, ça l'est. J'aimerais rentrer maintenant, s'il te plaît, conclut-elle en repoussant son assiette de crevettes à laquelle elle n'avait pas touché.

— Attends, Sarah. Nous n'avons pas fini.

— Il n'y a rien à ajouter.

Inutile de vouloir la raisonner maintenant, comprit Travis. Elle s'était murée dans sa conviction et n'en sortirait pas. Il fut tenté d'appeler son père, pour l'accuser de ce fiasco. Mais, à bien y réfléchir, il devait se rendre à l'évidence : les incertitudes de Sarah avaient toujours été là, sous-jacentes. Plus que de lui, c'est d'elle-même et de son propre pouvoir de séduction qu'elle doutait.

Comment lutter contre un manque d'estime de soi aussi profondément enraciné ? Cette bataille-là, il ne savait malheureusement pas la livrer…

Sarah réussit l'exploit de n'éclater en sanglots qu'une fois rentrée chez elle.

Elle se précipita vers sa chambre en priant le ciel de ne pas croiser Raylene, qui ne manquerait pas de la soumettre à un interrogatoire en règle. Peine perdue ! Les deux jeunes femmes faillirent entrer en collision dans le couloir.

Un seul coup d'œil suffit à Raylene pour deviner sa détresse. Elle l'entraîna dans sa chambre et la fit asseoir sur le lit.

— Que s'est-il passé ? voulut-elle savoir. Tu as une tête de déterrée.

— J'ai officiellement rompu avec Travis, annonça Sarah en fondant en larmes.

A son grand soulagement, Raylene s'abstint de tout commentaire, se contentant de lui tendre des mouchoirs en papier jusqu'à ce que la fontaine se soit tarie. Alors seulement, elle risqua une question :

— Qu'est-ce qu'il a fait, ce fumier ?

— Ne l'appelle pas comme ça, tu veux ! lança Sarah avec colère.

— Eh bien ! Pour quelqu'un qui vient de plaquer son homme, tu es sacrément prompte à prendre sa défense ! Je ne sais pas ce qu'il a fabriqué, mais ce ne devait pas être si grave que ça.

— Il n'a rien fabriqué du tout. Seulement il fallait que l'on se sépare. C'est tout.

— Attends ! Tu es en train de me dire que tu as mis fin à votre relation sans aucune raison particulière ? s'enquit Raylene, pour le moins déconcertée.

— Non, pas exactement. Simplement, en me projetant dans le futur, j'y ai vu l'inéluctable.

— Grands dieux! feignit de s'extasier Raylene. Tu m'avais caché que tu possédais des dons de voyance!

— Arrête de te moquer de moi! riposta sèchement Sarah. Tu sais très bien qu'il est possible de prévoir un échec quand il est inévitable.

— Excuse-moi, mais je l'ignorais. Si c'était aussi simple, davantage de gens renonceraient à passer devant monsieur le maire.

— Et ils feraient bien, déclara Sarah d'un ton amer. Ecoute, on peut parler d'autre chose? C'est trop démoralisant.

— Ça, je veux bien croire que quitter sans raison valable l'homme parfait est démoralisant.

— Travis est tout sauf parfait.

— Pour toi, il l'est. Et il n'y a pas longtemps encore, tu le pensais.

— Oui, peut-être. Mais je… C'est compliqué!

— Je suis très intelligente. Explique-moi.

Sarah relata donc à Raylene l'arrivée en catastrophe de Trina, l'infidélité de Greg juste avant le mariage, bref tout ce lamentable gâchis. Mais cela ne sembla pas convaincre son amie.

— Donc, si j'ai bien compris, tu claques la porte au nez d'un homme extraordinaire parce que son père est un sale type? C'est bien ça?

— Tel père, tel fils. Travis est le premier à dire que c'est ce que les gens pensent d'eux.

— Non mais, tu t'entends, Sarah? N'as-tu donc tiré aucune leçon de ton expérience avec Walter? Il tenait vraiment de son père, lui, non?

— Oui. Les théories sur l'hérédité se vérifient à la lettre chez les Price.

— Et depuis qu'il s'est soustrait à leur influence, tu n'as pas remarqué qu'il avait changé?

— Si, mais…

— Mais quoi ? Il a changé, oui ou non ?

Prenant peu à peu conscience de l'irrationalité de ses arguments, Sarah commençait à perdre pied.

— D'une certaine manière, oui, murmura-t-elle d'une voix mal assurée.

Raylene la considéra d'un air apitoyé.

— Depuis des mois, je croyais que c'était moi qui n'arrivais pas à repartir dans la vie, mais tu es nettement pire que moi, mon chou. Autant fermer la maison à double tour et jeter la clé par la fenêtre puisque nous nous condamnons toutes les deux à vivre dans le passé.

— Pas moi ! protesta Sarah.

— Ah bon ? Prouve-le, dans ce cas.

— Comment ?

— Cours après l'homme que tu aimes et débrouille-toi pour le garder. Si j'étais à ta place, je ne resterais pas une seconde de plus ici. Je rattraperais Travis et je commencerais à préparer le mariage. Tu sais très bien que rien n'est sûr dans la vie. Des problèmes, tu en rencontreras toujours. Est-ce que cela doit t'empêcher d'espérer ? Je ne veux plus rien entendre sur les torts de M. McDonald ou sur ceux de Travis, tu m'entends, Sarah Price ? Tu es la seule fautive. Tu es en train de tourner le dos au bonheur et, franchement, c'est inadmissible.

Là-dessus elle s'en alla sans laisser à Sarah le temps de répliquer quoi que ce soit.

De toute façon, quel argument aurait-elle pu trouver pour justifier sa décision ? se demanda Sarah, troublée par le sermon de son amie.

Mary Vaughn et Sonny, émerveillés, contemplaient l'échographie.

— C'est notre bébé, tu te rends compte ? chuchota Mary Vaughn, la main agrippée à celle de son mari.

— Voyez-vous si c'est un garçon ou une fille ? demanda Sonny à l'assistante du radiologue.

— Oui. Mais êtes-vous tous les deux d'accord pour le savoir ?

— Sonny ? Nous réservons-nous la surprise ou pas ?

— Côté surprise, il me semble que l'existence de cet enfant suffit. Mieux vaut être au courant, de façon à tout préparer. Tu n'auras pas l'esprit en paix tant que tu n'auras pas décoré sa chambre et acheté sa garde-robe.

— Tu me connais tellement bien ! s'exclama Mary Vaughn en riant avant de se tourner vers l'assistante. Dites-nous, s'il vous plaît.

— Félicitations au papa et à la maman. C'est un garçon.

En voyant la joie briller dans les yeux de Sonny, Mary Vaughn faillit fondre en larmes.

— Tu vas avoir le fils que tu désirais tant, dit-elle d'une voix émue. Quand ton père va l'apprendre… Je n'ose même pas y penser ! Il va danser la gigue !

— Rory Sue aussi espérait un petit frère.

— Pour rester la fille chérie de son papa, la seule, l'unique, plaisanta Mary Vaughn.

— Si nous fêtions ça ? proposa Sonny. Je vais acheter du cidre et je passerai prendre des plats à emporter chez Sullivan.

— J'aimerais plutôt manger là-bas au lieu de rentrer à la maison.

— Si vous promettez de ne rester qu'une heure, rien ne vous l'interdit, lui dit l'obstétricienne. Votre tension artérielle est meilleure. Mais n'allez pas vous imaginer que vous avez aussi l'autorisation de vous remettre à travailler et de vous promener à travers toute la ville, ajouta-t-elle. C'est compris ? Le repos complet au lit est toujours de rigueur, mais je ne crois pas qu'un repas rapide au restaurant vous fera du mal.

Mary Vaughn se serait volontiers jetée à son cou ! Elle se contenta d'un :

— C'est promis, docteur. Je serai très sage. Sonny, peux-tu

appeler Rory Sue et ton père et leur demander de nous rejoindre, s'il te plaît, pour que nous célébrions l'événement avec eux ?

Une demi-heure plus tard, lorsque tous les quatre furent attablés au Sullivan, Sonny leur annonça la nouvelle.

— Je le savais ! exulta Howard. J'avais prédit à ces vieux idiots au Wharton que j'allais avoir un petit-fils !

— Moi aussi, j'avais parié que ce serait un garçon, intervint Rory Sue. La preuve !

Elle sortit de son fourre-tout une grande enveloppe qu'elle tendit à sa mère. Elle était remplie de photos de chambres d'enfant, toutes décorées pour des garçons, d'échantillons de tissus dans les tons bleus parsemés de jaune et de vert. Mais rien de rose !

— Choisis ce qui te plaît, maman. Je m'occupe du reste. Ce sera ma participation.

Mary Vaughn regarda sa fille avec étonnement ; elle n'en revenait pas. La perspective d'aménager la chambre d'enfant semblait réellement la réjouir !

— Tu es sûre ? demanda-t-elle.

— J'ai touché ma part de la commission sur la vente de la maison des Simpson, et cela me ferait très plaisir de vous offrir ce cadeau. Et puis de cette façon, tu pourras tout surveiller du début jusqu'à la fin.

— Je ne vois pas comment je pourrais refuser pareille proposition, déclara Mary Vaughn, ravie du changement qui s'était opéré chez sa fille.

— On dirait que l'on va enfin former une vraie grande famille, fit remarquer Sonny en riant.

— Il serait temps, non ? répliqua Mary Vaughn en croisant son regard.

— Plus que temps, même, marmonna Howard.

— Mais non, le rabroua Sonny. Ça arrive quand ça doit arriver.

Voilà ce que Mary Vaughn estimait le plus chez son mari.

Pour lui, le verre était toujours à moitié plein. Un optimisme qu'elle avait fini par apprécier à sa juste valeur.

Travis passa plusieurs semaines affreuses à tenter de panser les plaies infligées par l'attitude inflexible de Sarah. A la station de radio, l'atmosphère était à couper au couteau, mais tous deux étaient trop entêtés pour faire le premier pas et briser ce silence inhumain. Il avait cessé d'animer l'émission avec elle, la laissant seule pour répondre aux questions des auditeurs, qui ne manquaient pas de s'étonner de ce changement soudain.

Pour couronner le tout, Walter s'était mis à tourner autour d'elle. Comme s'il regrettait leur séparation, enrageait Travis. Et, pire que tout, elle ne semblait pas, de son côté, lui manifester la même indifférence qu'auparavant. Si ces deux-là reprenaient la vie commune, il allait exploser, tout casser autour de lui, à commencer par le matériel de la station !

— Si tu veux la reconquérir, tu vas devoir te battre, dit doucement Bill quand il le surprit, le visage sombre, en train d'observer Walter et Sarah qui riaient aux éclats dans le bureau principal.

— Ce n'est pas possible qu'elle envisage de se lancer dans une nouvelle expérience avec Walter, quand même ! marmonna-t-il entre ses dents. Elle ne peut pas ne pas se rendre compte de l'énorme bêtise qu'elle commettrait !

— Pas plus énorme que la tienne si tu la laissais partir sans rien tenter, répliqua Bill.

— Elle t'a dit quelque chose ? Crois-tu vraiment que ses sentiments pour Walter sont en train de changer ?

— Quel idiot tu fais ! Oublie Walter ! Sarah t'est entièrement acquise. A moins que tu ne fasses passer ton amour-propre avant elle ?

— Mon amour-propre n'a rien à voir là-dedans ! Elle m'a déclaré tout net qu'elle n'envisageait pas l'avenir avec moi.

— Ce que je comprends-moi, d'après ce que j'entends dire, c'est qu'elle a *peur* de s'engager avec toi.

— Ce qui revient strictement au même. Au fait, ajouta Travis en fronçant les sourcils d'un air soupçonneux, où l'as-tu entendu dire ?

— Au Wharton, évidemment. Grace est aux quatre cents coups. Les paris sont ouverts pour savoir si vous allez vous réconcilier tous les deux. Il y a déjà cinq cents dollars en jeu.

Travis connaissait suffisamment à présent les us et coutumes de Serenity pour ne pas s'offusquer. Il ne chercha cependant pas à approfondir la question de savoir si les gens misaient sur une réconciliation ou une rupture.

— Tu sais, Travis, je me demande si une oie n'a pas davantage de jugeote que toi.

— Je te remercie, rétorqua sèchement Travis.

— Je te dis ce que je pense, c'est tout.

— Ce serait plus simple s'il suffisait de l'enlever, se défendit-il.

— En es-tu si sûr ? En tout cas, une chose est sûre : si tu ne tentes rien, elle est perdue pour toi.

Pendant les jours suivants, les paroles de Bill tourbillonnèrent dans la tête de Travis, irritantes comme un caillou dans la chaussure. Le dimanche après-midi, lassé de tourner en rond, il décida de persuader Sarah que leur avenir dépendait d'eux, et d'eux seuls, et que la conduite de son imbécile de père ne devait pas les influencer.

Quand il se gara devant la maison de Sarah, il avait préparé ses arguments et était fin prêt pour plaider sa cause : sa foi en leur capacité à vivre un bonheur éternel.

C'est alors qu'il aperçut Walter et les enfants dans le jardin, non loin de Sarah. Devant cette scène si terriblement familiale, si intime, il faillit renoncer. Mais un besoin masochiste de se torturer le retint. Et le pire restait à venir… Quelques instants plus tard, en effet, Walter s'approcha du fauteuil de Sarah, se pencha… et l'embrassa ! Un baiser qui n'avait rien de furtif et que Sarah n'esquiva pas !

Arrivait-il vraiment trop tard ? se demanda Travis, effondré.

Il demeura là quelques minutes immobile, désemparé et malheureux.

Puis soudain, il reprit ses esprits. Décidément, il n'avait rien à envier à Sarah côté conclusions hâtives et résignation ! Non ! Les choses ne se passeraient pas ainsi. Il était venu ici pour la convaincre qu'ils avaient un avenir à partager, et il n'allait pas abandonner la partie en cours de route, sans se battre.

Avant de passer à l'attaque, cependant, il décida d'aller marcher afin de se calmer et de roder son plaidoyer, tout en songeant que sa vie perdrait tout son sens si Sarah en était exclue. Lui qui parlait avec tant de facilité devait cette fois choisir avec soin le moindre mot qu'il allait prononcer.

Plus que jamais déterminé, il revint sur ses pas, vérifia que Walter était parti et entra dans la cuisine où Sarah s'affairait à la préparation du dîner.

— Il ne te mérite pas, lança-t-il sans préambule.

Sarah sursauta, manquant de lâcher le carton de lait qu'elle tenait entre les mains.

— Non, c'est vrai, répondit-elle posément, les yeux brillants, sans même lui demander de préciser de qui il parlait. Et toi ? Crois-tu que tu me mérites ?

— Absolument, répondit-il sans hésiter. Ce que je ne mérite pas, c'est que tu me reproches des faits dont je ne me suis jamais rendu coupable. A partir du moment où nous nous sommes rencontrés, je n'ai pas regardé une seule autre femme. Rory Sue s'est pratiquement jetée à mon cou. Tu crois que j'ai été tenté ? Non, pas même une fraction de seconde.

Surprise et troublée par sa véhémence, elle le laissa poursuivre sans l'interrompre.

— Garde bien ça à l'esprit, Sarah. Je suis sorti avec une ribambelle de femmes, c'est vrai. Mais je ne suis jamais tombé amoureux. Ni de près ni de loin. La seule femme que j'aie jamais aimée, c'est toi.

En voyant les yeux de Sarah s'emplir de larmes, il faillit

s'interrompre. Mais non ! Il devait aller jusqu'au bout sans lui laisser le temps de le contrer.

— Si tu souhaites continuer à me mettre à l'épreuve, d'accord. J'attendrai. Mais si tu me quittes à cause de théories fumeuses sur les aléas que réserve l'avenir, là, je ne le permettrai pas. Je sais exactement ce que je veux, Sarah Price : toi.

Il risqua un pas vers elle et effleura avec douceur sa joue humide.

— C'est toi que je choisis, ajouta-t-il.

Alors, il vit les lèvres de Sarah dessiner un sourire qui lui illumina le visage.

— Très bien, dit-elle simplement. De mon côté, je te choisis, toi.

Travis écarquilla les yeux de surprise.

— « Très bien » ? C'est tout ?

— Oui. Tu m'as convaincue, avoua-t-elle à voix basse. Pas seulement toi, d'ailleurs. Raylene également, et même Walter qui, aussi étrange que cela puisse paraître, a pris ton parti. Si tu n'étais pas venu ici aujourd'hui, je serais allée te chercher pour m'excuser de m'être comportée comme une idiote.

— Tu aurais pu le dire tout de suite, souffla-t-il en la serrant dans ses bras.

— Pour gâcher ton joli discours ? Certainement pas ! Je voulais en entendre chaque mot.

— Je n'ai pas tout épuisé. Tu veux que je te dise les autres ?

— Que oui ! répondit-elle en posant sa tête sur son épaule.

— Je t'estimerai toujours à ta vraie valeur, Sarah. Et s'il nous arrive de nous affronter, au moins lutterons-nous à armes égales. Des conflits, nous en aurons, poursuivit-il d'une voix de plus en plus tendre tandis qu'il lui caressait la joue, je n'ai aucun doute là-dessus. Notre mariage sera suffisamment explosif pour tenir tout Serenity en haleine.

— Notre *mariage* ? balbutia-t-elle. Ai-je bien entendu ?

— Oui. Si le cœur t'en dit. Alors ? demanda-t-il d'un air détaché.

— Pour quelqu'un qui n'est jamais à court de mots, tu sembles un peu à sec pour cette demande en mariage.

— Oh ! Mais j'en ai des tonnes en réserve, si tu veux ! Je t'aime, Sarah Price. Tu es ce qui m'est arrivé de mieux dans ma vie. Je veux que tu viennes habiter avec Tommy et Libby dans cette grande maison que j'ai achetée et que nous remplirons avec des tas d'autres enfants. Nous laisserons Liz les gâter, comme une grand-mère. Je veux vieillir avec toi, m'asseoir avec toi dans la véranda, et surtout… continuer à me chamailler avec toi sur tout et n'importe quoi !

Il l'emprisonna dans son regard.

— Alors ? Je m'en suis bien sorti ? demanda-t-il. Si cela ne te suffit pas, je répéterai la même chose au monde entier ce soir à l'antenne. Ainsi, tu disposeras de témoins pour l'éternité.

— Sans façon. Notre histoire a été un peu trop publique à mon goût. J'aimerais que ta demande en mariage ne le devienne pas et reste une affaire privée, rien que pour nous.

— Très bien. Sarah Price, acceptes-tu de m'épouser ?

Le sourire de Sarah s'élargit, ses yeux se mirent à pétiller mais, au lieu de répondre, elle inclina la tête sur le côté et le dévisagea en silence un court instant. Trop long à son goût.

— Tu sais, finit-elle par dire, je crois que oui.

Avec un hurlement de joie, il la souleva de terre et tournoya avec elle dans la cuisine.

— Tu ne veux vraiment pas que j'aille à la station l'annoncer à tout Serenity ?

— Pourquoi pas ? répliqua-t-elle dans un éclat de rire. C'est la demande en mariage que je souhaitais intime. Mais il serait vexant que Grace vole le scoop à notre propre radio. Et c'est ce qui va arriver si nous ne prenons pas l'antenne maintenant.

C'est ainsi que Travis McDonald interrompit George Strait en pleine chanson pour annoncer aux habitants de Serenity que Mme Sarah Price allait devenir sa femme. Sarah intervint à son tour pour lui reprocher d'avoir pris son temps avant de se décider à lui demander sa main, donnant ainsi du grain à moudre aux habitants de Serenity. D'ailleurs, à la première heure le lendemain, les commentaires allaient bon train au Wharton.

Quand Sarah et Travis démarrèrent la matinale, le lundi, le bruit s'était répandu à travers la ville et, durant toute l'émission, les lumières ne cessèrent de clignoter au standard de la radio tandis que, de l'autre côté de la rue, sur la grand-place, la moitié des habitants s'étaient attroupés pour épier les deux tourtereaux, assis dans le studio en train de siroter un thé glacé, chacun perdu dans les yeux de l'autre, oubliant presque d'assurer l'animation musicale.

— Et si nous leur fournissions un autre sujet de conversation ? suggéra Travis en attirant Sarah contre lui à la fin de l'émission.

Elle tendit les lèvres vers lui mais, au moment où il allait s'en emparer, après un salut de la main à la foule, il baissa le store : le spectacle était terminé.

Leur avenir, lui, commençait.

PRÉLUD'

Le 1er Mars

Prélud' n°249

La fortune des Spencer - Linda Warren

A quatre ans, Kira est la seule héritière de la fortune colossale des Spencer. Aussi, ceux-ci n'ont-ils qu'une idée en tête : la reprendre à Skylar, sa mère, leur ex-belle-fille, pour l'éduquer comme ils l'entendent. Skylar, qui décide de protéger sa fillette des ambitions familiales en se réfugiant au High Five, une propriété qu'elle reprend en main, en dépit du peu de goût qu'elle a pour la dure vie à la campagne. Sur place, elle a la mauvaise surprise de trouver Cooper Yates, régisseur du High Five, dont l'arrogante présence lui est tout de suite insupportable...

Prélud' n°250

Les fiançailles du gouverneur - Abby Gaines

Pour défendre son projet – une fondation pour enfants handicapés –, Sabrina se sent prête à tout. A tout, même à donner du poids à sa candidature en annonçant de fausses fiançailles avec le futur gouverneur de Géorgie, le séduisant et puissant Jake Warrington. Le lendemain, alors qu'il apprend l'audacieuse initiative de la jeune femme, Warrington est d'abord furieux. Mais, s'il veut être réélu, il ne peut démentir...

Prélud' n°251

Faits l'un pour l'autre - Karina Bliss

Devin Freeman n'est vraiment pas le genre de Rachel Robinson. D'ailleurs, aucun homme n'est son genre depuis qu'elle est tombée enceinte, à seize ans, et a dû consentir à l'adoption plénière de son bébé. Seulement voilà, Devin ne cache pas à Rachel combien elle l'attire mais aussi l'intrigue. Et sous ce regard viril, la jeune femme sent vaciller la vie sage qu'elle s'est imposée depuis des années. Sa vie, et ses secrets...

Prélud' n°252

Dans la lumière de l'été - Sherryl Woods

Depuis son divorce difficile, Raylene s'efforce de reconstruire sa vie, soutenue par ses amies et, par-dessus tout, par l'amour qu'elle porte à son petit garçon, Tommy. Elle doit néanmoins lutter contre sa peur panique de rencontrer son ex-mari si elle sort de chez elle. Un jour, le petit Tommy échappe à sa surveillance sans qu'elle y puisse rien. Et c'est un Carter Rollins indigné, qui le lui ramène, et lui reproche d'être une mauvaise mère. Carter, le nouvel adjoint au shérif de Serenity...

A paraître le 1er mars

Best-Sellers n°455 • suspense

Le secret de Black Falls - Carla Neggers

De retour dans son village natal de Black Falls pour fuir un scandale qui menace sa carrière d'agent secret, Jo Harper vient chercher un peu de calme et de sérénité sous le rideau neigeux des montagnes de son enfance. Mais au lieu du havre de paix dont elle rêve, elle retrouve son village en état de choc : une adolescente a mystérieusement disparu dans la montagne. Incapable de laisser cette jeune fille seule en pleine tempête, Jo propose de participer aux recherches… pour découvrir qu'il lui faudra s'associer à Elijah Cameron, l'homme qui lui a brisé le cœur quinze ans auparavant. Malgré ses douloureux souvenirs, Jo se résigne à faire équipe avec Elijah. D'autant plus que des indices la conduisent à soupçonner l'adolescente disparue de ne pas s'être seulement perdue, mais aussi et surtout de fuir un danger – un danger redoutable qui pourrait bien les placer eux aussi dans la ligne de mire d'un tueur.

Best-Sellers n°456 • suspense

L'ombre du soupçon - Laura Caldwell

Izzy McNeil n'en revient pas : la voilà présentatrice d'une nouvelle chaîne de télévision. Après des mois particulièrement difficiles, la chance semble enfin lui sourire à nouveau. Il ne lui reste plus qu'à retrouver confiance en elle et à remettre de l'ordre dans sa vie sentimentale. Mais tout cela passe d'un seul coup au second plan quand elle retrouve Jane, sa meilleure amie, sauvagement assassinée. Anéantie, Izzy doit en outre affronter les attaques d'un odieux inspecteur de police qui la soupçonne du meurtre de son amie. Comment se défendre face à ces accusations quand des coïncidences incroyables la désignent comme la coupable idéale – tandis que de sombres secrets que Jane aurait sans doute voulu emporter dans la tombe commencent à remonter à la surface ?

Best-Sellers n°457 • thriller

Au cœur du danger - Alex Kava

Des cauchemars, qui la hantent nuit après nuit… Des insomnies, de plus en plus fréquentes. Maggie O'Dell n'aurait jamais imaginé que son travail de profiler du FBI s'insinuerait de la sorte dans sa vie privée, jusqu'à troubler son sommeil. Déstabilisée mais décidée à conserver son sang froid, elle n'hésite pas un instant à se rendre en Floride pour une nouvelle enquête qui se révèle ardue. D'étranges paquets non identifiés ont en effet été repêchés par les garde-côtes, dans les eaux de Pensacola. Des paquets qui ne laissent hélas aucun doute sur le fait que des meurtres ont eu lieu. Sur place, Maggie ne tarde pas à trouver une piste, celle d'un trafic terrifiant. Mais son enquête se complique quand un terrible ouragan se déclare. Au cœur de la tourmente, elle est alors soulagée de pouvoir compter sur l'aide du médecin militaire Benjamin Platt, un homme qu'elle connaît de longue date et à qui elle accorde une confiance absolue. Car ils ne seront pas trop de deux pour exhumer la vérité… au risque d'être ensevelis avec elle.

Best-Sellers n°458 • roman

La baie des promesses - Debbie Macomber

C'est dans la petite ville de Cedar Cove qu'elle ne quitterait pour rien au monde qu'Olivia Lockhart exerce avec passion son métier de juge aux affaires familiales. Un métier qui réserve souvent bien des surprises, comme par cette belle matinée d'été, où elle a affaire à un jeune couple décidé à divorcer alors que leur amour semble encore possible. Mais des surprises, la vie en réserve aussi en dehors du tribunal. Ce journaliste, par exemple, qu'Olivia vient de rencontrer et qui lui fait une cour assidue. Et puis, il y a sa fille, Justine, qu'elle aimerait aider dans ses choix de vie ; sa mère, Charlotte, qui a toujours un nouveau projet en tête ; et sa meilleure amie Grace, qui cherche son mari mystérieusement disparu. Bref, des gens qu'elle aime et qui ont besoin de toute son affection. Des gens qui ne peuvent que se croiser et se retrouver car à Cedar Cove, on n'est jamais loin les uns des autres…

Best-Sellers n°459 • paranormal

Le piège des ténèbres - Gena Showalter

Immortelle dotée de pouvoirs maléfiques qu'elle a toujours rejetés, Gwendolyn désespère d'échapper un jour aux hommes impitoyables et cruels qui la retiennent prisonnière. Pourtant, elle nourrit encore l'espoir secret de voir son père, cet ange aux yeux d'azur et aux grandes ailes blanches dont elle conserve précieusement le portrait depuis son enfance, la libérer de ses ravisseurs – et surtout de la moitié sombre de son être. Mais au lieu de cela, c'est Sabin, un guerrier ténébreux, un prince des seigneurs de l'ombre, qui se présente à elle pour la délivrer. Et semer le trouble dans son esprit. Car comment accorder sa confiance à cet immortel qui ne songe qu'à se battre et dont la violence est légendaire ? N'est-il pas en train de lui tendre un piège encore plus redoutable que celui dans lequel elle est déjà enfermée ? Suivre Sabin, n'est-ce pas prendre le risque de renoncer à jamais au monde dont elle a toujours rêvé ?

Best-Sellers n°460 • suspense

Le silence des anges - Dinah McCall

« Dors, mon ange, dors. » L'inscription, gravée sur le pendentif, est de celles qui vous glacent le sang. Car l'enfant que l'on vient de retrouver, portant ce collier, a été assassinée…
A l'annonce de cette nouvelle, Olivia Sealy est sous le choc. Car la petite fille est morte vingt-cinq ans plus tôt – au moment même où Olivia était enlevée, séquestrée, puis libérée contre rançon. Plus troublant encore : comme Olivia, la petite fille assassinée a une légère déformation à la main… Pour la première fois de sa vie, Olivia se sent en danger, à la merci d'une vérité sur laquelle elle n'a aucune prise. Car il est possible que, vingt-cinq ans plus tôt, on l'ait confondue avec la petite morte…

Best-Sellers n°461 • historique

La duchesse scandaleuse - Nicola Cornick

Angleterre, Régence

Depuis le décès de son mari, Laura, duchesse de Cole, est déterminée à rester libre et sans attaches, excepté ce lien fort qui l'unit à Hattie, sa fille adorée. Une décision irrévocable, croit-elle, jusqu'au jour où elle apprend l'arrivée en ville de Dexter Anstruther. Dexter, le véritable père de son enfant. Le seul homme qu'elle ait jamais aimé et avec lequel elle a passé, jadis, une scandaleuse nuit d'amour… avant de se résoudre à le quitter, dans l'espoir de l'oublier. Peine perdue : quatre ans plus tard, les souvenirs de Laura sont plus vivaces que jamais, tout comme l'attirance irrépressible qu'elle éprouve pour Dexter. Pourtant, cette fois, elle devra tout faire pour l'éviter. Car non seulement Dexter n'a manifestement jamais digéré l'affront qu'elle lui a fait, mais en plus, il ignore tout de sa paternité. Et s'il venait à découvrir la vérité, nul doute qu'il s'en servirait pour se venger d'elle…

Composé et édité par les

éditions Harlequin

Achevé d'imprimer en France (Malesherbes)
par Maury-Imprimeur
en janvier 2011

Dépôt légal en février 2011
N° d'imprimeur : 160503 — N° d'éditeur : 15489